LARS SCHÜTZ

RAPUNZEL, mein

Thriller

Ullstein

Besuchen Sie uns im Internet:
www.ullstein-buchverlage.de

MIX
Papier
FSC FSC® C083411

Originalausgabe im Ullstein Taschenbuch
1. Auflage Oktober 2019
© Ullstein Buchverlage GmbH, Berlin 2019
Umschlaggestaltung: zero-media.net, München
Titelabbildung: © FinePic®, München (Hintergrund);
© Jaroslaw Blaminsky / Trevillion Images (Flügel);
© Getty Images / Renphoto (Blutstropfen)
Gesetzt aus der Quadraat Pro powered by pepyrus.com
Druck und Bindearbeiten: CPI books GmbH, Leck
ISBN 978-3-548-29175-8

Für meine Mutter

»Wie wird ein Mensch zum sexuell oder sadistisch motivierten Serienmörder? Laut Vertretern der klassischen Konditionierung kann einer angeborenen, unbedingten Reaktion durch Lernen eine neue, bedingte Reaktion hinzugefügt werden. Gelernt wird durch Belohnung und Bestrafung, die im Zusammenspiel auch Gewaltfantasien auslösen können. [...] Mit anderen Worten, die Fantasien und Motive von Serienmördern beruhen zumindest teilweise auf klassischer Konditionierung. Demnach ließe sich ein Täter auch gezielt formen, vielleicht sogar behandeln.«

Prof. Dr. Xaver Asgari in seinem Artikel: »Töten lernen«, April 2007

VOR ZWANZIG JAHREN

Burgdorf, Schweiz

»Monster gibt es nicht.«

Rabea strich ihrer Schwester über die goldblonden Haare. »Und erst recht keine Hexen. Mama hat dir einfach zu viele Märchen vorgelesen.«

»Aber es stimmt!« Marie zog sich die Bettdecke bis über die Nase. Sie schaute zum regenbesprenkelten Fenster. »Heute Nacht kommt die Hexe wieder.«

Etwas in ihrem Blick beunruhigte Rabea. So etwas hatte sie schon einmal in ihrem Leben gesehen: als sie mit den Nachbarskindern bei der Flussschwelle an der Emme schwimmen gewesen war. Die Strömung hatte einen der Jungen mitgerissen. Kurz bevor sein Gesicht im Wasser versank, hatte es denselben Ausdruck gehabt.

Den Ausdruck von purer Angst.

»Soll ich heute Nacht bei dir im Zimmer schlafen?«, fragte sie.

Marie nickte zaghaft.

»Und wenn die Hexe doch kommt, hol ich meine Kamera, und wir machen ein Bild von ihr. Dann glauben dir auch Mama und Papa.« Die Polaroidkamera hatte sie zu ihrem elften Geburtstag bekommen, und sie war Rabeas größter Schatz.

Sie krabbelte in das schmale Kinderbett und kuschelte sich unter der Scooby-Doo-Bettdecke an Marie.

Der Nachtlicht-Projektor warf bunte Sterne und Planeten an die Decke, ihre eigene kleine Galaxie. Abgesehen vom Mairegen, der mit tausend Fingern gegen das Fenster trommelte, herrschte Stille.

»Wann kommt Mama vom Konzert wieder?«, fragte Marie.

»Ich weiß es nicht.«

Mama kümmerte sich um die Musik am Konzert Theater in Bern. Manchmal musste sie abends zu Premieren und kam dann erst ganz spät nach Hause.

»Und Papa?«

»Arbeitet.«

Wenn Papa in seinem Büro die Tür zumachte, wollte er auf gar, gar, gar keinen Fall gestört werden. Er zeichnete Häuser, die andere Leute dann bauten.

»Hast du Prinzessin Anastasia da?«

»Klar!« Marie zog die stark mitgenommene Porzellanpuppe mit den lila Schleifen im blonden Haar unter ihrem Kissen hervor. »Die hat sich versteckt, weil sie auch Angst vor der Hexe hat.«

Sie drückte sich die Puppe an die Wange, auf der sie einen herzförmigen Fleck hatte, der etwa so groß wie ein Fünfrappenstück war. Mama und Papa nannten ihn Feuermal, was Rabea immer an die Fantasy-Serien erinnerte, die morgens im Fernsehen liefen.

Wegen seiner Form sagte Mama immer »Herzchen« zu Marie. Das war natürlich ziemlich peinlich. Bei Rabea beließen sie es zum Glück bei »Bea«.

»Was mache ich, wenn die Hexe mich doch fängt?«, flüsterte Marie.

»Dann findet dich die Polizei ganz schnell und sperrt die Hexe ins

Gefängnis. Die haben bestimmt extra Hexengefängnisse, aus denen sie nie mehr rauskommt.«

»Auch nicht auf einem Besen?«

»Nie-nie-niemals. Nicht mal mit den aller-allerbesten Zaubersprüchen.«

Marie gab sich damit zufrieden und drückte ihren Kopf ins Kissen. Schon nach wenigen Momenten wurden ihre Atemzüge ruhig und regelmäßig.

Vom Basketballtraining am Nachmittag fühlten sich Rabeas Muskeln bleischwer an.

Sie schloss die Augen.

Konzentrierte sich auf das eintönige Hämmern des Regens.

Den Rhythmus von Maries Atem.

Versank in Schwärze.

»Bea ...«

Maries Stimme bebte.

»Bea, wach auf! Schnell!«

Rabea blinzelte. Richtete sich auf. Ihr Herz pochte wie wild. Gopferdammi, was war los?

Marie stand direkt vor dem Fenster.

Der Regen war noch stärker geworden. Einen Wimpernschlag lang tauchte ein Blitz alles in gleißendes Licht. Das darauffolgende Donnergrollen ließ das ganze Haus erzittern.

»Die Hexe ist wieder da«, hauchte Marie.

Sie hielt ihre Anastasia umklammert. Sie drückte die Puppe so fest, dass die Watte aus einem Loch an ihrem Bauch hervorquoll.

Rabea hielt den Atem an.

Sie zitterte selbst, aber das war ihr egal.

Sie war die große Schwester. Sie musste mutig sein.

Auf nackten Sohlen tapste sie zu Marie und schlang von hinten die Arme um sie.

»Das ist nur das Gewitter. Da ist nichts.«

»Doch …« Marie hob ihre kleine Hand und zeigte mit dem Finger ins Dunkel.

Der nächste Blitz zuckte über sie hinweg. Sein weißes Licht legte sich über den Waldrand hinterm Garten.

Und über die Gestalt, die von dort aus auf ihre Schwester starrte.

Rabea fuhr zurück. Erst war ihre Kehle wie zugeschnürt, dann kam ein Schrei über ihre Lippen.

Er ging im Donner unter.

Marie wandte sich zu ihr um und vergrub das Gesicht in ihrer Brust.

Rabea hatte falschgelegen.

Monster gab es wirklich.

Und sie wussten, wo die kleinen Mädchen schliefen.

TEIL EINS
RAPUNZEL

Rapunzel ward das schönste Kind unter der Sonne.
Als es zwölf Jahre alt war, schloss es die Zauberin in einen Turm, der in einem Walde lag und weder Treppe noch Türe hatte.

Gebrüder Grimm: Die schönsten Kinder- und Hausmärchen

EINS

Duisburg // 16. Mai

»Spielen Sie?«

Ilias Qabbani reihte die schwarzen Bauern auf dem Schachbrett aus Kamelknochen und Holz auf. Ganz ohne Hast, so wie er sich allen Dingen in seinem Leben widmete.

»Sehe ich so aus?«, knurrte sein Gegenüber.

Moritz Beil, der bullige Chef der Rockergruppe Satan's Squad, rutschte ständig auf dem Diwan hin und her, richtete seine Lederjacke oder strich sich durch den silbernen Walrossbart.

»Sie sehen aus, als wären Sie etwas nervös, wenn ich mir die Bemerkung erlauben darf«, sagte Qabbani. »Sie haben das Essen überhaupt noch nicht angerührt.«

Der Küchenchef des *Byblos* in Duisburg-Hochfeld hatte alles aufgetischt, was die libanesische Kochkunst zu bieten hatte: Tabouleh, Hummus mit Sesampaste, frittierten Halloumi, in Granatapfelsauce gebratene Hähnchenleber, Couscous mit Lamm und unendlich viel mehr.

»Mir wäre gerade ein schönes Schweinekotelett lieber.« Beils Augen funkelten provozierend. »Aber das wäre ja – wie heißt das noch mal? – *haram* …«

Ungerührt stellte Qabbani die nächsten Figuren aufs Schachbrett. Er tippte auf einen der beiden schwarzen Türme. »Irgendwie habe ich die Türme im Schachspiel nie gemocht. Sie bewegen sich immer nur in geraden Bahnen. Nur in vier Richtungen. Schauen nie darüber hinaus.« Er musterte Beil. »Sie sind so berechenbar.«

»Dieses Gelaber höre ich mir jetzt schon viel zu lange an.« Der Rocker ließ die Fingerknöchel knacken. »Wenn unser mysteriöser Freund nicht bald anruft, bin ich raus aus der Nummer.«

Qabbanis Blick streifte das iPhone, das direkt neben dem Spielbrett lag. »Keine Sorge. Ich glaube, wir haben es hier mit jemandem zu tun, der nicht viel von Verspätungen hält.«

»Sehr ratsam, wenn man das Oberhaupt des Qabbani-Clans und den Chef des Satan's Squad an einen Tisch bringt.«

Genüsslich ließ Ilias Qabbani ein Falafelbällchen zwischen seinen Lippen verschwinden. Im Schummerlicht der fein gearbeiteten Hängelaterne waren die anderen Männer im kleinen Hinterzimmer nur schemenhaft zu erkennen. Sie lehnten an den Wandmosaiken oder lungerten in den Sitzecken rund um den Schachtisch in der Mitte. Drei gehörten zu Beil, drei zu ihm. Wie abgesprochen. Keiner war bewaffnet. Wie abgesprochen. Aber Qabbani hatte schon in genug spärlich beleuchteten Hinterzimmern gesessen, um zu wissen: Es gab immer irgendwo eine Waffe. Und es gab immer etwas, das die Situation zum Eskalieren bringen konnte.

Sein dichter schwarzer Bart verbarg die Einschusswunde

und das Knochenimplantat in seinem Kiefer. Aber Qabbani spürte sie immerzu, selbst wenn er nicht mit dem Finger darüberstrich. Eine Erinnerung daran, dass absolute Sicherheit nicht existierte. Seit er diese Gewissheit mit sich trug, hatte er keine Angst mehr.

Das Handy vibrierte.

»Punkt zehn Uhr«, flüsterte einer seiner Leute. »Wie angekündigt.«

Ein Raunen erhob sich. Beil ließ es mit einer Handbewegung ersterben.

Unbekannter Anrufer, stand auf dem Display.

»Ist er das?«

»Wer sollte es sonst sein?« Qabbani stellte auf Lautsprecher. »As-salam alaiykum.«

»Wa Aleikum As-salam«, drang eine monotone, gefühllose Computerstimme aus den Boxen. »Wie geht es Ihnen, Herr Qabbani und Herr Beil?«

Ihr Anrufer tippte seine Worte anscheinend in ein Sprachverarbeitungsprogramm, das sie daraufhin leblos ausspuckte. Größtmögliche Anonymität. Qabbani hatte nichts anderes erwartet.

Beil schnaubte. »Dieses ganze Höflichkeitsgeplänkel können wir uns sparen, Herr ... wie sollen wir Sie überhaupt nennen?«

»Nennen Sie mich Nimrod.«

Qabbani stutzte einen Augenblick und glaubte kurz, der Computer hätte ein Wort vielleicht falsch betont. Er kannte den Namen Nimrod aus dem Koranunterricht, wo er Namrūd ibn Kan'ān geheißen hatte. Ein tyrannischer Herrscher, der einst den Turm von Babel errichten ließ.

Hatte die Namenswahl eine tiefergehende Bedeutung?

»Entschuldigen Sie, wenn wir so misstrauisch wirken«, sagte Qabbani. »Aber einfach nur einen Aktenkoffer zu schicken, in dem sich fünfzigtausend Euro in großen Scheinen, das Handy und die Daten für dieses Treffen befinden, ist schon recht … außergewöhnlich für eine erste Kontaktaufnahme.«

Beil lehnte sich auf seinem Diwan vor. »In Ihrer Notiz haben Sie geschrieben, dass das nur eine Anzahlung sei. Dass Sie einen Auftrag für uns hätten.«

»Das ist richtig«, leierte die Computerstimme. »Bitte verstehen Sie, dass ich um äußerste Diskretion bemüht bin. Deswegen diese Form der Kommunikation. Und es hat oberste Priorität, dass die Sache so schnell und so sauber wie möglich erledigt wird. Deshalb habe ich Sie beide an einen Tisch gebracht. Ihre Methoden sind sehr unterschiedlich, aber ich schätze sie gleichermaßen. Außerdem kann etwas Konkurrenz nur förderlich sein.«

Qabbani schloss die Augen, um der monotonen Stimme, die weder Tempo noch Lautstärke wechselte, besser folgen zu können. Er entgegnete: »Über welche Summe reden wir?«

»Zweieinhalb Millionen Euro für denjenigen, der den Auftrag erfüllt.«

Beil und er starrten sich über den Tisch hinweg an. Dieses Geld konnte für sie beide einige Probleme lösen. Qabbani wusste, dass die Spielotheken und Bordelle des Satan's

Squad auf der Vulkanstraße – der Duisburger Rotlichtmeile – im Moment nicht gut liefen. Ein Grund, warum sie immer öfter im Drogengeschäft wilderten, dem Geschäft, das eigentlich fest in der Hand der Familienclans aus dem Duisburger Norden lag. Die Aktivitäten der Rockerbande waren der Grund, warum Qabbani sich gerade selbst um die finanzielle Lage seiner Sippe sorgte.

»Worum geht es?«, fragte Beil gebannt.

»Sie sollen jemanden für mich töten.«

Die Computerstimme klang so teilnahmslos, sie hätte auch die Wettervorhersage vorlesen können.

Beil griff nach einer der Schachfiguren, einem Läufer, und musterte sie.

»Wen?«

»Einen Mörder.«

»Aha«, sagte Beil und schleuderte den Läufer achtlos auf das Brett, »wen hat er denn umgebracht?«

»Er wird.«

Qabbani lehnte sich vor. »Wie meinen Sie das?«

»Er wird jemanden umbringen. Noch in dieser Nacht.«

ZWEI

Im Märchenland // 16. Mai

Das menschliche Kopfhaar wuchs im Monat eins Komma fünf Zentimeter. Und Rapunzel hatte ihres über viele Monate, nein, Jahre hinweg wachsen lassen.

Ihr Haar hatte ihr bis zu den Hüften gereicht, als er ihr gestern den Zopf abgeschnitten hatte.

Jetzt lag es vor ihm, ausgefächert auf dem Tisch des Königsschlosses. Mit angehaltenem Atem strich er über die blonden Strähnen. Es war wie Sonnenlicht. Ein Fluss aus Gold. Er griff sich eine Handvoll davon heraus, führte die Haare an seine Nase und sog behutsam den Geruch ein. Es duftete noch immer – nach Lavendel und Jasmin. Er hatte es jeden Tag gewaschen, auch gestern. Ein letztes Mal.

»Du musst das nicht tun«, hatte sie geschluchzt. *»Es gibt einen Weg …«*

Er biss sich auf die Lippen. Vertrieb die Erinnerung. Wischte sich mit der Haarsträhne die Tränen weg.

Es wurde Zeit.

Der Turm des Schweigens wartete.

Von hoch oben sah er alles. Wusste alles.

Befahl alles.

»Ein letzter Wunsch muss noch erfüllt werden.«

Ein letzter Wunsch.

Er band das Haar am Ende mit einem Knoten zusammen und teilte das Haar in drei Stränge. Dann begann er mit dem Flechten. Der rechte Strang über den mittleren, dann der linke. Immer weiter und weiter.

Das unstete Licht seiner Sturmlaterne verlor sich im hohen Saal. Er musste sich auf dem verwitterten Thron weit nach vorne lehnen und die Augen zusammenkneifen, um überhaupt etwas zu erkennen.

Nach dem Flechten band er die losen Enden mit einem zweiten Knoten zusammen. Der Zopf war jetzt so lang wie sein Arm.

Das würde ausreichen. Kalter Schweiß pochte aus jeder Pore seines Körpers. Zitternd nahm er die Laterne, deren Lichtkegel hin und her schwankte und wirre Schattenspiele an den Schlosswänden zeichnete.

Aber er durfte sich nichts anmerken lassen.

Der Turm sah ihn. Immerzu.

Er verließ das Königsschloss über die Zugbrücke und wanderte durch den finsteren Hexenwald auf sie zu. Zu Rapunzel.

Schon von Weitem hörte er ihr Schluchzen. Es ließ ihn mehr an ein Tier als an ein menschliches Wesen denken. Ein verzweifeltes Heulen.

Ich kann das nicht, dachte er.

Zwischen kahlen, schwarzen Baumgerippen sackte er auf die Knie. Wölfe und Bären, Trolle und Kobolde stierten ihn aus Höhlen und Astlöchern an.

Sein Atem ging stoßweise. Tränen tropften auf den Waldboden. Wie sollte er das nur tun?

Aber was blieb ihm anderes übrig?

In der Ferne sah er schon ihre Silhouette im efeuumwucherten Fenster. Sie wusste, was passieren würde. Sie wusste, dass das Ende gekommen war.

Mit zitternden Händen knüpfte er Rapunzels Haar zur Schlinge.

DREI

Koblenz // 17. Mai

»Über uns Profiler sind eine Menge Klischees und Halbwahrheiten im Umlauf.« Rabeas Stimme wurde vom Mikrofon bis in die letzten Winkel des Hörsaals getragen. »Es fängt schon damit an, dass wir eigentlich gar nicht Profiler genannt werden – zumindest nicht in Deutschland. Hier hören wir auf den Begriff ›operative Fallanalytiker‹. Ich muss allerdings zugeben: Profiler hört sich schon etwas cooler an.«

Verhaltenes Lachen. Sie schaute über die vollen Sitzreihen hinweg. Die Studenten auf den vorderen Plätzen schienen ihr gebannt zu folgen. Je weiter ihr Blick nach hinten wanderte, desto mehr Gesichter verschwanden hinter aufgeklappten Laptops.

Noch nie hatte sie vor so vielen Menschen gesprochen.

Einatmen. Ausatmen. Das würde sie schon hinbekommen. Sie setzte sich halb auf das Pult. Hoffentlich machte das einen entspannten Eindruck.

Sie hielt sich wieder das Mikrofon vor die Lippen und fuhr fort: »Ich möchte Ihnen anhand einer kurzen Analogie erklären, was Fallanalyse bedeutet. Haben Sie zufällig schon mal von Giovanni Morelli gehört?«

Ein paar wenige ihrer Zuhörer machten sich die Mühe, den Kopf zu schütteln.

»Das hätte mich auch überrascht«, lächelte Rabea und drückte auf ihre Fernbedienung. Sie wechselte zur nächsten Folie ihrer Präsentation, die das Ölgemälde eines alten Mannes mit Zylinder und Ziegenbart zeigte, der etwas verdrießlich auf die Psychologie-Studenten herabsah.

»Darf ich vorstellen: Giovanni Morelli. Kunsthistoriker aus Verona. Etwa um 1870 hat er eine bahnbrechende Methode entwickelt, um unter antiken Gemälden die Originale von den Fälschungen zu unterscheiden. Er untersuchte die unscheinbaren Details der echten Bilder. Ohrläppchen, Hände, Füße, den Schwung einer Augenbraue. Diese flüchtigen, fast schon unbewusst gemalten Nebensächlichkeiten verrieten ihm weit mehr über den Künstler als die auffälligen, leicht kopierbaren Partien eines Gemäldes.«

Sie trank einen Schluck Wasser. Die Stille im Hörsaal der Uni Koblenz konnte sie gar nicht deuten. Langweilten sich alle zu Tode, oder hingen sie an ihren Lippen?

»Sigmund Freud höchstpersönlich hat sich für Morelli interessiert und sogar einen Essay über seine Methode geschrieben. Denn in dem Interesse am Flüchtigen, Unterbewussten und anscheinend Nebensächlichen sah er eine Verbindung zur Psychoanalyse. Wenn wir uns die Details anschauen, erfahren wir mehr über den Menschen als mit jeder anderen Methode. Genau davon gehen auch wir Fallanalytiker aus. Wir schauen auf die Belanglosigkeiten des

Täterverhaltens, das eigentlich Überflüssige, die Banalitäten. Die Dinge, die er tut, ohne groß über sie nachzudenken. Und dort finden wir, was uns tief in seine Persönlichkeit vordringen lässt.«

Sie warf einen Seitenblick auf den kahlköpfigen Professor, der sie zu dieser Gastvorlesung eingeladen hatte. Er saß mit verschränkten Armen gleich in der ersten Reihe und nickte ihr aufmunternd zu.

»Okay«, sie strich sich eine Haarsträhne aus der Stirn und schaute in das Meer aus Gesichtern. »So weit ein kleiner Einstieg von meiner Seite, nun sind Sie dran: Was interessiert Sie? Welche Fragen haben Sie? Ich möchte Sie hier zu einem offenen Diskurs einladen, zu einem Dialog.«

Einige Atemzüge lang rührte sich gar nichts. Rabea blies die Backen auf. Gab es so wenig Interesse? Waren sie alle nur hier, um ein paar leicht verdiente Credit Points zu ergattern?

Am Ende streckte aber doch eine etwas füllige Studentin mit türkis gefärbten Haaren den Arm in die Höhe.

Rabea atmete erleichtert aus. »Ja, bitte!? Dahinten!«

Die junge Frau sprach erst so leise, dass ihre Worte nicht bis zu Rabea drangen.

»Wiederholen Sie das bitte noch mal etwas lauter.«

»Mich persönlich würde interessieren, wie es so abläuft, wenn man ein Täterprofil wirklich in der Praxis erstellt«, sagte sie mit brüchiger Stimme.

»Oh, ja, natürlich! Das werden wir im Laufe der Vorlesung noch angehen. Ich habe da auch konkrete Beispiele aus der Kriminalhistorie mitgebracht.«

Das war der Eisbrecher. Jetzt schossen gleich mehrere

Hände hoch. Es folgten die Fragen, mit denen Rabea gerechnet hatte: »Wie wird man Profiler?«, »Wie viel von ›Das Schweigen der Lämmer‹ ist Wirklichkeit?«, »Was sind die verstörendsten Fälle, an denen Sie gearbeitet haben?«

Dann stellte eine junge Frau die Frage, die sie gleichzeitig erwartet und gefürchtet hatte: »Können Sie erzählen, was damals beim Alphabetmörder-Fall wirklich abgelaufen ist?«

Sie wischte sich die schweißnassen Hände am grauen Kaschmirkleid ab. Alles stürzte wieder auf sie ein, so greifbar, als wäre es gerade eben und nicht schon vor einem Jahr passiert – zumindest die Dinge, an die sie sich noch erinnern konnte. Die nicht vom Koma fortgewischt worden waren. Wie ihr der Mörder den Buchstaben in die Haut tätowiert hatte. Wie er sie zum Sterben in der Kälte zurückgelassen hatte.

Diese wenigen, von Schnee durchwobenen Dezembertage hatten alles für immer verändert.

Jan Grall. Ihr Ex-Chef. Sein Gesicht war das Erste gewesen, das sie nach dem Aufwachen gesehen hatte. Er war für sein waghalsiges, vorschriftswidriges Vorgehen in der Schlussphase der Ermittlungen vom Dienst suspendiert worden und hatte dann im Laufe seines Zwangsurlaubs selbst gekündigt. Als Rabea schließlich Monate später aus der Reha zurückgekehrt war, hatte das LKA Rheinland-Pfalz ihr Jans Posten übergeben.

Aber das war noch nicht alles gewesen.

Noch längst nicht alles.

»Frau Wyler, sind Sie in Ordnung?«

Eine Hand auf ihrer Schulter. Sie zuckte zusammen. Ohne dass sie es bemerkt hatte, war der Professor zu ihr herangetreten.

Er flüsterte: »Sie sind ja ganz blass, wenn ich das sagen darf. Soll ich Fragen zu diesem Fall unterbinden?«

»Nein, nein! Lassen Sie mich ruhig weitermachen. Alles gut.«

Gar nichts war gut.

Ihr Therapeut hatte bei ihr eine PTBS diagnostiziert – eine posttraumatische Belastungsstörung. Lange war das für Rabea nur ein Wort aus dicken Fachbüchern gewesen. Ein theoretisches Konstrukt.

Jetzt ist es meine Realität, dachte sie.

Selbst wenn die Heizung auf vollen Touren lief, schrak sie manchmal mitten in der Nacht zitternd und frierend hoch. Bekam plötzlich Herzrasen. Spürte ein Brennen genau an der Stelle, wo sie der Alphabetmörder mit seinem Buchstaben versehen hatte. Und das noch lange, nachdem die Tätowierung entfernt worden war.

Sie gab ihr Bestes, um die Situation wegzulächeln. »Aus Gründen, die Sie sicher nachvollziehen können, rede ich nur sehr ungern über die Ereignisse im Westerwald. Einige Erkenntnisse, die ich aus diesem Fall gewinnen konnte, habe ich in meine Präsentation einfließen lassen. Damit werden Sie sich leider begnügen müssen.«

Verständnisvolles Gemurmel, fast schon anteilnehmend. Rabeas Wangen glühten. Für einen Moment schloss sie die Augen.

Sie fuhr mit ihrer Vorlesung fort, gab eine Einführung in

die Geschichte der Fallanalyse und sprach über die Untersuchung von Tatort, Leiche und Opferpersönlichkeit. Die Studenten staunten und schwiegen an den richtigen Stellen und lachten sogar – hoffentlich nicht aus Mitleid –, wenn Rabea es mit Humor versuchte.

Allmählich taute sie auf. Bislang hatte sie hauptsächlich vor kleinen Kursen an der Polizeischule Vorträge gehalten. Diese Gastvorlesung war für sie ein Test. Wenn es weiter so gut lief, konnte sie sich vorstellen, öfter zu unterrichten.

»Jeder von Ihnen wendet im Alltag unterbewusst Profiling-Techniken an«, erklärte sie und leitete damit den Schlussteil ihres Vortrags ein. »Sie alle haben bestimmt schon mal an der Supermarktkasse in den Einkaufswagen des Vordermannes gespäht und sich überlegt, welche Geschichte hinter dem Inhalt steht. Jemand kauft spätabends zwei Flaschen Whisky? Ist er ein Trinker, oder bringt er noch etwas zu einer Party mit? Im Wagen sind jede Menge Energy Drinks, Instant-Nudeln und Schokolade? Wahrscheinlich ist er wie Sie Student, der noch eine Nachtschicht für seine Bachelorarbeit einlegen muss.«

Lachen brandete durch den Hörsaal.

Der Professor erhob sich. »Ruhe bitte!«

Das Lachen verebbte. Nur einige Studenten in den hinteren Reihen, die sich über einen Laptop gebeugt hatten, tuschelten noch immer leise miteinander.

»Was immer Sie für ein Thema zu besprechen haben, es kann noch bis zum Ende der Vorlesung warten«, mahnte der Professor erneut.

»Entschuldigen Sie!« Einer der Studenten, ein blonder

Kerl in einem blauen Kapuzenpulli, blickte auf. »Es ist nur ... hier gibt es gerade eine Eilmeldung, die ... Ähm, vielleicht könnte sie für Frau Wylers Vorlesung interessant sein.«

»Hm?« Sie runzelte die Stirn und erklomm die Treppenstufen zu den Plätzen der Studenten. »Worum geht's?«

Der Blondschopf drehte ihr den Laptopschirm zu. Er hatte die Website einer großen Tageszeitung geöffnet. Der Artikel zeigte das Bild eines neubarocken Bauwerks.

»RAPUNZEL-TOTE IN ESSENER THEATER«, lautete die Schlagzeile.

Rabea überflog den Text. Mit jedem Satz, den sie las, beschleunigte sich ihr Herzschlag. Das Gemurmel um sie herum wurde von einem durchdringenden Piepsen tief in ihren Ohrmuscheln übertönt.

Konnte es sein? Nach all dieser Zeit?

Sie zückte ihr Handy. Hastete Richtung Ausgang. Nahm zwei Treppenstufen auf einmal.

»Frau Wyler?«, rief ihr der Professor hinterher.

Sie hörte ihn nicht mehr.

VIER

Essen // 17. Mai

Essen Hauptbahnhof – Düsseldorf Flughafen. Das Ticket kostete zwölf Euro fünfzig.

Er steckte sein letztes Bargeld in den Automaten. Seine Finger zitterten so sehr, dass er mehrmals den Münzschlitz verfehlte.

Als er wieder in seine Hosentasche griff, spürte er es. Ihr Haar kitzelte sanft seine Handfläche. Streichelte seine Haut, fast schon tröstend. Er rieb die Strähne mit den Fingerkuppen. Sie war alles, was er sich als Andenken zugestanden hatte. Das Letzte, was ihm von ihr geblieben war.

Rapunzel, lass mir dein Haar herunter …

Was sich mehr eingeprägt hatte als jedes andere Geräusch, war jener Moment, als das Schluchzen aufgehört und das Röcheln begonnen hatte.

Rapunzel, meine Rapunzel, lass den Tod herbei …

Ratternd druckte der Automat das Ticket. Er faltete es zusammen und steckte es sich in die Gesäßtasche seiner Jeans. Der Zug kam in vier Minuten, er musste sich beeilen. Bevor er zu seinem Gleis lief, wagte er noch einen Blick auf den RWE-Turm, gleich auf der anderen Seite der A40.

Die Mittagssonne spiegelte sich gleißend in dem Zylinder aus Stahl und Beton. Welche Anzugträger auch immer dort oben saßen, sie überblickten alles. Beherrschten die Stadt allein durch ihr Wissen, das weit bis zum Horizont reichte.

Türme. Überall Türme.

Seit die Menschheit gelernt hatte, Steine aufeinanderzuschichten, strebte sie dem Himmel entgegen. Immer größer, immer höher. Symbole der Macht. Wer hoch oben im Turm thronte, der herrschte über all jene, die in seinem Schatten lebten.

Wohin er fliegen wollte? Er wusste es nicht. Er wusste nur, dass er dorthin wollte, wo es keine Türme mehr gab. Wo keine wachsamen Augen auf ihm ruhen konnten.

Vielleicht nach Norwegen. Tief in die Wälder hinein. Dorthin, wo über Hunderte Kilometer nichts über die Wipfel der Tannen herausragte.

Schnellen Schrittes durchquerte er die Bahnhofshalle. Gleis zwei lag genau am anderen Ende, dort, wo es in Richtung Innenstadt ging. Es war einer der ersten richtig heißen Frühsommertage. Die Hitze flirrte über der Stadt und drang sogar schon in die Eingeweide des Bahnhofs.

Das T-Shirt klebte ihm längst schweißnass am Rücken. An den Stellen, wo die Rucksackgurte über seine Brust liefen, hatten sich dicke, dunkle Streifen gebildet. Im Trekkingrucksack befand sich alles, was er besaß – und dafür war er noch erschreckend leicht.

Aber sein größter Schatz war ohnehin etwas ganz anderes: Freiheit.

Der Turm des Schweigens lag jenseits des Horizonts.

Er konnte ihm nichts mehr anhaben.

Nachdem er es getan hatte, war er gleich zum Bahnhof gefahren. Er hatte in der hintersten Ecke des McDonald's über einem Becher Kaffee gehockt und still in sich hineingeweint. Dann hatte er es gewagt, die Augen zu schließen. Zum ersten Mal seit Jahren war da kein Flimmern in der Dunkelheit gewesen. Kein Aufzucken. Kein Schmerz.

Er hatte die Lider erst wieder geöffnet, als ihn eine der Filial-Mitarbeiterinnen aus dem Laden gescheucht hatte.

»Hey, warte mal!«

Eine kräftige Stimme hinter ihm riss ihn aus seinen Gedanken. Er fuhr herum.

Zwei arabisch aussehende Typen standen gleich unter der großen Anzeigetafel in der Haupthalle. Der eine trug einen Adidas-Trainingsanzug und eine Ralph-Lauren-Kappe, der andere eine Lederjacke und einen kurzen Zopf. Sie standen da, als hätten sie auf ihn gewartet.

Schnell wandte er den Blick wieder nach vorn. Im Laufschritt erklomm er die Treppe, stieß einen Hipster-Typen mit Rauschebart beiseite und schlängelte sich durch eine Gruppe Teenie-Mädchen.

Eine von ihnen brüllte ihm »Wichser! Pass doch auf, du Vollspast!« hinterher.

Am Treppenabsatz, gleich vor Le Crobag, schaute er zurück. Die beiden Männer bahnten sich wie Berserker einen Weg durch die Menschen auf der Treppe. Eine alte Frau verlor mitsamt ihrem Trolley das Gleichgewicht und stürzte gegen das Geländer.

Eine Lautsprecherdurchsage drang zu ihm herunter: »Vorsicht auf Gleis zwei, RE1 Richtung Aachen. Ihr Zug fährt jetzt ab. Türen schließen automatisch.«

Er konnte es schaffen.

Der Strom der gerade Ausgestiegenen wälzte sich die Treppen herunter. Er hielt sich dicht am Geländer und hetzte, einen Ellenbogen voran, nach oben.

»W'allah! Ey, bleib stehen!«, rief einer seiner Verfolger hinter ihm, aber sie hatten mit demselben Problem zu kämpfen wie er.

Noch fünf Stufen.

Bitte! Lass die Türen noch einen Moment offen!

Endlich auf dem Bahnsteig. Der Regio war noch da. Die Türen schlossen sich gerade zischend.

Scheiße!

Mit wenigen Sätzen war er vor der Tür. Aber zu spät. Verriegelt. Wie wild hämmerte er gegen den Knopf. Klopfte gegen das Glas. Einer der Passagiere versuchte sogar noch, sie von innen zu öffnen. Aussichtslos.

Die Bahn gab ein Zischen von sich und setzte sich in Bewegung.

Schwer atmend wandte er sich um.

Seine Verfolger standen bereits vor ihm, ebenfalls außer Atem.

»Du bist Kris, oder?«, fragte der mit der Polokappe.

Er nickte vorsichtig. Spielte mit dem Gedanken, auf das Gleisbett hinter sich zu springen. Seine letzte Fluchtmöglichkeit. Aber was dann?

»Du musst uns vertrauen, Alter!«, redete der andere auf

ihn ein. »Komm mit uns, ja? Wir tun dir nichts. Du brauchst uns. Du steckst in der Scheiße.«

Die beiden jungen Männer konnten nicht wissen, dass Kris sein Leben lang nur Lügen gehört hatte. Er kannte ihren Klang, war mit ihnen besser vertraut als mit der Aufrichtigkeit. Er glaubte ihnen kein einziges Wort.

»Vergiss es! Reden hilft bei dem nichts. Der Typ ist krank«, sagte der Zopf-Typ zum anderen. Ein dichter, perfekt gestutzter Bart überzog seine Wangen. Seine dunklen Augen funkelten. Er schien der Ältere von ihnen zu sein. »Bringen wir ihn zum *Sidi*.«

»Aber sollen wir ihn nicht lie...«

Dem Polo-Kerl wurde das Wort abgeschnitten.

»Gibt's hier ein Problem!?«

Ein Bundespolizist, der auf dem Bahnsteig patrouillierte, war unbemerkt hinter sie getreten. Nur Kris hatte ihn kommen sehen, aber natürlich einen Teufel getan, etwas zu sagen.

Der Bulle musste um die vierzig sein; ein schlaksiger Mann mit wettergegerbtem Gesicht. Sein durchdringender Blick fixierte die beiden Kerle. »Können Sie mir sagen, was Sie von dem jungen Mann wollen?«

»Wir ... ich ...« Der Ältere der beiden rang nach Worten. Beide wichen ein paar Schritte zurück.

Der Beamte verschaffte Kris erst einmal Ruhe vor den komischen Typen. Aber genauso wenig durfte er jetzt der Bullerei in die Hände fallen.

Er musste weg.

Der Polizist streckte die Hand aus. »Kann ich mal Ihre Ausweise ...«

Kris preschte los.

Immer den Bahnsteig entlang. Im halsbrecherischen Tempo durch die Lücken zwischen den Wartenden. Eine Frau ließ vor Schreck ihren Coffee to go fallen, der heiß über Kris' Hose spritzte. Dem Fahrrad eines Rentners konnte er nicht mehr ausweichen. Mit voller Wucht trat er ihm die Speichen des Hinterrads kaputt. Strauchelte. Kam gerade so zurück ins Gleichgewicht. Der alte Mann ballte die Faust und ließ ein Stakkato aus Flüchen auf ihn niederhageln.

Nicht stehen bleiben.

Nicht anhalten.

Kris stürzte die Treppen eines Seitenausgangs herunter. Übersprang die letzten fünf Stufen. Gelangte in eine menschenleere Unterführung, in der es nach Pisse und Hasch roch. Graffiti-Tags überzogen die größtenteils zersplitterten Kacheln. Eine der Neonröhren flackerte wie im Todeskampf.

Kris hielt inne. Lauschte auf Schritte.

Nichts.

Nur der Widerhall seines keuchenden Atems.

Der Polizist und die beiden Araber mussten mit sich selbst beschäftigt sein. Vielleicht hatte der Bulle die zwei zurückgehalten, bevor sie ihm nachlaufen konnten. Was auch immer, dachte er. Völlig egal. Hauptsache, sie verfolgten ihn nicht mehr.

Erst jetzt merkte er, dass er am ganzen Leib zitterte. Er lehnte sich gegen die Tunnelwand, ließ sich an ihr herabgleiten und endete in der Hocke. Die Ellenbogen auf die

Knie gestützt, starrte er ins Leere. Wartete darauf, dass sich seine Atmung normalisierte.

Wer waren diese Kerle? Was wollten sie von ihm?

Wenn ich ehrlich bin, dann weiß ich die Antwort längst, überlegte er. Norwegen hatte mit einem Mal keinerlei Bedeutung mehr.

Das Einzige, was jetzt noch zählte, war Überleben.

Der Turm des Schweigens hatte ihn betrogen.

FÜNF

Koblenz

»Hier ist Jan Grall. Bitte hinterlassen Sie nach dem Piepton eine Nachricht. Ich werde mich melden. Also … wahrscheinlich. Danke.«

Zum dritten Mal der Anrufbeantworter. Zum dritten Mal Jans fahrige, zerstreute Worte. In solchen Dingen war Rabeas Ex-Chef wirklich nicht gut. Ein Menschenleser, aber wirklich kein Menschenfreund.

Seit Wochen hatte sie nichts mehr von ihm gehört. Angeblich wollte er sich Zeit nehmen, um an einem Buch zu schreiben. Wo trieb er sich herum?

Sie legte auf, ohne ihm eine Nachricht zu hinterlassen. Im Schneidersitz hockte sie auf einer der Bänke vor dem Universitätsgebäude. Auf dem Rasenstück gleich vor ihr lagen Studenten in der Sonne, unterhielten sich, beschäftigten sich mit ihren Handys oder genehmigten sich einen Pausen-Snack. Rabea hörte lautes Lachen und Reden.

Es kam ihr vor, als stünde eine dicke Plexiglaswand zwischen ihr und diesen Szenen der Unbeschwertheit. Eine undurchdringliche Barriere – genau in dem Moment errichtet, als sie von dem neuen Fall erfahren hatte.

Nach ihrer Flucht aus dem Hörsaal hatte sie das ganze Internet nach Artikeln über den Leichenfund durchforstet. Jedes winzige Detail, jede Mikroeinheit von Information zählte.

Ein Pförtner hatte die Frauenleiche am frühen Morgen auf der Hauptbühne des Essener Grillo-Theaters entdeckt. Und zwar einen Tag bevor ein Märchenstück für Kinder dort Premiere feierte.

Irgendein findiger Lokalreporter hatte sich den Pförtner gekrallt. Deswegen waren bereits mehr Details als üblich an die Öffentlichkeit gelangt. Die obskuren Umstände verbreiteten sich wie ein Lauffeuer in der Presselandschaft.

Sie schloss die Augen. Ließ sich forttragen, zu jenem Moment vor zwanzig Jahren, der so viel greifbarer und näher schien als die Gegenwart.

»Papi, ich weiß nicht, wo Marie ist! Ich wollte sie abholen, wie jeden Tag nach der Schule, und ...«

»Aber die wartet doch immer vor der Kita auf dich.«

»Nein, da ... da war sie nicht. Und die Erzieherinnen, die wussten auch nicht, wo sie ist. Sie hat Prinzessin Anastasia in der Kita gelassen. Sie würde Anastasia doch nie allein lassen!«

»Okay ... okay, ganz ruhig. Nicht weinen, Bea, nicht weinen. Alles wird gut. Wir gehen jetzt noch mal zur Kita. Und wenn Marie nicht dort ist, dann ...«

»Papi, was dann? Papi ...?«

Heute kannte Rabea die Antwort, die ihr Vater ihr damals schuldig geblieben war. Als die Erzieherinnen ihm nicht hatten helfen können, hatte er sofort die Polizei eingeschaltet. Doch Marie blieb verschwunden. In seiner Verzweiflung hatte ihr Vater die Kita wegen Verletzung ihrer Aufsichtspflicht verklagt – erfolglos.

Jahre später – Rabea hatte schon längst am ViCLAS-Centre in Bern ihre Ausbildung zur Fallanalytikerin begonnen – hatte sie in den Archiven nachrecherchiert, was die Kantonspolizei damals herausgefunden hatte.

Das Ergebnis war ernüchternd.

Kein Hauptverdächtiger. Keine aussagekräftigen Indizien. Keine verwertbaren Spuren. Nur der übliche Aktionismus und die Flucht in Standardroutinen. Zeitweise wurden rumänische Kinderhändler verdächtigt, perverse Sex-Ringe, sogar eine Beteiligung der Erzieher wurde in Betracht gezogen. Alles vollkommen haltlos.

Rabeas Schwester war wie vom Erdboden verschluckt. Die perfekt ausgeführte Subtraktion eines Menschenlebens. Die Weltbevölkerung minus eins.

Nur eines hatte man von Marie gefunden, tief in den Wäldern des Emmentals, versteckt unter Laub und Geäst: ihre linke Hand, mit chirurgischer Präzision unterhalb des Gelenks abgetrennt, schon halb verwest und von Insekten befallen. Ein Relikt, das der Erdboden wieder ausgespuckt hatte.

Diese Hand hatte Rabea unendliches Kopfzerbrechen bereitet. Wieso war sie abgetrennt worden? Wieso hatte der Täter sie im Wald zurückgelassen? In den Tiefen ihrer Schreibtischschublade lag noch immer ein ganzes Notizbuch, vollgekritzelt mit Theorien.

Nie hatte es einen Anhaltspunkt gegeben. Nicht einen einzigen anderen Fall im deutschsprachigen Raum, bei dem es auch nur annähernd einen ähnlichen Modus Operandi gegeben hatte.

Bis jetzt.

Der Toten im Grillo-Theater waren beide Hände amputiert worden. Und der Pförtner hatte sie auf Mitte zwanzig geschätzt. So alt, wie Marie heute wäre.

Konnte es sein? Und wenn ja, wieso jetzt? Wieso in Essen? Wieso Hunderte Kilometer entfernt von der Schweiz?

Es waren nicht viele Verbindungen. Vor allem keine sicheren. Doch zum ersten Mal seit dem Verschwinden ihrer Schwester gab es einen Anhaltspunkt, eine Spur, der sie folgen konnte.

»Langsam, Rabea«, hörte sie Jans Stimme in ihrem Kopf. *»Erschaffe dir erst ein Gedankenkonstrukt, wenn es auf einem festen Fundament steht. Was weißt du wirklich?«*

Es überraschte sie immer wieder, wie oft sich die Ratschläge und Ermahnungen ihres Ex-Chefs noch in ihre Hirnwindungen schlichen. Deshalb brauchte sie ihn jetzt so dringend. Sie brauchte jemanden, mit dem sie reden konnte. Jemand, der sie daran hinderte, sich voreilig im Labyrinth ihrer eigenen Hypothesen zu verirren.

»Ich muss nur ein einziges Detail kennen«, antwortete sie Jan in Gedanken, *»dann habe ich Gewissheit.«*

Ein rappengroßes, herzförmiges Feuermal auf der rechten Wange.

Herzchen.

Ein Blick ins Gesicht der Toten würde ausreichen. Und es gab nur einen Weg, um ihn zu bekommen.

Sie musste ins Ruhrgebiet. So schnell wie möglich.

SECHS

Cannobio, Lago Maggiore // 17. Mai

»*No canapa, capice!?*« Die greise Nachbarin gestikulierte wild mit den Händen herum. »*No weed in this house! Don't think I didn't smell it last night!*«

Sie bekreuzigte sich.

Jan bereute es, überhaupt die Tür aufgemacht zu haben. In Bademantel, Schlafanzug und Adiletten stand er vor dem italienischen Mütterchen, das ihm gerade mal bis zur Brust reichte.

Er musste ein ziemlich verwahrlostes Bild abgeben. Sie hatte ihn aus dem Bett geklingelt, deshalb hatte er sich nicht einmal die Haare kämmen, geschweige denn den Bart trimmen können. Seit seiner Entlassung hatte er sich beides wachsen lassen und sah inzwischen aus wie die jüngere, hagere Version von Jeff Bridges in *The Big Lebowski*.

»*Scusi! Scusi tanto!*«, stammelte er in holprigem Italienisch. »Kommt nicht wieder vor, versprochen.«

»Das hoffe ich für Sie!«, antwortete sie auf Englisch. Sie wedelte mit ihrem krummen Zeigefinger vor seiner Nase herum. »Sonst kommt mal mein Schwiegersohn vorbei! Der ist bei der Polizei.«

»Das war ich auch mal«, murmelte Jan.

Er schloss die Tür und schlurfte zurück ins Wohnzimmer der Ferienwohnung. Vielleicht hätte sein Vermieter in der Beschreibung auf Airbnb ergänzen sollen:

Achtung: Kratzbürstige Nachbarin im Erdgeschoss. Gestalten Sie Ihren Urlaub möglichst geräusch- und vor allem geruchsarm.

Er warf sich auf das weiße, abgewetzte Ledersofa. Von hier aus hatte man einen wunderschönen Blick auf den Lago Maggiore. Die Reflexionen der Mittagssonne tanzten auf dem kobaltfarbenen Wasser und vertrieben die Nebelschwaden, die wie Geister über der Seeoberfläche schwebten.

Die Aussicht erinnerte ihn jedes Mal daran, warum er hergekommen war: wegen der Hoffnung auf Stille. Es war eine Flucht. Um zu vergessen.

Die Klimaanlage summte leise, durchflutete die Räume mit unaufdringlicher Kühle. Möwen hockten auf den Pfählen des Bootsanlegers und kreischten. Irgendwo in der Ferne brauste ein Moped die Uferstraße entlang.

Ansonsten: nichts.

Nur er selbst, allein mit dem Rhythmus seines Atems, allein mit seinen Gedanken.

Sein Handy lag noch immer ausgeschaltet auf der Kommode im Flur, wo er es nach seiner Ankunft vor zwei Monaten hingelegt hatte. Vor ein paar Tagen war ihm aufgefallen, dass sich schon eine Staubschicht auf dem Display gebildet hatte.

Auf der Glasplatte des Couchtisches standen noch die Überreste der letzten Nacht – ein postmodernes Stillleben. Sein MacBook, daneben eine halb volle Flasche Cola Zero, ein Stapel kriminalistischer und psychologischer Fachbücher sowie ein Aschenbecher mit mehreren ausgedrückten Joints. Alle seine Süchte vereint.

Er nippte an der Cola, die längst abgestanden und viel zu warm war. Er tippte mehrmals auf die Leertaste des MacBooks, bis der Bildschirm aufleuchtete und das Word-Dokument anzeigte, an dem er seit einem Jahr herumdokterte.

Der streng vertrauliche Arbeitstitel: *Damit es ein Ende hat.*

Im Grunde hatte ihm das LKA mit seiner Entlassung einen Gefallen getan. Als der erste Frust über seinen Rauswurf und die Nachwirkungen des Alphabetmörder-Falls halbwegs verflogen waren, hatte er nur noch eines verspürt: Erleichterung.

Ich habe viel zu lang in den Abgrund geblickt, dachte er. Und wie heißt es noch mal so schön bei Nietzsche? *Wenn du lange genug in einen Abgrund blickst, blickt der Abgrund auch in dich hinein.*

Und der Abgrund hatte so tief in ihn hineingeschaut, dass er selbst zu einem dunklen, unergründlichen Nichts geworden war, das jede Gefühlsregung sofort verschluckte.

Seit dem Beginn seines Studiums hatte er sich mit den Verwerfungen der menschlichen Psyche beschäftigt, hatte den Tod zum Mittelpunkt seiner Gedanken gemacht. Eine viel zu lange Zeit.

Er wollte kein Profiler mehr sein.

Was er stattdessen sein wollte? Er wusste es nicht. Vielleicht würde er Gärtner werden. Eine Nacht lang hatte er sich sogar mal im Internet nach Ausbildungsplätzen umgeschaut. Ihm gefiel die Vorstellung, Dingen beim Wachsen zu helfen. Arbeit im Freien, die Sonne im Nacken, die Hände schwielig und dreckbesprenkelt.

Eine Beschäftigung, die so völlig anders war als sein bisheriges Leben.

Aber um etwas Neues anzufangen, musste er erst einmal das Alte endgültig begraben. Seine Vergangenheit war tot, aber noch nicht beerdigt.

Das Buch, an dem er schrieb, sollte die Trauerfeier sein. Er legte die Füße auf den Tisch und dachte: Beerdigungen waren schon immer mehr für die Hinterbliebenen als für die Toten gedacht.

Es gab viele Profiler, die Bücher über ihren Beruf schrieben. Meist fanden sie damit eine breite Leserschaft. Blut, Gedärme und Wahnsinn, serviert mit einer Prise morbider Authentizität. Klar, dass solche Titel zu Bestsellern wurden.

Jan schrieb bisher nur für sich selbst und hoffte, dass sich die Vergangenheit zwischen zwei Buchdeckeln einsperren ließe.

Bis dahin war es noch ein weiter Weg. Er steckte erst auf Seite 96, weit davon entfernt, das Wörtchen *»Ende«* unter seine Zeilen setzen zu können.

Andererseits konnte er ein wenig Geld gut gebrauchen. Für die Ferienwohnung am Lago Maggiore hatte er sein Sparkonto geplündert. Aber das war es wert gewesen. Mainz hatte er nicht länger ertragen können – zu viele Erinnerungen durchwoben die Stadt wie feine Spinnenfäden, in denen er sich nur allzu leicht verfing.

Er seufzte und klappte den Laptop zu. Bald musste er

seinem Heim hier den Rücken zukehren, diese endlosen Tage aus Kiffen, Schreiben und gedankenversunkenen Spaziergängen hinter sich lassen.

Er stand vom Sofa auf, leerte den Aschenbecher in der Küche aus und trank einen Schluck Orangensaft aus dem Kühlschrank. Seine vegane Ernährung ließ sich mit der italienischen Küche wunderbar vereinen. Er zelebrierte jeden Besuch im Supermarkt und verbrachte Stunden am Herd. Beim Kochen schweiften seine Gedanken oft in die Vergangenheit, zu den Menschen, die ihm nahestanden.

Miriam – seine Ersatz-Tochter, wenn man so wollte – hatte sich oft über seine Essgewohnheit lustig gemacht. Er hatte das einstige Straßenmädchen kennengelernt, als er sie als Zeugin in einem Vermisstenfall vernommen hatte. Seitdem kümmerte er sich darum, ihr Leben wieder in die richtige Bahn zu lenken.

Rabea hingegen hatte seine Ernährungsweise meist einfach vergessen und ihm manchmal Essen mit Ei oder Milch angeboten. Übel genommen hatte er ihr das nie.

Mit Miriam und Rabea hatte er seit seiner Abreise nach Italien nicht mehr gesprochen. Was trieb sie jetzt um? Was ging in ihren Leben vor?

Er freute sich aufrichtig darüber, dass Rabea befördert und auf seinen ehemaligen Posten berufen worden war. Nach dem Alphabetmörder-Fall war ihr Verhältnis nicht mehr dasselbe gewesen.

Während ihrer Eingewöhnungsphase hatte sie ihn hin und wieder noch angerufen und nach seiner Meinung gefragt. Aber diese Gespräche waren von einer gewissen, früher nie da gewesenen Distanziertheit geprägt, und sie wurden immer kürzer und sporadischer.

Eine Schande, wie er sich eingestehen musste. Ein Verlust. Ihm fehlte ihre übersprühende Leidenschaft für die Sache, ihr ungestümes Denken.

Er dachte an sein verstaubtes Handy auf der Kommode im Flur. Vielleicht war es an der Zeit, es wieder einzuschalten.

SIEBEN

Essen

Von der internationalen Raumstation ISS aus fiele dem Betrachter bei einem Blick auf das nächtliche Europa als Erstes ein Dreigestirn aus Lichtflecken auf: London. Paris. Und das Ruhrgebiet.

Der einstige Kohlenpott war nicht einfach nur eine Ansammlung von Städten, sondern eine einzige Metropole. Ein riesiger Moloch, durch den sich die A40 wie eine rußende Hauptschlagader zog, und in der Mitte pumpte Essen als sein Herz aus Stahl und Beton.

Das wenige, was Rabea über den Pott wusste, vermengte sich mit ihren Eindrücken auf der Fahrt zu einem düsteren Bild. Warum haben sie dich hierhergebracht, Marie?, dachte sie. Warum an diesen Ort, so weit weg von zu Hause?

Ihr Navigationsgerät führte sie vom Ruhrschnellweg herunter und leitete sie durch die Straßen der Essener Innenstadt. Sie stellte ihren Mini Cooper in einem Parkhaus in der Nähe des Kennedyplatzes ab. Als sie ihren Rucksack vom Beifahrersitz nahm, blieb ihr Blick an der Sporttasche auf der Rückbank hängen.

Eigentlich wäre sie heute Abend zum Basketballtraining

gegangen. Vor ungefähr einem halben Jahr hatte sie sich wieder bei einem Verein in Mainz angemeldet. Die Abwechslung tat ihr gut. Manchmal fragte sie sich dabei, wem von beiden sie damit den größeren Gefallen tat: ihrem Körper oder ihrem Geist.

Aber heute Abend würde für sie das Training ausfallen. Sie konnte noch immer nicht so recht glauben, wie schnell alles gegangen war. Wie schnell sie eine Entscheidung getroffen hatte.

Und das alles nur wegen eines Zeitungsartikels und einer vagen Vermutung. Jagte sie einem Hirngespinst hinterher? Hatte sie zu übereilt reagiert?

Gopferdammi noch mal, Rabea! Für Zweifel ist es jetzt längst zu spät.

Sie musste das hier durchziehen. Sie musste Gewissheit haben. Ihren Vorgesetzten beim LKA hatte sie ohnehin schon angelogen: »Ich fühl mich nicht gut. Vielleicht Migräne. Nach der Vorlesung fahre ich direkt nach Hause, tut mir leid«, hatte sie gesagt.

Obwohl man vom Kennedyplatz aus nur wenige Meter bis zum Grillo-Theater brauchte, kam Rabea der Weg viel weiter vor. Es war früher Nachmittag, die Terrassen der Eiscafés und Restaurants quollen über vor Gästen. Irgendwo sang ein Straßenmusiker zu ein paar Gitarrenakkorden eine furchtbar schiefe Version von *Knocking On Heaven's Door*. Laut gackernde Mädchengruppen mit voll beladenen Einkaufstüten liefen an ihr vorbei, Händchen haltende Pärchen, ein Anzugträger, der in sein Handy sprach.

Die Passanten gingen so unbeschwert ihren Leben nach,

als gäbe es die Tote inmitten ihrer Stadt überhaupt nicht. Als kämen all die Meldungen und Radioberichte über sie aus einer anderen Stadt, vielleicht sogar einem anderen Land. Aber was hatte sie auch erwartet?

Für Rabea konnte dieser Tag das Ende von zwanzig Jahren Ungewissheit sein. Für alle anderen war es nur ein ganz normaler Mittwoch – abgesehen natürlich von der Essener Polizei.

Als sie die Nordseite des Grillo-Theaters erreichte, umfing sie bereits die Vorhölle aus Flatterband, Spurensicherung und Hektik, die es an jedem Leichenfundort gab. Ein Bestattungswagen, zwei Transporter der kriminaltechnischen Untersuchung und mehrere Streifenwagen standen direkt vor der lehmroten Fassadenfront.

Ein paar einzelne Fernsehteams und Fotografen lungerten noch vor den Absperrungen herum, aber die Speerspitze des Tragödienjournalismus war wohl schon weitergezogen.

Sie steuerte auf eine gedrungene Beamtin der Schutzpolizei zu. Auf der Autofahrt hierher hatte sie diese Situation schon mehrmals durchgespielt.

»Bitte, gehen Sie weiter! Das Theater hat heute keine Vorstellung«, sagte die Polizistin unwirsch. Wahrscheinlich stand sie schon den ganzen Tag hier und wimmelte Schaulustige ab.

Rabea hielt ihren Ausweis hoch und versuchte, möglichst autoritär zu klingen: »Wyler, LKA. Operative Fallanalyse. Ich bin hier, um mit dem leitenden Ermittler zu sprechen.«

Ihre genau zurechtgelegte Wortwahl täuschte hoffentlich darüber hinweg, dass sie hier eigentlich überhaupt nichts zu suchen hatte.

Zum Glück widmete die Beamtin dem Ausweis nur einen flüchtigen Blick. Sie musterte Rabea mit gerunzelter Stirn. »Fallanalyse?«

»Vielleicht ist Ihnen der Begriff Profiling geläufiger.«

Die Miene ihres Gegenübers hellte sich auf. »Ah, natürlich! Dieses ganze Psychologie-Zeug. Da bringe ich Sie am besten mal schnell zu Herrn Masebo.«

Einladend hielt ihr die Polizistin das Flatterband hoch. Rabea duckte sich darunter hindurch und folgte ihr in Richtung Theater.

»Bei dieser Sauerei da drin werden wir jemanden wie Sie dringend brauchen«, meinte die Uniformierte. »Ah, ich glaube, da sehe ich auch schon den Herrn Hauptkommissar. Er spricht gerade mit einem der Bühnenmeister.«

Vor einer kleinen Seitentür – wahrscheinlich dem Bühneneingang – unterhielten sich ein hochgewachsener, ernst dreinschauender Farbiger und ein schlaksiger Mann mit grauem Pferdeschwanz.

»Ich sagte Ihnen doch gerade schon, die Unterbühne ist …«, setzte der Grauhaarige an, als die Beamtin das Gespräch unterbrach:

»Entschuldigen Sie die Störung, aber, Herr Masebo, hier ist Frau … ähm …«

»Wyler«, half Rabea ihr auf die Sprünge.

»Genau, Frau Wyler vom LKA. Die Profilerin.«

Hauptkommissar Masebo sah sie aus aufmerksamen dunklen Augen an. Sein Kopfhaar trug er kurz geschoren, den Vollbart akkurat gestutzt. Seine Ohrläppchen zierten silberne Stecker. Unter dem dunkelblauen Sakko und dem weißen, bis zum Adamsapfel zugeknöpften Hemd spannten sich imposante Muskeln.

»Entschuldigen Sie mich einen Moment«, sagte er zu dem Bühnenmeister und trat auf Rabea zu. »Können Sie mir bitte erklären, was Sie hier machen?«, fragte er unumwunden. »Ich kann mich nicht daran erinnern, irgendwas von Profiling gehört zu haben.«

Alles klar, mit diesem Mann würde sie nicht so leichtes Spiel haben wie mit der Beamtin. Wie einen winzigen Schutzschild hielt sie den Ausweis hoch.

Masebo musterte ihn deutlich aufmerksamer als seine Kollegin. »LKA Rheinland-Pfalz? Sie sind ja noch nicht einmal im richtigen Bundesland!«

»Ich ... ich kann alles erklären. Ich habe von der Sache in den Nachrichten gelesen und ...« Sie riss sich zusammen. Wenn sie jetzt die hauchdünne Verbindung zu ihrer Schwester erwähnte, würde er sie vollends für wahnsinnig halten.

»Und? Und was?« In Masebos rauchiger Stimme lag keinerlei Feindseligkeit, nur ernste Entschlossenheit. »Hören Sie, hat irgendwer Sie geschickt? Sind Sie offiziell hier?«

Mit gesenktem Blick schüttelte Rabea den Kopf.

»Das hier ist der seltsamste Mordfall, zu dem ich jemals gerufen wurde«, sagte er. »Jemanden wie Sie könnten wir hier sicher gebrauchen. Aber wir haben unsere eigenen Leute, ich hoffe, Sie verstehen das. Diese Ermittlungen werden anstrengend genug. Ich möchte sie nicht auch noch dadurch erschweren, dass wir durch Ihr Einmischen in irgendeinem Dienststellen-Wirrwarr enden.«

»Ein einziger Blick auf die Leiche, das ist alles!«, sagte sie, fast schon flehend.

»Nein! Das ist mein letztes Wort. Was auch immer Sie hier wollen, vergessen Sie es! Und jetzt entschuldigen Sie mich, ich habe zu tun.« Er wandte sich ab. »Frau Stanczak, führen Sie Frau Wyler bitte vom Tatort.«

Hinterher konnte sich Rabea kaum noch erinnern, wie sie mit der Polizistin wieder zurück hinter die Absperrung gekommen war. Tief in ihrer Magengrube brodelte die Wut, vor allem auf sich selbst. Wie hatte sie sich nur so anstellen können? Was hatte sie sich überhaupt dabei gedacht?

Sie wanderte zur Vorderseite des Theaters und setzte sich auf die Stufen vor dem Haupteingang. Was jetzt? Vielleicht brachte es etwas, sich gleich mit dem Kriminaldirektor der Essener Polizei oder sogar der Staatsanwaltschaft in Verbindung zu setzen. In Deutschland gab es weit weniger als hundert operative Fallanalytiker. Und hatte Masebo nicht sogar gesagt, dass er die Hilfe von jemandem wie ihr gebrauchen konnte? Aber so, wie sie die Dienststellen und vor allem ihre Kommunikation untereinander kannte, würden Tage vergehen, bis es dazu eine Entscheidung gab.

Zeit, die sie definitiv nicht hatte.

Sie überlegte noch, ob sie trotzdem die obersten Chefs involvieren sollte, als sich auf einmal jemand neben sie setzte. Der Geruch von einfacher, aber harter Arbeit haftete an der Person, eine Mischung aus Schweiß, Sägespänen und Zigarettenrauch.

Ehe Rabea aufschauen konnte, brummte eine Stimme: »Ich habe gerade Ihr Gespräch mit dem Kommissar mitgehört.«

Es war der Bühnenmeister, den Masebo befragt hatte. Was wollte er von ihr?

Das T-Shirt mit dem Bandnamen *Dream Theater* klebte schweißdurchtränkt an seinem drahtigen Körper. Silbergraue Bartstoppeln überzogen seine Wangen wie Drahtgeflecht. Aus seinen tief liegenden Augen sah er Rabea mit einem fast väterlichen Ausdruck an. Sie vertraute ihm sofort.

»Ich kann Ihnen helfen, die Leiche zu sehen.« Einer seiner Mundwinkel zuckte kurz hoch. »Ich hoffe nur, Sie sind schwindelfrei.«

ACHT

Essen

Die Scherenblätter umschlossen die Strähne wie die Kiefer eines Raubtiers. *Schnipp!* Schwarze Locken schwebten zu Boden.

Wie hypnotisiert verfolgte Kris das Spiel der Kämme und Scheren, der Sprayflaschen und Föhne. Er liebte Friseursalons, seit er denken konnte. Und am allermeisten liebte er *HAIRlich* – den Laden, in dem Delilah arbeitete.

Manchmal hatte er für Stunden genau wie jetzt auf den Wartestühlen gesessen und ihr bei der Arbeit zugeschaut. So hatte er sie eines Tages hier gefunden: Rapunzel. Seine Hand glitt wieder in die Hosentasche, berührte *ihre* Strähne. Er erinnerte sich daran, wie die Zinken des Kamms durch dieses Meer aus Gold geglitten waren. Kaskaden aus Glanz und Reinheit, wie er sie so noch nie zuvor gesehen hatte. Vom ersten Moment an hatte er gewusst, dass sie für den Turm geschaffen war.

Rapunzel, mein.

»Du könntest auch mal wieder einen neuen Haarschnitt vertragen«, meinte Delilah in seine Richtung, während sie die Locken ihrer türkischen Kundin hochtoupierte. »Das sieht ja richtig wild aus bei dir auf dem Kopf. Deine Haare sind so lang, dass du dir eigentlich schon einen Pferdeschwanz binden kannst. Der würde zumindest schon mal etwas helfen.«

»Ich denk drüber nach ...«, murmelte er.

»Erst gibt's monatelang kein Lebenszeichen von dir, und dann tauchst du plötzlich hier im Salon auf. Was ist denn los bei dir? Was ist überhaupt in dem Rucksack da? Willst du verreisen, oder was?«

Wie immer redete und fragte sie viel zu viel. Das war genau die Delilah, die er kannte. In Sankt Johannes war sie das einzige Mädchen gewesen, das sich für ihn interessiert, sich mit ihm abgegeben hatte. Die Einzige, der er keine Angst gemacht hatte. Ab und an hatte er sogar geglaubt, dass sie Gefühle für ihn hatte. Aber selbst wenn seine Vermutung stimmte, spielte das keine Rolle.

Das hieß nicht, dass sie ihm egal war. Es genügte schon, Delilah da stehen zu sehen, in ihren hautengen Jeans und dem schwarzen Pullover, um seinen Herzschlag zu beschleunigen. Sie war genauso alt wie er, dreiundzwanzig. Wenn sie so auf ihre Arbeit konzentriert war wie jetzt, glühte die honigfarbene Haut ihrer Wangen, und in ihren opalschwarzen Augen lag ein aufmerksames Schimmern.

Aufhören, dachte er sich. Gerade konnte nichts unbedeutender sein. Außerdem: Für ihn gab es nur eine Frau, eine einzige.

Lass mir dein Haar herunter ...

Die Fäuste in die Hüften gestemmt, wandte sich Delilah wieder an ihn: »Okay, wenn du nicht zum Haareschneiden und anscheinend auch nicht zum Quatschen hier bist, was willst du dann?«

»Ich … ich müsste ein paar Tage bei dir pennen. Ich muss von der Straße runter.«

Delilah zuckte nur mit den Schultern. »Klar, kein Problem.«

Dafür mochte er sie so sehr: Wenn sie auch sonst so viel redete – in den wirklich wichtigen Momenten fragte sie nicht nach.

»Danke.«

Sie winkte ab und machte sich wieder an die Arbeit. Das rhythmische Scherenklackern unterlegte ihre Stimme: »Dafür erklärst du mir dann, was eigentlich in der letzten Zeit mit dir passiert ist. Du bist nicht mehr der Kris, den ich gekannt habe.«

Er nickte. Die Fragen hatte sie nur aufgeschoben, nicht aufgehoben. Für den Moment genügte ihm das völlig.

Er hatte eine Zuflucht.

NEUN

Essen

»Willkommen auf dem Schnürboden«, sagte der Bühnenmeister mit gesenkter Stimme und drückte die schwere Metalltür auf. Auf dem Weg durch die verwinkelten Theaterkorridore bis hierher hatte er sich ihr als Nikolai Weinstock vorgestellt.

»Warum helfen Sie mir?«, fragte sie flüsternd.

»Meine Tochter ... sie ist ungefähr im selben Alter wie das Opfer. Ich habe mir vorgestellt, sie würde dort liegen.«

»Und Sie denken, ich kann mehr ausrichten als die Polizei hier?«

»Ich weiß nicht, warum, aber Sie scheinen diese Tat sehr persönlich zu nehmen.«

Sie nickte anerkennend, überrascht von seiner Beobachtungsgabe.

»Nach Ihnen!« Er deutete zur Tür.

Als sie hinaustrat, verstand sie sofort, warum er sie gefragt hatte, ob sie schwindelfrei sei. Der Schnürboden hing etwa fünfzehn Meter hoch über der Bühne. Ein dunkles Labyrinth aus Gitterstegen und Scheinwerferhalterungen, zwischen denen Flaschenzüge und Drahtseile lianenartig herunterhingen. Einen Augenblick lang kam sich Rabea vor wie auf der Kommandobrücke eines düsteren Raumschiffs.

Der typische Theaterduft nach Schminkpuder, altem Holz und Leder hing Rabea schon die ganze Zeit in der Nase, hier oben intensivierte er sich noch einmal. Sie kannte ihn nur allzu gut aus der Zeit, in der sie ihre Mutter im Berner Konzert Theater besucht hatte. Sie sog ihn tief in ihre Lungen. Er beruhigte sie, schenkte ihr etwas Vertrautes, linderte ihr Herzrasen.

Klassische Konditionierung, dachte sie. Die Verknüpfung eines Geruchs mit Geborgenheit. Manchmal konnten die Mechanismen der menschlichen Psyche so simpel sein.

»Seien Sie vorsichtig!«, wisperte Weinstock hinter ihr. »Dieser Raum wurde so entworfen, dass er Geräusche möglichst weit trägt.«

Sie nickte und machte einige sachte Schritte auf den Gitterboden der Portalbrücke, der daraufhin leicht vibrierte.

Alle Scheinwerfer und auch die Beleuchtung im Zuschauerraum brannten. Spurensicherer in weißen Overalls schritten die Ränge ab, auf der Suche nach mikroskopisch kleinen Hinweisen.

Rabea ging auf die Knie, um durch das Gitter hindurch einen besseren Blick auf das Geschehen unter sich zu haben.

Das, was vielleicht die leblose Hülle ihrer Schwester war, lag genau in der Mitte der Bühne. Ein weißhaariger Rechtsmediziner kniete vor ihr und beugte sich gerade über ihren Kopf. Die Kulissen des Rapunzel-Theaterstücks, die sie umgaben, ließen auf eine moderne Inszenierung schließen. Der stählerne Bau auf der rechten Bühnenseite glich eher einem efeuumwucherten Förderturm als einem mittelalterlichen Gemäuer. Verschiedenfarbige Neonröhren hingen vom Schnürboden herab und beleuchteten die Protagonisten unter ihnen.

Sie spielten eine Szene, die in keinem Drehbuch stand. Die niemals für diese Bretter gedacht worden war. Ein Tragödienstück, in dem Rabea schon oft genug selbst mitgewirkt hatte.

Die Untersuchung eines Tatorts: Auftritt Hauptkommissar Masebo. Energischen Schrittes ging er über die Bühne und blieb neben dem Rechtsmediziner stehen. Er trug einen weißen Overall über dem Anzug und hielt sein Handy in der Hand.

»Ich lasse die Diktierfunktion meines Handys mitlaufen. Ich hoffe, das stört nicht.«

»Nein, nein … überhaupt nicht«, entgegnete der Rechtsmediziner gedankenversunken. »Ich sehe mir gerade die petechialen Blutaustritte an den Augenlidern an.«

»Sie glauben gar nicht, wie sehr mir dieser ganze Rummel auf die Nerven geht.« Masebo kratzte sich im Nacken. »Gerade ist irgendeine Profilerin vom LKA Rheinland-Pfalz aufgetaucht, die unbedingt die Leiche sehen wollte. Bei solchen Sachen drehen die Leute jedes Mal durch. Der Theaterintendant sitzt uns auch schon im Nacken. Will wohl allen Ernstes am Premierentermin festhalten.«

»Und? Haben Sie etwas dazu rausbekommen, wie die Tote hierhergebracht werden konnte? Wie gesagt, anhand der Totenflecken ist davon auszugehen, dass sie bewegt worden ist.«

»Ich habe jetzt mit dem Bühnenmeister, dem Chef der Requisite und diesem vermaledeiten Pförtner geredet.« Der Hauptkommissar ging um die Leiche herum. »Als er morgens gegen sieben einen Rundgang gemacht hat und zur Bühne kam, lag sie da. Bisher haben meine Leute keinerlei Einbruchspuren gefunden, keiner der Pieper an den Türen ist losgegangen.«

»Er muss die Routinen des Pförtners gekannt haben und hat anscheinend Zugang hinter die Kulissen. Vielleicht jemand aus dem Theater?«

»Möglich«, meinte Masebo, »aber für solche Schlussfolgerungen ist es noch zu früh. Haben Sie hier noch irgendwelche Erkenntnisse gewinnen können?«

Der Rechtsmediziner stand auf und trat von der Leiche zurück. Zum ersten Mal konnte Rabea sie vollständig sehen. Sie fingerte ihr Handy aus der Hosentasche, aktivierte die Kamera und zoomte auf die Bühne.

Schon die ganze Zeit hatte sie sich auf diesen Moment vorbereitet, hatte versucht, sich auf diesen Anblick einzustellen. Doch es gab Dinge auf dieser Welt, gegen die man sich schlicht nicht wappnen konnte.

Die Gesichtsfarbe der jungen Frau wirkte beinahe dunkelblau, feine Blutrinnsale kamen aus Mund, Nase und Ohren. Die Augen quollen aus den Höhlen hervor, und ihr stumpfer Blick verlor sich irgendwo an der Bühnendecke – deutliche Folgen der Strangulation. Das sorgsam geflochtene Seil aus goldblondem Haar, das um ihren Hals lag, schimmerte schwach im Scheinwerferlicht.

Der Blick auf ihren Kopf versetzte Rabea einen Stich. Der

Täter musste ihr blondes Haar mit wenigen, ungeschickten Schnitten abgetrennt haben. Jetzt stand es in struppigen Büscheln in alle Richtungen ab.

Erdrosselt mit den eigenen Haaren, dachte Rabea. Er hat sie dir genommen, nur um dich dann mit ihnen zu töten.

Die Arme der Toten endeten in Stümpfen knapp oberhalb der Handgelenke, aber sie wirkten ausgeheilt. Die Amputationen mussten schon Jahre zurückliegen.

Die Tote trug ein schlichtes, weißes Baumwollkleid, das in seiner Sauberkeit nicht so recht zum Zustand der grausam zugerichteten Leiche passen wollte.

Rabea brachte es einfach nicht über sich, auf die Wange des Opfers zu schauen. Versuchte, sich möglichst lang mit anderen Beobachtungen aufzuhalten.

Jetzt bring es endlich hinter dich!, befahl eine Stimme in ihrem Hinterkopf. Sie hielt die Luft an. Richtete den Zoom des Handys auf das Gesicht der Toten.

Nichts. Kein Feuermal. Kein Herzchen.

Das Opfer war nicht ihre Schwester.

Ein seltsamer Cocktail aus Erleichterung und Verwirrung durchflutete sie. Wenn Marie dort nicht lag, bestand die Hoffnung – so gering sie auch sein mochte –, dass sie vielleicht noch am Leben war. Gleichzeitig stellte sie sich neue Fragen: Wer war die Tote dann? Und gab es vielleicht doch eine Verbindung zu dem Verschwinden ihrer Schwester?

»Riechen Sie mal«, sagte der Rechtsmediziner unten auf der Bühne.

Masebo sog hörbar die Luft in seine Nasenflügel. »Irgendein Shampoo. Lavendel oder Jasmin oder so.«

»Und sehen Sie sich einmal das Haar an. Es ist fest, es glänzt. Es wurde bis zuletzt absolut hervorragend gepflegt. Wer auch immer das getan hat, er hat eine Leidenschaft für Haare.«

»Nicht nur für Haare, auch für Märchen. Ich frage mich, ob er sie so lange festgehalten und mit der Ermordung gewartet hat, bis so ein Stück aufgeführt wird.«

Der Rechtsmediziner betrachtete die Turm-Kulisse und sagte tonlos: »Rapunzel, lass mir dein Ha...«

Die ersten Klavierklänge von Ludovico Einaudis *»Una Mattina«* schnitten ihm das Wort ab.

Rabeas Klingelton.

Scheiße. Sie hatte in all der Eile vergessen, es auf lautlos zu stellen.

»He, wer ist da oben?«, rief Masebo und legte den Kopf in den Nacken.

»Kommen Sie! Schnell!«, zischte der Bühnenmeister hinter ihr.

Ihr Blick traf sich mit dem des Hauptkommissars.

»Frau Wyler?«, brüllte er. »Ich glaub's ja nicht! Sie kommen auf der Stelle da runter!«

Sie holte ihr vibrierendes Handy aus der Hosentasche.

Das plötzliche Licht des Displays blendete sie in der Dunkelheit des Schnürbodens. Sie blinzelte mehrmals, dann las sie *»Jan Grall«* auf dem Bildschirm.

Der Mann besaß wirklich kein Talent für Timing.

ZEHN

Cannobio, Lago Maggiore

Jan legte sich auf einen der Liegestühle auf dem Balkon, das Handy dicht am Ohr. Nach kurzem Klingeln ging Rabea ran.

»Ah! Ich hoffe, ich störe nicht«, grüßte er.

»Es könnte nicht unpassender sein.« Sie flüsterte, die Stimme voller Anspannung. »Ich ruf dich zurück.«

Verwirrt legte Jan das Handy auf den Balkontisch. Was war los bei ihr? Als er sein Telefon wieder eingeschaltet hatte, hatte er darauf mehrere verpasste Anrufe von ihr entdeckt. Und jetzt das.

Er verschränkte die Hände hinter dem Kopf. Es blieb ihm nichts anderes übrig, als abzuwarten. Antworten auf seine Fragen würde er hoffentlich früh genug bekommen. Und bei diesem Ausblick auf den See, an dem er sich einfach nicht sattsehen konnte, hatte er gegen etwas Warten nichts einzuwenden.

In der nächsten Stunde ließ er sich die Sonne auf den Pelz scheinen, leerte die nächste Flasche Cola Zero und arbeitete sich durch ein Fachbuch über die Konditionierung von Serienmördern mit Fetischen und Tötungsverlangen. Es stammte aus der Feder von Professor Dr. Xaver Asgari, seinem einstigen Mentor an der Universität Bochum. Er hatte es ihm kurz vor seiner Abreise mit der Bitte um seine Meinung zugesandt. Asgari besaß eine faszinierende Vortragsweise, deren Verve Jan jedes Mal mitriss – sein Schreibstil jedoch war schon immer furchtbar geschwollen und gestelzt gewesen – der Grund, warum Jan die Lektüre so lange vor sich hergeschoben hatte. Er kämpfte sich durch die ersten vierzig Seiten.

Xaver arbeitete seit Jahrzehnten an seiner Hypothese, dass die Fantasien und Motive von sexuell motivierten Tätern auf klassischer Konditionierung beruhten. Er hatte seiner Labradordame sogar den Namen Mikah gegeben – benannt nach einem der Hunde von Iwan Pawlow, der den Behaviorismus mitbegründet hatte.

Es war eine spannende Theorie. Wenn nur Asgaris Schreibstil nicht so wahnsinnig ermüdend gewesen wäre.

Das Klingeln seines Handys war eine Erlösung.

»Rabea?«

»Jan ... jetzt kann ich sprechen, ich bin im Essener Polizeipräsidium.«

Er setzte sich auf. »Was machst du in Essen? Mein letzter Stand war, dass du für das Land Rheinland-Pfalz zuständig bist.«

»Das bin ich auch immer noch. Ich bin nur gerade ... wie soll ich's sagen ... in eigener Sache unterwegs.«

»Was soll das heißen?«

»Du hast mir einmal gesagt, die Entführung meiner Schwester wäre der Grund dafür gewesen, warum du mich fürs LKA ausgewählt hast. Weil ich der dunklen Seite unserer Seele so früh gegenüberstand, weil ich dieses Trauma irgendwie verarbeitet habe. Aber die Wahrheit ist, dass ich es nie hinter mir gelassen habe. Ganz im Gegenteil.«

Sie erzählte ihm davon, wie sie immerzu Nachforschungen über das Verschwinden von Marie Wyler angestellt und jeden Fall im Inland und Ausland analysiert hatte, der auch nur im Entferntesten Parallelen dazu hatte.

Ein hoffnungsloses Unterfangen. Zumindest bis jetzt. Als Rabea ihm die Details des Rapunzel-Mordes darlegte, spürte er, wie sich seine Finger fester um das Handy schlossen. Von einem so ähnlichen Modus Operandi hatte er noch nie zuvor gehört, der Verweis auf ein Märchen war ebenso bizarr wie die Tötungsmethode. Auch wenn er es sich zunächst nicht eingestehen wollte, faszinierte ihn diese Tat ebenso, wie sie ihn abstieß.

»Die Tote ist definitiv nicht meine Schwester«, endete Rabea, »aber ich bin immer noch der Überzeugung, dass zwischen dieser Tat und Maries Entführung eine Verbindung besteht.«

Er seufzte, stemmte sich aus dem Liegestuhl hoch und lehnte sich an die Brüstung des Balkons. Rabea hatte schon immer zu vorschnellen Entschlüssen geneigt. Sie gehörte zu jenen Menschen, die manchmal mehr auf ihre Intuition als auf ihren Intellekt hörten. In einem von vier Fällen lag sie damit richtig. Aber Jan hegte einige Zweifel daran, dass dieser hier zu diesem Viertel zählte.

»Ist etwas nicht in Ordnung?«, fragte Rabea, weil er immer noch nichts gesagt hatte.

»Rabea, es ist nur so: Ich sehe die Verbindungen nicht.

Nur weil deiner Schwester auch eine Hand abgetrennt wurde und nur weil sie und das Opfer vielleicht ungefähr gleich alt sind, ist das noch lange kein Grund, um nach Essen zu fahren und dich in fremde Ermittlungen einzumischen. Das Beste und Vernünftigste, was du jetzt tun kannst, ist, dich in aller Form bei den Essener Kollegen zu entschuldigen, in dein Auto zu steigen und wieder nach Hause zu fahren. Tut mir leid.«

Er fühlte sich eigentlich überhaupt nicht dazu in der Verfassung, für irgendwen die Stimme der Vernunft zu spielen. Verdammt, er verkroch sich seit Monaten kiffend in einer Ferienwohnung, die er sich schon bald nicht mehr leisten konnte. Was sollte er bitte zu melden haben? Doch Rabeas Verirrung lag so klar auf der Hand, dass er nicht anders konnte, als ihr einen verbalen Wachrüttler zu verpassen.

»Das ist noch nicht alles«, sagte Rabea zögernd. »Etwas an diesem Märchen-Thema hat mich die ganze Zeit nicht losgelassen, eine Erinnerung, nicht wirklich greifbar. Als ich hier im Präsidium etwas Zeit zum Nachdenken hatte, ist es mir wieder eingefallen. Überzeugen wird dich das aber wahrscheinlich auch nicht.«

»Erzähl es mir.«

»Marie hatte damals Angst vor einer Hexe. Ständig erzählte sie davon, dass sie sie nachts besuchen komme und vor ihrem Fenster stehe. Und du weißt ja, wer Rapunzel im Märchen in den Turm gesperrt hat …«

»Eine Hexe«, murmelte Jan. »Allerdings kann das auch nur der Fantasie deiner Schwester entsprungen sein. Kinder in dem Alter stellen sich viele Sachen vor.«

»Das dachte ich auch zuerst. Aber in einer Nacht hatte sie so große Angst, dass ich mit ihr zusammen im Zimmer schlief. Und dann habe ich sie selbst gesehen, die Hexe.«

Jan stutzte. Wie alt war Rabea zu dieser Zeit gewesen? Zehn? Höchstens elf? War die Erinnerung echt? Oder redete sich Rabea nur ein, dass sie echt war? Er fragte: »Bist du sicher?«

»Einhundert Prozent. Ganz genau beschreiben kann ich sie nicht, ich sah sie nur schemenhaft. Ich kann mich nur noch daran erinnern, wie laut und lange ich geschrien habe. So lange, bis mein Vater völlig erschrocken ins Zimmer gestürmt kam. Als er dann draußen nachsehen war, konnte er niemanden finden.«

Jans Blick folgte einem kleinen Motorboot, das eine Schneise aus schäumendem Weiß in das Türkisblau des Sees pflügte. Selbst wenn die Geschichte mit dieser Hexe stimmte, wäre sie lediglich ein vager Anhaltspunkt, nicht mehr.

»Wenn du anrufst, um dir für diese Aktion meinen Segen abzuholen, kannst du das vergessen. Du jagst einem Phantom hinterher. Du siehst Zusammenhänge, weil du Zusammenhänge sehen willst.«

»Ich ruf dich garantiert nicht an, weil ich deinen *Segen* will! Blödsinn!«, sagte Rabea. »Aber du hast mir doch früher selbst gesagt, dass man immer auch den unwahrscheinlichsten Hypothesen nachgehen muss. ›Die Grenzen der Vorstellungskraft sind die einzigen Grenzen eines Fallanalytikers.‹ Deine Worte.«

»Also schön«, er rieb sich über die Nasenwurzel, »da

dich mein Rat ja anscheinend nicht interessiert, frage ich mich, was du von mir willst.«

»Deine Hilfe«, sagte sie nach einigen Sekunden, und es klang etwas kleinlaut.

Er blieb stumm.

»Okay, jetzt hör mir erst mal zu. Wenn ich hier wirklich etwas erreichen will, dann muss auch das Verschwinden meiner Schwester in der Schweiz wieder neu aufgerollt werden. Aus Essen kann ich allerdings im Augenblick nicht weg, sonst verliere ich meine Spur. Der Täter ist hier. Ich brauche also jemanden, der in meinem Heimatort für mich ermittelt. Jemand, dem ich vertrauen kann. Der noch einmal eine ganz andere Sichtweise auf die Dinge hat. Jan, ich brauche dich.«

Er fingerte sich den nächsten Joint aus der Tasche seines Bademantels, zückte sein Sturmfeuerzeug – ein Geschenk von Miriam – und zündete ihn sich an. Er nahm einen tiefen Zug und genoss es, wie der Rauch in seinem Rachen prickelte. Für sein zweifelhaftes Verhalten im Alphabetmörder-Fall fühlte er sich Rabea gegenüber noch immer schuldig. Er hatte sie damals in Gefahr gebracht. Aber deshalb durfte er sich noch lange nicht zum nächsten Himmelfahrtskommando drängen lassen.

»Rabea, ich bin nicht ohne Grund im Exil, hier am Lago Maggiore. Ich schreibe ein Buch, mit dem ich ein für alle Mal einen Schlussstrich unter das Profiling ziehen will. Ich will nichts mehr mit diesem Wahnsinn zu tun haben. Selbst wenn ich an deinen Fall glauben würde, ich würde allein deswegen niemals in die Schweiz fahren. Es tut mir leid, aber du wirst jemand anderen für diese Aufgabe finden müssen.«

»Es gibt keinen anderen«, erwiderte sie tonlos.

Er schätzte es, dass sie nicht nachhakte, nicht flehte. Sie musste ihn noch gut genug kennen, um zu wissen, dass er es sich nicht anders überlegen würde.

»Du bist dazu geboren«, sagte Rabea. »Ich kenne niemanden, der auch nur ansatzweise deine Begabung hat. Und das willst du einfach wegschmeißen? Du willst die da draußen gewinnen lassen. Die Vergewaltiger. Die Mörder. Die Monster.«

»Am Ende gewinnen sie immer.« Er blies eine Wolke Marihuanarauch aus. »Ich bin es leid, immer nur durch das Elend zu wandern, das sie hinter sich gelassen haben. Vielleicht wirst du das auch eines Tages merken. Fahr weg aus Essen. Außer Leid wirst du dort nichts finden.«

Er drückte das Gespräch weg und fühlte sich wahnsinnig erschöpft. Genug Telefonate für die nächsten zwei Monate. Kurzes Zögern, dann schaltete er sein Handy wieder aus.

ELF

Essen

»Wenn Sie jetzt schon einmal hier sind, können Sie mir auch gleich Ihre Gedanken zu dieser Sauerei schildern.« Hauptkommissar Masebo schnappte sich eine Weintraube aus der Obstschüssel auf seinem Schreibtisch. Kauend lehnte er sich in seinem Sessel zurück und musterte Rabea.

»Das klang vorhin noch ganz anders«, sagte sie.

Er genehmigte sich einen Schluck aus seiner Trinkflasche, in der eine grünliche, zähflüssige Pampe herumschwappte. »Wirsing-Avocado-Smoothie. Auch mal probieren?«

Sie schüttelte heftig den Kopf.

»Wie Sie vielleicht merken, lasse ich mir von diesem Job nicht die Gesundheit kaputt machen«, sagte er. »Ich habe keinen Bock, zum Resonanzkörper für all diesen Scheiß zu werden. Ich meine, was erwartet man von uns? Dass wir alle depressive Kettenraucher werden, die eine verkorkste Ehe und dicke Ringe unter den Augen haben? Und ich habe gerade zwei Optionen: Entweder ich blase die Angelegenheit mit Ihnen zu einem Riesending auf und mache mir unnötigen Stress ... oder ich halte alles unter dem Radar, quetsche

Sie kurz ein wenig aus und schicke Sie dann wieder zurück nach Mainz. Sie haben ja ohnehin schon bekommen, was Sie wollten. Wobei mich wirklich interessieren würde, was Sie bewogen hat, hierherzukommen?«

»Rein privates Interesse«, murmelte sie, was ja sogar der Wahrheit entsprach.

Während seines kleinen Monologs hatte Rabea ihren Blick durch sein Büro schweifen lassen. Nachdem Masebo sie am Tatort entdeckt hatte, wurde sie von einem seiner Kollegen auf das Präsidium gebracht, das nur einen Steinwurf weit vom Grillo entfernt lag. Kurz nach ihrem Gespräch mit Jan, nach dem er einfach aufgelegt hatte, bat der Hauptkommissar sie herein.

An den Wänden hingen Poster von Jazzfestivals. Auf einem Aktenschrank standen Fotos, die Masebo, seine Frau und seine zwei Kinder im Familienurlaub in New York zeigten, dazwischen die Teilnehmerurkunde des Essener City-Marathons. Eigentlich ein grundsympathischer Kerl, dachte Rabea, vielleicht haben wir einfach nur einen falschen Start hingelegt. Sie beugte sich vor.

»Aus Ihrem Gespräch mit dem Rechtsmediziner habe ich herausgehört, dass Sie schon einige Dinge erfasst haben. Viel Neues habe ich nicht. Aber eins kann ich Ihnen sagen ...«

Er steckte sich die nächste Weintraube in den Mund. »Na dann, schießen Sie los!«

»Suchen Sie alle Türme im Umkreis ab. Wassertürme, Schlosstürme, Fördertürme, was auch immer.«

Er verschluckte sich und hustete. »Wieso das?«

»Liegt das nicht auf der Hand?«, erwiderte sie heftiger als beabsichtigt. »Unser Täter ist ein großes Risiko damit eingegangen, die Tote auf der Bühne dieses Rapunzel-Stücks zu drapieren. Der Zusammenhang ist klar. Weiß Gott, vielleicht hat er jahrelang auf so einen Anlass gewartet. Er ist völlig auf dieses Märchen fixiert. Das bedeutet, er hat sein Opfer nicht irgendwo eingesperrt ...«

»... sondern in einem Turm«, vollendete Masebo den Satz und griff nach seinem Telefonhörer. Er rief einen seiner Untergebenen an und teilte die Erkenntnis mit ihm.

»Was noch?«, fragte er, nachdem er wieder aufgelegt hatte. »Wieso dieser Haar-Fetisch? Warum das Märchen?«

»Dafür weiß ich noch zu wenig. Aber fragen Sie sich mal selbst: Welchen Lebensabschnitt verbinden Sie am ehesten mit Märchengeschichten?«

Er zuckte mit den Schultern. »Nun, die Kindheit? Meine Mutter hat mir früher immer Sagen und Legenden aus Ghana erzählt. Natürlich aus dem Kopf, nicht aus einem Buch.«

»Richtig. Ich kann nur spekulieren, aber ich vermute, dass wir hier von einem Kindheitstrauma sprechen. Und Sie haben auch schon erwähnt, welche Personen wir mit Märchen verbinden: unsere Eltern.«

»Also geht es hier um jemanden, der ein gestörtes Verhältnis zu seinem Vater oder zu seiner Mutter hat.«

»Oder um jemanden, der es nicht verkraftet hat, einen von ihnen zu verlieren. Vielleicht eine Waise.«

Masebo machte sich eine Notiz in seinem Schreibblock.

»Ich weiß noch nicht, ob es nützlich ist, aber interessant ist es allemal ...«

Die Tür flog auf, und ein Beamter mit schütterem Haar steckte den Kopf herein. »Sorry, Herr Masebo, aber wir haben einen Volltreffer bei der Datenbank-Recherche gelandet! Das Opfer ... es ist aller Wahrscheinlichkeit nach Isabelle Hoffmann. Sie wurde vor sechs Jahren als vermisst gemeldet. Heute wäre sie dreiundzwanzig. Wir haben die Eltern bereits in die Rechtsmedizin gebeten, um die Tote zu identi...«

Masebo lenkte den Blick des Mannes auf Rabea. Ein unmissverständlicher Hinweis für ihn, dass der Inhalt dieses Gesprächs nicht für ihre Ohren bestimmt war.

»Frau Wyler, ich danke Ihnen vielmals fürs Kommen«, er setzte wieder sein Zahnpasta-Lächeln auf und streckte ihr eine Visitenkarte entgegen, »aber ich danke Ihnen noch mehr fürs Gehen. Nehmen Sie's mir bitte nicht übel. Falls Ihnen noch irgendetwas einfallen sollte, melden Sie sich gern jederzeit.«

Jasiri Masebo – Erster Hauptkommissar / Morddezernat

Polizei Essen

Sie steckte das Kärtchen in die Hosentasche. »Werde ich. Viel Glück noch bei Ihren Ermittlungen«, sagte sie kühl.

Sie quetschte sich an dem Beamten vorbei, der immer noch in der Tür stand, und ging mit hallenden Schritten den Flur des Präsidiums entlang.

Draußen musste sie wieder an das Gespräch mit Jan denken. Sie war auf seine Hilfe angewiesen, wenn sie irgendeine

Chance haben wollte, das Rätsel um ihre Schwester aufzuklären.

Doch sie selbst würde ihn niemals dazu beschwatzen können, sein selbst gewähltes Exil aufzugeben.

Als sie hinaus in die frühe Abendsonne trat, konnte sie sich ein leichtes Grinsen nicht verkneifen.

Es gab da jemanden, dem Jan aus der Hand fraß.

ZWÖLF

Duisburg

»Die Fehler sind alle da, sie müssen nur noch gemacht werden.«

Seit dem gestrigen Abend ging Ilias Qabbani dieser Aphorismus nicht mehr aus dem Kopf. Er gehörte zu den Tartakowerismen, den pointierten, ironischen Aussprüchen des polnischen Schachmeisters Savielly Tartakower.

Habe ich schon einen Fehler gemacht?, fragte er sich, als er die Arme auf das Geländer des Duisburger Innenhafenbeckens lehnte.

Vor einigen Jahren hatte die Stadt das einstige Industriegebiet mit seinen halb zerfallenen Speichergebäuden und rostzerfressenen Silos in eine angesagte Bürogegend verwandelt. Jetzt spiegelte sich das Purpurlicht der Abendsonne in den Glasfassaden der Neubauten und der vielen Bars und Cafés.

Als Qabbani noch ein Kind gewesen war – damals, als Stahl und Kohle hier noch allgegenwärtig gewesen waren –, hatte er oft zwischen den Speichergebäuden gespielt. Er war ein schwächliches, ein mageres Kind gewesen, das lieber Schach als Fußball gespielt hatte. Als Libanese war er noch dazu Opfer ständiger Hänseleien gewesen. Als er einmal an einem Spätsommertag zusammen mit den anderen Kindern aus Ruhrort am Innenhafen Verstecken spielte, schubste ihn eins der anderen Kinder ins Hafenbecken.

»Weil ihr euch ja zu Hause gar nicht richtig wascht!« Er erinnerte sich noch genau an diesen Satz.

Damals konnte er noch nicht schwimmen. Er musste wild mit den Armen paddeln, um sich im trübgrauen Brackwasser gerade so an der Oberfläche halten zu können. Hätte ihm ein Binnenschiffer nicht einen Rettungsring zugeworfen, wäre er vielleicht wirklich ertrunken.

An jenem Tag, als er kotzend und nach Luft ringend auf dem Deck des Frachtschiffs lag, hatte er sich geschworen, nie mehr schwach zu sein. Aber er setzte auf Geisteskraft, nicht auf Muskeln.

Einige Tage nach diesem Ereignis hatte er ein paar ältere Jungs gefunden, mit denen er einen Tauschhandel einging. Sie schlugen denjenigen krankenhausreif, der ihn ins Hafenbecken gestoßen hatte – er brachte ihnen Mathe bei.

Der Grundstein für alles, was danach kam.

Obwohl er nur der drittälteste Bruder im Clan der Qabbanis war, wurde er doch mit gerade einmal achtunddreißig Jahren zu dessen Oberhaupt. Eine Position, die er jetzt schon seit zwei Jahrzehnten innehatte.

Sein Blick verfolgte einen Graureiher, der auf einem der Stahlpfeiler direkt vor dem Portsmouth-Damm landete.

»Fehler können und dürfen nur starke Spieler machen.«

Noch so ein Tartakowerismus.

Was für ein Spiel dieser seltsame Nimrod, der Satan's Squad und er auch immer spielten, im Moment war nicht er der stärkste Spieler, sondern dieser Nimrod. Der Grund war simpel: Niemand wusste etwas über ihn, seine Beweggründe, seine Identität. Sicher, er wollte diesen jungen Mann namens Kristijan Ivasic tot sehen und zahlte dafür einen exorbitanten Geldbetrag. Weil er einen Mord begangen hatte, von dem Nimrod schon im Vorhinein gewusst hatte. Aber was steckte wirklich dahinter?

Inzwischen war er sich fast sicher, dass es sich bei diesem Mord um die abscheuliche Rapunzel-Tat handelte. Sie passte genau in den Zeitrahmen.

Heute Morgen hätten zwei seiner Männer diesen Ivasic beinahe aufgegriffen. Nimrod hatte ihnen einige Fotos von dem Dreiundzwanzigjährigen zukommen lassen, um die Identifizierung möglichst einfach zu machen.

Qabbani lief weiter, die Hände hinter dem Rücken verschränkt. Wenn er nachdenken musste, ließ er sich oft von einem seiner Leibwächter hierher zum Innenhafen fahren und ging spazieren. Auch jetzt folgte ihm der Mann, Abdellah war sein Name, in gebührendem Abstand.

Der Kies knirschte unter seinen Santoni-Schuhen. Eine Frau, die mit ihrem kleinen, spitzohrigen Hund Gassi ging, warf ihm in seinem schwarzen Kaftan einen misstrauischen Blick zu.

Was sollte er tun, wenn seine Leute Kristijan Ivasic wirklich fassten? Ihn einfach töten, das Geld einkassieren und die Sache auf sich beruhen lassen? Oder sollte er ihr auf den Grund gehen?

Was würde Tartakower machen?

»*Sidi* – Herr? Er ist es.« Sein Leibwächter hatte zu ihm

aufgeschlossen. Er hielt ihm das Handy entgegen, auf dem sie schon gestern Abend mit Nimrod gesprochen hatten.

Qabbani legte das Telefon ans Ohr.

»Ja?«

»Machen Sie Fortschritte?« Die Computerstimme kam direkt zum Thema, ebenso teilnahmslos wie zuvor.

»Meine Männer hätten ihn heute Morgen beinahe am Essener Hauptbahnhof festgesetzt, aber er konnte entkommen. Ich lasse die ganze Stadt nach ihm absuchen.«

Er setzte sich auf die Stufen einer der vielen Industrieruinen, die jetzt zu kleinen, pittoresken Gartenanlagen umgestaltet worden waren.

»Ich will Ihnen einen Hinweis geben, wo der Junge meines Wissens stecken könnte«, sagte Nimrod. »Die Information habe ich bereits mit Herrn Beil geteilt.«

»Das Satan's Squad ist also auch noch auf der Jagd.«

»Sie und Herr Beil sind beide Männer mit sehr unterschiedlichen Vorgehensweisen. Wie gesagt: Ich wäre ein Narr, nicht Sie beide auf ihn anzusetzen. Also, wollen Sie den Hinweis jetzt hören oder nicht?«

»Sicher, natürlich«, murmelte Qabbani.

»Haben Sie schon einmal die Geschichte von Samson und Delilah gehört?«

»Ich bin mir sicher, Sie werden mich aufklären.«

»Sie gehört zu den unbekannteren Erzählungen der Bibel. Samson war ein Krieger der Israeliten – ein sogenannter Nasiräer, ein Auserwählter Gottes. Seine Haare durften niemals geschoren werden, denn sie allein verliehen ihm seine übermenschliche Stärke. Und niemand durfte je von diesem

Geheimnis erfahren. Aber wie es nun einmal so ist, verliebte sich Samson eines Tages in das Mädchen Delilah. Seine Liebe und sein Vertrauen zu ihr waren so groß, dass er ihr sein Geheimnis verriet. Noch in derselben Nacht, als Samson schlief, schnitt Delilah ihm seinen Haarschopf ab und verriet ihn an die Philister, die Feinde der Israeliten. Kurz darauf überwältigten sie Samson, blendeten ihn und nahmen ihn gefangen. Er wurde verraten von seiner großen Liebe.«

»Tragische Geschichte«, resümierte Qabbani, »aber inwiefern soll das ein Hinweis sein?«

»Ich bin noch nicht fertig«, sagte Nimrod. »Auch in unserer Geschichte gibt es ein Mädchen. Und auch ihr Name ist Delilah ...«

DREIZEHN

Essen

»Hier hast du noch Bettwäsche!« Delilah lud Decke und Kissen neben Kris auf dem Sofa ab und hockte sich mit untergeschlagenen Beinen auf den IKEA-Sessel gegenüber. »Brauchst du sonst noch was?«

Er schüttelte den Kopf.

Ihre Zweizimmerwohnung lag unter dem Dach eines heruntergekommenen Altbaus irgendwo in Essen-Holsterhausen. Obwohl Delilah bereits alle Fenster aufgerissen hatte, staute sich die Hitze des Tages noch immer unter den Dachschrägen. Ein einziger Glutofen. Kris schwitzte aus jeder Pore, ohne sich auch nur einen Zentimeter bewegt zu haben. Die Bettwäsche hätte sie sich wirklich sparen können.

»Jetzt erzähl endlich!«, rief sie und legte den Kopf schief. »Was ist los bei dir?«

Dieses Mal rettete ihn das Nudelwasser, das plötzlich brodelnd hochkochte. Delilah hechtete zu der kleinen, zusammengewürfelten Kochnische, schaltete die Hitze runter und nahm den Deckel vom Topf.

»Du warst ja schon immer eher still, aber jetzt bist du gerade richtig freaky«, rief sie und rührte die Pasta um.

»Ich hab nur viel um die Ohren.«

»Okay, ich will dich auch nicht nerven«, sagte sie verständnisvoll, »lass uns erst einmal essen, dann schauen wir weiter.«

Sie saßen nebeneinander auf dem Sofa und verspeisten einträchtig die Nudeln mit Käsesauce. Sie trank Rotwein aus einem großen Becher, er Pfirsich-Eistee. Es war fast wie früher, im Speisesaal von Sankt Johannes. Kris und Delilah, eine unzertrennliche Einheit.

Lange bevor der Turm des Schweigens zum ersten Mal seinen Schatten auf ihn geworfen hatte.

Sie sog den letzten Spaghetti zwischen ihre Lippen. »Weißt du noch, als dich die anderen Jungs mit Abfall und Essensresten aus den Mülleimern beworfen haben? Ich hab den einen von ihnen richtig weggeboxt. Und Jonas, dem hab ich mal übel in die Eier gekickt. Würd mich nicht wundern, wenn sich das mit dem Kinderkriegen bei ihm erledigt hat.«

»Ich habe mich damals nie richtig bei dir bedankt.«

»Ach was!« Sie stellte das Geschirr weg. »*Das* hab ich echt gern gemacht.«

Die Dämmerung brach herein, allmählich wurde es etwas kühler. Delilah zündete die Lichterketten an, die überall an ihren Wänden hingen. Ihre Einrichtung hatte etwas Mädchenhaftes und Verspieltes: viele Spiegel, viele gerahmte Schwarz-Weiß-Bilder. »Wenn man immer nur im Heim gelebt hat und nie sein richtiges Zimmer hatte, dann genießt man das Dekorieren«, kommentierte sie seinen verwunderten Blick.

Sie setzte sich wieder zu ihm, den zweiten Becher Rotwein in der Hand. Die billige Flasche Wein hatte sie zusammen mit den Spaghetti bei Netto gekauft. Ihr Blick war etwas glasig, sie war schon leicht betrunken. Delilah hatte noch nie viel vertragen.

»Und dann bist du irgendwann einfach von der Bildfläche verschwunden«, fuhr sie fort. »Ein paar Leute haben behauptet, dieser komische Jugendberater hätte sich um dich gekümmert, dir eine Wohnung und Arbeit und so besorgt. Du warst ja schon damals immer wieder bei dem, oder? Und stimmt das jetzt? Machst du was?«

»Nicht so richtig. Aber ich komme zurecht.«

»Oh Mann, du gibst dich echt geheimnisvoll, was?« Sie knuffte ihn und stürzte den Rotwein herunter.

Er zuckte nur mit den Schultern.

»Wie auch immer, ich bin froh, dass du ein paar Tage hier bist. Ich kann echt Gesellschaft gebrauchen. Ich hab sogar schon überlegt, ob ich mir einen Kater zulegen soll, aber dann werde ich am Ende noch zu so einer verrückten Katzenlady mit fünfzehn von den Viechern.« Sie lachte gellend, ein viel zu lautes Hyänenlachen, den Kopf in den Nacken gelegt, so wie immer.

Als sie auch ihren dritten Becher Rotwein geleert hatte, verabschiedete sie sich ins Schlafzimmer. Morgen müsse sie früh raus, sagte sie.

Kris lehnte sich zurück und genoss die plötzliche Stille. Nur noch das entfernte Rauschen der A40 und der plärrende Fernseher aus der Nachbarwohnung waren zu hören. Ob Rapunzels Bild wohl schon in den Nachrichtensendungen zu sehen war? Seine Hand glitt wie ferngesteuert in seine Hosentasche, zog ihre Haarsträhne hervor. Er hielt sie sich an die Nase und stellte erschrocken fest, dass ihr unverwechselbarer Duft immer mehr seinem eigenen Geruch nach Schweiß und billigem Deo wich. Schon bald würde er vollends verflogen sein. *Wo soll ich nur hin, Rapunzel? Wo bin ich sicher?*

Er wusste nur, dass er hier nicht lange bleiben konnte. Auch Delilah lebte im Schatten des Turms.

Er zuckte zusammen. Spürte wieder den gleißenden Schmerz, die Stöße, die seine Muskeln so oft zum Zittern und seinen Mund zum Sabbern gebracht hatten. Wie er sich eingenässt hatte. Wie er auf dem Stuhl gesessen hatte, mit Lederriemen fixiert, die ihm tief in die Hand- und Fußgelenke schnitten. Wie er die Finger so tief in die Armpolster des Sitzes gekrallt hatte, dass Blut unter den Nägeln hervorgequollen war.

Nichts formte einen Menschen so sehr wie der Schmerz.

Die Schlafzimmertür flog auf.

Delilah trat heraus, nur in BH und Shorts. Ihr lockiges Haar trug sie offen, ihre Opalaugen fixierten ihn. Die Hunderten Lämpchen der Lichterketten schimmerten auf ihrer honigfarbenen Haut, warfen Schatten auf ihren wohldefinierten Bauch und ihre Brüste.

»Ich wollte eigentlich nur schnell Zähne putzen«, sagte sie etwas lallend. »Und es ist eeecht warm hier drin.«

Allerdings ging sie nicht in Richtung Bad, sondern steuerte geradewegs auf ihn zu.

Wie erstarrt blieb er sitzen. Das Blut pumpte gegen seinen Schädel. »Wa-was machst du?«

Sie ging vor ihm auf die Knie, nestelte an seinem Gürtel herum. »Lass mich einfach machen. Wir haben damit viel zu lange gewartet.«

Die Situation überforderte ihn völlig. Er hatte es nur ein einziges Mal getan, vor langer Zeit.

Ehe er überhaupt reagieren konnte, hingen ihm die Jeans schon in den Kniekehlen. Sie öffnete die Knopfleiste seiner Boxershorts und holte sein schlaffes Glied hervor.

»Da hab ich dich wohl etwas überrumpelt, was?«, flüsterte sie in sein Ohr, küsste intensiv seinen Nacken und rieb ihn mit rhythmischen Bewegungen.

Er atmete schwerer, aber nichts rührte sich. Selbst als er mit den Fingern durch ihr Haar glitt, tat sich nichts. Es war nicht dasselbe, nicht so seidig, nicht so glatt. Roch völlig anders. Sie war nicht Rapunzel.

»Es ist gut, lass es lieber!«, hauchte er.

»Das wird schon.« Sie nahm vorsichtig seine Eichel zwischen die Lippen. Dabei wanderte ihr Blick zu der Strähne von Rapunzels Haar, die er noch immer in der Hand hielt.

Sofort ließ sie von ihm ab.

»Ey, was soll das denn sein?« Sie wischte sich über den Mund und sprang auf. »Von wem sind die Haare? Alter, hast du eine andere, oder was? Wieso sagst du denn nichts?«

Hastig zog er sich die Jeans wieder hoch und steckte die Strähne zurück in die Hosentasche.

»Ich … es ist …«

Sie nahm seine Bettdecke, schniefte und wickelte sie sich um den Körper. »Ist das der Grund, warum du bei mir pennen willst? Weil du Stress mit ihr hast? Hat sie dich rausgeworfen?«

»Nein, du verstehst da was falsch«, sagte er schwach. Was sollte er ihr sagen? Was sollte er tun? Er brauchte diesen Unterschlupf.

»Was!? Was verstehe ich falsch? Gar nichts verstehe ich falsch! Jetzt ergibt auf einmal alles einen Sinn. Warum du plötzlich verschwunden bist … Weißt du, ich hab dich damals vor den anderen beschützt, weil du etwas Besonderes warst. Für mich. Aber das scheint wohl nur einem von uns so gegangen zu sein.«

Sie funkelte ihn böse an und trat den Rückzug in ihr Schlafzimmer an. Kris meinte sogar, Tränen in ihren Augen schimmern zu sehen.

»Gleich morgen früh verschwindest du! Ich will dich hier nicht mehr sehen.«

VIERZEHN

Essen

Rabea checkte im Hotel Handelshof gleich gegenüber des Essener Hauptbahnhofs ein, erst einmal nur für eine Nacht. In ihrem Zimmer angelangt, wusch sie zunächst mit einer eiskalten Dusche den Schweiß und die Ereignisse dieses langen Tages ab. Als sie danach auf der Matratze lag, nackt und alle viere von sich gestreckt, merkte sie erst, wie hungrig sie war. Den ganzen Tag über hatte sie nichts Richtiges gegessen.

Sie zog die Wechselkleidung an, die sie sich schnell bei H&M gekauft hatte, und machte sich wieder auf den Weg. Ein beinahe elektrischer Geruch hing in der Luft, nach Ozon und Feuchtigkeit. Bleigraue Wolkenberge lagen über den Häuserdächern. Rabea war gerade aus der Hotellobby herausgetreten, als es zu regnen begann. Na toll, dachte sie, die Dusche hätte ich mir auch sparen können. Sie hielt sich ihre schwarze Jeansjacke über den Kopf und lief schneller.

Nach kurzer Zeit fand sie eines dieser durchdesignten Burger-Restaurants, die seit ein paar Jahren an jeder Ecke aufmachten und das immer gleiche Publikum aus bärtigen, tätowierten Karohemd-Hipstern anzogen.

Sie bestellte sich einen Crispy Bacon Burger mit Süßkartoffelpommes und setzte sich an einen Platz in der hintersten Ecke, den Rücken zur Wand. *»Mafia-Tisch«*, wie ihr Mitbewohner Asim diese Art von Sitzplatz immer nannte.

Obwohl sie seit ihrer ungewollten Beförderung längst das Gehalt hatte, um sich problemlos eine eigene Wohnung in schicker Lage zu leisten, blieb sie weiter in der Dreier-WG mit Asim und Ricarda wohnen.

Aus Angst, wie sie sich selbst eingestehen musste. Sie wollte die Nächte nicht völlig allein verbringen, eingesperrt in ihren eigenen vier Wänden. Eingesperrt mit ihren Gedanken, mit ihren Erinnerungen an die herankriechende Kälte. Da nahm sie es lieber in Kauf, dass Ricarda ihr den Vogel zeigte, wenn sie selbst Ende April noch die Heizung voll aufdrehte.

Sie verschlang den Burger nicht, sie verarbeitete ihn eher. Schnelle Bisse. Mechanische, leidenschaftslose Kaubewegungen. Zwischendurch mal drei Pommes auf einmal.

Ein recht süßer Lockenkopf vier Tische weiter versuchte Blickkontakt mit ihr aufzubauen, während seine Freunde in ein Gespräch vertieft waren.

Sie starrte einfach an ihm vorbei. Sorry, aber gerade habe ich weder Zeit noch Nerven für dich, dachte sie.

Auf Ricardas ewiges Drängen hin hatte sie sich vor ein paar Monaten mal bei Tinder angemeldet. Aber Rabea passte nicht auf diese Dating-Plattformen. Wenn sie die Männer nicht schon anhand ihrer Profilangaben durchanalysiert hatte, geschah das spätestens bei den ersten zaghaften Chat-Versuchen. Sie konnte es einfach nicht lassen, selbst in die kleinsten Gesten oder Halbsätze sofort tausend Dinge hineinzuinterpretieren. Eine Berufskrankheit, wenn man so wollte.

Sie dachte an Jan, der auch schon seit Jahren keine echte Beziehung mehr gehabt hatte. Aber das konnte auch damit zusammenhängen, dass Jan einfach Jan war.

Wurden wir Fallanalytiker, weil wir kaputte Charaktere sind? Oder sind wir kaputte Charaktere, weil wir Fallanalytiker sind? Die uralte Frage, wer zuerst da war: die Henne oder das Ei.

Sie schlang den Rest des Burgers herunter und verschwand aus dem Restaurant. Der Regen war so schnell weitergezogen, wie er gekommen war. Jetzt hatte sich eine monochrome, stille Schwärze breitgemacht. Die Straßenlaternen und Neonlichter am Hauptbahnhof spiegelten sich in ölschwarzen Pfützen. Auf ihrem Weg schreckte Rabea mehrere Obdachlose auf, die in ihrer Wolke aus Schnaps- und Uringestank eingedämmert waren. Einer von ihnen pfiff ihr unmotiviert hinterher. Sie zeigte ihm den Mittelfinger, ohne sich umzudrehen.

Unter dem Vordach des Hotels, kurz bevor sie die Lobby betreten wollte, spürte sie ein Kribbeln in ihrem Nacken. Eine Störfrequenz ihres Unterbewusstseins, irgendetwas stimmte nicht. Sie hielt inne. Schaute sich um. Blieb an dem VW Passat in Blau-Metallic mit Essener Kennzeichen hängen, der auf dem Bahnhofsparkplatz stand. Sie kniff die Augen zusammen, meinte sogar einen Schemen hinterm Steuer zu erkennen.

Hatte nicht auch genau derselbe Wagen vor dem Burger-

Restaurant gestanden? Sie schüttelte leicht den Kopf und wandte sich ab. Dies war der denkbar schlechteste Zeitpunkt, um paranoid zu werden.

Zurück im Hotelzimmer, zog sie sich bis auf T-Shirt und Slip aus und setzte sich noch einmal an den Schreibtisch. Sie wusste ohnehin, dass sie jetzt noch nicht schlafen konnte. Wieso also nicht noch etwas arbeiten?

Als sie in ihre Tasche griff, streiften ihre Finger Porzellan – Prinzessin Anastasia, die Puppe von Marie. Ein Erbstück, das Marie damals von ihrer Großmutter bekommen hatte. Sie nahm sie heraus und streichelte ihr über eine der rosigen Wangen. Sie sah noch genauso aus wie an dem Tag, an dem Marie verschwunden war – sie hatte sie nicht reparieren oder flicken lassen. Eine Macke verunstaltete die Porzellanstirn, Watte quoll aus einem Loch am Bauch, und das blonde Haar war an mehreren Stellen abgerissen. Sie drückte die Puppe an sich, sog tief ihren Geruch ein, der sie immer noch an zu Hause erinnerte. Burgdorf im Emmental, Fasnachtschüechli, mit Marie um den letzten Biberli-Fladen streiten, *Papa Moll* lesen und Rivella trinken.

Wenn sie genug Platz hatte, nahm sie die Puppe immer mit. Ein Glücksbringer. Ein Talisman. Eine Erinnerung daran, wer sie war.

Wo bist du nur, Marie?

Sie setzte Anastasia unter die Lampe des kleinen Schreibtischs und holte ihren Laptop heraus. Im ViCLAS suchte sie nach Fällen aus der jüngeren Vergangenheit, die eine Verbindung zu Rapunzel oder irgendeinem anderen

Märchen aufwiesen. Keine Treffer. Sie hatte nichts anderes erwartet.

Dann rief sie Google Maps und Wikipedia auf, um Turmgebäude in Essen und der näheren Umgebung zu recherchieren. Zunächst konzentrierte sie sich auf Türme im mehr oder weniger mittelalterlichen Baustil. Es gab zwei zinnenbewehrte Ecktürme, die allerdings zu einem Hotel und zur Folkwangschule gehörten, ansonsten den Grugaturm, den Fernmeldeturm, unzählige Fördertürme und einen Wasserturm im Essener Südostviertel. Allesamt entweder bewohnt oder in zu belebten Arealen.

»Nur weil dir deine eigene Hypothese so gut gefällt, macht es sie noch lange nicht richtig«, irrlichterte eine von Jans Bemerkungen durch ihren Kopf.

Auf deine Schlaumeierei kann ich im Moment leider nicht achten, dachte Rabea. Aber natürlich hast du recht. Wer sagt, dass es ein Turm sein muss?

Ihre Finger wuselten über die Tastatur. Sie weitete die Suche aus. Aber welche Kriterien waren dabei wichtig? Worauf musste der Täter geachtet haben? Abgeschiedene Lage, Märchenbezug, im näheren Umkreis.

Sie durchforstete Dutzende von Seiten, bis ihre Augen brannten und sie fast schon aufgeben wollte. Auf einer obskuren Website – sie konnte gar nicht mehr sagen, wie sie überhaupt auf ihr gelandet war – weckte schließlich doch etwas ihr Interesse. Die Seite beschäftigte sich mit der Geschichte von Freizeitparks in Deutschland und führte ein riesiges, akribisch geführtes Archiv. Im Essener Norden hatte es anscheinend einmal ein Kinderparadies namens

Märchenland gegeben. Einen großen Hallenkomplex, in dem man im Hexenwald auf Trampolinen hüpfen, im Königsschloss rutschen und natürlich im Knusperhäuschen jede Menge Fast Food vertilgen konnte.

Der Indoor-Park war 2003 geschlossen worden, aus den üblichen Gründen: schwindende Besucherzahlen. Konkurrenz wie der Movie Park gleich um die Ecke. Ein hoch verschuldeter, windiger Eigentümer, der sich irgendwann ins Ausland abgesetzt hatte. Seitdem war das Gelände verwaist und inzwischen abbruchreif.

Es gab sogar einen alten, eingescannten Übersichtsplan des Märchenlands als PDF-Datei zum Download. Rabea öffnete ihn und ließ ihren Blick suchend über den Monitor wandern.

Am Souvenir-Shop blieb er hängen. Ihr Herzschlag beschleunigte sich.

Der Laden war ebenfalls einem Gebäude aus einem Märchen der Gebrüder Grimm nachempfunden.

Tief durchatmend lehnte sie sich zurück. Sie griff nach Prinzessin Anastasia, setzte sie sich auf den Schoß und wickelte einen ihrer blonden Zöpfe auf.

Unbeabsichtigt hatte sie die Essener Polizei auf eine falsche Fährte gesetzt. Sie würden die ganze Stadt nach Türmen aller Art absuchen.

Aber sie würden nicht so schnell herausfinden, dass es in Essen einen echten Rapunzelturm gab.

FÜNFZEHN

Cannobio, Lago Maggiore // 18. Mai

Oh Mann, nicht schon wieder!

Die Klingel schrillte erneut.

Schlaftrunken rutschte Jan auf Schlappen durch den Flur. Glaubte seine Nachbarin jetzt auch noch, dass er schwerhörig war?

Er riss die Tür auf und gab ein entnervtes »*Che cosa?*« von sich.

»Dir auch einen guten Morgen!«, kam die gut gelaunte Antwort. Er schaute in zwei junge Gesichter – das eine vertraut, das andere fremd. Seine Ersatz-Tochter Miriam und ein anorektischer Kerl in ihrem Alter standen vor ihm. Der Typ sah aus, als kennte er die Sonne nur aus Erzählungen, so kalkbleich war er.

»Du solltest dich echt mal rasieren!«, bemerkte Miriam.

Jans Freude darüber, dass nicht wieder die Oma von nebenan vor der Tür stand, wechselte schnell zu hoffnungsloser Verwirrung.

»Was zur Hölle machst du hier?« Er wandte sich an ihren Begleiter. »Und wer bist du bitte?«

»Das ist David. Mein Freund«, antwortete Miri an seiner Stelle. »David, Jan. Jan, David.«

Der Typ wirkte ja so emotionsgeladen wie eine Granitwand! Bisher hatte er noch keine einzige Miene verzogen; seine Mundwinkel zeigten nach unten, die trüben Augen stierten ins Leere. Er strich sich den schwarzen Pony zurück und gab Jan eine Hand, die ihn sofort an den sprichwörtlichen toten Fisch denken ließ.

»Jan ist das, was bei mir einem Vater am nächsten kommt«, sagte Miriam zu David. »Also benimm dich, klar?«

»Mhm«, machte David.

»Willst du uns jetzt eigentlich den ganzen Tag vor der Tür stehen lassen?«, wandte sie sich wieder an Jan und stiefelte einfach an ihm vorbei ins Innere.

David folgte ihr wie ein Schatten und zwängte sich mit einem gemurmelten »Sorry!« an Jan vorbei.

»Du ... du hast einen Freund? Ihr ...« Jan ließ die Tür zufallen und knotete seinen Bademantel zu. Er rieb sich die Augen. Ganz langsam, erst mal musste er sich sortieren. Was bitte ging hier gerade vor sich?

Im Wohnzimmer war Miri bereits dabei, die Fenster aufzureißen. »Boah, Jan! Bekommst du überhaupt noch mit, was hier drinnen für eine Luft ist? Riecht, als hätten Bob Marley und Snoop Dogg eine WG gegründet.«

Er gähnte. »Ich bin wohl nirgendwo sicher vor deinen unangekündigten Besuchen. Wie seid ihr überhaupt hierhergekommen?«

»Von Mainz aus sind wir mit Davids Wagen los«, sagte Miri. »Wir sind die ganze Nacht durchgefahren.«

Ihr Freund hatte sich auf das Ledersofa gesetzt, die Hände zwischen die Oberschenkel geklemmt.

»Wie lange geht das denn schon mit euch?«, fragte Jan möglichst beiläufig.

Sie stand vor seinem Kühlschrank. »Boah, hast du eigentlich auch irgendetwas anderes zu trinken als Cola Zero?«

»Miri …«

»Ach so, das mit uns fing an, kurz nachdem du dich vom Acker gemacht hattest. Er hat mir beim Lernen fürs Abi geholfen. Und dann hat sich das halt so ergeben, stimmt's, David?«

»Mhm.«

»Kann der eigentlich auch in ganzen Sätzen sprechen?« Jan war selbst nicht gerade der gesprächigste Mensch, aber Miriams neuer Freund setzte völlig neue Maßstäbe in Sachen Wortkargheit.

Sie kehrte mit einem Glas Leitungswasser zurück und strich im Vorbeigehen über Davids kurzes schwarzes Haar. »Du wirst es mir vielleicht nicht glauben, aber David hier ist ein absoluter Computer-Crack. IQ von 138. Erster bei der Mathe-Olympiade, das ganze Zeug. Hat sich mal mit fünfzehn zum Spaß in die Server des BND gehackt. Und du hast recht, Jan, der große Konversationskünstler ist er nicht.« Sie verstrubbelte seine Frisur. »Aber fürs Reden hast du ja mich, stimmt's?«

Jan räumte einen Stapel Fachbücher vom Ohrensessel in der Ecke des Zimmers und ließ sich in die Polster sinken. Er gähnte in seinen struppigen Bart hinein. Espresso, er brauchte dringend einen Espresso. Aber vorher brauchte er Antworten. »Also, du bist sicher nicht den ganzen Weg gefahren, nur um mir deinen neuen Freund vorzustellen. Warum seid ihr hier?«

Und in diesem Moment dämmerte es ihm. Er vergrub das Gesicht in den Händen und gab sich durch seine Finger hindurch selbst die Antwort: »Lass mich raten, weil Rabea dich geschickt hat.«

Miriam sah noch genauso aus, wie er sie in Erinnerung hatte. Schwarze Lederkluft, viel zu viel Kajal, das T-Shirt von irgendeiner Punkband – diesmal waren es die Dead Kennedys. Es konnte nur sein, dass sie ihre Haarfarbe zwischenzeitlich geändert hatte, von Violett auf Neongrün. Er verlor da immer den Überblick.

»Okay, erwischt«, sagte sie. »Der Kandidat hat hundert Punkte. Sie hat mich gestern Abend angerufen und hörte sich ziemlich fertig an. Ich habe nicht ganz verstanden, was sie erzählt hat – und bestimmt hat sie mir auch gar nicht alles erzählt. Aber das, was ich verstanden habe, hat bei mir nur eines hinterlassen: Sie braucht deine Hilfe. Dringend.«

»Ich kann nur wiederholen, was ich ihr auch schon gesagt habe«, erwiderte er leicht entnervt. »Ich will nichts mehr mit alldem zu tun haben.«

Miriam breitete die Arme aus. »Womit willst du denn sonst etwas zu tun haben? Willst du den Rest deines Lebens Cola Zero saufen, kiffen und dich vor der Welt verstecken?«

»Ich verstecke mich nicht!«, begehrte er auf. »Ich versuche, mit meinem alten Leben abzuschließen. Ich schreibe ein Buch. Ich … Du bist einfach noch zu jung, um das nachvollziehen zu können.«

Damit hatte er offenbar einen wunden Punkt getroffen. Sie wurde puterrot und ballte die Fäuste. »Sag mir niemals, dass ich zu jung wäre, um so was zu kapieren! Ich krieg mehr mit, als du dir vorstellen kannst.«

»Okay, trotzdem. Rabea kann noch so viele Leute hierherschicken. Ich bleibe dabei. Sie jagt Gespenstern hinterher. Bei diesem Himmelfahrtskommando werde ich sie nicht auch noch unterstützen … und jetzt entschuldigt mich.«

Er trat hinaus auf den Balkon.

Bleigrauer Morgendunst waberte über dem Lago Maggiore. Eine Blaumeise hüpfte auf der Brüstung herum, musterte ihn mit schief gelegtem Köpfchen und flatterte davon. Jan schaute ihr nach, bis sie nur noch ein schwarzer Punkt weit über der Seeoberfläche war.

In der Tasche seines Bademantels kramte er nach dem halb aufgerauchten Joint von gestern Abend, aber bevor er ihn überhaupt fand, erklangen Schritte hinter ihm.

»Herr Grall?«

Es war David.

»Ich red nicht so gern, und wir kennen uns ja erst kurz, und …« Er rieb sich über den Ellenbogen und starrte auf den Fliesenboden. »Ich …«

»Schon kapiert«, ersparte ihm Jan das weitere Gestammel. »Miri hat dich jetzt vorgeschickt, um auch noch mal mit mir zu reden, stimmt's?«

Er nickte ertappt. »Ich möchte Ihnen nur eine Sache erzählen, wenn ich darf.«

»Wenn's sein muss.« Jan steckte sich den Joint an. »Du auch?«

David schüttelte den Kopf. »Ich brauche Stärkeres.«

Jan schürzte die Lippen und breitete sich auf der Liege aus. Was meinte er damit? Er behielt die Frage erst einmal für sich. Auch um zu vermeiden, dass sich Miriams Freund sofort wieder in seinen Schildkrötenpanzer verkroch.

»Der Grund, warum ich mich überhaupt für Codes interessiere, ist Kryptos«, begann David.

»Kryptos? Den Namen habe ich irgendwo schon mal gehört.«

»Das ist eine Skulptur, die auf dem Gelände des CIA-Hauptquartiers in Langley steht. Der Bildhauer, James Sanborn, hat in ihr vier verschlüsselte Nachrichten versteckt.« David redete jetzt wie ein Roboter, viel zu schnell und monoton. Als könnte sein Sprechen nicht mit seinem Denken Schritt halten. »Kryptoanalytiker und Codeknacker aus der ganzen Welt haben sich schon an den Chiffren versucht, aber bis heute sind nur drei der vier Rätsel entschlüsselt worden. Am letzten beißen sich die genialsten Denker unserer Zeit noch immer die Zähne aus.«

»Okay, worauf willst du hinaus?«

»Als ich davon gelesen habe, habe ich mir gesagt: Ich werde eines Tages derjenige sein, der das letzte Kryptos-Rätsel löst. Das wird mein großes Ziel sein, mein Meisterwerk. Alles bis dahin wird nur Vorarbeit gewesen sein, Prolog.«

»Aha.« Jan drückte seinen Joint aus, nach wie vor unbeeindruckt. »Und was hat das mit mir zu tun?«

»Miri. Sie hat mir von Ihnen erzählt«, entgegnete David. »Ich glaube, dass Sie Ihr Kryptos-Rätsel noch nicht gelöst haben. Sie sind noch immer hungrig. Auf der Suche nach diesem einen letzten Rätsel, dem letzten Problem, dessen Lösung es am Ende wirklich wert gewesen ist.«

»Puh«, machte Jan. »Wenn du dann einmal den Mund aufmachst, kriegst du ihn ja gar nicht mehr zu.«

Der junge Mann zuckte mit den Schultern. »Das war nur meine Meinung. Ich denke, Sie lügen sich selbst an.«

»Und du kennst mich jetzt wie lange? Zehn Minuten?«

»Miri und ich hatten auf der Fahrt viel Zeit zum Reden, und das Hauptthema waren Sie.«

Jan nickte. Sein Blick fiel auf das Buch von Xaver Asgari, seinem einstigen Mentor, das noch immer auf dem Balkontisch lag. Er erinnerte sich daran, was ihm der Professor für forensische Psychologie bei einem ihrer letzten gemeinsamen Abendessen mit auf den Weg gegeben hatte: *»Jeder, der in die Abgründe der menschlichen Psyche herabblickt, denkt Hunderte Male ans Aufgeben. Unser Sieg, so klein er auch sein mag, liegt einfach darin, weiterzumachen.«*

Weitermachen. Um jeden Preis. Das war der einzige Sieg, den er seiner Berufung abringen konnte. Das Verschwinden von Rabeas Schwester war nicht nur ihr eigenes Kryptos-Rätsel. Es faszinierte auch ihn, seit er die junge Schweizerin kennengelernt hatte.

Das finale Problem. Das letzte Rätsel.

Langsam richtete er sich auf. »Ich muss mich dringend rasieren.«

David hob die Augenbrauen. »Hm?«

Er stand auf und klopfte dem Schlaks ermutigend auf die Schulter. »Sag Miri, dass sie dir öfter das Reden überlassen sollte.«

SECHZEHN

Essen // 18. Mai

Heruntergekommene Skulpturen der sieben Zwerge säumten den Weg ins Märchenland. Gestrüpp rankte sich um ihre Zipfelmützen, die Farbe blätterte von ihren pausbackigen Gesichtern.

Rabea schritt durch das Spalier der Kleinwüchsigen und blieb schließlich vor dem Tor des einstigen Indoor-Kinderspielparks stehen. *»Privatgrundstück – Betreten verboten!«* stand auf einem Schild.

Das Märchenland befand sich in einer ehemaligen Industriehalle ganz am Rande eines Gewerbegebiets im Essener Norden. Fast hätte sie die Anlage gar nicht gefunden, weil das Grundstück so verwildert und zugewachsen war. Sie hatte ihren Wagen etwas abseits geparkt und sich durch das Dickicht bis zum Haupteingang durchgeschlagen.

Nach der Schließung des Parks war das Gelände von irgendeiner GmbH aufgekauft worden, aber Rabea hatte keine weiteren Informationen über das Unternehmen finden können. Nur so viel war klar: Niemand dort schien auch nur das geringste Interesse daran zu haben, das Gebäude in irgendeiner Form instand zu halten.

Beim Anblick der Fassade musste sie unwillkürlich an die Broken-Windows-Theory denken. War eine Fensterscheibe zerbrochen und wurde sie nicht schnell genug repariert, folgte unweigerlich noch mehr Verwüstung: Graffiti, Müll und Dreck. Ein Bild, das Polizei und Politiker gerne heranzogen, wenn sie für eine Null-Toleranz-Strategie im Kampf gegen das Verbrechen plädierten.

Auch der Verfall des Märchenlands musste mit einem einzelnen harmlosen Graffiti-Tag oder einem eingeworfenen Fenster begonnen haben. Inzwischen war der gesamte Komplex vollkommen verwahrlost.

Wie zum Beweis huschte eine dicke, filzige Ratte quer über den Kiesweg und verschwand im Gebüsch.

»Du hättest niemals alleine hierherkommen dürfen«, hörte Rabea Jans mahnende Stimme in ihrem Kopf. *»Du machst denselben Fehler wie damals im Westerwald.«*

Als ihr im Alphabetmörder-Fall der entscheidende Durchbruch gelungen war, hatte sie den Täter auf eigene Faust stellen wollen. Eine beinahe fatale Fehlentscheidung.

Selbst jetzt, an diesem ungewöhnlich heißen, schwülen Morgen, schauderte sie einen Moment.

Diesmal würde sie vorsichtiger sein.

»Aber du hast wieder nichts der Polizei gesagt.«

Das stimmte, sie hätte ihre Vermutung Masebo mitteilen können. Wenn er sie geteilt hätte, wäre er sicher gleich mit einer ganzen Einheit hier angerückt. Doch das hätte auch bedeutet, dass die Essener Polizei den Täter – falls er sich denn hier aufhielt – in Gewahrsam genommen und sich in den Befragungen allein auf den Mord an Isabelle Hoffmann konzentriert hätte.

Rabea hätte keine Chance gehabt, ihn nach ihrer Schwester zu fragen. Und wenn sie noch am Leben war, zählte vielleicht jede Stunde. Sie musste den Vorsprung ausnutzen, den sie jetzt vor den Ermittlern hatte. Auch wenn das bedeutete, dass sie sich in unkalkulierbare Gefahr begab.

Sie griff in ihre Hosentasche, in der sie ihr Schweizer Taschenmesser mit sich trug, ein Geschenk ihres Vaters. Abgenutzt und stumpf. Ein Klischee, klar, aber das Waffenähnlichste, was sie bei sich hatte. Als Fallanalytikerin besaß sie keine Dienstwaffe.

Aber sie würde es erst gar nicht auf eine Konfrontation hinauslaufen lassen.

Schon deshalb konnte sie nicht durch den Haupteingang gehen. Ganz davon abgesehen, dass er mit gleich drei rostigen Vorhängeschlössern verriegelt war.

Es war einmal ein zauberhafter Tag ...
IM MÄRCHENLAND ESSEN

Tagesticket Kinder: 14,50 Euro
Tagesticket Erwachsene: 22,00 Euro

So stand es noch in verblasster Schrift auf einem Plakat neben dem Kassenhäuschen. Zumindest den Eintrittspreis würde sie sich sparen können.

Auf Google Maps hatte sie gesehen, dass die Halle über

eine Reihe von Dachfenstern verfügte. Von dort aus hätte sie die Chance, einen Blick ins Innere zu werfen und vielleicht sogar ins Gebäude einzusteigen.

Sie schlug sich ins Gebüsch und umrundete das Märchenland. Auf der Rückseite gab es einen Anlieferungsbereich, der wohl einmal zu dem obligatorischen Fast-Food-Restaurant gehört hatte. Teil davon war auch ein niedriger Unterstand für Müllcontainer gleich an der Außenwand.

Rabea hatte stets zu den Kleinsten ihres Basketball-Teams gehört, aber das hatte sie immer durch ihre enorme Sprungkraft wettgemacht.

Sie holte tief Luft, nahm Anlauf und spurtete auf den Unterstand zu. Absprung mit beiden Füßen. Die Finger so weit wie möglich in die Höhe gestreckt. Die Kante knapp umklammert. Alle Muskeln in ihrem Körper angespannt. Sie stützte sich mit den Zehen an der Mauer ab und zog sich langsam hoch.

Vom Unterstand aus erklomm sie eine durchgerostete Feuerleiter, die auf das Kiesdach der Halle führte.

Oben angekommen, ging sie in die Hocke, schnaufte tief durch und wartete darauf, dass ihre Waden und Oberarme aufhörten zu zittern. Die Sonne knallte nun erbarmungslos auf sie herunter. Sie wischte sich über die schweißnasse Stirn und kroch zu einem der lang gezogenen Oberlichtfenster. Erst musste sie eine zentimeterdicke Schicht aus Staub und Blütenpollen wegwischen, um überhaupt etwas durch das Glas erkennen zu können. Ohne das Glimmen der unzähligen Neonröhren blieb das Kinderparadies in schemenhaftem Zwielicht.

Wenn sie den Übersichtsplan des Märchenlands richtig im Kopf hatte, befand sie sich genau über den Balkonen des Königsschlosses, der Hauptattraktion. In ihm waren eine Hüpfburg und im Schlosskeller eine harmlose Geisterbahn untergebracht.

Vor dem Schloss erstreckte sich der Hexenwald mit seinen detailreich modellierten Feen und Trollen. Und jenseits von ihm ragte der Souvenir-Shop in Form des Rapunzelturms in die Höhe.

Nirgendwo ein Anzeichen von irgendwelchen Aktivitäten, alles wirkte, als wäre es seit Jahren verlassen. Doch das musste nichts bedeuten. Sie musste in den Turm. Sie musste sehen, ob sie mit ihrer Vermutung richtig …

Ein Geräusch auf dem Kies. Ein Schritt?

Jemand war hinter ihr.

Sie fuhr zurück, stieß heftig mit Schultern und Kreuz gegen das schräge Dachfenster. Das Klirren und Splittern von Glas. Dann das herzschlagaussetzende Gefühl, plötzlich keinen Widerstand mehr im Rücken zu haben.

Noch aus den Augenwinkeln nahm sie das grau-schwarz gestreifte Kätzchen wahr, das sich an sie herangeschlichen hatte. *Wo kommst du denn her?*

Das war das Letzte, was sie dachte.

In einem Regen aus Glassplittern stürzte sie ins Märchenland.

SIEBZEHN

Essen // 18. Mai

Seit Kris denken konnte, hasste er seine Haare.

Sie hingen in struppigen Strähnen herab, verhedderten sich ineinander, waren nie zu bändigen. Das Wort Straßenköterbraun schien allein für seine Haarfarbe erfunden worden zu sein. Mehrere Wirbel sorgten noch dazu dafür, dass sie in alle Richtungen abstanden.

Er saß auf dem Klodeckel in Delilahs engem, fensterlosem Badezimmer, in dem der Dampf seiner minutenlangen Dusche stand. Das Wasser hatte er so heiß aufgedreht, dass er sich an mehreren Stellen die Haut verbrüht hatte. Er brauchte es. Wollte sich alles, was in den letzten Stunden geschehen war, abwaschen. Aber so lang und intensiv er sich auch reinigte, er würde niemals die Erinnerungen an die vorletzte Nacht wegspülen können.

Wie Rapunzels Augen aus den Höhlen hervorquollen. Wie sie verzweifelt nach Luft japste, wie sich ihr ganzer Körper krümmte, ihre Armstümpfe erst nach dem Seil aus Haaren griffen und dann langsam herabsanken. Ihre Tränen, schimmernd auf den blassen Wangen.

Er rieb sich die Augen und ließ den Kopf hängen, sodass

es von seinen nassen Haarspitzen auf die Fliesen tropfte. Delilah bestand darauf, dass er sofort aus ihrer Wohnung verschwand. Wo sollte er jetzt hin? Wo war er vor dem Turm sicher?

Seine Hände zitterten. Glitten in die Höhe, griffen eine Strähne. Er wickelte sie sich um den Finger, bis zu den Haarwurzeln. Biss die Zähne aufeinander. Nahm all seine Kraft zusammen und zerrte an ihr. Der Schmerz bohrte sich wie eine Klinge in seinen Schädel. Seine freie Hand krallte er in den schimmligen Pinguin-Duschvorhang. In der anderen hielt er das Haarbüschel, dunkel und glatt durch die Feuchtigkeit. Es hingen noch Hautfetzen daran. Blut floss warm über seine Stirn, tropfte herunter und zerfloss in der Wasserpfütze auf den Fliesen.

Der Schmerz ging in ein dumpfes Pochen über, und er spürte, wie er allmählich ruhiger wurde. Wie sich seine Atmung normalisierte. Er stand auf, klappte den Toilettendeckel hoch und warf die Haare hinein. Einen Moment lang beobachtete er, wie das Büschel im Abfluss dümpelte, dann zog er ab.

Draußen in der Wohnung war Delilahs Stimme zu hören, sie sprach mit irgendjemandem. Aber mit wem? Sollte sie nicht schon längst unterwegs zur Arbeit sein? Dann klappte eine Tür. Zögerliche Schritte. Ein Klopfen. Sie stand direkt vorm Badezimmer.

»Kris?«

»Ja?«

»Ich hab's mir anders überlegt, hörst du? Du kannst fürs Erste hierbleiben.«

Er wickelte sich das Badetuch um die Hüfte und öffnete einen Spaltbreit die Tür. »Ähm, danke. Wieso jetzt doch?«

Sie trug bereits ihre Arbeitskleidung, schwarze Bluse und schwarze Jeans. Die Arme hatte sie vor der Brust verschränkt. Über ihre Stirn zog sich eine Falte, die er noch nie bei ihr gesehen hatte.

»Ich, ich bin ja auch kein Unmensch. Und gestern Abend hab ich echt etwas zu viel getrunken, du weißt ja, ich vertrag nichts«, sie kratzte sich am Hinterkopf, »ein Glas, und die Delilah ist hinüber. Und wo auch immer diese Haare herkommen, wer auch immer dieses Mädchen ist ... ich ... das geht mich nichts an, okay?«

»Gut, das ist nett. Das ...«

»Außerdem habe ich gehört, dass heute ein richtig starker Sturm aufziehen soll, bleib also besser in der Wohnung, damit du nicht am Ende noch vom Blitz getroffen wirst oder so. Und, oooh!« Sie zeigte auf seine Stirn. »Hast du dich irgendwo gestoßen oder so? Du blutest ja.«

»Schon gut, nichts passiert.« Er wischte sich das Blut weg, verrieb es zwischen den Fingerkuppen.

»Schau mal nach, ich hab noch Pflaster im Badezimmerschrank und Desinfektionsmittel auch.«

Sie redete wahnsinnig schnell und unzusammenhängend. Das tat sie immer, wenn sie aufgeregt war.

Oder wenn sie log.

ACHTZEHN

Im Märchenland

Nichts.

Das Fehlen aller Dinge. Die Abwesenheit jeglicher Empfindung, jeglicher Existenz. Es hieß, dass der Mensch sich das Nichts unmöglich vorstellen konnte, ebenso wenig wie das genaue Gegenteil, die Unendlichkeit.

Seit Rabea nach dem Alphabetmörder-Fall fast einen Monat im Koma gelegen hatte, glaubte sie, eine ziemlich gute Vorstellung der Nicht-Existenz zu haben.

Sie fühlte sich genauso an wie das hier.

Eine erdrückende Schwärze, ein Versinken in sich selbst, die beklemmende Erkenntnis, sich nicht mehr rühren zu können. Nicht mehr atmen zu können.

Aber das hier, das hier war dennoch anders. Da war noch Wahrnehmung. Sie rührte sich und versuchte, ihre Arme zu strecken. Glas knirschte unter ihr. Jetzt blitzte auch der Schmerz auf, das Ziehen Dutzender kleiner Schnittwunden. Es pochte entlang ihrer Wirbelsäule, und eine ihrer Rippen fühlte sich wie geprellt an.

Das Material um sie herum hielt sie fest umwickelt, mumifizierte sie. Irgendeine Gummiplane. Die Sekunden vor dem Sturz liefen vor ihren Augen ab. Aber das Letzte, woran sie sich erinnern konnte, waren die Augen der Katze, vor der sie sich so erschrocken hatte. Was war passiert? Wo war sie gelandet?

Ihr Atem wurde flacher. Ruhig, Rabea, ruhig. Spar dir den Sauerstoff. Sie musste hier raus. Und dazu brauchte sie ein Hilfsmittel. Sie ließ ihre Hand, eng an den Körper gepresst, in die Hosentasche gleiten. Umfasste das Schweizer Taschenmesser. Jetzt kommt also doch noch dein Einsatz, dachte sie.

Sie klappte es auf, wendete es in ihrer Hand und bohrte es mit aller Kraft in die Plane. Das Material war dick und rutschig. Erst als sie auch die andere Hand um das Heft des Messers legte und den Druck nochmals verstärkte, ging die Klinge vollständig hindurch.

Sofort drang frische Luft in ihren Sarkophag aus Gummiplane, die sie in tiefen Zügen inhalierte. Sie schlitzte ihr Gefängnis weiter auf, bis sie beide Hände durch das Loch stecken und das Gummimaterial zerreißen konnte.

Endlich wieder Platz. Endlich Freiheit. Sie richtete sich auf. Die Bewegung entsandte ein schmerzhaftes Pulsieren durch ihren ganzen Körper. Sie biss die Zähne aufeinander.

Erst einmal orientieren. Sie blinzelte, gewöhnte sich an das Zwielicht. Durch das zerstörte Dachfenster fiel eine Säule aus Licht auf die Scherben um sie herum. Hinter ihr ragte die Pappmaschee-Silhouette eines Schlosses in die Höhe, mit Zinnen bewehrte Mauern, verschnörkelte Türmchen, sogar eine Zugbrücke.

Sie besah sich die Plane genauer, auf der sie gelandet

war. Ein buntes Mauerwerk war auf sie gedruckt, an manchen Stellen schon abgeschabt.

Eine Hüpfburg, durchfuhr es sie. Sie war genau zwischen mehrere übereinandergestapelte Hüpfburgen gefallen, die sich dann über ihr geschlossen hatten. Sie rief sich den Lageplan des Märchenlands in Erinnerung und meinte, dass sie in der Nähe des Königsschlosses sein musste. Das konnte hinkommen!

Sie wühlte sich aus den Hüpfburgen heraus, richtete sich auf und schüttelte sich die Glassplitter aus den Kleidern.

Ihr war immer noch etwas schwindlig, und sie spürte einen unangenehmen Druck in ihren Augenhöhlen, aber bis auf die Schnittwunden und die geprellte Rippe war sie unverletzt. Sie konnte von Glück reden, dass ihr Sturz auf diese Weise abgefedert worden war.

Irgendwo in den Tiefen des Hallenkomplexes gurrte eine Taube, ansonsten herrschte absolute Stille. Aber war sie wirklich allein? Andererseits – wäre jemand hier, hätte er längst Gelegenheit gehabt, sie zu überwältigen.

Vom Schloss aus durchquerte sie den Hexenwald, eine Ansammlung von Plastikbäumen, bevölkert von längst eingerosteten, verstaubten Animatronic-Figuren, die Kobolde und Wölfe darstellten. Mitten darin ragte der spitzgiebelige, mit Efeu bemalte Rapunzelturm auf. Rabea legte den Kopf in den Nacken. Sie schätzte die Höhe des Bauwerks auf etwa sieben Meter. Es gab tatsächlich nur ein einziges, vergittertes Fenster. Allem Anschein nach war das Gitter nachträglich angebracht worden, es passte überhaupt nicht zum übrigen Aussehen des Turms.

Rapunzels Gefängnis, dachte Rabea. Hier bist du jahrelang durch die Hölle gegangen.

Als sie auf den Turm zusteuerte, entdeckte sie eine versteckte Tür, die in das aufgemalte Mauerwerk eingelassen war. Wäre sie nicht angelehnt gewesen, hätte Rabea sie nie so schnell gefunden. Das Vorhängeschloss lag auf dem Boden gleich davor. Rabea spürte einen Kloß in ihrem Hals. Es gab niemanden mehr, der hier gefangen gehalten werden musste.

Sie stieß die Tür auf, hinter der Dunkelheit und längst verhallte Verzweiflung lauerten. Mit angehaltenem Atem schaltete sie die Taschenlampe ihres Handys an. Das bleiche, kalte Licht strömte ins Turminnere. Früher musste das hier einmal eine Art Warenlager des Freizeitparks gewesen sein, denn an einer Wand waren Regale angebracht, davor standen zusammengeschobene Paketwagen und ein altertümlicher, benzinbetriebener Stromgenerator, dessen Kabel mehrere nackte Glühbirnen speisten.

Eine schmale, steile Wendeltreppe führte hinauf ins Dach des Turms. Rabea schaltete den Generator ein, der dröhnend ansprang, und stieg im Licht der Glühbirnen die Stufen hinauf.

Am Treppenabsatz erwartete sie eine massive Stahltür. Auch sie wirkte, als wäre sie nachträglich in den Turm eingebaut worden. Ein Sammelsurium aus Vorhängeschlössern, Riegeln und Türketten hing daran, die jetzt allesamt unverschlossen waren.

War das wirklich nötig gewesen? Rapunzel wäre hier ohnehin nicht herausgekommen. Du hast ihr beide Hände abgetrennt.

Sie wappnete sich für das, was sie darin erwarten würde. Das Leiden der Isabelle Hoffmann, konserviert in diesem engen, stickigen Turmzimmer. Ein Besuch im Museum ihres Martyriums.

Hast du etwas Ähnliches durchgemacht, Marie? Hast du überhaupt etwas mit alldem hier zu tun?

Vorsichtig stieß sie die Tür auf.

Sie befand sich in einem hübsch eingerichteten Teenie-Zimmer. Gleich unter dem vergitterten Fenster stand ein schmales, schmuckloses Bett aus Holz, am Kopfende mit einer Lichterkette dekoriert. An den Wänden hingen Poster von *Wir sind Helden* und *Silbermond*, es gab einen vorsintflutlichen Röhrenfernseher und eine Stereoanlage.

Rechts von der Tür stand ein großer Waschzuber aus Plastik, daneben mehrere Eimer – eine Art improvisierte Dusche.

Rabea hatte ein dunkles Turmverlies erwartet, stattdessen fand sie sich im genauen Gegenteil wieder. Was hatte das zu bedeuten? Was sagte es über den Täter aus? Über seine Beziehung zu Isabelle?

Hatte er sie auf eine verquere Weise geliebt? Warum dieses Wechselspiel aus unmenschlicher, erbarmungsloser Tortur und fürsorglicher Behandlung? War er schizophren? Oder – war er nicht allein?

Sie setzte sich auf die frisch bezogene, nach Lavendel duftende Bettwäsche und ließ den Raum auf sich wirken.

Hatte Isabelle Hoffmann auf diesen wenigen Quadratmetern wirklich die letzten sechs Jahre ihres Lebens verbracht?

Hatte sie in all der Zeit nie mehr das Prickeln des Sonnenlichts oder das Streicheln des Windes gespürt, gefangen in dieser als Jugendzimmer getarnten Zelle? Und: War es ihrer Schwester genauso ergangen?

Für die Essener Polizei mochte dies hier eine Schatzkammer voller Hinweise und DNA-Spuren sein. Aber den Luxus, auf die Kollegen zu warten, konnte sich Rabea nicht erlauben. Sie musste ihnen immer einen Schritt voraus sein, wenn sie weiter nach ihrer Schwester forschen wollte.

Für sie kam es jetzt auf schnelle Hinweise, auf schnelle Ergebnisse an. Und sie musste sie in den Geschichten finden, die dieses Zimmer erzählte.

Ihr Blick blieb an einem Stapel Kisten hängen, der direkt neben dem provisorischen Waschbereich aufragte. Sie alle stammten von CAPILLA, einer Firma für professionelle Haarpflegeprodukte. Sie stand vom Bett auf und ging vor den Kartons in die Hocke.

Die Lieferanschrift, die auf den Paketen stand, war immer dieselbe:

Friseursalon HAIRlich

Inh. Simone Schmidt

Rabea holte ungelenk ihr Handy heraus, um ein Foto davon zu machen. Ihr Herz wummerte heftig gegen die Rippen.

Sie hatte ihren Hinweis.

NEUNZEHN

Essen

»Zielperson verlässt jetzt den Komplex«, sagte der Mann am Steuer des VW Passat in sein Funkgerät.

Er beobachtete, wie Rabea Wyler über den rostigen Absperrzaun kletterte und sich dann behände auf den Bürgersteig fallen ließ.

Gestern Abend, als er direkt gegenüber von ihrem Hotel gestanden hatte, wäre er beinahe aufgeflogen. Furchtbar leichtsinnig, wenn er jetzt darüber nachdachte. Heute war er vorsichtiger gewesen und hatte seinen Wagen in einer Seitenstraße gegenüber vom *Märchenland* geparkt, gleich zwischen einem heruntergekommenen Fitnessstudio und einer Autowerkstatt.

Er trank noch einmal von seiner Fanta, biss in die Reste seines Cheeseburgers und wartete, bis die blonde Schweizerin sich in ihren Mini Cooper gesetzt hatte.

Wo ging es jetzt hin?

Was hatte sie da drin entdeckt?

»Was auch immer passiert, bleiben Sie an ihr dran«, kam es per Funk.

»Verstanden.«

Wyler fädelte sich mit ihrem Mini Cooper in den Verkehr ein. Ihr Verfolger ließ ihr einige Meter Vorsprung, dann fuhr er los und hängte sich an sie dran.

ZWANZIG

Essen

Am frühen Abend kam Rabea beim Friseursalon an. Ein Gewölbe aus felsdunklen Gewitterwolken hatte sich über das Essener Südostviertel gebreitet, der Himmel war eine einzige finstere Drohung.

Rabea stellte ihren Wagen in einer Parkbucht gleich vor dem *HAIRlich* ab und stieg aus.

Einer der Seiteneingänge des Märchenlands hatte sich zum Glück von innen öffnen lassen, und sie hatte sich nur noch über den Absperrzaun schwingen müssen. Nachdem sie es herausgeschafft hatte, war sie nicht sofort hierhergekommen, sondern hatte zuerst ihren Verdacht bestätigen wollen. Sie wollte sich absichern, nichts überstürzen. So, wie Jan es ihr beigebracht hatte. Dazu war sie zunächst bei Isabelles Eltern und danach noch einmal beim Grillo-Theater vorbeigefahren. Zwischendrin hatte sie von Miriam die Nachricht erhalten, dass ihr Ex-Chef tatsächlich Richtung Schweiz aufgebrochen war. Zähneknirschend, wie Miriam gesagt hatte, aber immerhin. Rabeas Plan war aufgegangen, Miri sei Dank.

Die Hoffmanns wohnten in einem Reihenhaus mit roter

Klinkerfassade, irgendwo in Heisingen, gleich in der Nähe des Baldeneysees. Ein Vorstadtleben wie aus dem vielbeschworenen Bilderbuch: der Vater Bauingenieur, die Mutter Hausfrau, die Tochter Einzelkind. Ein deutscher Durchschnitts-Haushalt, wäre nicht Isabelle verschwunden. Jahre der Ungewissheit, der Angst und der zeitweiligen Resignation hatten ihre Spuren an der Familie hinterlassen. Gestern hatte die Tragödie ihr bitteres Ende gefunden. Die Dunkelheit hatte ihre Tochter wieder ausgespuckt – aber sie hatte ihr alles geraubt, am Ende sogar das Leben.

»Ich bin Profilerin und arbeite mit Herrn Masebo von der Polizei Essen zusammen.« Eine simple Lüge und das Vorlegen ihres LKA-Ausweises – mehr hatte es nicht gebraucht, um das Vertrauen der Hoffmanns zu gewinnen.

Zwei Dinge waren ihr während der Unterhaltung aufgefallen: Das eine war die vollständige Stille, die in den Gesprächspausen geherrscht hatte. Rabea hatte sie als grausam empfunden.

Das andere war die Art und Weise, wie Herr Hoffmann – nicht nur das Gesicht des Mannes, sondern sein ganzer Körper war eingefallen – den Jack Russell auf seinem Schoß gekrault hatte. Rabea vermutete, dass sie den Hund irgendwann nach Isabelles Entführung geholt hatten, und der Vater grub seine Finger so tief in das Fell des Tieres, als hinge sein Leben davon ab. Und vielleicht war es genau so.

Zwischen routiniert angebotenem Eistee und Butterkeksen – inzwischen hatten die Hoffmanns wohl Erfahrung darin, Polizei bei sich zu empfangen – hatte Rabea die Antwort bekommen, die sie gesucht hatte: »HAIRlich? Den Namen habe ich schon mal gehört, so ein blödes Wortspiel. Lassen Sie mich einen Moment überlegen«, sagte Frau Hoffmann stockend. »Ja, ja, stimmt. Isa ist da immer hin, weil der Salon in der Nähe von ihrer Schule war und viele ihrer Freundinnen dort gewesen sind.«

Nach dem Besuch bei den Hoffmanns war Rabea zum Grillo-Theater gefahren, wo sie sich noch einmal mit dem hilfsbereiten Bühnenmeister Nikolai Weinstock getroffen hatte.

Von ihrer Mutter kannte sie die Abläufe hinter der Bühne eines solchen Hauses. Manchmal wurden externe Make-up-Leute und Friseure herangezogen, die die Maskenbildner bei ihrer Arbeit unterstützten.

»Den Namen des Friseursalons habe ich noch nie gehört, aber das muss nichts heißen. Kann gut sein, dass eine der Mitarbeiterinnen hier mal ausgeholfen hat«, war Weinstocks Antwort gewesen. »Und ja, in besonderen Fällen können sie dann natürlich auch einen Schlüssel für den Bühneneingang bekommen.«

Rabea blieb vor der Ladenfront des HAIRlich stehen. Ein typischer Friseur der unteren Mittelklasse, bodenständig und ohne Schnickschnack. Hier gab es keine Designermöbel und auch keinen Espresso aus der mehrere Tausend Euro teuren Maschine, sondern nur ein wenig Plauderei und einen ordentlichen Haarschnitt.

Passanten eilten auf dem Bürgersteig an ihr vorbei, eine ältere Frau rempelte sie sogar versehentlich an. Jetzt, kurz vor Feierabend, herrschte auf der Steeler Straße rege Betriebsamkeit. Aus einer türkischen Bäckerei zwei Häuser weiter roch es nach Brot, junge Männer saßen rauchend auf den Plastikstühlen vor einem Wettbüro, ein Kerl in abgewetzten Klamotten versuchte vor einem Supermarkt seine letzten Straßenmagazine loszuwerden.

Rabea schüttelte den Kopf. So unwahrscheinlich es auch schien, dieser so harmlos aussehende Laden stand im Zentrum eines erschütternden Mordfalls.

Sie trat ein. Sogleich bimmelte die Türglocke.

»Wir schließen bald, versuchen Sie's bitte morgen noch einmal«, schnarrte es aus dem Laden.

»Ich bin nicht zum Haareschneiden hier«, entgegnete Rabea.

Eine Frau, deren Körperform am ehesten mit der eines Medizinballs vergleichbar war, erschien mit Wischmopp und Staubsauger bewaffnet in der Tür. Am linken Mundwinkel hatte sie einen gewaltigen Schönheitsfleck, der farblich zu ihrem pechschwarzen, kurz geschnittenen Schopf passte.

»Was gibt's?«

Die Frage, warum die meisten Friseure einen krampfhaft extrovertierten Haarschnitt hatten, verschob Rabea erst einmal auf später und konzentrierte sich aufs Wesentliche.

Sie stellte sich kurz vor, absolvierte – inzwischen ziemlich routiniert – ihr Laienschauspiel aus LKA-Ausweis-Vorhalten und »Ich bin Profilerin und unterstütze die Polizei Essen in dem Mordfall im Grillo-Theater«-Gemurmel und fragte: »Beziehen Sie zufällig Pflegeprodukte und Shampoo von der Marke CAPILLA?«

»Klar«, antwortete die Inhaberin des Salons achselzuckend, »schon ewig. Aber was soll das mit diesem Mordfall zu tun haben?«

»Sind Ihnen mal ein paar Lieferungen entwendet worden oder irgendwie sonst abhandengekommen?«, fuhr Rabea fort, ohne auf die Frage der Friseurin einzugehen.

»Ja, vor längerer Zeit, das ist jetzt bestimmt schon ein paar Jahre her.« Die Frau lehnte sich gegen einen der Frisierstühle. »Das war ganz seltsam, deshalb erinnere ich mich so gut daran. Die Kasse, die teuren Elektrogeräte ... die sind nicht einmal angerührt worden. Das Einzige, was gestohlen wurde, waren mehrere Kisten Shampoo.«

»Alles klar, vielen Dank. Noch eine andere Frage: Hat eine Ihrer Kolleginnen mal beim Grillo-Theater ausgeholfen?«

»Ja, die Delilah macht das manchmal als kleinen Nebenverdienst.«

»Delilah, und weiter ..?«

»Delilah Demirci. Sie wäre auch eigentlich noch hier, aber sie musste heute irgendwie früher nach Hause. Hat was von Kopfschmerzen erzählt.«

»Können Sie mir mehr über Frau Demirci erzählen? Wie lange arbeitet sie schon bei Ihnen? Wie sieht es privat bei ihr aus?«

»Wow, Sie wollen ja wirklich einiges wissen«, sagte die Besitzerin. »Delilah ist seit sieben Jahren hier, hat ihre Ausbildung schon bei mir gemacht. Privat ... na ja, es gab da diesen jungen Mann, der öfter hier aufgetaucht ist. Ich fand ihn immer etwas seltsam, aber ich hatte das Gefühl, Delilah stand auf ihn. Gestern ist er nach Ewigkeiten mal wieder hier gewesen und dann später mit ihr nach Hause.«

Die Härchen auf Rabeas Unterarmen richteten sich auf. Sie spürte eine unbestimmte Beklemmung irgendwo in der Herzgegend.

»Können Sie mir sagen, wo Delilah Demirci wohnt?«

EINUNDZWANZIG

Burgdorf, Schweiz

Jan konnte noch immer nicht glauben, dass er das hier gerade wirklich tat.

Dass er gerade wirklich auf der E23 Richtung Burgdorf fuhr. Im Auto-CD-Player ließ er Billy Joel rauf und runter laufen, um die Stimme in seinem Kopf zu übertönen, die die ganze Zeit rief: *»Du bist irre, du bist einfach nur irre.«*

Seit knapp vier Stunden jagte er den altersschwachen roten Peugeot 205 jetzt durch die Alpen, erst durch Bellinzona, dann vorbei am Vierwaldstättersee und an Luzern. Inzwischen war es Nacht geworden.

Nachdem er seinen Dienstwagen, den Mercedes, hatte abgeben müssen, hatte er einen neuen fahrbaren Untersatz gebraucht. Natürlich möglichst günstig. Fündig geworden war er online, wo er dieses in die Jahre gekommene Schätzchen einem alten Herrn aus Saarbrücken abgekauft hatte.

»Der Kleine hat Charakter, wissen Sie.« Das waren die Worte des Mannes gewesen, als er ihm die Schlüssel überreicht hatte.

Er hatte nicht untertrieben.

Schon jetzt hatte Jan eine Hassliebe zu dem französischen Auto entwickelt, das gerne mal einfach nicht ansprang oder dessen Beifahrersitz so klemmte, dass man durch den Kofferraum klettern musste, um auf die Rückbank zu gelangen. Obwohl ein kleiner Wald aus Wunderbäumen vom Rückspiegel baumelte, hielt sich immer noch ein muffiger Geruch im Innenraum. Seinen genauen Ursprung hatte Jan bis heute nicht gefunden.

Noch konnte er umdrehen. Noch konnte er sich aus diesem ganzen Wahnsinn heraushalten.

Ich habe es Rabea versprochen, rief er sich in Erinnerung. Sie zählte auf ihn.

Zwei Tage in Burgdorf, mehr nicht. Zwei Tage alibimäßige Nachforschungen, dann konnte er wieder zurück und an seinem Buch weiterarbeiten.

Miri und ihr Freund David waren in der Ferienwohnung geblieben. Sie war noch bis zum Ende der Woche gemietet, und wieso sollten sich die beiden nicht auch etwas Entspannung am Lago Maggiore gönnen?

In der Ferne schälte sich das Schloss Burgdorf aus der Dunkelheit, das hoch oben auf einem Sandsteinfelsen thronte. Wie eine Pfütze aus Licht breitete sich das Städtchen zu beiden Seiten der Emme unter ihm aus.

Jan versuchte den Anblick mit dem wenigen zu verbinden, was Rabea ihm damals über ihren Heimatort erzählt hatte. Bei ihr hatte es sich klein und provinziell angehört, aber als er durch die Vorortstraßen fuhr, kam ihm die Stadt gar nicht so winzig vor.

Sein letzter längerer Besuch in der Schweiz war ein Skiurlaub mit seiner Familie gewesen. Gleich bei der ersten Abfahrt war er gestürzt und hatte den Rest der Zeit mit Gipsfuß im Chalet bleiben müssen. Die Erinnerungen, die er dadurch mit der Schweiz verband, waren in erster Linie der Geschmack einer heißen Tasse Ovomaltine und der Schmerz in seinem verstauchten Knöchel.

Das würde sich jetzt ändern.

Er folgte den Anweisungen seines Navis, das an der pollenverschmierten Scheibe klebte und ihn immer weiter in den Ortskern führte.

Rabea hatte ihm eine Übernachtungsmöglichkeit in der Nähe des Bahnhofs empfohlen. Das Hotel Berchtold befand sich in einem historischen Stadthaus, das über einen gläsernen Gang mit seinem modernen Neubauteil verbunden war. Jan checkte für zwei Nächte ein, brachte sein Gepäck aufs Zimmer und zog sich um. Zum ersten Mal seit Ewigkeiten trug er Hemd und Sakko. In Verbindung mit seinem gestutzten Bart und der zurückgekämmten Haarmähne sah er wieder halbwegs vorzeigbar aus.

Im Hotelrestaurant, dem B5, aß er ein Gemüsecurry und genehmigte sich eine Cola Zero. Fasziniert stellte er fest, dass er kein einziges Wort von dem verstand, worüber eine Frauengruppe am Nachbartisch auf Berndeutsch plauderte. Rabea hatte wirklich ein Talent darin, ihren Akzent zu verstecken.

Sie hatte ihn bei ihrem Vater angekündigt, der seit der Scheidung von ihrer Mutter allein in ihrem Elternhaus am Rande der Stadt lebte. Es war erst halb zehn. Noch Zeit genug, um Herrn Wyler einen Besuch abzustatten.

Er zahlte mit Kreditkarte und machte sich zu Fuß auf

den Weg durch das Städtchen. Um diese Zeit war die sogenannte Flanierzone, so hieß der Platz gegenüber dem Hotel zumindest auf einem Schild, schon wie ausgestorben. Nur eine Gruppe Skater hockte vor dem Eingang des Migros-Supermarkts, umwölkt vom Geruch nach Hasch.

Jans eigene Vorräte neigten sich dem Ende zu. Nur noch ein kleines Beutelchen Gras, gerade einmal genug für zwei Joints, wartete in seinem Koffer. Ohne seinen Dealer – einen Studenten der Ingenieurswissenschaft, der bei sich zu Hause Lego-Sets aus allen möglichen Jahrzehnten sammelte – saß er auf dem Trockenen. Vielleicht war das gar nicht einmal so verkehrt, konnte es ihm doch dabei helfen, seinen Konsum mehr unter Kontrolle zu kriegen.

Der Vater von Rabea lebte in Steinhof. Der Ortsteil lag gleich hinter einem dicht bebauten Hügel im Zentrum. Der Aufstieg verlangte Jan noch einmal alles ab. Dahinter durchquerte er die Unterführung des Steinhofer Bahnhofs und landete in einem Neubaugebiet. Hier reihten sich Vorzeige-Einfamilienhäuser aneinander, umsäumt von sorgfältig gepflegten Gärten.

Auch das einstige Familiennest der Wylers machte da keine Ausnahme. Aber abgesehen vom akkuraten Vorgarten hatte es rein gar nichts mit den umliegenden Häusern gemein, es wirkte wie ein Exzentriker unter lauter Konformisten. Jan erinnerte der Architekturstil an die Gebäude von Friedensreich Hundertwasser, nur etwas zurückhaltender und weniger farbenfroh.

Ein Erker in Form eines Zwiebelturms überragte die Haustür, die Wände verliefen in organischen Formen. Das ganze Haus schien keine einzige Ecke oder Kante zu besitzen.

Hier bist du also aufgewachsen, Rabea. Kein Wunder, dass du genauso verkorkst geworden bist wie ich.

Er fuhr sich durchs Haar, richtete seinen Hemdskragen und klingelte an der Tür. Aus irgendeinem Grund machte ihn die Vorstellung nervös, gleich Rabeas Erzeuger gegenüberzustehen. Beinahe kam es ihm so vor, als würde er seinen Schwiegervater kennenlernen, ein lächerlicher Gedanke. Er fragte sich, was Rabea ihrem Vater über ihn erzählt hatte – wenn sie ihn denn überhaupt je erwähnt hatte. Würde er einen guten Eindruck machen? Wie albern, dass er jetzt an so was dachte.

Die ovale Haustür, Jans Vermutung nach aus Schiffsplanken gezimmert, öffnete sich. Darin stand ein hochgewachsener, schlanker Mann. Silberne Strähnen schimmerten in seinem kinnlangen, blonden Haar, was ihm etwas Aristokratisches verlieh. Er trug ein weißes Hemd, das mindestens einen Knopf zu weit offen war und eine gebräunte Brust enthüllte. Zusammen mit der Leinenhose, den Segelschuhen und der hochgeschobenen Armani-Brille ergab sich daraus schnell das Bild eines in die Jahre gekommenen Lebemannes.

»Sie müssen Herr Grall sein, freut mich sehr.« Wyler schüttelte ihm die Hand und legte dazu noch die Linke auf Jans Handrücken, eine besonders joviale Geste.

»Danke, Herr Wyler, dass Sie es so kurzfristig einrichten konnten.«

»Ach, ich bitte Sie! Wir sind ja keine alten Leute, für Sie

bin ich Adam.« Er hatte einen deutlichen berndeutschen Akzent.

»Oh, gerne. Ich bin Jan.«

Adam Wyler klopfte ihm auf die Schulter und führte ihn ins Innere.

»Wundere dich nicht, seit meine Ex-Frau ausgezogen ist, gleicht das hier eher einer Junggesellenbude«, meinte Wyler, als sie durch den Flur gingen.

Die Räume waren spartanisch, aber stilvoll eingerichtet. Jan entdeckte viele Möbel von Vitra und anderen Designer-Marken, an den Wänden hing alles, was in der Postmoderne Rang und Namen hatte – wenn auch nur als Druck.

Auf einer Anrichte fielen ihm zwei gerahmte Fotos auf. Das eine zeigte Rabea, als sie vierzehn oder fünfzehn gewesen sein musste, sommersprossig, mit Zahnspange und Pferdeschwanz. Sie trug ein ärmelloses Trikot mit der Nummer 24 und ließ einen Basketball auf der Fingerkuppe rotieren.

Das Mädchen auf dem Foto daneben musste Marie sein. Sie war pausbackig, trug rote Bänder im Haar und hielt eine Porzellanpuppe fest in den Armen. Sie lachte und zeigte ihre Milchzähnchen. Fast meinte Jan, ein unbeschwertes Glucksen hören zu können.

Wyler bemerkte Jans Blick und blieb stehen. »Ich habe schon öfter mit dem Gedanken gespielt, Maries Foto wegzustellen. Es bricht mir jedes Mal das Herz, wenn mein Blick drauffällt. Aber ich bringe es einfach nicht über mich. Vielleicht werde ich eines Tages mal ein aktuelleres Bild von ihr dort hinstellen können, das ist zumindest meine naive Hoffnung.«

»Genau deswegen bin ich hier«, sagte Jan.

»Ach, Bea«, Wyler lief weiter, »sie hat das Ganze noch tiefer gezeichnet als meine Ex und mich. Auf mich wirkt es manchmal so, als hätte sie ihr gesamtes Leben darauf ausgerichtet, das Mysterium um Marie zu lüften.«

»Wie geht es dir dabei?«, fragte Jan.

»Du hast keine Kinder, oder?«

Jan schüttelte den Kopf. Zumindest keine leiblichen, fügte er im Stillen hinzu und dachte an Miri.

»Dann wirst du nie wirklich verstehen können, wie es ist, eines von ihnen zu verlieren. Für mich war es, als hätte ich einen Körperteil verloren. All die Schuld, die Ungewissheit, alles, was mich damals nicht schlafen ließ. Aber irgendwann, nach vielen Jahren, habe ich mir gesagt, dass ich weiterleben, weitermachen muss. Bea, sie hat das nie gekonnt. Für sie ist das ihr Leben ... ah, hier sind wir, mein Arbeitszimmer.«

Sie traten in einen großzügig bemessenen Raum, dominiert von prall gefüllten Bücherregalen und einem riesigen Schreibtisch im Industrie-Design. Hinter ihm ragten in Vitrinen die Modelle von Wohn- und Bürotürmen auf, alle im Architekturstil, in dem auch das Haus von Wyler gehalten war.

An den Wänden hingen einige Fotografien, die die Häuser in Moskau, Barcelona oder Frankfurt im Original zeigten.

»Du hast einen sehr markanten Stil«, bemerkte Jan und setzte sich in einen der Besucherstühle.

»Ich nehme das einfach mal als Kompliment, vielen Dank.« Wyler machte sich an einem Barschrank zu schaffen. »Darf ich dir etwas anbieten? Ich habe mir gerade erst eine Flasche hervorragenden Sauvignon Blanc aufgemacht.«

»Nein, danke, ich trinke nicht. Aber wenn du Cola dahast ...«

»Klar«, meinte der Architekt und öffnete einen Minikühlschrank. »Mixe ich mir manchmal mit Whisky. Ich weiß, ein Sakrileg, aber in meinen eigenen vier Wänden ist es mir wohl gestattet.«

Er stellte ein Glas mit Cola vor ihm ab und goss sich Weißwein nach, ehe er sich Jan gegenübersetzte.

»Rabea hat mir erzählt, dass deine Häuser auf dem ganzen Globus vertreten sind, aber ich wusste nicht, dass du so erfolgreich bist. Wenn man sich das so ansieht, scheinst du eine Vorliebe für Türme zu haben.«

Wyler lehnte sich sinnierend zurück. »Ja, ja, Türme. Das hast du recht schnell erkannt. Der älteste bekannte Turm der Menschheit wurde in Jericho erbaut, wusstest du das? Datiert ins Neolithikum, in die Zeit um 8 000 vor Christus. Wie nichts anderes repräsentieren sie das menschliche Streben nach dem Himmel, nach dem Göttlichen in uns allen. Aber du bist nicht hier, um mit mir über Architekturgeschichte zu reden. Du wurdest von Bea eingespannt, um ihr bei ihrer Suche nach Wahrheit zu helfen.«

Jan atmete durch. Zeit, dass er zum Thema kam.

»Ich weiß, es liegt extrem weit zurück, aber erinnerst du

dich an irgendetwas Auffälliges, das in der Zeit vor Maries Verschwinden geschehen ist? Irgendetwas, das du damals noch nicht Bea, geschweige denn der Polizei erzählt hast?«

Adam Wyler griff nach seinem Weinglas. Der Sauvignon Blanc schwappte hin und her, so stark zitterten jetzt seine Finger. »Bea hat mir erzählt, dass die Tote in Deutschland mit diesem Grimm-Märchen in Verbindung steht.«

»Rapunzel.«

»Ja, genau! Rapunzel. Das hat mich an etwas erinnert, das in den vorigen Wochen und Monaten immer wieder passiert war. Eine seltsame Sache, die ich einfach nur als dummen Streich abgetan hatte. Etwas, was ich überhaupt nicht einordnen konnte. Bis jetzt.« Wyler schluckte hart. »Rapunzeln. Jemand hat wochenlang immer wieder einen Bund Rapunzeln vor unserer Haustür abgelegt.«

ZWEIUNDZWANZIG

Essen

»Wer war das heute Morgen?«

Kris saß auf der Couch, hatte die Ellenbogen auf die Knie gestützt und sah Delilah an.

»Wovon redest du bitte?« Sie war gerade zur Tür hereingekommen und bugsierte eine Netto-Tasche Richtung Küche.

»Heute Morgen, da ist jemand an der Tür gewesen. Ich habe dich sprechen hören, als ich im Bad war.«

»Das musst du dir eingebildet haben.« Sie sah ihn nicht an. »Willst du was zu essen haben? Ich hab Tiefkühlpizza und Bier geholt.«

»Ah, okay«, sagte Kris, glaubte ihr aber kein einziges Wort.

Den ganzen Tag über hatte er seine Möglichkeiten durchgespielt. Sollte er sich ein anderes Versteck suchen? Aber wohin konnte er noch? Der Turm des Schweigens kannte ihn, kannte seine Zufluchtsorte, sein gesamtes Leben. Er würde ihn überall finden.

Es gibt nur eine Möglichkeit, dachte er. Den Turm zu Fall bringen. Ihn niederreißen. Doch das konnte er nicht. Dafür war er zu schwach. Und wenn er in seinem Versuch scheiterte, würde die Rache des Turms grausam sein. Grausamer als je zuvor.

Das durchdringende Schrillen der Türklingel.

Noch mal.

Und noch mal.

Kris schrak zusammen, rutschte fast vom Sofa. »Erwartest du jemanden?«

»Ähm, nein.« Delilah schlich auf die Gegensprechanlage zu.

Noch ein Klingeln. Kris fand, dass es sich aggressiver anhörte als die vorigen.

»Ja?«, fragte Delilah vorsichtig ins Mikrofon. »Wer sind Sie? Okay? Und was hat das mit mir zu tun? ... Verstehe ... Ernsthaft?« Schließlich sagte sie resigniert: »In Ordnung, kommen Sie hoch«, und drückte auf den Summer.

»Wer ... wer ist das?«, fragte er.

»Irgendeine Frau von der Polizei, Willer oder so.« Delilah strich sich eine Strähne aus dem Haar und öffnete die Wohnungstür einen Spaltbreit. »Ich wollte sie erst abwimmeln, aber sie meinte, sie würde mit Verstärkung wiederkommen, wenn ich sie jetzt nicht reinlasse.«

Kris sprang auf. »Hat sie gesagt, was sie will?«

»Sie hat von einem Mord gesprochen.«

Adrenalin pumpte durch Kris' Blutbahnen. Sein Kopf war wie leer gefegt. Er konnte nicht durchs Treppenhaus, dort kam gerade die Frau von der Polizei hoch. Und sie waren im fünften Stock, es gab keinen anderen Weg.

Er krallte seine Hände in Delilahs Oberarme. »Sag ihr nicht, dass ich hier bin!«

Er stolperte ins Badezimmer, zog die Tür zu und schloss von innen ab. In der fensterlosen Nasszelle hallte sein schnelles Atmen von den Kachelwänden wider, in seinen Ohren unfassbar laut. Er spritzte sich Wasser ins Gesicht, versuchte seine Atmung unter Kontrolle zu bringen und lauschte auf das, was draußen in der Wohnung vor sich ging.

Wie konnte es sein, dass die Polizei ihn hier gefunden hatte? Was hatte er falsch gemacht? War es überhaupt jemand von der Polizei?

»Wyler mein Name, Fallanalytikern beim LKA. Frau Demirci, ist es richtig, dass Sie beim Friseursalon HAIRlich arbeiten?« Die Stimme der Frau klang jung und sehr sachlich. Ihre Intonation hatte etwas kaum wahrnehmbar Singendes.

»Ja, das stimmt, aber was wollen Sie von mir?«

»Ihre Kollegin hat erzählt, Sie wären gestern nach der Arbeit mit einem Mann nach Hause gegangen. Ist der zufälligerweise noch hier?«

Schritte im Flur, dann im Wohnzimmer.

»Hey, Sie dürfen hier nicht einfach rein!«, entrüstete sich Delilah. »Und hier ist niemand! Ich wollte mir gerade einen entspannten Abend machen!«

»Mit zwei Pizzen im Ofen? Sie müssen echt Hunger haben«, versetzte Wyler fast schon amüsiert.

»Ich hab grad eine heftige Diät hinter mir.« Ein kläglicher Versuch.

»Und was ist mit dem Rucksack voller Männersachen hier? Ist der auch Teil der Diät?«

Delilah schwieg.

Kalter Schweiß rann über Kris' Stirn. Er sackte auf die Knie. Die Polizistin hätte niemals die Wohnung betreten dürfen. Alles fiel zusammen. Er war ausgeliefert.

»Eine Sache wäre da noch.« Die Stimme der Frau, so nah wie noch nie. Sie musste direkt vor der Tür stehen. »Dürfte ich einmal kurz Ihr Bad benutzen?«

DREIUNDZWANZIG

Essen

»Lass die beschissene Granate im Wagen!«, raunzte Moritz Beil, Boss des Satan's Squad. »Das hier soll ein sauberer Job werden, kein verdammter Kleinkrieg.«

»Sorry.« Nero packte die Sprenggranate zurück in die Munitionskiste des Vans. Der stiernackige Kerl war ein Wahnsinniger, ein Pyromane. Seine Ex und ihr neuer Freund waren vor einigen Jahren bei einem Wohnungsbrand ums Leben gekommen, und bis heute war Beil so gut wie sicher, dass Nero selbst das Feuer gelegt hatte.

Aber trotz seiner Unberechenbarkeit konnte er nicht auf den Mann mit den goldenen Zähnen verzichten. Er war sich nicht zu schade für die Drecksarbeit, er schien sie sogar zu genießen.

Drecksarbeit, wie sie heute Abend anstand.

Mit verengten Augen starrte Nero durch die getönte Heckscheibe. »Welches Haus ist es?«, fragte er.

»Das, in das gerade die blonde Tussi reingegangen ist«, sagte Beil und entsicherte seine schallgedämpfte SIG Sauer.

Nach den Hinweisen ihres mysteriösen Auftraggebers war es ein Leichtes gewesen, Delilah Demirci aufzuspüren und ihr einen Deal vorzuschlagen. Aus irgendeinem Grund schien sie einen kalten Hass auf diesen Kris zu haben, obwohl sie ihm bei sich Unterschlupf gewährt hatte.

Nicht, dass es Beil kümmerte. Hauptsache, sie kamen den Ziegenfickern vom Qabbani-Clan zuvor und konnten die Kohle dafür einstreichen, dass sie diesen Typen zur Strecke gebracht hatten.

Außer ihm und Nero saßen noch zwei weitere bullige Mitglieder des Satan's Squad im hinteren Teil des Vans. Mehr als genug Muskelkraft, um mit diesem Hänfling fertigzuwerden.

Beil zog sich seine schwarze Skimaske über und schob die Seitentür des Transporters auf. Dicke Regentropfen platschten in den Stoff, der sein Gesicht überzog. Der Wind hatte aufgefrischt und trieb Herden düsterer Wolkenberge vor sich her. Wie eine geballte, schwarze Faust hingen sie über Essen.

»Lass den Motor laufen«, befahl Beil dem Fahrer, dann wandte er sich an seine drei Begleiter: »Holen wir ihn uns! Driven by Satan!«

»Driven by Satan!«, brüllten die anderen das Motto des Clubs und stürmten hinaus in das aufkommende Gewitter.

VIERUNDZWANZIG

Essen

Die Tür des Badezimmers flog auf, ehe Rabea auch nur nach der Klinke greifen konnte. Ihr entfuhr ein spitzer Schrei, erschrocken wich sie zurück.

Aber ein Blick auf den jungen Mann in der Tür genügte, um ihr klarzumachen: Von ihm ging keinerlei Gefahr aus. Er stand mit gesenktem Kopf vor ihr, die Hände an die Brust gelegt. Seine Haltung war seltsam gekrümmt. Das schweißnasse, schulterlange Haar klebte ihm im kreidebleichen Gesicht, nur seine Hakennase schaute unter den braunen Strähnen hervor.

Obwohl in der Dachgeschosswohnung sicher an die dreißig Grad herrschten, zitterte er am ganzen Körper.

»Ich … Rapunzel, ich hab sie geliebt«, stammelte er. Eine Rechtfertigung, dabei hatte Rabea noch kein einziges Wort zu ihm gesagt.

Ein Blitz gleißte durch das Fenster im Wohnzimmer und tauchte alles in ein bläuliches Licht, das Donnergrollen folgte nur einen Atemzug lang später. Dann prasselte der Regen auf die Dachschrägen.

Er hatte gleich von ihr gesprochen. Von Rapunzel. Er ist es, zuckte es ihr durch den Kopf. Er ist es.

»Was wollen Sie von Kris?«, rief Delilah mit halb erstickter Stimme im Hintergrund. »Und wer zur Hölle ist Rapunzel?«

»Aha, Kris ist also dein Name. Und du sagst, du hast sie geliebt? Warum hast du sie dann getötet?« Rabea stieß ihn gegen die Schulter, ein Impuls, den sie nicht zurückhalten konnte.

Er taumelte zurück, stolperte über eine Badematte und fiel in die Duschkabine. Im Sturz klammerte er sich am Vorhang fest, der sofort abriss und ihn unter sich begrub.

»Der Turm«, flüsterte Kris, »der Turm des Schweigens hat es befohlen.«

»Wovon redest du? Redest du von dem Turm, in dem du sie festgehalten hast? Dem Rapunzelturm?«

Er schüttelte vehement den Kopf. »Nein, nein, Sie verstehen nicht! Sie verstehen überhaupt nichts! Er sieht alles. Er wird das hier nicht ungesühnt lassen.«

Rabea ging vor der Dusche in die Hocke und runzelte die Stirn. Worum ging es hier? Wovon sprach der junge Mann?

»Ist der Turm des Schweigens eine Person?«, versuchte sie es in möglichst klaren, langsamen Worten. »Gibt es noch mehr Mädchen wie Rapunzel? Ich brauche Antworten, Kris!«

Er zuckte plötzlich zusammen, als hätte ihn ein Stromschlag getroffen. Seine Glieder zitterten, die Augen verdrehten sich, er krümmte sich in der Duschwanne.

Was geschah da mit ihm? Beinahe wirkte es wie ein epileptischer Anfall, aber als Folge auf ihre Fragen.

Sie streckte die Hand nach ihm aus, wollte seinen Zustand genauer untersuchen. »Ruhig ... ru...«

Dann war da auf einmal ein Donnergrollen, das nicht vom Unwetter kam. Schwere Schritte auf der Treppe. Tumult an der Wohnungstür.

»Wo ist Kristijan?«, brüllte eine tiefe Männerstimme.

Rabeas Brustkorb zog sich so sehr zusammen, dass sich ihr Herz wie eingeklemmt anfühlte. Sie hielt den Atem an. Anscheinend war sie nicht die Einzige, die den Rapunzelmörder gefunden hatte.

»Ihr habt gesagt, ihr würdet ihm nichts tun!«, schrie Delilah tränenerstickt. »Das hier war nicht der Deal.«

Rabea legte den Zeigefinger auf die Lippen und machte ein »Pssst!« in Richtung Kris, der ein schwaches Wimmern von sich gab, dann lehnte sie vorsichtig die Badezimmertür an und spähte durch den Spalt hinaus.

Vier vermummte Männer standen im Halbkreis um Delilah. Sie hatten Pistolenholster an ihren Gurten, einer von ihnen trug einen Schlagring an den tätowierten Fingern.

Ein durchdringender Pfeifton setzte sich in ihren Ohren fest, ihre Kehle war wie zugeschnürt. Sie musste hier verschwinden, zusammen mit dem völlig apathischen Kris. Aber wie?

»Wo ist er?« Die Stimme des Bulligsten der Männer drang dumpf aus seiner Skimaske.

»Haut ab! Verschwindet einfach!«, schrie Delilah. »Heute Morgen habt ihr gesagt, ihr bringt keine Knarren mit. Was soll das?« Sie spuckte dem mutmaßlichen Anführer der Gruppe vor die Füße und stieß ihn von sich.

In einem Augenblick, der gleichzeitig unwahrscheinlich kurz und unendlich lang schien, zückte der Nebenmann des Wortführers seine Waffe.

Richtete sie auf Delilahs Brust.

Und drückte ab.

Wie eine Marionette, der man die Fäden abgeschnitten hatte, sackte Delilah in sich zusammen. Blut spritzte auf den Laminatboden um sie herum.

»Verdammte Scheiße, Nero, was machst du?!«, brüllte der Anführer der Vermummten.

»Die hätte uns sowieso nicht weitergeholfen«, erwiderte der Schütze namens Nero und zuckte mit den Schultern. »Eine Zeugin weniger.«

Der andere packte ihn im Nacken und zog ihn dicht zu sich heran. »Wenn dir das nächste Mal der Auslöser-Finger zuckt, könnte sich auch eine Kugel in deine Hohlbirne verirren, verstanden?«

»Sorry«, murrte Nero.

»Überstrapazier meine Geduld nicht!«, sagte der Anführer und wandte sich wieder an alle: »Und jetzt findet endlich den Kerl!«

Einer der Typen stapfte sofort auf das Bad zu.

Rabea löste sich aus ihrer Schockstarre. Scheiße, Scheiße, Scheiße! Wer auch immer diese Kerle waren, sie machten vor nichts halt. In dem fensterlosen Bad saßen Kris und sie in der Falle, es gab kein Entkommen.

»Kris, hey, Kris!«, zischte sie, aber der junge Mann kauerte immer noch in Embryonalstellung in der Dusche, überhaupt nicht ansprechbar.

Dann plötzlich ein vertrautes Geräusch, das durch das Prasseln des Regens drang. Sie spitzte die Ohren. Tatsächlich, Polizeisirenen.

Waren sie auf dem Weg hierher? Aber so schnell konnte niemals ein Notruf rausgegangen sein.

»Scheiße, die Bullen!«, brüllte einer der Mörder.

»Das kann niemals schon unseretwegen sein, also piss dich nicht ein.«

»Haltet die Schnauze und findet diesen Ivasic!«, brachte sie der Anführer zum Schweigen.

Auf Zeit zu spielen, das war Rabeas einzige Chance. Sie musste angreifen, die Typen beschäftigen. Nach der Ansage ihres Bosses würden sie so schnell nicht wieder abdrücken. Sie zückte ihren Schlüsselbund und hielt das Gesicht dicht an den Türspalt. Als einer der Maskierten direkt davorstand, schlug sie mit voller Wucht die Tür auf.

Der Mann schrie auf und hielt sich die blutende Nase. Rabea sprang aus dem Bad, stürzte sich gleich auf den nächsten Typen und schlug ihm den Schlüsselbund über die Wange. Er riss ein zackenförmiges Loch in die Skimaske, Blut durchtränkte den Stoff.

Ehe sie erneut ausholen konnte, spürte sie einen kalten Pistolenlauf an ihrem Kopf.

»Spielstopp, Süße!« Sie erkannte die Stimme. Ihr Herz schrumpfte vor Angst zusammen. Es war Nero, der Mann, der schon Delilah erschossen hatte.

»Hände hinter den Kopf und auf die Knie!«, befahl der Anführer.

Rabea ließ den Schlüsselbund fallen und gehorchte. Ihre Angst war so groß, dass sie gar nichts mehr spürte. Alles in ihr war taub und kalt.

Der Mann, dem sie die Tür ins Gesicht gerammt hatte, kehrte aus dem Bad zurück. Er hielt den teilnahmslosen Kris an den Haaren gepackt. »Ich hab ihn, Boss!«

»Sehr gut, sehr gut!« Der Anführer hielt die Hände hinter dem Rücken verschränkt. »Und wer bist du, Schätzchen? Auch eine Freundin von unserem Kris?«

»Mörder zählen nicht zu meinem Freundeskreis«, erwiderte sie tonlos, den Blick auf die tote Delilah gerichtet.

Nero versetzte ihr einen Hieb mit dem Pistolenkolben. »Gib gefälligst eine vernünftige Antwort!«

Der Schmerz bohrte sich tief in ihren Schädel. Sie biss die Zähne aufeinander. Zeit gewinnen, irgendwie.

»Sachte, Nero, sachte!«, sagte der Anführer. »Wir haben, was wir brauchen. Lass es uns zu Ende bringen und von hier verschwinden.«

»Und was machen wir mit ihr?«

»Scheiße, wir müssen abhauen!«, rief einer der Typen dazwischen. »Die Bullen sind schon fast da.«

Nero richtete seine Waffe weg von Rabea und auf Kris. Er hatte sich *»Satan«* auf die Fingerknöchel tätowiert.

»Dann machen wir jetzt kurzen Prozess mit ihm.«

Aus seiner hinteren Hosentasche ragte eine DM51-Handgranate.

Die letzte Option. Wenn Rabea ihre Schwester finden

wollte, brauchte sie Kris lebendig. Also musste sie handeln. Ihre Hand schnellte vor, und sie zog den Sicherheitsstift aus der Granate.

Ihr blieben etwa fünf Sekunden.

Nero schaute an sich herunter. Erkannte sofort, was geschehen war. »Du Miststück! Fuck, fuck, fuck! Alle in Deckung!«

Vier Sekunden.

Mit zitternden Händen holte er die Granate aus der Tasche und schleuderte sie von sich – hinein in das leere Badezimmer.

Drei Sekunden.

Chaos brach los. Die Männer brachten so viel Abstand wie möglich zwischen sich und den Sprengkörper, warfen sich auf den Boden und hielten sich die Ohren zu.

Zwei Sekunden.

Rabea kauerte sich zusammen, ihre Hände über den Hinterkopf gelegt.

Eine Sekunde.

FÜNFUNDZWANZIG

Dann das lauteste Geräusch, das Rabea je in ihrem Leben gehört hatte. Eine Druckwelle aus Hitze und Staub erfasste sie und fegte sie über das Laminat.

Vom einen auf den anderen Moment hatte sich die Wohnung in eine flammende Vorhölle verwandelt. Der Rauchmelder schrillte, irgendwo knisterte es, und jemand schrie vor Schmerz.

Qualm hing in der Luft. Rabea konnte kaum atmen. Ein hochfrequentes Klingeln saß tief in ihren Gehörgängen. Sie hustete, blinzelte.

Wo war Kris?

Sie mussten sofort aus der Wohnung.

Die Glühbirne der Wohnzimmerlampe war zersprungen. Nur das schummrige Flackern eines Feuers irgendwo im Badezimmer spendete etwas Licht.

Drei Gestalten lagen bewegungslos auf dem Boden, eine davon war Delilah.

Sie rappelte sich auf. Jeder einzelne Knochen in ihrem Körper tat weh, ihr Kopf fühlte sich an wie mit Dornen gefüllt.

Kris lag gleich unter dem geöffneten Dachfenster, sein Atem ging flach, die Augen huschten wild hin und her.

»Kannst du mich hören?« Sie berührte ihn an den Schultern. »Bist du verletzt?«

»Ich ... Nein, ich ... ich weiß es nicht ...«

»Egal, wir müssen dich hier rausschaffen«, sagte sie und half ihm hoch.

»Kei-keinen Schritt weiter!« Eine Gestalt versuchte sich an der Wand hochzudrücken, eine andere kroch auf etwas zu. Sie folgte seinem Blick. Ein Revolver. Nur noch zwei Armlängen von ihm entfernt.

Sie würden nicht an ihnen vorbeikommen.

Wieder in der Falle, dachte Rabea. Dabei wanderte ihr Blick zum Fenster.

Aber vielleicht nicht ganz.

»Wir müssen aufs Dach, das ist die einzige Chance!«, zischte sie Kris zu. »Beeilung, bevor sich noch mehr von denen erholen.«

Sie half ihm hoch und drängte ihn Richtung Fenster. Die Gewitterluft kühlte ihre Wangen. Das Dach fiel schräg ab, gleich unterhalb der Schindeln verlief eine Regenrinne, die sie hoffentlich halten würde.

Der eine Maskierte hatte die Waffe erreicht und richtete sie auf sie. Er hustete. Sein Arm schwankte heftig.

Unbeholfen schwang Kris ein Bein über den Fensterrahmen. Er zog das andere Bein nach und presste sich mit dem Rücken fest an die Schindeln. Die Rinne beugte sich leicht, hielt aber.

»Die wollen abhauen!«

Eine Kugel donnerte in die Wand gleich neben Rabea, Putz und Dämmmaterial rieselten aus dem Einschussloch.

Hastig kletterte sie über den Fensterrahmen. Gerade als sie ihn loslassen und sich voll gegen die Dachschräge lehnen wollte, zuckte ein Blitz über sie hinweg. Der Donner folgte noch in derselben Sekunde. So laut, dass er sogar ihr Ohrensausen übertönte. Sie erschrak, löste den Griff, verlor sogleich die Balance. Kein Halt, gar nichts. Ihr Oberkörper kippte vornüber.

Der Finsternis des Hinterhofs entgegen.

Wieder das Gefühl des Sturzes. Des Nichts.

Plötzlich ein Ruck. Etwas, das sie zurückhielt.

Sie wandte den Blick. Kris hatte den Arm vor ihre Schultern ausgestreckt und sie so vor dem Fallen bewahrt. Er drückte sie zurück gegen das Dach.

»A-Aufpassen!«

Sie nickte ihm zu. Ihr Herzschlag ging jetzt so schnell, dass er sich wie ein durchgängiges Wummern anhörte. »Wir müssen weiter!«

Der Regen prasselte ihr eiskalt ins Gesicht. Ihre Füße bewegten sich langsam über die glitschige, längst vollgelaufene Rinne, während sie die Finger in die Rillen zwischen den schartigen Dachziegeln klemmte.

Alles tat weh, jede einzelne Sehne in ihrem Körper pochte.

Einer ihrer Verfolger steckte den Kopf durchs Fenster. »Hey, Boss, sie entkommen!«

»Na, dann hinterher!«, drang die tiefe Stimme des Anführers aus der brennenden Wohnung.

Der Kopf des anderen Kerls verschwand aus dem Fenster, stattdessen erschien sein Bein.

»Schneller, schneller!«, rief Rabea.

Das Nachbarhaus hatte eine Dachterrasse, nur knapp einen halben Meter unterhalb von ihnen. Wenn sie es bis dorthin schafften ...

Die Regenrinne vibrierte und gab ein Knacken und Knirschen von sich. Sie blickte zurück. Ihr Verfolger balancierte jetzt auch auf dem Aluminium, ein Schemen in der von Regen schraffierten Dunkelheit. Mit einer Hand hielt er sich an der Dachschräge fest, mit der anderen richtete er seine Waffe auf sie.

Sie duckte sich, soweit es ihr möglich war, und drückte sich weiter an den Schindeln entlang. Beeilung, nicht anhalten!

»Bleibt, wo ihr seid, oder ...«, rief der Mann, doch seine Worte mündeten in einem unkoordinierten Aufschrei. Die Regenrinne unter ihm ächzte, bog sich – brach.

Er stürzte in die Tiefe.

Ein Schuss löste sich noch aus seiner Pistole, das Mündungsfeuer ein kurzlebiges Irrlicht, aber die Kugel fegte über ihre Köpfe hinweg.

Sein zappelnder Leib verschwand in der Unergründlichkeit des Hinterhofes, kurz darauf verstummte auch sein Schrei.

»Auf die Terrasse!«, befahl Rabea ihrem Begleiter.

Kris zögerte einen Augenblick, dann ließ er sich auf die Fliesen fallen. Als Rabea neben ihm aufkam, zuckte der

Schmerz durch ihre Muskeln und Knochen. Sie verzog das Gesicht. Was tat sie ihrem Körper heute nur an?

Aus der Wohnung jenseits der deckenhohen Balkonfenster flackerte nur bläulich ein Fernseher, aber es war niemand zu sehen. vielleicht waren die Bewohner schon aus Angst vor Pistolenschüssen und Flammen geflohen.

Sie schaute sich auf der Terrasse um. Ein großer Terrakotta-Kübel mit einem Zitronenbaum, ein paar Gartenstühle, ein Kugelgrill. Kurzerhand packte sie einen der Stühle und schlug mit ihm auf die Balkontür ein. Bei den ersten drei Treffern bildeten sich nur Risse im Glas, beim vierten explodierte es schließlich zu einer Pfütze aus Scherben.

Ihre Sohlen knirschten auf dem zersprungenen Glas, als sie ins Innere traten. Auf dem Wohnzimmertisch lagen noch zwei halb aufgegessene Dönertaschen, die ihren charakteristischen Geruch verströmten. Die Bewohner mussten voller Panik aus dem Haus gerannt sein.

Sie rannten in den Flur. Die Wohnungstür ließ sich problemlos aufziehen – nur zugezogen. Die plötzliche Ruhe im Hausflur, in dem es vertraut nach Putzmittel und Gekochtem roch, machte ihr erst bewusst, was gerade geschehen war.

Ihre Reflexe, ihre Handlungen. Alles wie auf Autopilot. Sie hatte nur noch funktioniert, ein einziger Muskel aus Angst und Verzweiflung. In ihren Ohren klingelte es immer noch. Kein Wunder, so nah, wie sie der Explosion gewesen war.

Je weiter sie das Treppenhaus hinunterliefen, desto

deutlicher hörten sie die Lautsprecherrufe, die von der Straße drangen.

»Ich wiederhole: Hier spricht die Polizei! Verlassen Sie umgehend und mit erhobenen Händen das Gebäude. Sie sind umstellt!«

Als sie ins Freie traten, sahen sie als Erstes das zuckende Blaulicht. Zwei Mannschaftswagen, eine Streife, ein Krankenwagen und ein Löschzug hatten einen Halbkreis um die Mietskaserne gebildet, in der Delilah gelebt hatte. Beamte kauerten hinter den geöffneten Autotüren, ihre Walther P99 im Anschlag.

Dutzende Schaulustige standen hinter den Fenstern der gegenüberliegenden Häuser oder sammelten sich hinter den provisorischen Absperrungen. Ein junger Mann in Tanktop und mit Basecap hielt sogar sein Handy hoch, um ein Selfie zu machen.

Zwischen den Einsatzfahrzeugen entdeckte Rabea auch den blauen VW Passat mit dem Essener Kennzeichen, der schon gestern vor ihrem Hotel gestanden hatte. Klar, ging es ihr durch den Kopf, Masebo hatte sie die ganze Zeit beschatten lassen. Deshalb war die Polizei so schnell hier gewesen.

Der Hauptkommissar stand am Lautsprechermikrofon eines der Mannschaftswagen, die Arme vor der Brust verschränkt. Als er Kris und sie erblickte, glitt ihm das Mikrofon aus der Hand.

»Da sind Wyler und der Verdächtige!«, brüllte er, den Zeigefinger auf sie gerichtet. »Zugriff! Zugriff!«

Zwei Beamte stürmten auf sie zu und zerrten sie zu Masebo. Das Hemd klebte ihm bereits völlig durchnässt am

Körper. Er schaute sie nicht an, sondern betrachtete nur den brennenden Dachstuhl des Mietshauses.

»Da haben Sie ja ganz schön was angerichtet, Frau Wyler.«

»Ich ... ich habe gar nichts ...«, stotterte sie. »Sie haben mich beschattet!«

»Aus gutem Grund, wie sich gezeigt hat.« Jetzt sah er sie doch an. »Du meine Güte, Sie sehen aus, als kämen Sie geradewegs aus einem Kriegsgebiet. Sie müssen sofort ins Krankenhaus. Ich werde Sie vorläufig in Gewahrsam nehmen lassen. Allein schon zu Ihrem eigenen Schutz. Sie haben sich wissentlich meiner Aufforderung widersetzt, sich von diesem Fall fernzuhalten, und dann wichtige Informationen nicht mit uns geteilt. Und ich werde dafür sorgen, dass Sie mit ihm hier«, er neigte den Kopf in Richtung des apathischen Kris, »kein einziges Wort mehr wechseln!«

»Das ... das dürfen Sie nicht!«, rief Rabea. »Er weiß etwas! Es gibt jemanden, der ihn bedroht, der ihn zu alldem treibt. Sie brauchen psychologische Expertise, um zu ihm durchzudringen, Sie ...«

»Abführen!«, sagte Masebo mit einer wegwerfenden Handbewegung.

Ein Beamter packte sie an der Schulter, ein anderer legte Kris Handschellen an.

In diesem Moment fielen die Schüsse.

Eine ganze Salve schlug in die Front des Einsatzwagens ein. Kris wurde in der Schulter getroffen, die Wucht des Geschosses riss ihn um die eigene Achse. Die Handschellen, die erst um eines seiner Gelenke befestigt waren, klimperten, als er zu Boden sank.

Der Beamte ließ von Rabea ab und sprang in Deckung. Masebo hielt sich die Schläfe, die Zähne aufeinandergepresst. Blut quoll zwischen seinen Fingern hervor. Offensichtlich ein Streifschuss.

Die Polizisten erwiderten das Feuer. Rabea ging neben dem angeschossenen Kris in die Hocke. »Wenn du nicht im Knast landen willst, dann kommst du mit mir, hörst du?«

Er nickte schmerzerfüllt, eine Hand auf die Schulter gepresst.

Geschrei und heillose Panik überall um sie herum. Rabea schaute kurz hoch. Die verbliebenen vermummten Angreifer waren in einer Kamikaze-Aktion aus der Haustür gestürmt und verbarrikadierten sich hinter den Autos, die vor dem Bürgersteig parkten.

Rabea brachte all ihre restliche Kraft auf und griff Kris unter die Arme. Wie gut, dass er so hager war.

Niemand schenkte ihnen Beachtung. Mit eingezogenem Kopf führte sie Kris von der Schießerei weg. Fort von den Sirenen und den Querschlägern, fort von den Hilferufen und dem Chaos aus Tod und Angst.

Von jetzt an waren sie auf der Flucht.

TEIL ZWEI
ROCHADE

Im Schach ist die Rochade der Spielzug, bei dem König und Turm einer Farbe bewegt werden. Es ist der einzige Doppelzug, der nach den Schachregeln erlaubt ist. Das Ziel des Spielzugs: den König in eine sichere Position bringen und den beteiligten Turm entwickeln.

VOR LANGER ZEIT

Es gab kein Unten und kein Oben mehr.

Keine Farben. Kein Licht. Nur noch Weiß.

Sosehr er auch seine Gliedmaßen streckte, er konnte sich nicht einen Millimeter bewegen, der Schnee um ihn herum war so fest und unnachgiebig wie Beton.

Die einzige Wärmequelle, die er noch spürte, war ihre Hand auf seinem Oberschenkel. Ihre Finger krallten sich in den Stoff seiner Wanderhose.

»Ich … ich krieg keine Luft mehr!« Inas Stimme. Dünn und zitternd, kaum hörbar unter den Schneemassen.

»Ruhig atmen, Ina! Nicht in Panik verfallen. Alles wird gut.« Er wünschte, er könnte irgendwie zu ihr. Sie umarmen. Sie festhalten.

Als die Lawine über sie beide hinweggerollt war, hatte er sich bruchstückhaft an die Worte seines Ätti erinnert.

Schwimmbewegungen machen. Versuchen, an der Oberfläche zu bleiben. Hände über Nase und Mund zu einer Atemhöhle wölben.

Ratschläge, die sich leicht sagen ließen, wenn man keine Todesangst hatte.

Im Moment, als sich das Schneebrett donnernd abgelöst hatte und auf sie zugestürzt war, hatte er Ina so fest an sich gedrückt, wie er konnte.

Mehr hatte er nicht tun können.

»Wer ein Lawinenopfer nicht innerhalb von fünfzehn Minuten birgt, wird nur noch eine Leiche bergen.«

Die Worte seines Ätti spukten wie ein Todesurteil durch seinen Kopf.

Niemand würde kommen. Nicht schnell genug.

»Ich … ich liebe dich«, flüsterte er. »Immer.«

»Versprich mir, dass wir noch einmal die Sonne sehen«, schluchzte Ina. »Versprich es mir! Dass wir wieder Licht sehen.«

Er schwieg. Eine Träne kullerte über seine ausgekühlte Wange und hinterließ eine Spur aus flüchtiger Wärme. Seine Kehle schnürte sich zusammen.

»Sag etwas! Versprich, dass wir hier herauskommen, bitte!«, forderte sie mit der letzten Kraft, die sie aufbringen konnte, dann versagte ihre Stimme bei den Worten: »Ich … ich wünschte, wir würden noch einmal das Licht sehen.«

Der Druck ihrer Finger löste sich.

»Ina? … Ina? Söckli!? Red weiter, schließ nicht die Augen, bitte! Nicht einschlafen.«

Keine Antwort. Nur das entfernte Knacken der neu formierten Schneedecke.

»Du wirst die Sonne wiedersehen. Ich versprech's«, hauchte er und wusste doch, dass er ihren Wunsch niemals mehr erfüllen würde.

SECHSUNDZWANZIG

Burgdorf, Schweiz

»Bea hat schon immer ein Talent dafür besessen, in Schwierigkeiten zu geraten«, sagte ihr Vater.

Jan zog einen Mundwinkel hoch. »Wem sagst du das.«

»Als eines der Mädchen aus ihrer Basketballmannschaft davon erzählte, dass ihrem Vater manchmal die Hand ausrutscht, weißt du, was Bea da gemacht hat?« Wyler goss sich Sauvignon Blanc nach. Je öfter er sein Glas füllte, desto redseliger wurde er. »Sie ist zu dem Mädchen nach Hause gefahren und hat den Typen zur Rede gestellt. Musst du dir mal vorstellen! Eine schlaksige Fünfzehnjährige stellt sich einfach so vor dem Schrank von einem Mann auf und liest ihm nach allen Regeln der Kunst die Leviten.«

»Was ist dann passiert?«

»Der Kerl ist bei mir aufgekreuzt und wollte sich über ihr vorlautes Verhalten beschweren. Musst du dir mal vorstellen!« Er zeigte einen Vogel. »Aber ich habe nie mehr davon gehört, dass er seine Tochter noch mal angerührt hätte.«

Jan lehnte sich zurück. »Ja, das klingt ganz nach Rabea.«

»Ich habe ihr immer gesagt: Irgendwann gerätst du damit mal an den Falschen, irgendwann wirst du damit mal richtig auf die Schnauze fallen. Weißt du, ich wollte einfach, dass sie vorsichtiger ist …«

»Genutzt hat es nichts.«

»Nein, ganz im Gegenteil«, lachte Wyler.

»Ich komme noch einmal zu etwas Ernsterem.« Jan stützte sich mit den Unterarmen auf den Schreibtisch. »Wie sieht es mit Kinderzeichnungen von Marie aus? Mit Fotos, Spielsachen … alles kann hilfreich sein. Hast du was aufgehoben?«

»Ich befürchte, da musst du einen Abstecher nach Luzern machen«, entgegnete Wyler. »Meine Ex hat damals die ganzen Kisten mit Maries Sachen mitgenommen. Sie ist da nicht so sensibel wie ich. Ich wollte all die Dinge, diese Erinnerungen … diese Gespenster nicht mehr im Haus haben. Manchmal wollte ich einfach nur vergessen.«

»Verstehe ich, verstehe ich nur zu gut.«

Das tat Jan wirklich. Er war selbst ein Meister darin gewesen, die dunklen Kapitel seines Lebens in den Keller seines Bewusstseins zu sperren und anschließend den Schlüssel wegzuwerfen.

Er stürzte den letzten Schluck Cola herunter, verabschiedete sich von Wyler und machte sich auf den Weg zurück zum Hotel.

Tiefe Schwärze hing jetzt über dem Emmental, nur die Sterne spendeten ein wenig Licht. Unwillkürlich fühlte er sich an seine Heimat, den Westerwald, erinnert. Auch dort konnte man in der Nacht den Kopf in den Nacken legen und das Sternbild des Großen Wagens oder des Wassermanns sehen.

Rabeas Vater hätte er sich nie so vorgestellt, so freigeistig, kumpelhaft und lebensfroh. Aber es ergab Sinn. Von ihm musste Jans einstige Kollegin ihre unkonventionelle Denkweise haben, ihr Gespür für das Abwegige und Unerschlossene.

Er vergrub die Hände in den Hosentaschen und schlenderte weiter. Schon die ganze Zeit über versuchte er eine Erklärung für die Rapunzeln vor dem Haus der Wylers zu finden, die nicht auf eine Verbindung zu dem Mord in Essen hindeutete. Es fiel ihm ungemein schwer.

War es ein Zufall? Ein Dummejungenstreich, in den er zu viel hineininterpretierte? Nein, alles zu weit hergeholt. Er musste an den guten alten Sir Arthur Conan Doyle denken: *»Wenn du das Unmögliche ausgeschlossen hast, dann ist das, was übrig bleibt, die Wahrheit, wie unwahrscheinlich sie auch ist.«*

In diesem Fall wäre die Wahrheit, auch wenn er sie sich nicht eingestehen wollte, dass es tatsächlich eine Verbindung zwischen dem Verschwinden von Marie Wyler und dem Rapunzelmord in Essen gab.

Was war in den zwanzig Jahren zwischen damals und heute geschehen? Warum der Ortswechsel? Hatte es weitere Taten gegeben? Weitere Opfer, von denen sie jetzt noch gar nichts wussten? Oder war der Täter untergetaucht, hatte eine Pause eingelegt?

Er musste an Lonnie David Franklin Jr. denken, einen Serienmörder aus dem Raum Los Angeles, der mindestens zehn Frauen ermordet haben sollte. Zwischen seinen beiden Tatperioden waren dreizehn Jahre verstrichen, in denen er nicht weiter aufgefallen war, was ihm in den USA den Namen *Grim Sleeper* eingebracht hatte – grausamer Schläfer. Konnten sie es hier mit einem ähnlichen Killer zu tun haben?

Stopp, aufhören!, ermahnte er sich selbst.

Er verfiel schon wieder in seine typischen Denkmuster. Der alte, nie vollends erloschene Jagdinstinkt hatte ihn wieder im Griff. Es war nie die Grausamkeit gewesen, die ihn an diesen Menschen fasziniert hatte. Ihn interessierten vor allem die Geschichten, die dahinterstanden. Zum einen jene, die sie zu dem machten, was sie waren. Zum anderen die, die in ihren Köpfen entstanden. Die sie sich jeden Tag aufs Neue erzählten und irgendwann auch glaubten. Ihr Wahn. Ihre fixen Ideen.

Was waren die Geschichten, die der Rapunzelmörder zu erzählen hatte?

Vielleicht ist das hier der Moment, in dem ich aufhöre, allein für Rabea zu ermitteln. Und beginne, auch für mich nachzuforschen.

Kryptos. Das Gespräch mit Miriams neuem Freund ging ihm nicht aus dem Kopf. Vielleicht war das hier wirklich sein Kryptos-Rätsel.

War das der Grund, warum er nur so schleppend mit seinem Buch vorankam? Weil er noch nicht mit diesem Teil seines Lebens abgeschlossen hatte?

Sein Handy vibrierte, ehe er sich eine Antwort darauf geben konnte.

Er schaute aufs Display.

Rabea.

SIEBENUNDZWANZIG

Essen

»Was gibt's?«, meldete sich Jan knapp.

»Ich … ich stecke in Schwierigkeiten.« Rabea bemühte sich darum, ihre Atmung unter Kontrolle zu bekommen.

»Ich habe nichts anderes erwartet.«

»Nein, ich meine es ernst. Ich bin zusammen mit dem Tatverdächtigen auf der Flucht vor der Polizei und einem Rockerclan. Wir sind beide verletzt, er sogar angeschossen. Und wir wissen nicht, wohin wir sollen.«

Erst jetzt, da sie es aussprach, wurde ihr bewusst, wie aussichtslos ihre Lage war.

Sie saß zusammen mit Kris in der U17 in Richtung Essener Innenstadt. Die U-Bahn-Station Holsterhauser Platz war nur wenige Hundert Meter von Delilahs Wohnung entfernt gewesen. Eine perfekte Fluchtmöglichkeit, um schnell möglichst viel Distanz zwischen sie und den Tatort zu bringen.

Ihr Mini Cooper hatte gleich vor der Haustür von Delilah gestanden und befand sich mitten im Feuergefecht, deshalb hatten sie nicht mit ihm verschwinden können. Wäre ja auch zu einfach gewesen.

Kurz schaute sie zu einer der Deckenkameras hinauf.

Der Polizei würde es keine großen Schwierigkeiten bereiten, ihre Spur nachzuverfolgen. Aber nur so lange, wie sie im U-Bahn-Netz unterwegs waren.

»Moment mal, Moment mal, es gibt einen Tatverdächtigen? Und du bist jetzt mit ihm zusammen unterwegs?«

Selten hatten in Jans Stimme so viel Unverständnis und Verwirrung gelegen.

Seit ihrem Besuch im Märchenland hatten sich die Ereignisse überschlagen. Sie musste ihn erst auf den aktuellen Stand bringen.

Außer ihr und Kris saßen nur wenige Leute in dem Zugabteil. Ein Pfandsammler kauerte zwischen versifften Tüten mit seiner Beute und spielte mit dem Licht seiner Mini-Taschenlampe herum, schaltete es immer wieder an und aus. An und aus.

Im hinteren Teil saßen zwei Jugendliche, vielleicht Libanesen oder Türken. Sie hatten die Füße auf die gegenüberliegenden Sitze gelegt, hörten laut Hip-Hop auf einem ihrer iPhones und schauten immer mal wieder zu ihnen herüber.

Kümmert euch bloß um eure Angelegenheiten, dachte Rabea.

Draußen vor den Fenstern strömten die Lichter Essens an ihnen vorbei, eine nicht enden wollende Kulisse aus Wettbüros, Spielcasinos und Discountern.

Kris hing tief in seinem Sitz, die Stirn gegen die Scheibe gelehnt. Sein Atem ging flach, die Lider flackerten. Das hässliche, bunte Graffiti-Muster der Rückenlehne war bereits von Blut durchtränkt. Notdürftig hatte Rabea die Schusswunde an seiner Schulter mit einem Streifen Stoff von ihrem T-Shirt abgebunden. Dass sie jetzt bauchfrei herumlief, hätte ihr gerade nicht egaler sein können.

Sie selbst spürte ein ganzes Kaleidoskop des Schmerzes: Zerrungen und Schnittwunden, pochende Rippen, hämmernde Kopfschmerzen, alles überlagert vom Klingeln in ihren Gehörgängen.

In der schwachen Spiegelung des U-Bahn-Fensters erkannte sie sich selbst kaum wieder. Ihr Haar war zerzaust und struppig, das Gesicht derart von Dreck und Blut verschmiert, dass es aussah wie eine Kriegsbemalung.

Sie brauchten beide ärztliche Hilfe, so schnell wie möglich. Aber sie konnten nicht einfach ins Krankenhaus fahren, dort würde man sie sofort mit der Schießerei in Delilahs Wohnung in Verbindung bringen. Wo sollten sie also hin?

Jan schwieg eine gefühlte Ewigkeit lang.

»Bist du noch dran?«, fragte Rabea.

»Ich versuche das alles nur gerade zu verdauen«, sagte er. »Wieso hast du diesen Kris nicht der Polizei übergeben?«

»Sie würden es nicht zulassen, dass ich ihn verhöre. Sie würden mich von ihm fernhalten. Ich ... ich brauche nur ein paar Minuten allein mit ihm, wenn er wieder ansprechbar ist. Dann werde ich endlich wissen, ob all das hier etwas mit meiner Schwester zu tun hat.«

»Das hat es«, erwiderte Jan tonlos und erzählte ihr von den Rapunzeln, die ihr Vater damals in Burgdorf vor ihrer Haustür gefunden hatte.

Einen Augenblick lang vergaß sie sogar ihre Schmerzen.

»Dann glaubst du jetzt auch, dass mehr hinter der ganzen Sache steckt?«

»Sagen wir's mal so: Meine Skepsis ist zumindest um ein gewisses Maß kleiner geworden.« Er stieß einen tiefen Seufzer aus. »Aber, Rabea, was machst du da überhaupt? Du setzt gerade deine ganze Karriere, deinen Job aufs Spiel, das ist dir doch klar, oder? Von deinem Leben gar nicht erst zu reden. Willst du wirklich denselben Fehler begehen wie ich?«

»Nur weil du damals einen Fehler begangen hast, wie du es jetzt nennst, ist Miriam überhaupt noch am Leben. Hier geht es vielleicht um meine Schwester, so gering die Wahrscheinlichkeit auch ist. Würdest du es an meiner Stelle anders machen?«

Darauf wusste er anscheinend keine Antwort.

Mit kreischenden Rädern versank die U-Bahn in der Finsternis des Tunnels. Die Verbindung wurde schlechter. Rauschen und Knacken unterlegten Jans Worte, als er weitersprach: »Es gibt da jemanden, bei dem ihr untertauchen könntet. Jemand, der euch helfen kann. Dafür müsst ihr allerdings nach Düsseldorf.«

»Das ist nicht weit, das können wir schaffen. Von wem sprichst du?«

»Von Professor Dr. Xaver Asgari, meinem alten Mentor aus meinem Studium in Bochum. Ich lese im Moment eines seiner Bücher gegen, deshalb komme ich auf ihn.«

»Vertraust du ihm?«, fragte Rabea.

Natürlich sagte ihr der Name Asgari etwas. In der Fachwelt der forensischen Psychologie war er so etwas wie eine

Koryphäe, ein Mann, der oft Diskurse einleitete und auch ab und zu als Experte vor die Kameras der Nachrichtensendungen trat.

»Wenn ich ihm nicht vertraute, würde ich ihn nicht vorschlagen. Er ist vor allem Wissenschaftler, ein Besessener noch dazu. Die Situation wird ihn faszinieren. Allein schon deswegen wird er euch Unterschlupf bieten. Und ich war immer sein Lieblingsschüler, wenn man so will. Du brauchst nur zu erwähnen, dass ich dich geschickt habe.«

»Dann ist er vielleicht unsere einzige Chance«, schloss Rabea. »Danke, Jan, danke für alles.«

»Bedank dich lieber erst bei mir, wenn ihr in Sicherheit seid. Oder wenn wir herausfinden, wer oder was mit diesem Turm des Schweigens gemeint ist, von dem dein Verdächtiger die ganze Zeit spricht. Halt mich auf dem Laufenden, in Ordnung?«

Sie versicherte ihm, dass sie das tun würde, und legte auf. Noch eine Station bis zum Essener Hauptbahnhof. Von dort aus mussten sie nur einen Zug in Richtung Düsseldorf nehmen und wären vorerst in Sicherheit.

Sie öffnete Twitter auf ihrem Handy. Auf dem Bildschirm erschien sofort ein Bild von Delilahs Wohnhaus. Die Flammen hatten inzwischen den ganzen Dachstuhl erfasst und ihr orange-roter Schein die dichte Wolkendecke. Wie der Skeletthals einer gigantischen Urzeitechse ragte die Drehleiter eines Feuerwehrwagens in die Aufnahme. Ihr Löschstrahl war eine schaumig weiße Fontäne.

»Heftige Schießerei zwischen Polizei und Unbekannten«, hieß es in einem Tweet. Rabea überflog die Meldungen zu dem dazugehörigen Hashtag, las etwas von »mehrere Polizisten verletzt, zwei in Lebensgefahr« und »Täter konnten entkommen«.

Das Zittern ihrer Finger übertrug sich auf das Handy, ihr Ohrenklingeln wurde heftiger und lauter. Sie dachte an den Mann namens Nero, der sich SATAN auf die Fingerknöchel tätowiert hatte. An den bärigen Anführer. Sie waren immer noch dort draußen. Und so, wie Rabea sie einschätzte, waren sie auf Rache aus.

Der Zug fuhr in die U-Bahn-Station des Essener Hauptbahnhofs ein. Dunkelblaues Licht fiel vom Deckengewölbe und verlieh der unterirdischen Halle mit ihren Betonwänden etwas Futuristisches, als gehörte sie in einen dystopischen Science-Fiction-Roman.

»Komm schon, wir sind da. Du hast es bald geschafft!«, redete sie Kris zu und half ihm auf die Beine.

Sein Gesicht war aschfahl, die Haare hingen ihm schweißverklebt in die Stirn. Hoffentlich schaffte er es überhaupt bis Düsseldorf. In seinem Zustand konnte es nur zu gut passieren, dass sie jemand auf der Fahrt ansprach und sich nach ihm erkundigte, im schlimmsten Fall sogar die Polizei. Das musste sie unbedingt verhindern. Sie zog ihm die Kapuze seines Sweatshirts tief ins Gesicht und bugsierte ihn auf den Bahnsteig.

Geradewegs vor einen schmerbäuchigen libanesischen Glatzkopf in schwarzem Unterhemd und mit Bauchtasche, der mit verschränkten Armen vor den automatischen Türen stand.

»Mach jetzt keine Dummheit, Schwester!«, wisperte er

ihr zu. Sein heißer Atem prickelte an ihrem Ohr. Er hatte sie am Ellenbogen gepackt und presste ihr etwas Spitzes zwischen die Rippen. Ein Messer, durchfuhr es sie.

Aus den Augenwinkeln nahm sie wahr, dass auch hinter Kris jemand stand und ihn festhielt. Es waren die beiden jungen Männer, die hinten in der Bahn gesessen und Hip-Hop gehört hatten.

Sie sind uns gefolgt, dachte sie panisch. Gehörten sie auch zu den vermummten Kriminellen? Aber danach sahen sie nicht aus. Was wollten sie dann?

Um diese Uhrzeit war außer ihnen kaum noch jemand in der U-Bahn-Station. Die wenigen Menschen, die unterwegs waren, schenkten ihnen keinerlei Beachtung. Ein Obdachloser hing tief vornübergebeugt auf einer Wartebank, die Stiefel in einer Pfütze aus seiner eigenen Pisse. Eine Gruppe Jugendlicher, die noch aus ihren Popcorntüten vom Kinobesuch naschten, lachten wie die Hyänen über etwas, was bestimmt nicht lustig war.

Sollte sie um Hilfe rufen? Sich noch einmal zur Wehr setzen?

Das Piepsen und Klingeln in ihrem Kopf zerschnitt jeden klaren Gedankengang. Sie hatte keine Kraft mehr. Nicht für einen Kampf auf Leben und Tod.

»Los, bringen wir die beiden zum Sidi!«, sagte der Glatzkopf. »Er soll entscheiden, wie's mit ihnen weitergeht.«

ACHTUNDZWANZIG

Burgdorf, Schweiz

Die Welt stürzte über Jan Grall herein.

Ein unaufhaltsamer Tsunami aus Emotionen und Sinneseindrücken, die Nachwehen des Tages.

Er lag quer auf der Matratze, bäuchlings, alle viere von sich gestreckt und nur in Boxershorts, aus jeder Pore schwitzend und ohne die leiseste Spur von Spannung in den Muskeln. Ein schlaffes, erschöpftes Häuflein Mensch.

Der Vorhang war zugezogen, das Licht ausgeschaltet. Das Hotelzimmer war sein eigener Kosmos aus undurchdringlicher Dunkelheit, ein Refugium aus Stille und Schwärze.

Wie hatte er nur glauben können, er würde so einfach klarkommen, die Welt einfach aushalten? Er hätte sich all dies niemals antun dürfen.

Für Rabea, sie braucht dich jetzt mehr als je zuvor. Für Rabea.

Die Monate der Gleichförmigkeit und Ruhe am Lago Maggiore hatten ihn anfällig gemacht, so schutzlos, dass schon das Gespräch mit dem alten Wyler und sogar das beschauliche Burgdorf genügt hatten, um ihn zu überfordern. Der Cannabis-Entzug gab ihm den Rest, die rauchig wabernde Schutzmauer aus Wegdriften und Unbekümmertheit war niedergerissen.

Hypersensibilität. In Gedanken wiederholte er dieses Wort so oft, bis es keinerlei Sinn mehr zu ergeben schien. Ein sperriger Begriff für den Zustand, der ihn jetzt wieder gefangen hielt, ein Wortgebilde, so komplex, dass es schon wieder nichtssagend war.

Xaver Asgari – sein Mentor, an den er Rabea erst vor ein paar Minuten verwiesen hatte – war derjenige gewesen, der diese psychologische Disposition bei ihm festgestellt hatte.

Es bedeutete schlichtweg, dass Jans Sinne die Eindrücke nicht so stark filterten wie die anderer Menschen. Seit jeher hatte er ein hohes Maß an Empathie besessen, es war ihm immer ausgesprochen leichtgefallen, sich in sein Gegenüber hineinzuversetzen – egal ob in eine liebende Mutter oder in einen kaltblütigen Mehrfachmörder.

Dieses Einfühlungsvermögen war seine größte Stärke. Es hatte ihn erst zum Fallanalytiker gemacht. Vielleicht war es sogar sein wichtigstes mentales Werkzeug, aber gleichzeitig war es auch eine Bürde. Wenn er sich zum Schallkörper der Empfindungen und Gedanken anderer machte, erschöpfte ihn das jedes Mal maßlos, vor allem, wenn diese Empfindungen krass oder tiefgreifend waren.

Rabeas Ratlosigkeit und Angst, das erschöpfte Zittern in ihrer Stimme, die Art und Weise, wie sie immer wieder geschluckt und Luft geholt hatte. Er hatte all das nicht nur wahrgenommen, nein, er hatte es in sich aufgenommen. Hatte es zu einem Teil von sich selbst werden lassen. So konzentriert auf ihre Gefühlswelt war er, dass er gar nicht mehr dazu in der Lage war, das Gehörte rational zu verarbeiten.

Er trank einen Schluck Mineralwasser aus der Flasche, die er sich aus der Minibar genommen hatte, dann goss er sich den Rest über Nacken und Rücken. Die eiskalte Flüssigkeit rann über seine Schultern, ließ ihn angenehm frösteln.

Das Brummen der Klimaanlage hatte ihn wahnsinnig gemacht, deshalb hatte er sie gleich nach dem Betreten des Zimmers ausgeschaltet. Jetzt, mit zugezogenen Vorhängen und geschlossenen Fenstern, herrschte hier eine Hitze wie in einem Brutkasten.

Auch wenn er es sich selbst nicht eingestehen wollte und es Rabea gegenüber niemals erwähnen würde – er bewunderte sie dafür, dass sie den Tatverdächtigen im Essener Rapunzelmord so schnell ermittelt hatte. Aber dem Anschein nach hatte sie bisher nur einen einzelnen Mauerstein in diesem Bauwerk aus Wahnsinn herausgebrochen.

Was war dieser Turm des Schweigens, von dem dieser Mann namens Kris sprach? War es eine Person? War es wirklich ein Ort? Ein reales Bauwerk? Was unterschied ihn vom Rapunzelturm, den Rabea bereits ausfindig gemacht hatte?

Oder war er nur ein Produkt seiner Psychose?

Er rollte sich von der Matratze, landete auf dem Teppichboden und zog sich am Bettrahmen auf die Beine. Gähnend lief er ins Bad, tastete in der Dunkelheit nach dem Klodeckel und klappte ihn hoch. Während er dem Plätschern seines Urins lauschte, dachte er weiter nach: Würde die Antwort auf die Frage danach, wer oder was der Turm des Schweigens war, auch erklären, warum dieser Rockerclan sie verfolgte? Jan schüttelte den Kopf. Das war mehr als unwahrscheinlich.

Er betätigte die Spülung, wusch sich die Hände und schlurfte zurück ins Zimmer. Ein schmaler Streifen trüben Lichts fiel durch eine Lücke zwischen den Vorhängen.

Er trat ans Fenster und blickte hinab auf die völlig ausgestorbene Bahnhofstraße. Niemand zu sehen, auch nicht in den gegenüberliegenden Fenstern oder den dunklen Seitenstraßen.

Komisch, dachte er und zog die Vorhänge zu. Warum hatte er dann das Gefühl, beobachtet zu werden?

NEUNUNDZWANZIG

Duisburg

»Der berühmte Schachgroßmeister Tartakower hat einmal gesagt: Der vorletzte Fehler gewinnt.« Das Oberhaupt des Qabbani-Clans drehte eine Turmfigur zwischen seinen Fingern, hielt inne und stellte sie dann wieder auf das Spielbrett zwischen ihnen. »Ich frage Sie, Frau Wyler, ist es mein vorletzter Fehler, wenn ich Ihnen vertrauen würde? Oder mein letzter?«

Rabea rutschte auf dem Diwan nach vorn. »Um ehrlich zu sein, weiß ich nicht, was Sie von mir wollen.«

Das tat sie wirklich nicht. Gleichzeitig stellte sie sich dieselbe Frage: Konnte sie ihrem Gegenüber trauen?

Nachdem die Libanesen sie aufgegriffen hatten, hatten sie Kris und Rabea in einen Mercedes geschoben, der mit laufendem Motor gleich vor dem Essener Bahnhofsgebäude gewartet hatte.

Über die A40 waren sie nach Duisburg gerast, im Stadtteil Hochfeld abgefahren und hatten schließlich vor einem Restaurant namens *Byblos* angehalten. Es war eine nachtdunkle Fahrt, ab und zu erhellt vom milchigen Licht der Straßenlaternen.

Im *Byblos* waren sie und Kris voneinander getrennt worden, sodass Rabea bereits vom Schlimmsten ausging. Würden sie ihn töten? Sie beide foltern?

Nichts dergleichen war geschehen. Stattdessen hatte der Glatzkopf sie in ein erstaunlich gut ausgerüstetes Behandlungszimmer im ersten Stockwerk des Hauses gebracht.

Ein Ultraschallgerät, Utensilien zur Blutabnahme, ein großes, an der Decke montiertes Eingriffslicht, Schütten mit Einwegspritzen, Medikamenten und OP-Besteck, in der Mitte des Raumes eine elektrisch verstellbare Untersuchungsliege. Ein Mann um die fünfzig, im weißen Kittel und mit den buschigsten Augenbrauen, die sie je gesehen hatte, stellte sich ihr als Dr. Youssef vor und bat sie freundlich, auf der Liege Platz zu nehmen.

Er untersuchte ihren Körper auf etwaige Brüche, überprüfte sie auf eine Gehirnerschütterung, desinfizierte und verband ihre Schnittverletzungen und verabreichte ihr ein Schmerzmittel.

Auf keine ihrer vielen Fragen gab er ihr eine Antwort, egal ob sie wissen wollte, ob er ein echter Arzt sei, was sie mit Kris machten oder was sie von ihnen wollten. Nur als sie ihn nach dem Klingeln und Pfeifen in ihren Ohren ansprach, antwortete er: »Das sollte eigentlich nach ein paar Tagen abklingen. Falls nicht, suchen Sie bitte wieder einen Arzt auf, denn dann könnte es sich zu einem chronischen Tinnitus entwickeln.«

Auch das noch, hatte sie in diesem Moment gedacht. Nachdem sie sich bei Dr. Youssef bedankt hatte, hatte der Glatzkopf sie hier in das Hinterzimmer des Restaurants gebracht, wo Ilias Qabbani, wie er ihr vorgestellt wurde, bereits auf sie wartete.

»Sie wissen also nicht, was ich von Ihnen will«, wiederholte er ihre Antwort. »Im Moment will ich nur etwas Immaterielles, aber nicht minder Kostbares: Informationen.«

Er trug einen schwarzen Kaftan, sein von feinen Falten durchzogenes Gesicht umrahmten ein grau durchwirkter Bart und die Haarbüschel einer Halbglatze. Seine dunklen Augen funkelten aufmerksam. Sie schienen geradewegs in Rabeas Kopf hineinzuschauen.

Sie stand nicht mehr so stark unter Adrenalin; die Behandlung durch den Arzt ließ sie davon ausgehen, dass von Qabbani keine direkte Gefahr ausging. Sie entspannte sich sogar so weit, dass sie sich an den bereitgestellten Oliven und dem Wasser bediente.

»Ich vermute, ich weiß noch weniger als Sie«, sagte sie mit vollem Mund. »Ich weiß ja noch nicht einmal, wer Sie sind.«

»Nun, wenn Sie den Zeitungen Glauben schenken wollten, würde man meine Familie und mich wohl am ehesten als Verbrecherclan bezeichnen, als Mafia. Womit die Journalisten sicherlich nicht ganz unrecht haben. Aber ich sehe mich selbst eher als Geschäftsmann, mit der Besonderheit, dass meine Waren und Methoden unüblich sind. Was den Geschäftsmann vom Verbrecher unterscheidet, ist, dass der Geschäftsmann Regeln kennt. Gesetze. Wer sich an sie hält, der braucht nichts zu befürchten.«

Qabbani sprach äußerst artikuliert und ruhig, seine Stimme war ein tiefer Bariton. Trotzdem lief Rabea ein

Schauer über den Rücken. Er mochte sich vielleicht als feinsinniger Intellektueller geben, aber am Ende war er sicher nicht weniger brutal als die Männer, die sie in Delilahs Wohnung angegriffen hatten.

»Was ist mit Kris?«, fragte sie. »Wo haben Sie ihn hingebracht?«

»Die Kugel, die ihn an der Schulter getroffen hat, hat die Armschlagader glücklicherweise verfehlt, wie meine Ärzte mir vorhin mitgeteilt haben. Just in diesem Moment wird er von ihnen operiert.«

»Warum helfen Sie uns?«

»Ja, das ist eine sehr gute Frage. Eine Frage, die ich mir in diesem Moment selbst stelle«, entgegnete Qabbani. »Spielen Sie Schach?«.

Rabea biss sich auf die Lippen. Er vermied eine direkte Antwort. Na schön, sie würde darauf einsteigen.

»Ich habe früher manchmal gegen meinen Vater gespielt«, sagte sie. »Er hat mich ein paar Mal gewinnen lassen, bis ich ihn dazu überreden konnte, Ernst zu machen. Das hat kein gutes Ende für mich genommen.«

»Dann bitte.« Qabbani deutete auf das Schachbrett.

Sie zuckte mit den Schultern und bewegte ihren weißen Bauern auf E4. Nachdem er ebenfalls einen seiner Bauern nach vorn geschoben hatte, setzte sie ihren Springer vor.

»Ah, Sie starten mit einer sizilianischen Verteidigung«, bemerkte Qabbani nach ein paar weiteren Zügen. In seiner Stimme lag beinahe kindliche Freude.

»Ähm, ich habe einfach nur gemacht. Ich wusste nicht, dass das so heißt.«

»Kommen wir zu einer Sache, die ich nicht weiß: Sie arbeiten für das LKA Rheinland-Pfalz. Warum sind Sie dann hier und arbeiten an einem Fall in NRW?«

Rabea tat so, als müsste sie über ihren nächsten Zug nachdenken. Tatsächlich überlegte sie, ob sie ihrem Gegenüber die Wahrheit sagen sollte oder nicht. Wahrscheinlich würde er jede Lüge ohnehin so mühelos durchschauen wie ihre Schachtaktiken. Also wählte sie die faktentreue Version.

»Eine familiäre Angelegenheit«, begann sie und erzählte in groben Zügen die Geschichte ihrer Schwester und ihres Verschwindens. Sie erklärte, wie es sich angefühlt hatte, jahrelang im Dunkeln zu tappen, und kam schließlich auf den Rapunzel-Fall und seine Parallelen zu Maries Verschwinden zu sprechen.

»Ja, mit der Familie ist das so eine Sache.« Er nahm ihr einen ihrer Springer, lehnte sich zurück und tippte sich mit der Figur gegen die Nasenwurzel. »Sie kann uns so viel Geborgenheit und Sicherheit geben, gleichzeitig kann uns der Kampf um sie aber zu den gefährlichsten Handlungen hinreißen. Ich verstehe Sie, Frau Wyler, ich verstehe Sie nur zu gut.«

Er schlug mit einem Läufer einen ihrer Bauern. »Wie Sie schon auf unangenehme Weise haben feststellen müssen, ist auch der Satan's Squad auf der Jagd nach unserem Freund Kristijan Ivasic. Ein Rockerclan, der ebenfalls von Duisburg aus agiert. Wir wurden beide von einem anonymen Auftraggeber auf ihn angesetzt, der sich selbst den Decknamen

Nimrod gegeben hat. Demjenigen, der ihn tötet, winkt eine beträchtliche Belohnung.«

Rabea erinnerte sich an das »SATAN«, das sich dieser Nero auf die Fingerknöchel tätowiert hatte. Jetzt konnte sie sich auch denken, was auf den Knöcheln der anderen Hand zu lesen war.

»Nimrod«, murmelte sie. »Hat dieser Name eine Bedeutung?«

»Das war der Name des Königs, der den Bau des Turms zu Babel befahl.«

Rabea hielt inne. Wieder eine Turmsymbolik. War das der Turm des Schweigens, von dem Kris sprach? War Nimrod sein Erbauer? »Hat dieser Auftraggeber gesagt, warum er ihn tot sehen will?«

»Er wusste, dass er in der Nacht, in der er uns den Auftrag gab, jemanden ermorden würde. Nun, ich bin am nächsten Tag die Zeitungen durchgegangen, und eine Meldung ist mir natürlich sofort ins Auge gefallen.«

»Der Rapunzel-Fall.«

»Ja, der Rapunzel-Fall.« Ohne dass Rabea es hatte kommen sehen, schlug sich Qabbani plötzlich in ihre Verteidigungslinien und brachte sie um einige Offiziere.

»Wenn Sie wissen wollen, ob er die Tat begangen hat: Ich gehe zu neunundneunzig Prozent davon aus.«

»Dann hätte er für diesen Akt der Grausamkeit wirklich den Tod verdient«, meinte Qabbani und vertauschte seinen König mit dem Turm. »Hat Ihnen Ihr Vater auch diesen Spielzug beigebracht, Frau Wyler?«

Sie nickte. »Das ist eine Rochade, oder?«

»Ja, ganz richtig. Man schützt den König, indem man den Turm mit ihm die Position tauschen lässt, und entwickelt gleichzeitig den Turm. Die ganze Zeit frage ich mich schon, ob unser Auftraggeber und Kris nicht genau das getan haben.«

»Worauf wollen Sie hinaus?«

»Warum will unser mysteriöser Schattenmann den jungen Mann von uns oder dem Squad beseitigen lassen? Warum macht er es nicht selbst? Warum geht er das Risiko ein, zwei kriminelle Organisationen in die Angelegenheit zu verwickeln? Vielleicht, weil Kris nicht nur ein Täter ist, sondern auch ein Zeuge. Ein Mitwisser, der aus dem Weg geschafft werden muss. Und Nimrod ist jemand, der sich nicht selbst die Hände schmutzig machen will.«

In einem Akt der Verzweiflung brachte Rabea ihre Dame ins Spiel, Qabbani stellte ihr aber innerhalb weniger Züge eine Falle. Die Partie ging aufs Endspiel zu – und es sah nicht gut für sie aus.

»Sie vermuten also, Nimrod könnte Kris zu dem Mord getrieben, ihn manipuliert haben?«

»Es gibt da etwas, was Sie sich ansehen sollten«, meinte Qabbani, dann konzentrierte er sich aufs Spielbrett. »Noch drei Züge.«

»Drei Züge?« Rabea setzte ihren verbliebenen Springer vor, er bewegte seine Dame.

»Jetzt noch zwei Züge, bis Sie matt sind.«

Er erfüllte seine Vorhersage und setzte ihren König mit seiner Dame und seinem Turm fest. Dann lehnte er sich zurück und genehmigte sich einen Schluck aus seinem Teegläschen. »Sie spielen gut, die meisten halten es nicht so lange gegen mich aus.«

»Danke für das Kompliment, aber was wollen Sie mir zeigen?«, fragte Rabea ungeduldig.

»Kommen Sie!« Er stand auf und führte sie wieder ins erste Stockwerk, diesmal in ein anderes Behandlungszimmer. Auch hier roch es nach Formalin und Seife.

Kris lag auf einer Liege aus Edelstahl, Dr. Youssef stand tief über ihn gebeugt.

»In manchen Situationen würden Krankenhäuser zu viele Fragen stellen, wenn sie meine Männer behandeln. Aus diesem Grund habe ich diese kleine Krankenstation einrichten lassen. Dr. Youssef war Arzt in Libyen, hat hier in Deutschland allerdings keine Zulassung bekommen. Bei mir kann er dennoch seiner Berufung nachgehen.«

Der Arzt trat zur Seite. Kris' Augen waren geschlossen. Sein schmächtiger Oberkörper war nackt, die Rippen traten deutlich hervor. Seine Atmung ging flach, der Brustkorb hob und senkte sich kaum wahrnehmbar. Seine rechte Schulter hatte man verbunden, aber das war Rabea nur einen Seitenblick wert. Stattdessen starrte sie auf das Geflecht aus dunklen, wulstigen Narben, das seine Haut überzog.

»Dr. Youssef hat mich über diese Verletzungen informiert, bevor er mit der Behandlung begonnen hatte«, sagte Qabbani. »Was kannst du dazu sagen, *tabib*?«

»Was Sie hier sehen, sind Brandwunden verschiedenen Alters, ich denke, manche reichen mehr als zehn Jahre zurück, andere sind noch recht jung. Meine Vermutung ist, dass sie durch Stromschläge hervorgerufen worden sind.«

»Stromschläge?«, fragte Rabea.

Qabbani ergriff das Wort, bevor der Arzt etwas sagen konnte. »Jemand hat ihn über Jahre hinweg gefoltert.«

In ihr regte sich Mitleid, das allerdings gleich wieder erstarb, als sie sich die Grausamkeit von Kris' Tat ins Bewusstsein rief. Wer hatte ihm das angetan? Dieselbe Person, die auch Qabbani und das Satan's Squad auf ihn angesetzt hatte? Sie wusste nicht, wie sie darauf jemals Antworten bekommen sollte, erst recht nicht, wenn der Clan den jungen Mann ausliefern würde.

Sie lehnte sich gegen ein Behandlungspult. »Was haben Sie jetzt mit ihm vor?«, fragte sie Qabbani.

»Sie erinnern sich daran, wie ich vorhin bei der Partie das Schachmatt angekündigt habe?« Wieder eine dieser rhetorischen Fragen. »Ich werde Ihnen jetzt erneut sagen, was geschehen wird. Sie werden sich die Nacht über ausruhen, bis dieses Monster wieder bei Kräften ist. Ich habe eines der Gästezimmer für Sie herrichten lassen. Dann wird einer meiner Männer Sie und ihn dorthin fahren, wo auch immer Sie hinwollen.«

»Sie ... warten Sie einen Moment.« Rabea blinzelte. »Sie wollen ihn nicht ausliefern? Sie wollen uns einfach so gehen lassen?«

Qabbani setzte sich auf einen Rollhocker und stützte die Ellenbogen auf die Knie. »Wissen Sie, im Schach steht man immerzu unter Zugzwang, man kann nichts einfach abwarten oder aussitzen. Aber in der Realität hat man den Luxus, bisweilen nichts zu tun. Und manchmal ist es der beste Zug, keinen Zug zu machen.«

»Ich verstehe immer noch nicht ...«

»Durch sein planloses und brachiales Vorgehen hat Beil dafür gesorgt, dass jetzt die Aufmerksamkeit des gesamten Staatsapparats auf diesem Fall liegt. Wenn Polizisten zu Schaden kommen, ist das nie gut fürs Geschäft. Außerdem traue ich diesem Nimrod nicht über den Weg. Nein, wir werden uns aus dieser Angelegenheit zurückziehen. Das ist meine finale Entscheidung.« Als er seinen Bart etwas hob und den Mund verzog, konnte sie sehen, dass sein Unterkiefer deformiert war. Die Haut an dieser Stelle war schlaff – eine schlecht verheilte Einschusswunde. »Das letzte Mal, als ich nicht diesem Bauchgefühl vertraut habe, hat es mich beinahe das Leben gekostet.«

Rabea wusste nicht, was sie sagen sollte. Sie schaute auf den bleichen Kris. Irgendwo in seinem Kopf, tief verborgen in den Windungen seines Hirns, versteckte sich vielleicht die Lösung für das Rätsel um ihre Schwester. Am liebsten wollte sie ihm die Schädeldecke aufbohren, seine Hirnmasse zerwühlen und sein Wissen herauspulen. Doch so funktionierte das natürlich nicht. Der einzige Weg zu diesem Wissen führte über eine Brücke aus Worten. Sie musste ihn knacken wie einen Tresor, musste auf irgendeine Weise einen Zugang zu ihm finden.

Dafür würde sie jetzt unerwartet etwas mehr Zeit haben. Wie es danach weitergehen würde? Sie hatte nicht den blassesten Schimmer.

»Finden Sie Ihre Schwester, Frau Wyler. Nur seien Sie wachsam«, sagte Qabbani. »Seien Sie vorsichtig. Sie wissen nicht, worauf Sie sich hier eingelassen haben.«

DREISSIG

Bern // 19. Mai

»Exgüsee, Sie dürfen hier nicht parkieren!«

Der alte Mann mit dem Strohhut und dem ausgebeulten karierten Anzug schwenkte die Arme.

Umständlich kurbelte Jan das Seitenfenster des Peugeot herunter. »Hä, was?«

»Ah, ein Dütscher«, sagte der Berner und wiederholte etwas langsamer, aber nicht weniger unverständlich: »Sie dürfen hier nicht parkieren. Das ist eine Privatgass!«

»Privatgass? Ach so, Privatstraße, alles klar.«

Er legte den Rückwärtsgang ein und sah zu, dass er von hier verschwand. Wenn er auf eines keine Lust hatte, dann auf Diskussionen mit irgendwelchen Rentnern. Sein Besuch in Bern hatte ja großartig begonnen. Schon jetzt fühlte er sich so erschöpft, als hätte er sich den ganzen Tag den Kopf über sein Buch zermartert, dabei war es noch nicht einmal zehn Uhr morgens.

»Uf wiederluege!«, rief ihm der Strohhut-Mann mit einem breiten Lächeln hinterher, als Jan wieder in die Nägeligasse nahe dem Konzert Theater einbog.

Die Parkplatzsuche zwischen Berns Altbauten mit ihren

Sandsteinfassaden und Laubengängen zog sich noch ein wenig hin, bis er schließlich eine Tiefgarage gleich in der Nähe des Rathauses fand.

Über die Brunngasshalde lief er in Richtung Theater, gleich an der Aareschlaufe entlang. Schüchterne Sonnenstrahlen drangen durch die Baumkronen, einige Hundert Meter weiter strömte der Pendlerverkehr über die Kornhausbrücke, ein Strom aus Blech und Hupen direkt über dem Wasser der Aare.

An der Seitenpforte des Hauses ließ er nach Frau Wyler fragen. »Ich habe einen Termin.«

»Oh, sie hört sich gerade eine Probe an. Sie hat gesagt, ich soll Sie zu ihr bringen«, erklärte die Pförtnerin.

Der rote Samtteppichboden dämpfte ihre Schritte, als die kleingewachsene Frau ihn ins Innere des Vierspartenhauses führte. Sobald sie die unterarmdicken, mit Schallschutz versehenen Flügeltüren in den Zuschauerraum öffnete, schlugen ihnen wie ein zarter, angenehmer Duft Klavierklänge entgegen.

»Die Intendantin«, wisperte die Pförtnerin und zeigte auf einen einzelnen Hinterkopf, der aus dem roten Meer der Sitzlehnen herausragte.

Jan bedankte sich und schlich durch die abgedunkelten Sitzreihen zu ihr heran. Nicht einmal, als er sich auf dem Platz gleich neben ihr niederließ, wandte sie den Blick vom Pianisten auf der Bühne.

»Chopins Étude Op. 10, No. 3 in E major«, hauchte Rabeas Mutter schließlich. »Der Name ist *Tristesse*, und er könnte nicht passender sein. Traurigkeit. Ich glaube, Worte sind nicht dafür geschaffen, um Gefühle zu beschreiben. Dafür gibt es die Musik. Als Marie verschwunden war, waren diese Klänge, diese Melodie meine ganze Gefühlswelt. Manchmal, wenn die Proben stattfinden, komme ich einfach nur hierher, um zuzuhören. Eine kleine Atempause, bevor es für mich wieder an die Arbeit geht.« Sie schüttelte den Kopf. »Aber entschuldigen Sie, ich bin unhöflich ... ich freue mich, dass Sie so spontan hierherkommen konnten.«

Zum ersten Mal schaute sie ihn direkt an. Sie war eine elegante Frau Anfang sechzig, mit Lachfältchen um Mundwinkel und Augen. Jetzt wusste er auch, von wem Rabea ihr fein geschnittenes Gesicht geerbt hatte. Ihr silbernes Haar trug Frau Wyler hochgesteckt, der karmesinrote Lippenstift passte zu den Ohrringen und dem Kimono-artigen Kleid.

»Kein Problem«, entgegnete er, »ich möchte keine Umstände bereiten.«

»Ich hätte Sie gerne bei mir zu Hause empfangen, aber ich bin im Moment unglaublich eingespannt. Das hier wird das letzte große Klavierkonzert, das ich noch vor meinem Ruhestand verantworte. Der Mann am Flügel ist heute erst hierher eingeflogen worden, ein Virtuose aus China, vielleicht der Größte unserer Zeit. Seine Hände sind für zehn Millionen Dollar versichert – unvorstellbar, oder?«

»Meine ungeschickten Patschepfoten wären nicht einmal ein paar Cent wert«, sagte Jan und lächelte. Dann brachte er die Unterhaltung auf den Grund seines Kommens: »Haben Sie denn mitbringen können, worum Rabea Sie gebeten hatte?«

Sie klopfte auf einen Umzugskarton, der auf dem Sitz

rechts von ihr stand. »Alles, was ich finden konnte. Kinderzeichnungen, Arztatteste, Geburtsurkunde, Fotoalben, die Unterlagen von der Kita. Ich weiß ja nicht, was Sie gebrauchen können.«

»Danke, vielen Dank. Je mehr, desto besser. Jedes kleinste Detail kann den Ausschlag geben.« Etwas unbeholfen beugte er sich über sie, griff nach der Kiste und stellte sie auf seinen Schoß. »Was ist Marie denn für ein Kind gewesen? War sie anders als Rabea?«

»Völlig anders. Sie war ängstlicher, vorsichtiger, häufiger krank. Unser Nesthäkchen, unser Herzchen. Rabea hat ihre Rolle als große Schwester und Beschützerin gern übernommen. Marie hat immer gerne gemalt, am liebsten mit Wachsmalstiften. Das war nicht so Rabeas Sache. Ich habe mir immer vorgestellt, dass aus Marie einmal eine Künstlerin werden würde, vielleicht eine Designerin oder Comiczeichnerin. In ihren Bildern haben immer Geschichten gesteckt.«

Er klappte den Deckel des Kartons auf und holte eine Mappe mit Bildern hervor. »Stört es sie, wenn ich sie nebenbei durchblättere?«

Sie schüttelte den Kopf. »Nur zu. Ich bin nicht wie Adam, der alle Erinnerungen an Marie aus seinem Leben gelöscht hat, als hätte sie niemals existiert.«

Jan vertiefte sich in die Betrachtung der Zeichnungen. Marie malte wie wohl alle Kinder in ihrem Alter. Vereinfachte Formen und Symbole. Die Sonne ein gelber, von Strichen umrahmter Kreis, ein Vogel ein kleines M, Menschen nicht mehr als bloße Strichfiguren, Männlein und Weiblein ausschließlich unterscheidbar am Vorhandensein oder Fehlen von Haaren.

Die ersten Bilder, die er durchsah, zeigten durchwegs harmlose Zeichnungen. Einen Ausflug zum Vierwaldstätter See, Eis essen mit den Großeltern, Drachen steigen lassen. Nichts Auffälliges. Nur die Chronik einer unbeschwerten Kindheit in buntem Wachs.

Der chinesische Pianist ließ die Étude fließend in das nächste Stück übergehen, was Frau Wyler mit kurzem Szenenapplaus und einem gewisperten »Das ist jetzt die Fantaisie-Impromptu!« quittierte.

Mit angehaltenem Atem besah sich Jan weiter die bemalten Blätter. Er wollte seine Sitznachbarin gerade fragen, ob Marie je von einer Hexe gesprochen hätte, als er es plötzlich vor sich hatte.

Das Bild der Gewitternacht.

Blitze in Wachsmalgelb zuckten über den schwarz schraffierten Himmel. In der Mitte des Bildes stand ein Haus, eine Kombination aus Vier- und Dreieck. In ihm standen zwei kleine Mädchen mit langen Haaren, die sich an der Hand hielten. Auch wenn Maries Zeichenkünste stark begrenzt waren, konnte Jan doch sofort erkennen, welches Gefühl sich in ihren Mienen zeigte: pure Angst.

Angst vor einer Gestalt, die ganz rechts im Bild stand, verdeckt von einem kleinen Tannenwäldchen. Sie trug ein schwarzes Kleid in Form eines Dreiecks und hielt einen Besen in der Hand. So wie die Angst eine neue Erscheinung in Maries Werken war, zeigte sich auch im Gesicht dieser Unbekannten ein neuer Ausdruck, simpel dargestellt durch tief gesenkte Striche über den Augen. Wer auch immer sie war, in den Augen von Rabeas Schwester verkörperte sie etwas von Grund auf Böses.

Die Hexe, dachte Jan, das ist sie. Nur eine Kleinigkeit passte nicht dazu: Sie trug keinen Hut, sie hatte nicht einmal Haare auf ihrem Kopf, nichts. Er blätterte die vorigen Zeichnungen durch – hier hatten die weiblichen Figuren immer eine wallende Haarpracht, seien es Kringel für Locken oder schlichtweg einen Kranz gerader Striche.

»Entschuldigen Sie, ist diese Figur hier die Hexe, von der Marie vielleicht einmal gesprochen hat?«, fragte er ihre Mutter.

»Ja«, sie stutzte kurz, »ja, das ist sie. Oh Gott, das hatte ich ja völlig verdrängt. Für eine gewisse Zeit hatte sie die fixe Idee, dass sie von einer Hexe verfolgt und beobachtet wird. Ich habe das damals als Kinderfantasie abgetan, wissen Sie? Die Polizei hatte auch nichts darin gesehen. Meinen Sie, es könnte etwas mit ihrem Verschwinden zu tun haben?«

»Ich weiß es nicht. Ich frage mich nur, warum sie einen kahlen Kopf hat. Ansonsten sieht sie ja wie eine typische Hexe aus.«

Alte Kinderzeichnungen. War das seine einzige Spur? Er brauchte mehr als das, wenn er wirklich Fortschritte erzielen wollte.

»Glauben Sie tatsächlich, dass Marie noch irgendwo da draußen sein könnte? Dass sie noch am Leben ist?«

Yvonne Wyler sprach so leise, dass ihre Stimme beinahe in der Klaviermusik unterging. Als würde ihre vage Hoffnung gleich zerstört, wenn sie sie zu laut aussprach.

Es hätte unzählige Dinge gegeben, die Jan ihr darauf hätte antworten können. Dass in einem Vermisstenfall die ersten drei Stunden entscheidend waren. Dass mehr als drei Viertel aller entführten Kinder in diesem Zeitraum ermordet wurden. Dass die Hoffnung also schon nach wenigen Tagen stark geschwunden war. Dass weltweit jedes Jahr geschätzte acht Millionen Kinder als vermisst gemeldet wurden. Dass es allein beim LKA Rheinland-Pfalz in der Datei *»Vermi/Utot«*, was für *»Vermisste und unbekannte Tote«* stand, sechzig unidentifizierte Leichen gab. Niederschmetternde, ernüchternde Fakten und Wahrheiten, die er immerzu mit sich herumtrug und die es schwer machten, an so etwas wie Wunder oder Ausnahmefälle zu glauben.

Aber stattdessen sagte er nur:

»Ich weiß es nicht, ich weiß es wirklich nicht.«

EINUNDDREISSIG

Düsseldorf // 19. Mai

Eine Boeing zog über den ultramarinblauen Himmel, ihr scharf gezeichneter Kondensstreifen durchtrennte die trockene Luft wie eine Schnittwunde.

Flughafen Düsseldorf. Nicht mehr weit bis zur Landeshauptstadt. Nicht mehr weit bis zu Asgari.

Rabea hatte den Kopf gegen die Scheibe der C-Klasse gelehnt und sah dem Flugzeug hinterher, bis es nur noch ein winziger schwarzer Punkt war. Der Fahrer, ein junger Kerl mit blutunterlaufenen Augen und einem weißen Hemd, das mindestens zwei Knöpfe zu weit geöffnet war, jagte den Benz über die linke Spur der B8. Der morgendliche Berufsverkehr hatte sich gelegt, sie kamen gut voran.

Neben ihr auf der Rückbank kauerte Kris, vollgepumpt mit Schmerzmitteln und nicht ansprechbar. Sein Gesicht war immer noch kalkweiß, aber es war nicht mehr dieselbe Leichenblässe wie noch vor wenigen Stunden. Sie hoffte, dass sich seine Verfassung bei Asgari bessern würde und sie ihn endlich befragen konnte.

Obwohl das Bett im Gästezimmer des Qabbani-Clans wider Erwarten recht bequem gewesen war und ihr noch dazu die schlimmste Nacht ihres Lebens in den Knochen steckte, hatte sie kaum Schlaf finden können. Sie hatte sich hin und her gewälzt, war immer wieder schweißgebadet hochgeschreckt, schwindelig und orientierungslos. Fast so, als könnte ihr Verstand nicht mehr mit den rasanten Entwicklungen der letzten Stunden Schritt halten. Seit sie Delilahs Wohnung betreten hatte, geschah alles viel zu schnell. Es war, als hätte jemand die Vorspultaste für doppelte Geschwindigkeit in ihrem Leben gedrückt.

Der Fahrer bog ab und überquerte auf der Theodor-Heuss-Brücke den Rhein. Das Licht der Vormittagssonne tänzelte auf der Flussoberfläche, das Wasser glich einem Funkenteppich. In der Ferne zeichneten sich die Silhouetten der Versicherungs-Hochhäuser und des Fernsehturms ab, Fixpunkte in der Skyline Düsseldorfs.

Auf der anderen Rheinseite bog der Libanese sofort nach links ab, auf eine Straße, die direkt am Rand der Rheinwiesen entlangführte. Vornehme Einfamilienhäuser mit großen Gärten reihten sich hier aneinander, viele von ihnen noch Zeugnisse des Wirtschaftsbooms der Fünfziger.

Der Benz hielt schließlich vor einer Gründerzeitvilla mit spitzgiebeligem Erker und reichlich verzierter Natursteinfassade.

»Das ist die Adresse«, sagte der Fahrer, stieg aus und öffnete ihnen die Tür. Gemeinsam halfen sie dem zitternden Kris aus dem Wagen.

Sie gingen auf das Anwesen zu. Die Adresse hatte ihr Jan noch heute Morgen am Telefon durchgegeben.

»Ich habe ihm Bescheid gegeben, dass ihr kommt. Er hat sofort

eingewilligt, uns zu helfen. Und, Rabea, erschrick dich nicht, wenn du ihn das erste Mal siehst«, hatte Jan gesagt. Jetzt würde sie sehr bald erfahren, was er damit gemeint hatte.

Sie drückte die Klingel, und ein herrschaftliches Gebimmel drang aus dem Inneren der Stadtvilla.

Eine gefühlte Ewigkeit verging, und Rabea wollte schon ein zweites Mal läuten, als die mächtige, metallbeschlagene Holztür doch noch aufschwang.

»Ah, Rabea Wyler ante portas! Seien Sie willkommen, treten Sie ein! Ich will mir gar nicht ausmalen, was Sie alles durchmachen mussten.«

Xaver Asgari stand im Eingang, ein kleiner, verwachsener Mann mit zurückgekämmten silbernen Haaren, Hornbrille und einem breiten, gelbstichigen Lächeln.

Die Auffälligkeit, vor der Jan sie gewarnt hatte, bemerkte sie erst auf den zweiten Blick: Asgari trug einen Tank mit Flüssigsauerstoff am Gürtel, der über einen durchsichtigen Schlauch mit einer Nasensonde verbunden war. Ein leises, kaum wahrnehmbares Zischen ging von dem Behälter aus und unterlegte Asgaris Bariton: »Und das muss der junge Kristijan sein. Er ist weggetreten, oder?«

Sie nickte. »Schon die ganze Zeit.«

»Dann schnell, bringen Sie ihn herein. Der Mann braucht Ruhe!« Er zog die Tür ganz auf und bemühte sich so gut er konnte, Rabea im Umgang mit Kris zu helfen. Teils schleiften, teils stützten sie den Mann auf dem Weg durch die verwinkelten Korridore der Villa. Asgari führte sie zu einem Zimmer im hinteren Teil, dessen Wände vollständig von Bücherregalen verdeckt waren. Sie legten Kris auf einen Diwan mit üppigen, goldenen Schmuckstickereien, neben dem ein Infusionsständer und ein EKG-Wagen standen. Zum Schluss befestigte Asgari das andere Ende der Handschellen, die immer noch von Kris' rechtem Arm hingen, am Heizungsrohr gleich neben dem Diwan.

»Reine Vorsichtsmaßnahme, das mit den Handschellen«, erklärte er. »Mein Gesundheitszustand ist selbst nicht der allerbeste, woran ich in leidvoller Weise immer wieder erinnert werde«, Asgari klopfte auf den Sauerstofftank, »deshalb bin ich relativ gut ausgestattet, wenn es um medizinische Gerätschaften geht. Es sollte für das Erste reichen, um unserem Freund hier bei der Genesung zu helfen und zu überwachen.«

»Er ist *nicht* mein Freund«, betonte Rabea, während der Professor Kris an das EKG anschloss.

»Oh«, Asgari wandte sich ihr zu. Die Augen hinter den Brillengläsern leuchteten. »Vielleicht muss er das werden, wenn Sie irgendetwas aus ihm herausbekommen, wenn Sie irgendwie in ihn vordringen wollen. Wären Sie dazu bereit? Wären Sie dazu bereit, einer Bestie wie ihm die Freundschaft anzubieten?«

Die Frage überforderte sie, so wie Asgaris ganze Art sie überforderte. Jan hatte ihn ihr immerzu als Genie verkauft, als großen Mentor. Gehörte ein gewisses Maß an Verschrobenheit auch dazu? Obwohl, wenn sie darüber nachdachte, waren Jans Methoden und sein Auftreten auch nicht gerade das, was man als normal bezeichnen würde.

Sie würde sich auf Asgari einlassen. Schließlich hatte

er sich dazu bereit erklärt, ihr zu helfen. Das allein zählte schon.

»Kommen Sie, kommen Sie! Ich bringe Sie in den Salon, Sie müssen wahnsinnig erschöpft sein!«, sagte Asgari, als er mit Kris fertig war. »Und dann reden wir. Jan hat mir einiges über Sie erzählt, Ihr Ruf eilt Ihnen voraus. Jetzt interessiert mich, ob Rabea Wyler wirklich die herausragende Fallanalytikerin ist, als die sie mir angepriesen wurde.«

ZWEIUNDDREISSIG

Burgdorf, Schweiz

»In jedem Beruf ist man gewissen Risiken ausgesetzt. Piloten müssen in Kauf nehmen, dass ihre Maschine abstürzen könnte, Gerüstbauer und Fensterputzer arbeiten in schwindelerregenden Höhen, Polizisten und Feuerwehrleute begeben sich für die Rettung anderer selbst in Lebensgefahr.

Bei uns Fallanalytikern ist das Berufsrisiko am ehesten mit dem von Ärzten vergleichbar. Genau wie sie setzen wir uns jeden Tag der Gefahr einer Ansteckung aus. Bei ihnen sind es Viren und Krankheiten, mit denen sie sich infizieren könnten, bei uns hingegen sind es Gedanken. Jedes Mal, wenn wir uns tief in die Denkstrukturen eines Täters begeben, riskieren wir es, dass wir uns nicht von ihnen abgrenzen können. Uns in ihnen verirren. Unter schlimmstmöglichen Umständen sogar einer von ihnen werden.«

Jan überflog die Zeilen auf dem Bildschirm. Er konnte kaum glauben, dass er selbst sie vor wenigen Wochen getippt hatte. Es fühlte sich so an, als hätte jemand anderes sie geschrieben. Ein desillusionierter Mann, der so von Angst und Selbstzweifeln beherrscht gewesen war, dass er gleich ein gesamtes Berufsbild diskreditiert hatte.

Er schloss die Datei mit seinem Buchanfang wieder und

verschob sie kurzerhand in den Papierkorb. Das war nicht er selbst gewesen. Erst jetzt wurde ihm allmählich klar, dass die Idee, ein Buch zu schreiben, nur eine Abwehrreaktion gewesen war. Ein Schutzreflex, eine Ablenkung.

Die Word-Datei hatte er nur durch Zufall geöffnet, eigentlich war er gerade dabei, das Internet nach allen möglichen Informationen über Burgdorf im Jahr von Maries Verschwinden zu durchsuchen. Seine Hotelsuite glich inzwischen einer seltsamen Mischung aus Stadtarchiv und Kinderzimmer – an der einen Wand hingen zahllose Landkarten und Zeitungsausschnitte, an der anderen Kinderzeichnungen und Fotos.

Den Boden hatte er mit DIN-A4-Seiten gepflastert, auf die er eine Zeitleiste gemalt hatte, um in groben Zügen die Wochen vor jenem dramatischen zehnten Juni zu rekonstruieren, dem Tag von Maries Entführung.

Das Zimmer war eine Erweiterung seines Gehirns, eine haptische, begehbare Denkwelt. Es half ihm, wenn er ein räumliches Gespür für all die Informationen bekam, wenn er sie nach Belieben neu anordnen und sich in ihnen bewegen konnte.

Frau Wyler hatte jede Zeichnung ihrer Tochter mit einer Datumsangabe versehen, was Jan dabei half, Einblicke in Maries Gedanken zu gewinnen und sie in die richtige zeitliche Reihenfolge zu setzen. Die Hexenfigur hatte sie ungefähr zweieinhalb Monate vor der Entführung zum ersten Mal gemalt, danach erschien sie auf fünf weiteren Werken. Einen Monat vor ihrem Verschwinden war die sogenannte Hexe dann auf keinem Bild mehr zu sehen. Was steckte dahinter? Wenn diese Unbekannte wirklich eine Rolle in diesem Fall spielte, wieso war sie dann ausgerechnet im Monat vor dem entscheidenden Datum wieder aus Maries Aufmerksamkeit verschwunden?

Er trank den nächsten Schluck Cola Zero und warf sich rücklings auf die Tagesdecke. So kam er nicht weiter, das hier war alles nur Fischen im Trüben. Das Einzige, was er momentan im Überfluss hatte, waren Fragen: Wer hatte die Rapunzeln vor die Haustür der Wylers gelegt? War es die »Hexe«? Und warum hatte die Hexe auf den Bildern keine Haare? Wenn er Hypothesen aufstellen und ein Täterprofil erstellen wollte, brauchte er weit mehr als diese dürftigen Anhaltspunkte.

Ihm fiel etwas ein. Natürlich! Er nahm sein Handy vom Nachttisch und rief Miri an.

»Hey, Jan, was gibt's?«, trällerte sie. Im Hintergrund kreischten Möwen.

»Du, sag mal, dein Freund ...«

»David, er heißt David«, stöhnte sie, »hast du ernsthaft schon seinen Namen vergessen? Das ist so dermaßen typisch.«

»Ich habe ein sehr selektives Gedächtnis, okay? Wie geht's euch?«

»Eigentlich ist alles ganz nett, aber astronomisch teuer, echt krass. Und sag mal, was ist eigentlich mit der alten Krawallschachtel los, die hier noch im Haus wohnt? Die Tante stand heute Morgen bei uns vor der Tür und hat sich mega darüber beschwert, dass wir zu laut gewesen wären.« Sie verstummte und schob hinterher: »Und wie geht's dir so?«

»Ich lasse mich vom Franken-Kurs in den Ruin treiben, verstehe kein Wort Berndeutsch und beiße mir an Rabeas Fall die Zähne aus. Du kennst mich, ich komm klar.« Er ächzte. Im Small Talk war er noch nie gut gewesen, vor allem nicht, wenn ihm wie jetzt etwas unter den Nägeln brannte. »Könntest du mir mal kurz David geben?«

Einen Herzschlag lang herrschte Stille, dann ertönte Davids teilnahmsloses »Hi, Herr Grall!«.

»Hast du zufällig deinen Laptop dabei?«

»Klar, immer.«

»Miri meinte, du hättest dich mal in die Server des BND gehackt. Dann sollte das Netzwerk der Kantonspolizei Bern eigentlich kein Problem für dich darstellen, oder?«

»Joa.«

Im ViCLAS fanden sich zwar alle Informationen, die die Polizei damals zum Entführungsfall Marie Wyler zusammengetragen hatte, aber Jan interessierte sich ebenso für alle weiteren Delikte, die in diesem Jahr in Burgdorf und Umgebung begangen worden waren.

Manchmal zog ein Verbrechen dieser Größenordnung kleinere Straftaten nach sich, löste eine ganze Kaskade krimineller Energie aus. Wer einmal das Gesetz überschritt, dem fiel es das zweite Mal schon nicht mehr so schwer.

Er erklärte David, was er von ihm brauchte, und der junge Mann versprach, sein Bestes zu geben. Jan legte das Handy weg und streckte sich seufzend aus.

In der Enge des Hotelzimmers drehten sich seine Gedanken nur noch um sich selbst. Was er brauchte, waren äußere Stimuli, Ablenkung für sein Hirn, damit sein Unterbewusstsein all die Informationen verarbeiten konnte, die er in sich hineingeschaufelt hatte.

Eine ordentliche Portion Frischluft würde seinen Synapsen guttun. Ein netter Nachmittagsspaziergang.

Er zog sich sein letztes, längst zerknittertes, aber noch einigermaßen frisches Hemd über das Shirt, spritzte sich Wasser ins Gesicht und verließ die Suite. Als er durch die Lobby ging, rief die Rezeptionistin nach ihm und wedelte mit etwas herum.

»Herr Grall, Herr Grall! Jemand hat eine Nachricht für Sie hinterlassen.«

Er runzelte die Stirn und trat auf sie zu. Wer sollte ihm hierher Nachrichten schicken? Er nahm den gefalteten karierten Zettel entgegen, den die junge Schweizerin hochgehalten hatte, und klappte ihn auf.

Halten Sie sich fern!

Vier Worte in einer geschwungenen, fast schon altmodischen Schrift. Mehr nicht, kein Absender, gar nichts. Er wendete den Zettel hin und her, fand keinerlei weitere Hinweise. Sein Herz pochte, und er spürte, wie sich der Druck in seinen Augenhöhlen erhöhte.

Er schaute auf. »Haben Sie gesehen, wer das hier abgegeben hat?«

Die akkurat geschminkte Rezeptionistin, die ihre Haare zu einem strengen Zopf zurückgebunden hatte, wandte sich an ihre Kollegin nebenan. Sie redeten viel zu schnell auf

Berndeutsch miteinander, sodass Jan keine Chance hatte, auch nur ein Wort des Gesprächs zu verstehen.

»Also, meine Kollegin hat den Zettel angenommen, und sie sagt, ein sehr alter Mann hätte ihn abgegeben. Er war wohl ein wenig altertümlich gekleidet. Und er hatte einen Berner Sennenhund dabei. Wir haben ihn beide noch nie zuvor gesehen.«

»Danke, vielen Dank!«, hörte Jan sich selbst sagen.

Alles prasselte auf ihn ein, das Geschnatter der Leute in der Lounge, das grelle Licht der Deckenlampen, die Art und Weise, wie die Rezeptionistin sich immer wieder daran erinnern musste, ihr Lächeln aufrechtzuerhalten. Doch das war noch gar nichts im Vergleich zu den Fragen und Hypothesen, die in seinem Kopf herumschwirrten.

Er stützte sich an der Empfangstheke ab und atmete durch.

»Alles in Ordnung mit Ihnen?«, fragte die Hotelangestellte.

»Ja, alles gut.«

Er zerknüllte den Zettel in seiner Hand.

Jemand wusste, dass er Nachforschungen über das Verschwinden von Marie Wyler anstellte. Und wer auch immer es war, er wollte es verhindern.

DREIUNDDREISSIG

Düsseldorf

»Kristijan Ivasic, der Tatverdächtige im sogenannten Rapunzelfall, befindet sich seit der vergangenen Nacht auf der Flucht.« Ein altes Passfoto von Kris erschien neben der Nachrichtensprecherin, darunter eine Nummer der Essener Polizei. »Wer Hinweise zum Aufenthaltsort des Verdächtigen geben kann, soll sich umgehend an die Polizei wenden. Es ist davon auszugehen, dass er bewaffnet und gewaltbereit ist.«

Asgari schaltete den Fernseher aus, und es wurde still in seinem Salon. Er wandte sich an Rabea: »Sie können froh sein, dass Ihr Gesicht nicht in den Nachrichten aufgetaucht ist. Wahrscheinlich gab es für Sie keinen richterlichen Beschluss. Trotzdem, Sie haben Strafvereitelung begangen, das könnte Sie Ihre Stelle und Ihre Freiheit kosten.«

»Das ist das Letzte, woran ich jetzt denken will«, sagte sie, halb in ihrem Sessel versunken.

Die Konsequenzen ihres Handelns würden sie noch schnell genug einholen. Auf ihrer Mailbox sammelten sich bereits die besorgten Nachrichten ihres Chefs und die beschwörenden Worte von Hauptkommissar Masebo, der sie immer wieder nach ihrem Aufenthaltsort fragte.

»Möchten Sie noch etwas essen?« Asgari deutete auf ihren halb leeren Teller mit Ratatouille und Coq au Vin. Weil er nichts mehr im Haus gehabt hatte, hatte er ihnen kurzerhand etwas aus einem Feinkostladen in der Nähe liefern lassen.

Sie schüttelte den Kopf. Sie hatte schon keinen Hunger gehabt, bevor sie überhaupt einen Bissen zu sich genommen hatte, aber trotzdem die Hälfte hinuntergewürgt. Essen als reine Energiezufuhr.

Bis zum Nachmittag hatte sie in dem Gästezimmer, das Asgari ihr bereitgestellt hatte, in einem tiefen, traumlosen Erschöpfungsschlaf gelegen. Die letzte Nacht hatte doch noch ihren Tribut gefordert.

Er tat sich einen weiteren Hähnchenschenkel auf den Teller, und sie ließ ihren Blick durch seinen Salon schweifen. Eigentlich war es eher eine Bibliothek. Im Grunde hätte man jeden einzelnen Raum in seinem Haus als Bibliothek bezeichnen können, selbst im Badezimmer und in der Küche stapelten sich die Bücher wie Stalagmiten auf dem Boden.

Wie auch in der restlichen Villa bestand die Inneneinrichtung aus einem wild durcheinandergemischten Sammelsurium aus antiken Buchregalen, allesamt zum Bersten gefüllt, Designer-Möbeln und Gemälden aus jeglichen Epochen. Jedes Zimmer wirkte auf eine kunstvolle Weise vollgestellt und überladen, jedes für sich ein kleines Antiquariat.

»Noch einmal vielen Dank dafür, dass Sie sich so bereitwillig dazu entschieden haben, mir zu helfen«, sagte Rabea, die Hände zwischen die Oberschenkel geklemmt.

»Ach, nicht der Rede wert!«, rief er mit vollem Mund. »Jans Freunde sind auch meine Freunde. Außerdem konnte ich der Versuchung nicht widerstehen, so einem außergewöhnlichen Subjekt wie Kristijan zu begegnen. Verzeihen Sie meine Faszination für ihn, ich weiß ja, wie groß Ihre persönliche Verwicklung in diesen Fall sein könnte.«

»Schon in Ordnung«, sagte sie, auch wenn sie froh war, dass er seine zweifelhafte Motivation gleich selbst angesprochen hatte. Während sie gegessen hatten, hatte sie ihm erzählt, warum es ihr so wichtig war, ihn zu fassen. »Aber Kristijan Ivasic ist kein Forschungsobjekt, er ist immer noch ein Tatverdächtiger. Sobald ich von ihm erfahren habe, was ich brauche, werde ich ihn sofort der Polizei übergeben.«

»Selbstverständlich, selbstverständlich.« Asgari stellte seinen leeren Teller weg und richtete seine Nasensonde.

»Darf ich Sie fragen, wofür Sie den Sauerstoff benötigen?«, fragte Rabea.

»Aber natürlich dürfen Sie das, was ist schon dabei? Es handelt sich um COPD. Eine chronische obstruktive Lungenerkrankung. Gemeinhin auch Raucherlunge genannt, was Ihnen wohl auch gleich eine Erklärung dafür liefern sollte, wie ich mir dieses Leiden zugezogen habe. Jetzt bin ich seit sechs Jahren Nichtraucher, gezwungenermaßen.«

Wenn Asgari etwas erklärte, hing Rabea unwillkürlich an seinen Lippen. Sein Sprachtempo, seine Wortwahl, sein Esprit. Sie konnte sich sehr gut vorstellen, dass er vor der Krankheit ein herausragender Redner gewesen war, der mühelos einen ganzen Hörsaal in seinen Bann ziehen konnte. Jetzt sorgten Kurzatmigkeit und sein ständiger, heftiger Husten dafür, dass er immer wieder innehalten musste.

Kurz dachte sie daran, dass sie erst vor zwei Tagen noch selbst eine Vorlesung in Koblenz gehalten hatte. Es schien ihr so wahnsinnig weit weg, fast wie aus einem anderen Leben.

»Der Tank mit Flüssigsauerstoff beeinträchtigt mich nicht weiter in meinem Alltag, nur die Lehre und die Fahrt zur Universität sind schwierig geworden. Inzwischen bin ich ja ohnehin emeritiert. Ich konzentriere mich jetzt auf das Verfassen von Fachschriften. Eines meiner Bücher habe ich vor ein paar Wochen erst an Jan geschickt. Seitdem rettet er sich in Ausflüchte, warum er noch nicht zum Lesen gekommen ist. Aber mir kann er nichts vormachen. Ich habe immer gewusst, dass er nie ein Fan meiner Schreibe gewesen ist.« Er lachte in sich hinein und verfiel gleich in ein Husten.

Rabea lächelte. »Wieso schicken Sie es ihm dann trotzdem?«

»Weil ich seine Meinung schätze. Auch wenn das heißt, dass ich ihm ständig hinterhertelefonieren muss. Und mal ganz unter uns: Ich genieße es, zu sehen, wie er sich jedes Mal windet.«

Sie lachte und konnte sich nur zu gut vorstellen, wie Jan sich bei seinem alten Mentor um Kopf und Kragen redete.

Asgari schlug die Beine übereinander und strich geistesabwesend über eine Büste von Wilhelm von Humboldt, dem Begründer der Völkerpsychologie.

»Als ich Jan das erste Mal in einem meiner Seminare für

forensische Psychologie sitzen hatte, fiel mir gleich auf, dass er anders als die restlichen Teilnehmer war. Er besaß ein Gespür für seine Umwelt und seine Mitmenschen, das ihn auf den ersten Blick fahrig und unaufmerksam erscheinen ließ. Die wenigsten Leute begreifen, dass Jan alles andere als unkonzentriert ist. Dass er sich einfach auf alles gleichzeitig fokussiert. Seine Sinne werden derart mit Eindrücken überschüttet, dass sie völlig überlastet sind. Am Ende war ich es, der seine Hypersensibiltät feststellte. Damals habe ich ihm Meditation und Achtsamkeitsübungen empfohlen, um dieser Disposition Herr zu werden. Aber so, wie Jan nun einmal ist, hat er seine eigenen Mittel und Wege gefunden, um damit umzugehen.«

»Haben Sie von Anfang an gewusst, dass aus ihm einmal ein Fallanalytiker werden könnte?«, fragte Rabea interessiert, den Kopf auf die Hände gestützt.

»Zu Beginn seines Studiums hatte er immer noch damit zu tun, den traumatischen Unfalltod seines Bruders zu verarbeiten. Er war ein stiller, nachdenklicher junger Mann, aber er besaß auch eine überschäumende Fantasie und Lebhaftigkeit, wenn er sich einmal für ein Thema begeistert hatte. Dann konnte er sich regelrecht darin verbeißen. Und eine Sache hat ihn schließlich von all meinen anderen Studenten unterschieden, selbst von denjenigen, die viel strebsamer und fleißiger waren als er.«

»Was war das?«

»Seine Empathie besaß keine Grenzen. In dieser Hinsicht war er mir sehr ähnlich. Bei den meisten meiner Studenten merke ich nach einer gewissen Zeit, dass sie bestimmte Schwellen nicht überschreiten, wenn sie sich in die Denkstrukturen eines Täters einarbeiten. Es wird ihnen zu krank, zu pervers, zu menschenverachtend. Aber Jan nicht, er konnte genauso leidenschaftslos und so radikal denken wie ein Soziopath. Nicht weil er selbst einer wäre, sondern weil er einer sein *könnte*, wenn sein Leben einen anderen Verlauf genommen hätte.«

Rabea erinnerte sich daran, was Jan ihr am Telefon gesagt hatte, als er noch am Lago Maggiore gewesen war. Er hatte mit dem Profiling abschließen wollen, nichts mehr mit alldem zu tun haben. War dieses Abtauchen in die Seelen der Täter am Ende zu viel für ihn gewesen?

Ihr Blick glitt zu einem von Asgaris Fachbüchern auf dem Kaffeetisch. »Die Konditionierung von Fetischen in Serientätern. Das Thema ist bis heute sehr umstritten.«

»Daran wird auch mein Werk nichts ändern, befürchte ich«, versetzte Asgari, seine Stimme wie stets unterlegt vom leisen Zischen des Sauerstofftanks. »2004 haben Forscher in einer Studie Japanwachteln darauf konditioniert, mit Stoffpuppen statt mit lebenden Artgenossen zu kopulieren. Dieses Verhalten bildete sich nach der Phase, in der es erworben wurde, nicht mehr zurück. Es blieb bestehen. Diese Tiere verbanden fortan sexuelle Aktivität allein mit diesen Puppen. Ein klassischer Fetisch. Meine These ist, dass genau dasselbe auch bei Serientätern geschehen kann.«

Rabea musste an die krankhafte Fixierung auf blondes Haar denken, die sich bei Kris entwickelt hatte. War es bei ihm dasselbe gewesen? War dieser Fetisch durch Konditionierung bei ihm entstanden?

»Wann wird er wieder ansprechbar sein?«, fragte sie.

»Sie meinen Kristijan? Nun, so genau kann ich das nicht sagen. Womöglich müssen wir uns noch bis heute Abend gedulden. So lange werden Sie mit meiner zweifelhaften Gesellschaft vorliebnehmen müssen.«

»Ach«, sie winkte ab, »ich genieße es. Ich habe das Gefühl, gerade sehr viel zu lernen. Es ist wirklich ein großer Verlust, dass Sie nicht mehr an der Universität unterrichten.«

»Wenn Sie wirklich etwas lernen wollen, dann habe ich noch eine Aufgabe für Sie.« Asgari setzte sich in seinem Stuhl auf und zog den Schlauch der Nasensonde zurecht. »Stellen Sie sich eine simple Frage: Wen wollen Sie wirklich dadurch retten, dass Sie Ihre Schwester finden? Nur Ihre Schwester? Oder nicht eigentlich sich selbst?«

VIERUNDDREISSIG

Burgdorf, Schweiz

Jan saß in einem Wirtshaus an der Burgdorfer Schützenmatte, trank viel zu viel Kaffee und kritzelte in sein Moleskine-Notizbuch, als der Anruf kam.

»Herr Grall, ich bin's, David! Ich habe etwas, das Sie interessieren könnte.«

»Wow, das ging ja schnell«, sagte Jan, schlug eine neue Seite in seinem Büchlein auf und schrieb *Ergebnisse David – Datenbank Burgdorfer Polizei* hinein.

»Den Rest der Daten kann ich Ihnen gerne noch zuschicken, es sind alle relevanten Fälle des Jahres 1998. Aber eine Sache ist mir direkt ins Auge gestochen. Das einzige andere wirklich große Verbrechen in diesem Jahr.«

Jans Blick glitt hinaus auf die Schützenmatte, eine riesige Wiesenfläche direkt am Ufer der Emme, umsäumt von massiven Sandstein-Flühen. Teenager lagen im Gras und sonnten sich, einige Meter weiter schleuderte eine ältere Frau ein Frisbee, das ihr Labrador mühelos aus der Luft pflückte. Jans planloser Spaziergang durch das Städtchen hatte ihn schließlich hierhergeführt. Er schaute auf den karierten Zettel mit der Warnung, den er zwischen die Seiten seines Notizbuchs gesteckt hatte. Die ganze Zeit über hatte er an den seltsamen alten Mann aus dem Hotel gedacht, der angeblich die Nachricht für ihn abgegeben hatte. Wer war er? Verband ihn etwas mit Maries Entführung? Kannte er vielleicht sogar Kris? Und wodurch wusste er überhaupt, dass Jan hier ermittelte? Es war müßig, ohne konkrete Hinweise darüber nachzudenken. Eines allerdings hatte diese Verwicklung bewirkt: Jan hatte Blut geleckt. Die Warnung hatte ihm allein gegolten. Grund genug, diesen Fall persönlich zu nehmen.

»Also«, fragte er David, »was hat deine Aufmerksamkeit geweckt?«

»Im November 1998, drei Monate nach Marie Wylers Verschwinden, bricht ein verheerendes Feuer im Sankt-Achatius-Hospiz aus, gleich in der Nähe von Burgdorf. Glücklicherweise können alle Bewohner und das Pflegepersonal rechtzeitig evakuiert werden, es kommt lediglich zu leichten Verletzungen durch Rauchvergiftungen. Das Gebäude allerdings brennt fast bis auf die Grundmauern nieder und ist bis heute eine Ruine. Der Brandgutachter, der wenig später herangezogen wird, geht in seiner Ursachenermittlung von Brandstiftung aus. Aber ...«

»... der Übeltäter wurde bis heute nicht gefasst, richtig?«, schloss Jan für ihn ab.

»Richtig.«

Er lehnte sich zurück und tippte mit dem Zeigefinger gegen sein Kinn. Brandstiftung in einem Hospiz. Wie sollte das mit einer Kindesentführung im Zusammenhang stehen?

»Und ansonsten gab es kein Verbrechen, das auffällig gewesen wäre? Nichts?«

»Nichts wirklich Aufregendes. Verkehrsdelikte, häusliche Gewalt, ein paar Einbrüche, Handel mit Marihuana, das Übliche.«

Als er das Marihuana erwähnte, kribbelte es sofort in Jans Nacken. Im Moment hätte er alles für einen ordentlichen Joint gegeben – aber noch ein wenig mehr für einen wirklich handfesten Hinweis in diesem Fall.

»Wollen Sie sich die Daten vielleicht erst einmal selbst ansehen?«, fragte David, der nun etwas verunsichert klang.

»Ich glaube dir schon, dass dieses Feuer in diesem Sankt Achtus ...«

»Sankt Achatius.«

»... okay, in diesem Sankt Achatius das schwerwiegendste Ereignis nach Maries Verschwinden gewesen ist. Ich sehe nur keine Verbindung. Vielleicht verrenne ich mich auch gerade in der Idee, dass die Entführung noch ein zweites Verbrechen nach sich zog. Außer natürlich ...«

Beim Blättern durch sein Moleskine fiel eine von Maries Zeichnungen heraus. Sie zeigte die Hexe, eine alte Frau ohne Haare. Wenn er überlegte, warum eine Frau keine Haare mehr besaß, fielen ihm nur wenige Gründe dafür ein: Sie konnte sie sich abrasiert haben. Oder sie konnten ihr ausgefallen sein, aufgrund einer medizinischen Ursache. Höchstwahrscheinlich einer Chemotherapie.

Er zückte seinen Kugelschreiber und schrieb:

Hypothese: Die »Hexe« aus Marie Wylers Zeichnungen war eine Patientin aus dem Sankt-Achatius-Hospiz.

Frage 1: Warum sollte jemand aus dem Hospiz ein kleines Mädchen entführen (oder entführen lassen)?

Frage 2: Warum kommt es am Ende des Jahres zur Brandstiftung im Hospiz?

Plötzlich Davids Stimme: »Herr Grall, sind Sie noch dran?«

»Oh, entschuldige bitte, ich war in Gedanken. Vielen Dank erst einmal. Eine Sache noch: Meinst du, du könntest herauskriegen, wo die Patientenakten des Sankt Achatius eingelagert sind?«

»Puh, ich verstehe mich eher auf virtuelle als auf physische Dokumente. Soweit ich das aus den Polizeiberichten und meiner Google-Recherche herauslesen kann, ist das Hospiz nach dem Brand nie wieder eröffnet worden. Der Träger ist abgesprungen, die Patienten wurden in andere Häuser in der Schweiz verlegt. Die Akten sind nirgendwo erwähnt. Aber wie gesagt: Die Brandruine steht bis heute, man hat sie einfach so verwittern lassen. Falls das Feuer sie also nicht erwischt hat, besteht vielleicht die Möglichkeit, dass die Dokumente noch immer dort sind.«

»Sie sollen also ein Feuer, zwanzig Jahre Witterung und wahrscheinlich noch jede Menge Abenteuerlustige überstanden haben, die wahrscheinlich seitdem in der Ruine rumgekraxelt sind?«

»Was Besseres kann ich Ihnen gerade nicht anbieten.«

FÜNFUNDDREISSIG

Emmental

Kurz vor Lützelflüh beschloss Jans Peugeot, den Dienst zu quittieren. Der Motor schnaubte noch ein letztes Mal entrüstet, dann gab er den Geist auf.

Jan schob ihn auf den Seitenstreifen der Landstraße und hoffte, dass der Wagen sich nur überhitzt hatte. Zum Glück war er ohnehin schon fast am Ziel, die Rostlaube hatte also sogar etwas Timing bewiesen.

Das Sankt Achatius lag etwa zehn Autominuten südlich von Burgdorf in einem verwilderten Waldgebiet direkt am Flusslauf der Emme.

Obwohl er ein echter Technik-Legastheniker war, hatte Jan es mit der Hilfe von David geschafft, die Koordinaten der Hospizruine in die Karten-App auf seinem Smartphone einzugeben. Er glich seine Position mit den Angaben auf dem Handybildschirm ab und schlug sich durchs Unterholz. Nur noch ein paar Hundert Meter. Er entdeckte einen Hohlweg, der weiter in Richtung Ruine führte, und folgte ihm, wobei er immer schneller wurde.

Nicht mehr als eine vage Vermutung führte ihn hierher, ein Wink seiner Intuition. Es musste reichen.

Mit jeder krummen Wurzel und jedem moosüberwucherten Stein, den er hinter sich ließ, überkam ihn mehr das Gefühl, dass er eine Reise in die Vergangenheit machte. Dass er einen Ort betrat, der außerhalb der Zeit lag.

Bachstelzen flogen zwitschernd gleich vor seiner Nase vorbei und stoben in die Höhe. Sein Blick folgte ihnen bis in die Baumkronen – und blieb dort hängen. Zwischen den Wipfeln der Linden schien etwas Schwarzes hindurch wie eine Drohung.

Einer der Türme des Hospizes. Er war ganz nah.

Im Laufschritt legte er den Rest des Weges zurück und stand schließlich vor den Überresten von Sankt Achatius. Das niedergebrannte Gemäuer wirkte wie ein altes, krankes Tier, das sich zum Sterben in die Tiefen des Waldes zurückgezogen hatte. Seine hohen, rußgeschwärzten Bogenfenster stierten ihm entgegen wie leere Augenhöhlen. Efeu und Moos überzogen die Fassaden wie tiefgrüne, schwärende Wunden.

Jan konnte sich nur zu gut vorstellen, wie sich die Kinder aus den umliegenden Ortschaften Gruselgeschichten über diesen Ort erzählten und Mutproben ersannen. Er folgte der längst zugewachsenen Zufahrtsstraße, deren Asphalt an mehreren Stellen aufgeplatzt war. Das Gebäude war u-förmig angelegt. Auch wenn er den Architekturstil nur noch schwer beurteilen konnte, verfallen, wie es war, schätzte er, dass es zu Beginn des letzten Jahrhunderts errichtet worden sein musste.

Jan nahm auf der Treppe zum Eingangsportal zwei Stufen auf einmal. Die schweren Türflügel aus verwittertem, brüchigem Holz standen weit offen, der linke hing nur noch an einem einzigen rostigen Scharnier. Nur eine dünne Kette, an der ein Schild mit der Aufschrift *»Betreten verboten! Lebensgefahr!«* hing, sollte die Ruine vor Eindringlingen schützen.

Etwas unbeholfen stieg Jan über die Kette hinweg. Wenn es darum ging, Warnungen und gut gemeinte Ratschläge in den Wind zu schlagen, war er der unangefochtene Meister. Im Inneren des Gebäudes schlug ihm modriger Schimmelgeruch entgegen. Über der einstigen Rezeption des Hauses stand noch der Schriftzug *»Sankt Achatius«* in verwaschenen Lettern. Eine filzige Ratte huschte über die gesprungenen Fliesen. In einer Pfütze gleich unterhalb eines Lochs in der Decke wucherte Moos.

Wenn die Patientenunterlagen wirklich noch irgendwo hier lagerten, dann höchstwahrscheinlich in einem Kellerarchiv. Er schaltete die Taschenlampe seines Handys ein und wagte sich tiefer in die Eingeweide dieses zerfallenen Steinkadavers.

Ein Flur führte in Richtung Treppenhaus. Zwei morsche Deckenbalken, die während des Feuers heruntergekracht sein mussten, verbarrikadierten x-förmig den Weg. Jan kroch unter ihnen hindurch, was sein Rücken mit einem üblen Ziehen in der Wirbelsäule quittierte.

Auf der anderen Seite der Balken stand ein einzelner, völlig verrosteter Rollstuhl einsam inmitten des Flurs. Was war wohl aus demjenigen geworden, der kurz vor Ausbruch der Flammen darin über den Flur geschoben worden war?

Im Treppenhaus prangte ein riesiges Graffiti über den Stufen. Es nahm dem Ort etwas von seiner Verwunschenheit, aber Jan auch gleichzeitig den Mut. Wenn schon so viele Menschen hier ein und aus gegangen waren, wie sollten die Akten hier dann noch unbeschadet zu finden sein?

Er stieg in die Kelleretage hinab. Der bleiche, grelle Strahl seiner Handytaschenlampe war die einzige Lichtquelle. Sie warf ihren Kegel auf Schutt und Zerfall. Horrorfilme hatte er noch nie gemocht – seltsam, wo er doch sonst so viel mit Grausamkeit zu tun hatte –, aber diese verlassenen Gänge waren die perfekte Kulisse für so einen Streifen.

Ein Poltern in der Ferne, sein Ursprung war nicht zu lokalisieren. Er zuckte zusammen. Merkte, dass seine Hände zitterten. Kurz blitzte vor seinem inneren Auge das Bild eines alten, unheimlichen Mannes mit seinem riesigen Berner Sennenhund auf. Er vertrieb die Vorstellung sogleich. Wahrscheinlich war es nur eine Ratte.

Schritt für Schritt arbeitete er sich vor, den Lichtkegel seiner Lampe auf den Boden gleich vor sich gerichtet.

Schließlich stand er vor einer Tür mit der fast abgeblätterten Aufschrift *»Archiv«*. Volltreffer! Jetzt lass mich nur ein bisschen Glück haben, dachte er und trat ein.

Die Rollregale, die den Großteil des Raumes einnahmen, kannte Jan noch aus den Aktensammlungen des LKA. Schwere Ungetüme auf Schienen, die sich mit Handkurbeln hin- und herschieben ließen. Dadurch sparte man im Vergleich zu normalen Regalreihen enorm viel Platz.

»Geraten Sie bloß nicht zwischen die Dinger, wenn sie zusammengeschoben werden«, hatte ihn einer der Archivare damals scherzhaft gewarnt. *»Es sei denn, Sie wollen so flach wie meine Witze werden.«*

Jan umfasste die Kurbel des äußersten Regals und versuchte sie zu drehen. Nichts. Sie bewegte sich keinen einzigen Millimeter. Erst als er das Handy beiseitelegte, den Griff mit beiden Händen umfasste und seine ganze Kraft hineinlegte, drehte sie sich mit trommelfellzerfetzendem Quietschen.

Das Regal schob sich rumpelnd zur Seite und gab einen Gang frei. Jan nahm sein Handy wieder in die Hand und zwängte sich in die Lücke.

Die Regalböden waren leer, lediglich Staub sammelte sich auf ihnen. Die Akten mussten schon vor langer Zeit von hier fortgebracht worden sein. Wie hatte er nur so naiv sein können? Er stand wieder einmal mit leeren Händen da. Diesen Ausflug hätte er sich von Anfang an sparen können.

Er kickte ein Steinchen weg und schritt noch einmal die Regalreihen ab. Vielleicht übersah er etwas.

Plötzlich Schritte im Archiv. Ganz deutlich.

Das Geräusch vorhin war doch keine Ratte gewesen.

»Ist da jemand?«

Keine Antwort.

Er stürmte auf den Ausgang des Gangs zu.

Dann ein Quietschen. Das Rattern der Kurbel.

Ehe er es ins Freie schaffte, raste das Rollregal auf ihn zu. Klemmte ihn ein.

Schnitt ihm die Luft ab.

»Geraten Sie bloß nicht zwischen die Dinger, wenn sie zusammengeschoben werden. Es sei denn, Sie wollen so flach wie meine Witze werden.«

Er versuchte sich gegen die scharfkantigen Regalböden

zu stemmen, sich Platz zu verschaffen. Vergebens. Die stählernen Monster waren unerbittlich.

Das Handy glitt aus seinen Fingern, landete auf der Seite mit der Lampe.

Vollendete Dunkelheit.

SECHSUNDDREISSIG

Duisburg

»Achtung, jetzt wird's kalt!«

Moritz Beil presste das Kühlpad, eingewickelt in ein rosafarbenes Einhorn-Handtuch, auf die Schläfe seiner Tochter.

Xenia biss die Zähne aufeinander. »Aua, Papa! Sei doch vorsichtig!«

»Entschuldigung, Schatz!« Er nahm ihre Hand und führte sie auf den kühlen Handtuchstoff. »Jetzt musst du selber halten, okay?«

Sie nickte genervt und drückte das Kühlelement fest auf ihren blauen Fleck. »Falls es dich beruhigt: Der Typ sieht deutlich schlimmer aus als ich.«

Beil rutschte von seinem Küchenhocker, nahm sein Glas vom Tresen und trat an die noch immer offene Kühl- und Gefrierkombination.

»Nein, natürlich beruhigt mich das nicht!«, sagte er, während er sich einen Eiweiß-Shake ins Glas goss. »Ich werde nie beruhigt sein, solange ich weiß, dass meine Tochter sich mit irgendwelchen Leuten prügelt. Du bist jetzt in der sechsten Klasse! Ich hatte gedacht, es würde besser werden, wenn du erst einmal aufs Gymnasium kommst, aber schau dich an!«

Erst senkte sie schuldbewusst den Kopf, die kastanienbraunen Haare hingen wie ein Vorhang vor ihrem Gesicht. Aber als sie dann aufschaute, funkelte es in ihren Augen, die Beil so sehr an die ihrer Mutter erinnerten.

»Die anderen denken alle, ich will mich prügeln! Deshalb legen sie's doch erst drauf an! Und weißt du, warum? Weil ich deine Tochter bin. Weil ich mit Nachnamen Beil heiße. Die lesen auch alle Zeitung. Also zumindest deren Eltern. Die wissen, was abgeht!« Sie schleuderte das Kühlpad in die Spüle. »Ich kann verstehen, warum Mama mit dem Nachnamen wieder so heißen wollte wie Oma und Opa. Damit nicht jeder sofort denkt, sie wäre eine Verbrecherin, wenn sie sich vorstellt.«

»Jetzt reicht's aber, junge Frau!« Er donnerte sein Glas auf den Tresen.

»Ja, aber so was von!«, brüllte Xenia zurück, stürmte aus der Küche und nach oben.

Seufzend beugte er sich über seinen Eiweiß-Shake. Alle hatten ihn vor den Launen kleiner Mädchen gewarnt. Aber niemand hatte ihn darauf vorbereitet, dass es so schlimm werden würde. Wir ähneln uns zu sehr, dachte er. In den übelsten Momenten bist du genauso jähzornig wie ich.

Seit Vera sich von ihm getrennt hatte, wohnte Xenia unregelmäßig mal bei ihm, mal bei ihr. Immer öfter schlug sie es allerdings aus, bei ihm vorbeizukommen, und blieb lieber bei seiner Ex und ihrem neuen Freund.

Ich verliere sie, ging es ihm durch den Kopf. Als wäre das

noch nicht genug, machte ihm noch die Bilanz der letzten Nacht zu schaffen. Einer seiner Männer war vom Dach des Hauses in den Tod gestürzt, dem anderen war bei der Explosion der Granate das Trommelfell geplatzt. Und Nero war noch mal ein ganz eigenes Thema.

Beil selbst hatte die Granate und die nachfolgende Schießerei mit der Polizei wie durch ein Wunder unverletzt überstanden. Sie konnten von Glück sprechen, dass sie aus der Nummer irgendwie herausgekommen waren – und das auch noch unerkannt.

Heute Morgen erst hatte er im Fernsehen gesehen, dass dieser Kristijan weiterhin auf der Flucht war. Wer war die Blonde gewesen, die mit ihm abgehauen war? Hatte sie überhaupt zur Polizei gehört? Was war ihre Agenda?

Er leerte sein Glas, wollte es in die Spülmaschine stellen und merkte erst dann, dass er sie noch immer nicht ausgeräumt hatte. Verdammte Scheiße, er musste dringend eine neue Haushaltshilfe einstellen. Er kam überhaupt nicht mehr hinterher.

Sein Telefon vibrierte. Eine SMS von Carlo, seiner rechten Hand.

»Alles ist vorbereitet.«

Er musste los. Sein Glas stellte er neben das Kühlpad in die Spüle, fischte noch das Einhorn-Handtuch heraus, faltete es ordentlich zusammen und legte es über die Heizung.

»Schatz, ich muss noch einmal kurz weg!«, rief er den Treppenaufgang hoch. »Dauert nicht lang. Was hältst du davon, wenn ich auf dem Rückweg Pizza mitbringe?«

»Hau einfach ab!«, drang es dumpf aus ihrem Zimmer.

Er verdrehte die Augen, während er sich seine Lederjacke überwarf. Der Hunger würde sie schon irgendwann wieder hinaustreiben.

Er stieg in seinen restaurierten Ford Mustang von 1965 – den unauffälligsten Wagen in seiner Sammlung, was schon etwas heißen wollte – und brauste aus der Einfahrt seines Klinkerhauses am Duisburger Kaiserberg.

Ich hätte mich niemals auf die ganze Sache einlassen dürfen, dachte er, während er über die Mülheimer Straße Richtung Innenstadt jagte. Dieser Nimrod-Typ hätte ihn von Anfang an skeptisch machen sollen. Wer sich gleichzeitig mit dem Qabbani-Clan und dem Satan's Squad einließ, konnte nicht ganz richtig im Kopf sein.

Über die Schwanentorbrücke fuhr er nach Kaßlerfeld und von dort aus weiter nach Ruhrort, tief hinein in das Herz der Duisburger Häfen, dieses unentwirrbare Labyrinth aus Kanälen, Containerschluchten und alten, halb verfallenen Lagerhallen.

In einer von ihnen erwarteten ihn Carlo und der Rest seiner Männer. Der Mann, der seit Jahrzehnten seine rechte Hand war und sich tatsächlich ein Bild von Kater Carlo auf die Brust hatte tätowieren lassen, öffnete ihm die Wagentür. Seine Miene war noch ernster als sonst. »Alles ist so, wie du es veranlasst hast. Willst du es selbst tun?«

»Ich *muss* es selbst tun«, sagte er und stieg aus. Er schaute in die Runde, die sich auf dem Schotterplatz vor der kleinen Rundbogenhalle aus Wellblech versammelt hatte.

»Ich habe euch hierherkommen lassen, damit ihr mit ansehen könnt, was mit denjenigen passiert, die sich wiederholt meinen direkten Befehlen widersetzen.«

Stilles Kopfnicken und betretenes Zu-Boden-Schauen.

Moritz Beil hätte sich nie als grausamen Menschen bezeichnet. Er war kein Sadist, niemand, der sich an den Schmerzen anderer ergötzte. Andererseits machte es ihm nichts aus, die Dinge zu tun, die getan werden mussten. Grausamkeit war schon immer das effektivste Mittel gewesen, um ein Exempel zu statuieren.

Er ließ sich von Carlo eine Packung Streichhölzer reichen und betrat die dunkle Halle. Sogleich drang ihm stechender Benzingestank in die Nase. Ein paar Mal Blinzeln, dann hatten sich seine Augen an die Finsternis gewöhnt.

Nero saß auf einen Holzstuhl gefesselt in der Mitte der einstigen Lagerhalle. Seine schwarzen Kleider waren über und über in Benzin getränkt. Mehrmals brüllte er etwas in seinen Knebel, aber nur unartikulierte Laute drangen aus dem Stoff.

Die Männer des Satan's Squad standen im Halbkreis um ihn herum. Beil trat vor.

»Als ich gesagt habe, dass wir vorsichtig vorgehen, hast du grundlos eine Unschuldige erschossen. Als ich gesagt habe, du sollst keine Granate mit in die Wohnung nehmen, hast du es trotzdem getan. Und das sind nur deine Vergehen aus der letzten Nacht.« Er nahm ein Streichholz aus der Packung und strich den Kopf über die Reibefläche. Das Flämmchen flackerte unter einem kaum hörbaren Fauchen auf. »Irgendjemand hat mal gesagt: Finde, was du liebst, und lass es dich töten. Du hast das Feuer geliebt, Nero, wie kaum etwas anderes.«

Die Augen des Gefesselten weiteten sich. Er schüttelte wie wild den Kopf. Versuchte verzweifelt, sich aus den eng geschnürten Seilen zu befreien.

Moritz Beil wartete einen Atemzug lang, dann ließ er das Streichholz in die fingerbreite Benzinspur fallen, die von seinem Standort aus zum Stuhl führte. Die Flammen zischten kurz in die Höhe, dann krochen sie in Windeseile auf Nero zu. Er versuchte noch, sie irgendwie auszutreten, aber sie erfassten sofort seine Füße und kletterten an seinem Körper hoch.

Seine gedämpften Schreie wurden immer schriller und unmenschlicher, sie hallten in der Wellblechkonstruktion wider. Eine Wolke aus Rauch umhüllte ihn. Schließlich ging sein Heulen in Husten über.

Einer seiner Männer hielt sich den Mund zu, hastete nach draußen und kotzte vor die Halle.

Als Neros Husten verstummte und der Gestank nach verbranntem Fleisch schon tief in Beils Nase gedrungen war, hob er die Hand. »Okay, das reicht!«

Carlo hielt den Schaumstrahl eines Feuerlöschers auf das mannshohe Inferno aus Feuer und Qualm, bis der Flammenherd erstickt war. Als der Großteil des Rauchs aus den Deckenfenstern gestiegen war, hing nur noch ein schwarzes, schaumbedecktes Etwas im völlig verkohlten Stuhl.

Beil stapfte nach draußen, sog tief die Hafenluft in seine Lungen und erforschte sein Inneres, suchte nach einer Gefühlsregung. Nichts, nur ein Anflug von Ekel und ein gehöriges Maß an Genugtuung.

»Boss!« Carlo schloss zu ihm auf. »Der Qabbani-Clan hat sich bei uns gemeldet! Sie wollen ein Treffen arrangieren. Es geht um diesen Jungen, diesen Kris.«

»Interessant«, brummte Beil. Er kratzte sich im Nacken. Was konnte Qabbani auf einmal von ihm wollen? Nachdenklich klopfte er Carlo auf die Schulter. »Lass uns später darüber reden. Ich muss noch etwas mit meiner Tochter klären.«

Er wischte sich die Asche seines toten Clubmitglieds aus dem Gesicht und hielt das Handy ans Ohr. »Hey, Xeni! Hast du deine Meinung zu Pizza inzwischen geändert? Aha? Also Salami wie immer oder mal etwas anderes?«

SIEBENUNDDREISSIG

Emmental

»Wer sind Sie? Was wollen Sie von uns?«

Eine rasselnde, tiefe Stimme mit unüberhörbarem Schweizer Akzent.

»Ich ... ich will gar nichts von Ihnen«, ächzte Jan und rang nach Atem.

Der Druck auf seinen Brustkorb nahm immer weiter zu. Er spürte, wie ihm der Sauerstoff aus dem Körper gepresst wurde. Es schwindelte ihn. Er streckte den Arm aus, versuchte nach seinem Angreifer zu tasten, aber der war noch viel zu weit entfernt, keine Chance.

»Sie sind wegen meiner Mutter hier, was sollten Sie sonst hier suchen!«, herrschte ihn die Stimme aus der Dunkelheit an.

»Ihre Mutter? Wovon reden Sie da?« Das Blut rauschte in Jans Ohren, er spürte den Herzschlag im Hals. Dunkelrote Schlieren schwammen vor seinen Augen. Seine Rippen fühlten sich an, als bögen sie sich in sein Inneres.

»Sie ... Sie sind doch wegen der Rapunzel hier, oder? Sie sind doch von der Polizei.«

»Erstens: Ich will nichts von Ihnen oder Ihrer Mutter«,

presste Jan erstickt hervor. »Zweitens: Ich bin kein Polizist. Und drittens: Wir könnten viel … viel besser miteinander reden, wenn ich Luft kriegen würde.« Jan rang nach Atem. Langsam wurde ihm schwarz vor Augen.

Schweigen auf der anderen Seite.

»Gopfrid Stutz! Na gut.«

Ein erlösendes Rattern, gefolgt vom Quietschen der Regalrollen auf den Schienen. Der Druck löste sich unvermittelt. Jan sackte auf die Knie, saugte in tiefen Zügen die modrige Luft ein. Mit flatternden Fingern hob er sein Handy auf und richtete seine Taschenlampe auf den Mann, der ihn überwältigt hatte.

Er war einen Kopf kleiner als Jan, aber fast doppelt so breit. Ein gedrungener, wuchtiger Mann, etwa im gleichen Alter wie er selbst. Eine fein geäderte Knollennase dominierte sein Gesicht, sein dunkelblondes Haar war ungekämmt. Er trug ein kariertes Hemd, eine zerschlissene Arbeitshose und schwere Stiefel.

Blinzelnd hielt er sich eine seiner Pranken vor die Augen. »Hey, nehmen Sie das Licht weg!«

Jan senkte das Handy, rappelte sich wieder auf. »Okay, fangen wir noch einmal ganz von vorne an: Wer sind Sie?«

»Reto Valangin«, sagte er und fügte kleinlaut hinzu: »Entschuldigen Sie das hier, ich bin gerade nicht ganz Herr meiner Sinne. Und Sie sind Jan Grall, wie ich schätze.«

»Sie kennen meinen Namen?«

»Ich weiß noch einige andere Dinge. Lassen Sie uns reden. An der frischen Luft.«

»Einverstanden.« Jan konnte es kaum abwarten, endlich diesem modrigen Albtraum zu entkommen.

Einträchtig schweigend kehrten sie zum Eingangsportal zurück, wo sie sich auf die Stufen der Vortreppe setzten.

Die Sonne stand tief und warf lange, kriechende Schatten über das Hospiz.

Valangin kramte eine zerdrückte Packung Zigaretten und ein Feuerzeug aus seiner Hosentasche. In einer geübten Bewegung schob er sich eine Kippe direkt aus der Packung in den Mund und zündete sie sich an.

»Auch eine?«, fragte er paffend.

Jan schüttelte den Kopf. Er nahm nicht an, dass Valangin auch die Sorte Glimmstängel dabeihatte, nach der er im Moment so sehr lechzte.

»Darf ich Sie etwas fragen?« Jan streckte die Beine aus und legte sie übereinander.

»Nur zu.«

»War Ihre Mutter 1998 Patientin hier im Sankt Achatius? Und hatte sie kurz zuvor eine Chemotherapie hinter sich gebracht?«

»Alles richtig«, nickte Reto Valangin, stieß Rauch zwischen seinen Lippen hervor und zog geräuschvoll die Nase hoch. »Beatrice Valangin. Sie war gerade einmal zweiundsechzig, das ist ja heute eigentlich kein Alter mehr. Im Juli 1998 ist sie hier gestorben. «

Genau einen Monat nach Maries Entführung, dachte Jan und fragte weiter: »Was wollen Sie von mir? Und warum haben Sie vom Rapunzel-Fall gesprochen?«

»Ich bin Förster«, erklärte Valangin. »Ein einfacher

Mann, da mache ich keinen Hehl draus. Aber ich erkenne einen Zusammenhang, wenn ich ihn sehe. Diese Sache mit dem Mädchen in Essen, das ist richtig übel. Das hat ja große Wellen geschlagen, über so eine perverse Tat berichten sie natürlich auch hier. Und die Parallelen sind zu deutlich ...«

»Wovon sprechen Sie?«

»Meine Mutter, nun ja, sie litt an einem Glioblastom. Normalerweise merke ich mir solche Fachbegriffe nicht, aber hier ist es natürlich etwas anderes. Diesen Namen habe ich mir immer gemerkt, so wie man sich den Namen eines Mörders einprägt und nie wieder vergisst. Dabei handelte es sich um einen bösartigen Hirntumor, inoperabel. Und es war furchtbar mit anzusehen, was dieses Ding mit meiner Mutter gemacht hat.«

Er hatte die Zigarette in Rekordzeit zu Ende geraucht, schnipste sie weg und steckte sich gleich die nächste in den Mundwinkel. Diesmal sprang das Feuerzeug erst beim dritten Versuch an, und die Packung rutschte ihm fast aus der Hand.

»Sie müssen wissen, meine Mutter war immer eine sehr stolze und kluge Frau. Und liebenswert. Es gab niemanden bei uns in der Nachbarschaft, der sie nicht leiden mochte. Aber die Krankheit hat sie verändert, hat sich in ihr Hirn gefressen. Sie hat ihre Persönlichkeit so weit verändert, dass sie nicht wiederzuerkennen war. Sie wurde unheimlich, grausam. Ab einem gewissen Punkt hörte sie auf, meine Mutter zu sein.«

Jan nickte. »Je nach Position können Hirntumore tatsächlich zu solchen Persönlichkeitsveränderungen und schubhaften Anfällen führen.«

»Nach der letzten Chemo wussten die Ärzte, dass es nicht mehr weitergehen würde, und verlegten sie hierher. Meine Mutter, sie hatte immer dieses leuchtend blonde Haar. Selbst als sie schon über sechzig war, hatte es keinerlei graue Strähne. Es war ihr ganzer Stolz. Und als die Chemotherapie es ihr genommen hatte, zerstörte das etwas in ihr. Sie entwickelte diesen Neid, nein, eher Hass auf alle Frauen und Mädchen mit schönem, goldenem Haar. Das war im letzten halben Jahr vor ihrem Tod.«

Jan überlief ein warmes Kribbeln. Alles um sie herum, das Rauschen der Baumwipfel, das Vogelsingen, das Funkeln der Sonne, war plötzlich kristallklar. Tausende von Hypothesen, von Denkansätzen und Eindrücken schwirrten in seinem Kopf.

Er sammelte sich und schnaufte durch. Verdammt, er brauchte etwas zu rauchen. Asgari hatte ihm damals Achtsamkeitsübungen und Meditation nahegelegt, aber das alles half nichts bei ihm. Er besaß keinen Schutzmantel mehr. Er war nackt.

»Hey, alles in Ordnung bei Ihnen?«, fragte Valangin.

»Ja, ja, schon gut. Wahrscheinlich noch eine Nachwirkung von Ihrer Aktion im Archiv«, sagte er. »Fahren Sie fort, bitte!«

»Noch mal Entschuldigung, ich fahre Sie auch ins Krankenhaus, wenn's sein muss«, sagte Valangin. »Dieser Hass wurde zum ersten Mal sichtbar, als ein paar Kinder aus der Schule in Burgdorf zum Adventssingen kamen, kurz vor

Weihnachten. Sie nannte die Mädchen die ganze Zeit Rapunzeln. Ich saß neben ihr und habe sie gefragt, was sie damit meinte. Da sagte sie nur: Diese Mädchen sollte man in einen Turm schicken und ihr Haar wachsen lassen, und dann, irgendwann, sollte man sie mit ihrem verdammten, langen, goldenen Haar erdrosseln. Das sagte sie so, genau so.« Die Zigarette rutschte ihm aus den Fingern. Er machte sich nicht einmal mehr die Mühe, sie aufzuheben. »Es war das erste Mal, dass ich Angst vor meiner Mutter hatte. Und so ging es weiter, bis sie irgendwann nicht mehr ansprechbar war. Immer nur diese Rapunzelmädchen und wie man sie erdrosseln sollte.«

Jan schloss die Augen, die Fingerkuppen auf die Schläfen gepresst. »Kein Wunder, dass Sie sofort hellhörig geworden sind, als Sie von der Tat in Essen gehört haben.«

»Natürlich! Ich konnte mir einfach nicht vorstellen, wie noch jemand auf so eine kranke Idee hätte kommen sollen. Aber wieso jetzt? Wieso so weit entfernt von hier?«

»Es ist nicht ausgeschlossen, dass noch jemand unabhängig von Ihrer Mutter diese Fantasie entwickelt hat, aber das ist natürlich unwahrscheinlich.«

Jans Kopf arbeitete auf Hochtouren. Worin auch immer der Zusammenhang lag, dieses Gespräch mit Valangin brachte ihn gerade weiter als die letzten zwanzig Jahre zusammen. Er spürte fast körperlich, dass die Lösung zum Greifen nahe war. Er konnte es kaum erwarten, Rabea von diesen neuen Erkenntnissen zu erzählen.

Aber vorher musste er noch einige andere Fragen klären. »Wie sind Sie eigentlich auf mich gestoßen?«, fragte er.

»Meine Frau arbeitet im Hotel Berchtold als Zimmermädchen. Sie hat die Unterlagen bei Ihnen entdeckt, die Notizen. Als sie mir davon erzählte, habe ich mich sofort an Ihre Fersen geheftet. Ich wollte verhindern, dass Sie hier im Sankt Achatius irgendetwas finden, das auf meine Mutter hinweist. Dass Sie meine Familie irgendwie in diese Sache hineinziehen. Ich hatte einfach Angst, verstehen Sie?«

»Schon gut«, sagte Jan. »Sagt Ihnen die Familie Wyler etwas? Kennen Sie eine Marie Wyler?«

Valangin schüttelte den Kopf. »Nein, warum? Sollte ich?«

»Nein, nein, ich wollte nur etwas ausschließen.« Er dachte an die Warnung aus dem Hotel. An den alten Mann mit dem Hund. »Sagen Sie, Herr Valangin, besitzen Sie zufällig einen Berner Sennenhund?«

Der Förster runzelte die Stirn. »Komische Frage. Ich habe vor vielen Jahren mal einen Labrador besessen, aber seitdem hatte ich keinen Hund mehr.«

»Sie kennen auch keinen älteren Herrn, der einen Berner Sennenhund besitzt? Und Sie haben auch keine Warnung für mich im Hotel hinterlassen?«

»Nein, glauben Sie mir!« Valangins Stimme klang vollkommen aufrichtig. Er sagte unzweifelhaft die Wahrheit. »Ich weiß nicht, wovon Sie reden.«

Wer war dann der alte Mann?

TEIL DREI
DIEJENIGEN, DIE STERBEN WERDEN

»Ave, Caesar, morituri te salutant!« (dt. »Heil dir, Caesar, die Todgeweihten grüßen dich!«) ist eine lateinische Phrase. Sie gilt fälschlicherweise als Gladiatorengruß im Römischen Reich. In der antiken Literatur ist sie tatsächlich nur für ein einziges Mal bezeugt, und zwar gerade nicht für einen Gladiatorenkampf. »Morituri« ist Partizip Futur Aktiv, es bedeutet also eigentlich: »diejenigen, die sterben werden«.

EMMENTALER ALPEN

Der alte Mann trat vor die Almhütte und sog die frische Bergluft in seine Lungen.

Felix, den er wie üblich an einen der Stützbalken des Vordachs gebunden hatte, umsprang ihn hechelnd. Er kraulte den Berner Sennenhund hinter den Ohren, hockte sich auf die Holzbank gleich neben der Tür und genehmigte sich einen Schluck Kräutertee aus dem Edelstahl-Becher, den er noch aus seiner Zeit bei der Armee besaß.

Es gehörte zu den vielen Ritualen seines Lebens, sich abends vor die Hütte zu setzen, Tee zu trinken und sich das atemberaubende Schauspiel des Alpenglühens aus der ersten und einzigen Reihe anzusehen.

Von hier aus, an den Hängen des Schibengütsch auf über tausendzweihundert Metern Höhe, hatte er Blick über das Panorama der Emmentaler Alpen, über Briefenhorn, Tannhorn und ihre höchste Erhebung, das Brienzer Rothorn.

Das schwindende Rotgold der Abendsonne flutete über die Bergrücken, gleich oberhalb der Baumgrenze, und ließ sie schimmern wie grob gehauenes Kupfer.

Manche Leute behaupteten, man könne sich selbst an den schönsten Dingen der Welt irgendwann sattsehen. Der alte Mann hätte ihnen nicht heftiger widersprechen können. Wenn er könnte, würde er sich das Alpenglühen bis in alle Ewigkeit ansehen, so lange, bis entweder die Bergmassive nach Äonen von Jahren in sich zusammenstürzten oder die Sonne implodierte.

Der Anblick ließ ihn für einige Momente seine unzähligen Gebrechen vergessen: die Arthrose in seinen Knien, das Geschwür im Leistenbereich, den heftigen Keuchhusten.

Er nippte an seinem Tee und strich über die wohlvertraute Maserung der Holzbank, erkannte jede Vertiefung, jeden Splitter, jede Unebenheit.

Eine alte Sünde suchte ihn wieder heim, die Erinnerung an sie genauso vertraut wie die Beschaffenheit des Holzes. Dinge gerieten ans Licht, die für immer hätten verborgen bleiben sollen.

Sein Blick streifte die doppelläufige Schrotflinte, die am Türrahmen lehnte.

Wann war es an der Zeit, diesen Jan Grall zu stoppen?

ACHTUNDDREISSIG

Düsseldorf

Rabeas Handy klingelte.

Sie schrak schweißgebadet auf. Ihr Atem ging stoßweise. Es dauerte ein paar Sekunden, bis sie ihre Orientierung zurückgewonnen hatte. Sie lag auf Asgaris Gästebett. Sie war in Düsseldorf. Bruchstücke des Albtraums waberten noch durch ihren Verstand. Sie hatte Marie gesehen. Sie hatte ausgesehen wie die Tote aus dem Theater, nur mit einem Feuermal auf der Wange. Ihre Hände endeten in blutigen Stümpfen, aus denen nur noch die bleichen Knochen ragten. Ihr blondes Haar entwickelte ein medusenhaftes Eigenleben, wand sich wie eine Schlange um ihren Hals, zog sich zu. Rabea hatte zu ihr gewollt, aber sosehr sie sich auch gemüht hatte, sie war wie betäubt gewesen. Keinerlei Regung in ihren Muskeln.

Die nächtliche Dunkelheit drohte jenseits der Fensterscheiben, vereinzelt durchlöchert von schmutzigem Straßenlaternenlicht.

Nur ein Traum, dachte sie, nichts weiter als ein Traum. Alles gut. Sie tastete nach ihrem Handy und hielt es sich ans Ohr, ohne vorher aufs Display zu schauen.

»Wyler, wer ist da?«

Es war Jan.

Er berichtete ihr, für seine Verhältnisse voller Enthusiasmus, von den jüngsten Entwicklungen in der Schweiz. Die Wahnvorstellungen der Mutter dieses Reto Valangin wiesen tatsächlich deutliche Parallelen zum Modus Operandi des Rapunzelmörders auf. War sie die Hexe, die Marie und ihr so großen Schrecken eingejagt hatte?

»Ich bleibe an der Sache dran«, sagte Jan. »Gerade bin ich bei den Valangins zu Gast und fühle ihnen noch ein wenig auf den Zahn. Mal schauen, ob ich noch etwas rauskriege. Wie sieht's bei dir aus? Du hast gerade eben so geklungen, als hättest du einen Geist gesehen.«

Das habe ich auch, auf gewisse Weise, dachte Rabea und war wieder einmal erstaunt darüber, dass Jan selbst die feinsten Nuancen aus ihrer Stimme heraushören konnte.

»Alles gut«, sagte sie. »Ich habe nur eine Menge hinter mir, wie du dir sicher vorstellen kannst.«

»Klar, blöde Frage meinerseits. Was hältst du denn von Asgari?«

»Schräger Vogel. Aber von der guten Sorte.«

»Ich weiß, was du meinst. Seine Begeisterung für die Sache kann ab und zu etwas befremdlich wirken, aber er meint es gut, glaub es mir. Wenn man sich auf ihn einlässt, kann man wahnsinnig viel von ihm lernen.«

»Er ist echt scharf darauf, mit Kris zu sprechen. Für ihn scheint er mehr ein Forschungsprojekt als alles andere zu sein.«

»Da du ihn gerade erwähnst – ist unser Tatverdächtiger wieder ansprechbar?«

»Genau das will ich jetzt in Erfahrung bringen«, sagte sie. »Und, Jan, danke für alles. Du hast jetzt schon mehr erreicht als damals die Kantonspolizei. Ich wusste, dass es die richtige Entscheidung sein würde, dich auf diesen Fall aufmerksam zu machen.«

»Na ja«, meinte er verlegen, »diese Spur ist mir ja mehr oder weniger nachgelaufen, im wahrsten Sinne des Wortes.«

»Tu nicht so bescheiden, das steht dir nicht«, lachte sie. »Halten wir uns einfach weiter gegenseitig auf dem Laufenden.«

Sie legte auf, streckte sich auf dem Bett aus und blieb für einige Augenblicke bewegungslos liegen. Das Klingeln in ihrem Ohr schrillte nicht mehr ganz so penetrant durch ihren Schädel. Eigentlich war sie nach oben in das Gästezimmer gekommen, um sich zu duschen und umzuziehen, aber als sie sich nur kurz auf die Matratze gelegt hatte, war sie sofort eingeschlafen. Ihr Körper holte sich erbarmungslos die Erholung zurück, die er brauchte.

Mühsam kletterte sie aus dem Boxspringbett, das dafür, dass es nur für Gäste gedacht war, überaus bequem war. Es überraschte sie wenig, dass auch im Gästezimmer Bücherregale den größten Teil der Einrichtung ausmachten. Sie schaltete die antike Stehlampe an und schlurfte in das Badezimmer, das sich gleich an ihre Unterbringung anschloss. Es war so schmal, dass die Duschkabine die Hälfte des Platzes einnahm.

Sie schälte sich aus ihren Kleidern und stapelte sie auf

dem Toilettendeckel. Kurz besah sie sich ihren nackten Körper im Spiegel. Wie eine Chronologie des Schmerzes zeichneten sich Schürfwunden, Schnitte und blaue Flecken auf dem Porzellanweiß ihrer Haut ab.

Kris und sie hatten Glück gehabt, sie waren mit Verletzungen davongekommen. Die junge Frau Delilah Demirci hingegen hatte es ihr Leben gekostet, in den Sog dieser brutalen Ereignisse geraten zu sein. War sie eine Komplizin gewesen? Oder nur eine Unbeteiligte, deren einziger Fehler es gewesen war, Kris bei sich zu beherbergen?

Sie stellte sich unter die Dusche. Um die Funktionsweise der Temperaturregler zu entschlüsseln, musste sie ihren ganzen Intellekt aufbringen und mehrere kalte und einige brühheiße Wasserschwälle über sich ergehen lassen. Als sie endlich ihre gewünschte Wasserwärme gefunden hatte – viel zu heiß –, strich sie sich die nassen Haarsträhnen aus dem Gesicht, schloss die Augen und blieb minutenlang unter dem Duschstrahl stehen.

Sie ließ das Wasser über ihren Rücken und den vom Basketball definierten Bauch strömen. Fast schien es ihr, als würde es auch ihre Gedanken wieder in den Fluss bringen. Fragen und Hypothesen kreisten in ihren Hirnwindungen. Sie brauchte nur in diesen Strom hineinzugreifen und eine von ihnen herauszuziehen.

Was bedeuteten Jans Erkenntnisse für die Tat in Essen? Wenn die Fantasien der todkranken Beatrice Valangin wirklich die Inspiration für diesen Mord gewesen waren, warum geschah er erst zwanzig Jahre später? Warum Hunderte von

Kilometern entfernt? Gab es eine Verbindung zwischen Kris und der Familie Valangin?

Nein, überlegte sie und massierte Shampoo in die Haare ein. Kris war nur ein ausführendes Element, ein Werkzeug. Als sie ihn befragt hatte, hatte er vom Turm des Schweigens gesprochen. Es klang, als sei er so etwas wie der Auftraggeber. Derselbe, der nach dem Mord auch den Satan's Squad und den Qabbani-Clan auf Kris angesetzt hatte. Derselbe, der ihn über Jahre hinweg mit Elektroschocks gefoltert haben musste. Nimrod. Der Mann, der nur über eine Computerstimme kommunizierte. Stand auch er mit den Valangins in der Schweiz in Verbindung?

Ich muss ihn finden, dachte sie und stellte das Wasser ab. Sie angelte sich ein Badetuch vom Haken, trocknete sich ab und stieg aus der Dusche.

Nimrod stand im Zentrum dieses Mysteriums. Alle Fäden liefen bei ihm zusammen. Wenn sie ihn ausfindig machte, würde sie auch diesen Fall lösen können.

Sie zog sich die Wechselkleidung an, die Asgari ihr herausgelegt hatte. Ein Sweatshirt, das ihr mehrere Nummern zu groß war, Boxershorts, eine abgewetzte Jeans und Tennisschuhe. Die Hose rutschte ihr von den Hüften, und die Sachen sahen furchtbar zusammengewürfelt aus, aber es tat so gut, wieder frisch gewaschene Kleider zu tragen.

Ihr gesamtes Gepäck befand sich noch immer im Hotel, aber dorthin konnte sie im Moment unmöglich gehen. Mit an Sicherheit grenzender Wahrscheinlichkeit wurde ihr Zimmer im Handelshof überwacht. Sie hoffte, dass sie die Sachen abholen konnte, wenn alles durchgestanden war. Es ging ihr nicht um ihre Kleider, erst recht nicht um ihren Arbeits-Laptop. All das war ersetzbar. Aber Maries Prinzessin Anastasia gehörte zu den wenigen Dingen, die sie noch an ihre Schwester erinnerten. Und sie würde sie ihr zurückgeben, egal was geschah.

NEUNUNDDREISSIG

Düsseldorf

»Frau Wyler, Sie kommen gerade richtig!«, rief Asgari, als sie die Treppe ins Foyer herunterstieg. »Er ist aufgewacht.«

Er hielt einen blinkenden Pager in die Höhe. »Sein EKG hat ausgeschlagen. Ich beobachte seine Werte aus der Ferne. Er soll nicht von zu vielen fremden Menschen auf einmal überwältigt werden. Gehen Sie ruhig zu ihm, ich halte mich erst einmal im Hintergrund.«

»Danke!«

Rabea atmete tief ein und ging durch die verwinkelten Flure, die zu Kris' provisorischem Krankenzimmer führten. Schon als sie die Tür öffnete, empfing sie das rhythmische Piepen des EKGs.

Der junge Mann hatte sich in seinem Bett aufgesetzt, in einem seltsamen Winkel, da er mit einem Handgelenk noch immer an das Heizungsrohr gefesselt war. Er war kalkweiß, mit blutunterlaufenen Augen und struppiger Haarmähne.

»Wo ... wo bin ich?«, hauchte er, blickte sich erst in dem vollgestellten Raum um und begutachtete dann den Verband an seiner Schulter.

»In Sicherheit. Wir sind bei einem Freund. Jemand, der

uns hilft, ohne groß Fragen zu stellen.« Sie zog einen Schemel neben das Bett und setzte sich breitbeinig auf ihn, die Ellenbogen auf die Knie gestützt.

»Was soll das hier?« Die Kettenglieder der Handschellen klirrten heftig, als er an ihnen zog.

»Reine Vorsichtsmaßnahme«, wiederholte sie Asgaris Worte. »Ich weiß, dass du ein Mörder bist. Wir wollen nicht, dass du noch mehr Menschen in den Tod schickst. Aber wenn du mich davon überzeugst, dass du nicht gefährlich bist, können wir die Dinger bestimmt entfernen.«

Ihr Herz pochte heftiger, als sie erwartet hätte. Die ganze Zeit über hatte sie darüber nachgedacht, welche Taktik für das Gespräch mit Kris am geeignetsten wäre. Sie war zu dem Schluss gekommen, dass sie es zunächst mit größtmöglicher Sanftheit versuchen würde. Schon bei ihrem ersten Aufeinandertreffen hatte Kris auf sie wie ein verängstigtes Kind gewirkt. Einschüchterungen und eine harte Hand würden womöglich nur dazu führen, dass er sich noch weiter in seinen Schutzpanzer zurückzog.

»Wären Sie dazu bereit, sein Freund zu werden, um etwas aus ihm herauszubekommen?« Das waren Asgaris Worte gewesen. Vielleicht genügte es auch, nur vorzugeben, sie wäre seine Freundin.

»Sie sind keine Polizistin?«

Sein Mund war hörbar trocken, bei jedem Wort schmatzten seine Lippen aufeinander. Ständiges Zittern unterlegte seine Stimme wie Grundrauschen.

»Das ist eine längere Geschichte, aber die kurze Antwort ist: Nein, ich arbeite nicht mit der Polizei zusammen. Mein

Name ist Rabea Wyler. Ich bin hier, um meine Schwester zu finden.«

»Ihre Schwester?« Kris blinzelte sie verwirrt an. Plötzlich schien ihm etwas einzufallen. Sein Kopf ruckte herum. »Delilah ... Was ist mit Delilah? Ist sie ...?«

Rabea seufzte. »Es tut mir leid.«

Er vergrub das Gesicht in der freien Hand. »Es ist meine Schuld«, schluchzte er. »Ich habe sie auch auf dem Gewissen. Sie und Rapunzel, beide.«

»Ganz ruhig, ganz ruhig!« Sie versuchte ihn zu beschwichtigen. Sein Gemütszustand musste so entspannt wie nur möglich sein, wenn diese Unterhaltung zu etwas führen sollte. »Die Einzigen, die für Delilahs Tod verantwortlich sind, sind die Männer, die hinter dir her sind. Du kannst nichts dafür. Und denk dran: Sie war dafür verantwortlich, dass die Typen euch überhaupt gefunden haben.«

»Delilah ...« Er zog die Beine an, vergrub seine Hakennase zwischen den Knien. »Sie hat mich im Sankt Johannes immer vor den anderen Jungs beschützt. Hat sich sogar mal für mich geprügelt.«

»Sankt Johannes?«, fragte sie.

»Das Kinderheim, in dem wir beide aufgewachsen sind«, sagte er. »Hier in Essen. Delilah war dort, weil das Jugendamt sie ihren Eltern weggenommen hatte. Weil ihre Eltern beide nur noch Drogen genommen hatten, zumindest hat sie mir das so erzählt.«

»Und was war mit deinen Eltern?«

»Tot«, sagte er ohne jede Regung. »Ich war noch so jung, ich kann mich nicht einmal mehr an ihre Gesichter erinnern. Ich muss vier oder fünf gewesen sein, nicht älter. Ich weiß nur, dass wir nicht viel Geld hatten. Meine Eltern kamen beide aus Kroatien, hatten Gelegenheitsjobs.«

Rabea beugte sich vor. »Wie ist es passiert?«

»Sie wurden ermordet.« Seltsamerweise war ausgerechnet dies der Moment, in dem seine Stimme zu zittern aufhörte. Stattdessen griff er sich in die Haare, umwickelte mit dem Zeigefinger eine der Strähnen, zerrte an ihr, bis Blut floss und sich die ersten Härchen lösten. »Ich habe es erst Jahre später erfahren. Jemand hat sie in ein Schlachthaus entführt, sie dort kopfüber von der Decke hängen lassen ... und ihnen die Kehlen durchgeschnitten. Er hat sie wie Schweine ausbluten lassen.«

»Oh.«

Sie senkte den Blick. Auf jeden Fall musste sie die Ermordung von Kris' Eltern untersuchen. So eine brutale Tat ließ sich sicher problemlos im ViCLAS finden.

»Du hast gesagt, du hättest Rapunzel geliebt. Und dass der Turm des Schweigens dir befohlen hätte, sie zu töten.«

»Ich hatte keine andere Wahl.«

Der entscheidende Moment. Jetzt musste sie die Frage stellen, für die sie all dies auf sich genommen hatte. Für die sie den Satan's Squad bekämpft und seine Festnahme verhindert hatte.

»Wer oder was ist dieser Turm des Schweigens?« Sie musterte das Geflecht aus Brandwunden, das sich über seinen Oberkörper breitete. »Hat er dir auch all das angetan?«

Kris zuckte zusammen, als hätte ihn gerade erneut ein Stromschlag getroffen. Seine Lider flackerten. Er ließ von seinen Haaren ab. Ein feines Rinnsal Blut lief bereits über seine Stirn.

»Er ist grausam«, hauchte er, den Blick auf seine zitternden Hände fixiert. »Er akzeptiert es nicht, wenn man sich ihm widersetzt.«

»Wer ist er?«

»Er heißt Nimrod Valangin. Ich weiß, ein seltsamer Name«, sagte Kris. »Er ist ein Jugendtherapeut. Er hat mich aus dem Sankt Johannes geholt, als ich gerade sechzehn Jahre alt war. Er hat sich darum gekümmert, dass ich eine Wohnung und eine Arbeit bekam, nichts Festes, nur Aushilfsjobs. Aber für eine kurze Zeit ging es mir gut, ich ... ich hatte geglaubt, ich könnte vergessen ... Aber dann verlangte er, dass ich mir eine Rapunzel suche. Dass ich all diese Dinge tue ...«

»Nimrod Valangin«, sagte Rabea langsam. Eine Zusammensetzung aus zwei alten Bekannten. Der Vorname war derselbe Deckname, den Qabbani und der Satan's Squad zu hören bekommen hatten. Der Nachname stand in Verbindung mit der Palliativpatientin aus der Schweiz.

Kalter Schweiß ließ den Kragen des Sweatshirts an ihrem Nacken kleben. Was hatte dies zu bedeuten? Befand sich Jan in Gefahr? Aber wenn die Nachkommen dieser Beatrice Valangin tatsächlich hinter alldem steckten und Jan etwas antun wollten, dann hätten sie schon längst die Gelegenheit dazu gehabt. Trotzdem musste sie diese neue Enthüllung so schnell wie möglich mit Jan teilen.

Wir kommen dem Turm des Schweigens immer näher, dachte sie. Aber eine Sache gilt es noch zu klären.

»Dieser Nimrod Valangin, ist er der Turm des Schweigens?«

»Nein, nein.« Ein scheues, vergebendes Lachen verirrte sich für einen Sekundenbruchteil auf Kris' Gesicht. Als wäre sie ein kleines Kind, das auf einen besonders absurden Gedanken gekommen war.

»Nimrod nimmt die Befehle des Turms entgegen. Mehr weiß ich nicht. Ich weiß nur, dass der Turm alles sieht. Dass er uns immerzu beobachtet. Und dass er Wünsche erfüllt.«

»Wünsche?«, wiederholte Rabea.

»Ja. Rapunzels Tod – das war der letzte Wunsch, der noch erfüllt werden musste. Ein letzter Wunsch, danach wäre ich frei gewesen. Aber der Turm des Schweigens hat mich verraten. Er hat all diese Leute auf mich angesetzt.«

»Warum Isa..., ich meine, warum Rapunzel? Was hat dich an ihr fasziniert? Warum hast du sie ausgewählt? Und was hast du versucht zu vergessen?«

Er zeigte sich erstaunlich redselig. Sie musste so viel aus ihm herausbekommen, wie sie konnte, solange dieser Zustand anhielt. Es geschah höchst selten, dass man außerhalb von Verhörräumen und dicken Gefängnismauern so frei und ungestört mit einem psychisch gestörten Killer sprechen konnte.

»Ich kannte Nimrod nicht erst seit dem Moment, in dem er mich aus dem Heim geholt hat. Ich kannte ihn irgendwoher ... seine Stimme, sein Auftreten ... aber mir war nicht klar, was es war ... bis ich mich erinnerte ...«

VIERZIG

Kris erinnerte sich …

An die Manschetten an seinen viel zu kleinen Kinderhänden. An die Angst, die sich wie ein Bleipanzer um sein Herz schloss. An den Raum der Bilder. Weiß gekachelt, strahlend im Neonlicht.

»Sieh sie dir an, sieh sie dir ganz genau an.«

Dutzende Fotos von blonden Frauen bedeckten die fahrbare Tafel vor ihm. Manche von ihnen nackt, in aufreizenden Posen. Andere von ihnen erkannte er als Schauspielerinnen, Leinwandschönheiten von damals und heute – Marilyn Monroe, Kim Basinger, Nicole Kidman.

»Öffne deine Hände!«

Er tat wie ihm geheißen.

Nimrod ließ wallende, blonde Haarsträhnen in sie fallen. Mit dem Mund kam er ganz dicht an Kris' Ohrmuschel und flüsterte: »Spürst du, wie glatt es ist? Wie geschmeidig? Lass es durch deine Finger gleiten, lass es eins mit dir werden.« Er nahm eine der Strähnen und hielt sie vor Kris' Nase. »Tief ein- und ausatmen. Riechst du das? Diese Reinheit? Du verzehrst dich nach ihr. Du willst sie. Weil du weißt, dass du schmutzig bist. Dass nur das hier dich reinwaschen kann …«

Kris erinnerte sich …

An die Nacht in dem heruntergekommenen Hotelzimmer, in das ihn Nimrod bestellt hatte. Er war gerade dreizehn geworden, mitten in der Pubertät. Niemand war in der Suite, als er dort ankam. Er setzte sich auf das quietschende, durchgelegene Bett und wartete.

Er fragte sich nicht zum ersten Mal, was der Sinn hinter all den seltsamen Methoden seines Therapeuten sein sollte.

Irgendwann klopfte es an der Tür.

»Wer ist da?«

»Bist du's, Kris?« Die Stimme einer jungen Frau. »Ich bin Tessa. Ich bin heute Nacht nur für dich da.«

Eine Nutte, die Nimrod für ihn bezahlt hatte. Die Frau, an die Kris seine Jungfräulichkeit verlor. Natürlich hatte sie wasserstoffblondes, hüftlanges Haar. Unter ihrem bordeauxroten Mantel trug sie nur Korsett und Strapse. Ihr unschuldiges Gesicht mit den katzenhaft großen Augen wollte nicht recht zu ihren ausladenden Kurven passen.

Sie war behutsam, als sie sich schließlich rittlings auf ihn setzte und sein hartes, pochendes Glied zwischen ihre Schenkel nahm. Als sie ihr Becken rhythmisch auf und ab bewegte, ließ sie ihre Haarsträhnen in sein Gesicht hinabhängen. Die Spitzen kitzelten Kris' glühende Wangen.

»Gefällt dir das?«, flüsterte sie. »Der Typ hat gemeint, du stehst auf so was. Auf Haare. Soll mir recht sein, Süßer. Dein Wunsch sei mir Befehl.«

Kris erinnerte sich …

An den Schmerz der Stromstöße, der sich durch seine Nervenbahnen rankte. Daran, wie seine Hände an den Fesseln rissen. Wie der urindurchtränkte Stoff der Jeans an seinem Schritt klebte. Wie die Neonlichter in dem weiß gekachelten Raum jedes Mal flackerten, wenn

Nimrod wieder den Strom anschaltete. Das Gefühl der tentakelartigen Elektroden auf seiner Haut.

Vor allem aber erinnerte er sich an die Bilder, die er für immer mit diesem Schmerz, mit dieser Demütigung verbinden sollte.

Brünette, Rothaarige und Schwarzhaarige übersäten die Tafel, wenn die Stromstöße kamen.

Es war ein einfaches Muster. Eines, das sogar so ein ausgemachter Hohlkopf wie er verstand.

Blond = Lust.

Alles andere = Schmerz.

Kris erinnerte sich bruchstückhaft wie an einen Fiebertraum …

An Tessa im Raum der Bilder. Im Raum der Schmerzen. Jahre nach ihrem Treffen. An ihren nackten, blassen, leblosen Körper auf dem Kachelboden, beschienen vom unerbittlichen Neonlicht. An die Art, wie ihre Hände stramm hinter den Rücken gefesselt waren.

»Sie wird nicht aufwachen. Sie wird es nicht einmal merken.«

Nimrods Stimme klang anders als sonst. Kratzig, als gäbe es keinerlei Speichelfluss in seinem Mund. Damals wusste Kris noch nicht, dass sich so Erregung anhörte.

Ganz deutlich erinnerte er sich an die Drahtschlinge um Tessas Hals. Eine Schlinge, die nur noch zugezogen werden musste.

»Sie hat keine Familie«, flüsterte Nimrod weiter, »niemand wird sie vermissen, niemand wird um sie weinen. Tu es! Du weißt, dass es keinen anderen Weg gibt. Und du weißt, was sonst die Konsequenzen sein werden. Du musst üben. Du musst lernen. Damit du dem Turm des Schweigens genügst.«

Kris' Blick streifte den Behandlungsstuhl mit den Manschetten an Arm- und Beinlehnen. Den Transformator. Die Elektroden.

Dieses Mal würde der Schmerz immerwährend sein.

Er trat vor. Zitternd am ganzen Leib. Schniefend. Als er vor Tessa in die Knie ging und die Schlaufe der Drahtschlinge umfasste, wurde ihm kurz schwarz vor Augen.

Das hier war ein Test.

Wenn er weiterleben wollte, musste er ihn bestehen.

Und Tessa musste sterben.

EINUNDVIERZIG

Düsseldorf

Kris zuckte immer wieder zusammen, als er ihr erzählte, woran er sich erinnerte. Als er zum Mord an Tessa kam, schlugen seine Arme so heftig aus, dass er aus Versehen einen Bücherstapel umstieß, der direkt neben dem Diwan stand. Die Bücher verteilten sich über das Fischgrätparkett.

Nimrod hat sich einen Killer herangezüchtet, dachte Rabea, als Kris fertig war und schwer atmend in sich zusammensank. Er hat Kris konditioniert, genau wie es einst Pawlow mit seinem berühmten Hund getan hatte. Nur waren hier Stromstöße und Sex statt eines Glöckchens zum Einsatz gekommen.

»Er hat mich schon besucht, lange bevor er mich aus dem Sankt Johannes geholt hat«, sagte Kris.

»Und er hat all das geerntet, was er in dir gesät hatte.« Rabea stand auf und trat ans Fenster, schaute hinaus in Asgaris verwilderten Garten, den nur einige Terrassenlampen erhellten. »Kannst du dich daran erinnern, wo dieser weiß gekachelte Raum ist? Wie Nimrod aussieht?«

»Nein ... ich ... ich weiß nicht mehr, wie ich jedes Mal in diesen Raum gekommen bin. Ich erinnere mich nur daran, wie ich auf dem Stuhl saß. Dann bricht die Erinnerung jedes Mal ab, wenn der Schmerz zu viel wurde.«

»Warum Isabelle?« Rabea zeichnete mit dem Zeigefinger eine Linie auf die verschmierte Fensterscheibe.

»Nimrod wollte, dass ich ein Mädchen finde. Meine Rapunzel. Und dann sah ich sie eines Tages, in Delilahs Friseursalon. Ihre Haare, ihr Gesicht. Sie war das schönste Mädchen, das ich jemals gesehen hatte. Ich wusste sofort: Sie ist es.«

Rabea fügte der Linie drei weitere hinzu. Ein M. Dann drei neue Linien. Ein A. Wie von selbst schrieb sie den Namen: Marie.

»Wie hast du den Leichnam auf die Theaterbühne gebracht? Ich weiß, dass Delilah dort aushilft. Ich vermute also, es hängt mit ihr zusammen.«

»Sie hatte nichts damit zu tun, wenn Sie das meinen. Ich habe ihr einmal ihren Schlüsselchip geklaut, als wir uns trafen. Nachts, lange nach der letzten Vorstellung, bin ich über den Zuliefererеingang am Hirschlandplatz rein, habe meine Rapunzel in einem der großen Flightcases transportiert. Über die hydraulischen Versenkungen unter der Bühne habe ich sie nach oben gebracht.« Seine Worte klangen so teilnahmslos, als spräche er von etwas ganz anderem.

»Wenn ich zum Kinderheim gehe, dem Sankt Johannes, werden sie Nimrod dort kennen? Hat er eine Adresse hinterlassen?«, fragte Rabea weiter.

Sie hatte die Hoffnung auf einen handfesten Hinweis noch nicht aufgegeben.

»Es ist so, dass …«, setzte er an und schaute zu Boden,

aber genau in diesem Moment durchschüttelte ihn eine erneute Attacke.

Er schrie. Bäumte sich auf. Zog so heftig an der Handschelle, dass sie tief in seine Haut schnitt. Sein anderer Arm schnellte vor. Rabea wollte zurückweichen, aber es war zu spät. Seine Finger umschlossen ihr Handgelenk.

»Sie ...«, brüllte er, seine Augen aufgerissen. Sein rechter Mundwinkel zuckte unkontrolliert, ein Speichelfaden lief an ihm herunter. »Nimrod wird Sie finden.«

Die Tür flog auf. So schnell, wie es ihm seine Gebrechlichkeit und der Sauerstofftank erlaubten, lief Xaver Asgari herbei.

»Lass sie los, verdammt!«, rief er heiser, völlig außer Atem.

Schlagartig löste sich der Griff um Rabeas Handgelenk. Sie fuhr zurück, rieb sich die gerötete Haut und stellte sich in sicherer Entfernung zum Diwan hin.

Kris verlor vollkommen die Kontrolle über seinen Körper. Wenn sie es nicht besser wüsste, hätte sie geglaubt, er wäre von einem Dämon besessen. Er schüttelte sich, seine Augen verdrehten sich, sodass nur noch das Weiße sichtbar war, seinen Körper durchströmten imaginäre Stromschläge.

»Kommen Sie, kommen Sie!« Asgari zog sie Richtung Tür. »Wir können nur warten, bis es vorbei ist. Ich habe Schreie gehört und bin sofort herbeigelaufen. Anscheinend war es höchste Zeit.«

»Er ... er war auf einmal völlig weggetreten«, sagte sie auf dem Gang. »Verfiel in diese Raserei. Es muss irgendeinen Auslöser gegeben habe. Aber ich weiß nicht, was es war.«

Asgari legte ihr die knochige Hand auf die Schulter. »Die Psyche dieses Menschen folgt schon lange nicht mehr den normalen Gesetzen von Ursache und Wirkung. Er ist wie dieser Supervulkan im Yosemite-Nationalpark, der seit Jahrhunderten überfällig ist. Glauben Sie mir, es bedarf keines Auslösers, um ihn zum Ausbruch zu bringen.«

ZWEIUNDVIERZIG

Herzogenbuchsee, Schweiz

»Reto, Herr Grall ... das Essen ist fertig.«

»Wir kommen!« Valangin stellte das Bild seiner Mutter zurück auf die Kommode. Es zeigte sie lange vor ihrer Krankheit, als sie etwa Mitte sechzig gewesen sein musste. Sie saß in einem gusseisernen Gartenstuhl auf der Terrasse, einen ihrer Enkel auf dem Schoß. Ihr blondes, von keinerlei Grau durchwirktes Haar reichte ihr bis auf die Schultern. Perlweiße Zähne blitzten zwischen ihren Lippen hervor, es war ein sanftmütiges Lächeln.

»Wenn man dieses Bild sieht, ist es schwer vorstellbar, dass sie einmal so grausame Gedanken haben würde«, bemerkte Jan.

Reto Valangin strich mit der Daumenkuppe über den schlichten Silberrahmen. »Deshalb wollte ich ja, dass Sie es sehen.«

Das Blockhaus der Valangins lag in Herzogenbuchsee, einem beschaulichen Örtchen gleich in der Nähe von Burgdorf. Sie hatten noch auf den Abschleppdienst für Jans Peugeot gewartet, dann hatte Reto ihn in seinem Landrover mitgenommen.

Für seine Frau schien das Wort »resolut« eigens erfunden worden zu sein. Sie war so breit wie groß, ein menschlicher Quader. Seit ihrer Ankunft wirbelte sie unermüdlich in der Küche herum, erkundigte sich mehrmals, ob Jan etwas trinken oder essen wolle – »Die Biberli, die sind selbst gebacken, die müssen Sie probieren!« –, und faltete nebenbei noch in Hochgeschwindigkeits-Schweizerdeutsch ihre Teenie-Tochter zusammen.

Jan folgte Valangin hinüber in die Wohnküche, die von einer Deckenlampe mit altmodischem Glasmuster in Behaglichkeit getaucht wurde.

»Oh, Marianne, das riecht ja zauberhaft!«, rief Reto.

Das tut es wirklich, dachte Jan. Frau Valangin wuchtete einen gigantischen Topf mit Minestrone auf den Esstisch.

Sie schüttete ihm, Reto, ihrer Tochter und sich selbst äußerst gut gemeinte Portionen auf die Teller und reichte ihnen dann noch Brot. »Ich hoffe, es schmeckt. Ich musste etwas improvisieren.«

»Wir haben nicht häufig Besuch bei uns, müssen Sie wissen«, sagte Reto zwischen zwei Löffeln Suppe. »Wir bleiben gern unter uns.«

Seine Tochter hielt ihr Smartphone in der einen und den Löffel in der anderen Hand. Nur ab und an schaute sie von dem Bildschirm hoch, um Jan argwöhnisch zu beäugen. Ihren Make-up-Gebrauch hatte sie ganz offenbar noch nicht unter Kontrolle, ebenso wenig wie ihre wilde Haarmähne.

»Julia!«, wies ihre Mutter sie zurecht. »Ich habe dir tausend Mal gesagt: kein Handy beim Essen! Tu das blöde Ding weg.«

»Oma hat doch am Ende einfach einen an der Klatsche gehabt.« Sie knallte das Smartphone neben ihren Teller. »Und das tragen uns die Leute hier immer noch nach!«

»Junge Frau!« Reto hämmerte die Faust auf den Tisch. »Du hast sie nicht einmal gekannt! Das Thema hatten wir schon tausendmal!«

»Worum geht es hier?«, fragte Jan.

»Mir ist der Appetit vergangen, tut mir leid.« Valangin schob den Teller Suppe von sich weg. »Wissen Sie, meine Mutter ist in der letzten Phase mehrmals aus dem Sankt Achatius abgehauen. Erst hat sie nur Mädchen beobachtet, ihnen nachgestellt ... dann hat sie irgendwann eines angegriffen. Hat es gewürgt.«

»Ist dem Kind etwas passiert?«

»Nein, nein. Der Vater konnte rechtzeitig eingreifen. Aber Sie können sich bestimmt vorstellen, was das in der Familie des Mädchens ausgelöst hat. Es gab Gerede im Ort.«

»Und noch einmal eine große Entschuldigung dafür, dass ich Ihre Sachen im Hotelzimmer durchgesehen habe, das ist sonst wirklich nicht meine Art!«, warf seine Frau ein.

»Wir wurden einfach seitdem immer schief angeschaut. Die Sache sollte endlich einmal ein Ende haben. Selbst Julia wird in der Schule noch darauf angesprochen. Sie können sich denken, wie das ist.«

Das konnte Jan tatsächlich. Kurz musste er an den Westerwald denken. Er kippte den Teller etwas, um auch noch die letzte Pfütze Minestrone herauszulöffeln. Frau Valangin nahm es höchst zufrieden zur Kenntnis.

Valangin hatte ihn einen entscheidenden Schritt weitergebracht, aber seine Geschichte warf eine Unzahl neuer Fragen auf. Die drängendste darunter lautete: Wer wusste noch von den Fantasien seiner Mutter?

»Jetzt kann ich auch nachvollziehen, warum Sie so reagiert haben, als ich hier Nachforschungen angestellt habe. Aber wie gesagt, ich bin nicht von der Polizei.« Er erzählte ihnen die Geschichte von Rabea und ihrer Schwester, was dazu führte, dass selbst Julias Fassade aus gespielter Coolness bröckelte. Nun wirkte auch sie bestürzt.

»Deshalb muss ich wissen, wer damals noch die Wahnvorstellungen Ihrer Mutter gekannt hat, wer ihr in dieser letzten Zeit nahe gewesen ist«, schloss Jan.

»Puh, das ist so lange her.« Reto Valangin faltete die Hände. »Da waren wir, dann die Ärzte, allen voran der Stationsleiter. Und natürlich Alex, mein Bruder.«

»Sie wissen nicht zufällig, wie die Ärzte hießen?«

»Da fragen Sie etwas!«, meinte Frau Valangin. »Ich bin mir nicht ganz sicher, aber der eine hatte einen einprägsamen Namen. Ich glaube, er hieß Hunger. Dr. Hunger. Soweit ich weiß, ist er nach dem Brand in die USA gegangen.«

Also fällt der schon einmal raus, dachte Jan. Er brach sich etwas Brot ab und wischte damit die letzten Reste Suppe auf. »Und Ihr Bruder? Was ist mit ihm?«

»Ach, Alex. Der ist deutlich älter als ich, acht Jahre. Er lebt seit Jahren in Deutschland. Hat damals Dramaturgie und Theaterwissenschaften in Zürich studiert und arbeitet jetzt beim Schauspiel Köln. Ist immer ein wenig das Sorgenkind gewesen, Künstler und so – das ist bei uns in der Familie ein Novum gewesen. Aber jetzt hat er sich gefangen.«

Jan verschluckte sich fast an seinem suppendurchtränkten Brot, hustete heftig und klopfte sich auf die Brust.

Köln. Das lag gerade einmal eine Autostunde entfernt von Essen, ein passender Aktionsradius. Konnte es sein? Konnte es wirklich so einfach sein? Alexander Valangin war Dramaturg, vielleicht warf das noch einmal ein ganz anderes Licht auf das Grillo-Theater als Fundort.

»Alles in Ordnung bei Ihnen?« Reto legte den Kopf schief. »Moment mal, Sie meinen doch nicht etwa …«

Jan würgte die letzten Krümel herunter und stand auf. »Entschuldigen Sie, ich muss mal telefonieren.«

DREIUNDVIERZIG

Düsseldorf

»Der Turm des Schweigens stand in Leningrad. Genauer gesagt war er ein Teil von Pawlows Labor.« Asgari führte sich den Cognacschwenker an die Lippen. »Als Sie von Kris' Schilderungen erzählt haben, ist es mir wieder eingefallen. Es ist treffend, finden Sie nicht? Fast so, als könnte es kein Zufall sein.«

Rabea nippte ihrerseits am Cognac. Er hinterließ wohlige Wärme in ihrem Magen. Ihr Gastgeber hatte ihn serviert, nachdem er Kris mit einer neuen Infusion ruhiggestellt hatte. Ein Schluck Hennessy gegen den Schock, wie er es genannt hatte.

»Was hat Pawlow in diesem Turm angestellt?«

Sie standen am Tresen von Asgaris ausladender, in weißem Holz gehaltener Küche. Edelstahlpfannen und Kupfertöpfe baumelten vor ihnen herab, glänzend und makellos, als wären sie noch niemals benutzt worden – und wahrscheinlich waren sie das auch noch nie. Die Küche wirkte wie eine Kulisse, so steril und neuwertig wie am Lieferungstag. Allein die abgenutzte Kaffeemaschine, die leicht fleckige Mikrowellenfront und der gut bestückte Barschrank zeugten davon, dass hier jemand aß und trank.

»Der Turm des Schweigens diente zur Untersuchung von bedingten Reflexen bei Hunden«, erklärte Asgari. »Die Tiere wurden in streng isolierten Kammern gehalten, in die keinerlei Umweltreize dringen konnten. Keine Geräusche, keine Bewegungen, so wenig Gerüche wie möglich. Die Forscher konnten dann von einem Nebenraum aus die Tiere beobachten, über technische Vorrichtungen Reize setzen und die Reaktionen der Hunde aufzeichnen.«

Rabea rieb sich ihr immer noch gerötetes Handgelenk. »Es klingt wirklich, als hätte Kris sein Leben in einem Turm des Schweigens gefristet. Dieser Mann, der sich Nimrod nennt, hat ihn isoliert, hat ihn ganz gezielt diesen Reizen ausgesetzt. Aber er hat gesagt, dass der Turm Befehle gibt und alles sieht. Er muss noch eine andere Bedeutung haben.«

»Allmählich bin ich auch mit meinem Latein am Ende.« Asgari schlug die Beine übereinander. Seine Wangen wirkten eingefallener als sonst, seine Haltung schlaff. Die kleine Rettungsaktion in Kris' Zimmer schien ihn mitgenommen zu haben. Selbst das Zischen des Sauerstofftanks schien eine Spur leiser zu klingen, aber das bildete Rabea sich wahrscheinlich nur ein.

»Vielleicht klären wir am Ende nur den Mord an Isabelle Hoffmann auf, dem Rapunzelopfer aus Essen.« Rabea dachte laut, so wie sie es früher immer in Jans Gegenwart getan hatte. »Vielleicht bleibt das Rätsel um meine Schwester für immer ungelöst.«

»Wir Menschen verwenden viel Energie darauf, etwas am Leben zu erhalten, das wir schon längst verloren haben.« Asgari schob den Sauerstofftank zurecht. »Gestatten Sie mir die Bemerkung, dass Ihre Ermittlungsarbeit in diesem Fall vielleicht nur eine Strategie Ihrer Psyche ist, um Ihre Schwester am Leben zu erhalten. Denn solange Sie noch nach ihr suchen, kann Marie Wyler nicht tot sein, richtig?«

Rabea nickte langsam. Hätte Jan etwas in der Richtung gesagt, hätte sie ihn als analysierendes, gefühlloses Arschloch bezeichnet, aber bei dem alten Professor war das etwas anderes.

»Ich habe bedauerlicherweise persönliche Erfahrungen in dieser Angelegenheit gesammelt. Als meine Frau vor Jahren an einem Herzinfarkt starb, fiel ich in ein tiefes Loch. Saß plötzlich alleine in diesem riesigen Kasten von Haus. Ich wollte nicht mehr arbeiten, mich nicht mehr pflegen, nichts. Alles erschien mir sinnlos ohne sie. Das Einzige, woraus ich mir noch etwas machte, waren meine Schuldgefühle und meine Trauer. Wie diesen Sauerstofftank trug ich die Vergangenheit immer mit mir herum, lebte nur noch in meinen Erinnerungen. Ich existierte eigentlich gar nicht mehr.«

Etwas funkelte in Asgaris Augenwinkeln, aber Rabea konnte nicht sagen, ob es wirklich Tränen waren.

»Haben Sie mal mit Jan darüber gesprochen?«

»Nein, nein. Das war lange, bevor ich ihn kennengelernt hatte. Außerdem ist Jan nicht wirklich der Mensch dafür, um in solchen Dingen zu helfen.«

»Stimmt auch wieder.«

»Ein Freund, ein sehr guter Freund half mir«, sagte Asgari. »Durch ihn konnte ich mit der Trauer abschließen und einen Schlussstrich unter dieses Kapitel meines Lebens setzen. Seitdem kann ich mich wieder voll in meine Arbeit vertiefen und meinen Leidenschaften nachgehen.«

»Das muss ein wirklich guter Freund gewesen sein.« Rabea leerte ihr Cognacglas.

»Oh ja, das war er.«

»Sehen Sie ihn noch manchmal?«

»Nein, nein. Er ist weit fortgezogen. Wir stehen kaum noch in Kontakt.« Er winkte ab. »Aber was ich Ihnen mit alldem sagen will: Es führt zu nichts, etwas am Leben zu erhalten, was längst schon verloren ist – und sei es nur eine vage Hoffnung. Irgendwann müssen wir alle loslassen. Glauben Sie, Sie können das?«

Rabea merkte, wie ihr leicht schwindlig wurde. Das Blut pochte heftig in ihrem Kopf. Sie dachte an eine ramponierte Prinzessinnen-Puppe, die in einem Essener Hotel auf ihre Besitzerin wartete.

»Ich weiß es noch nicht«, sagte sie, obwohl sie längst wusste, dass ihre Antwort »Nein« lautete.

VIERUNDVIERZIG

Burgdorf, Schweiz

»Herr Grall, entschuldigen Sie!« Die Rezeptionistin winkte ihm zu. »Da hat jemand nach Ihnen gefragt!«

Er war gerade auf halbem Weg zum Aufzug und vollführte eine ungelenke Kehrtwendung Richtung Empfang. Sein Puls schaltete mehrere Gänge höher. »Etwa wieder dieser alte Mann?«

»Ganz im Gegenteil!« Die junge Frau kam kurz ins Stottern. »Zwei junge Leute, die, nun ja, recht ausgefallen gekleidet waren.«

»Das Mädchen eine Spur zu überschwänglich, und der Junge mit der Ausstrahlung einer kaputten Stehlampe?«

»So würde ich es natürlich niemals ausdrücken, aber ja.«

»Okay, alles klar. Haben die beiden eine Nachricht hinterlassen?«

Sie schüttelte den Kopf.

»Was habe ich auch erwartet?«, seufzte er und kramte sein Handy aus der Hosentasche. »Danke auf jeden Fall!«

Schnell ging er wieder zurück zum Ausgang, wobei er Miris Nummer in seinen Kontakten suchte. Die automatischen Türen glitten surrend zur Seite und entließen ihn in die Nachtkühle. Grillen zirpten, hin und wieder wehten Gesprächsfetzen der Restaurantgäste herüber.

Der perfekte Abend, um sich einen kleinen Joint anzuzünden, dachte Jan.

Nach dem zweiten Läuten nahm Miri ab. »Hey, Jan, ich wollte dich eigentlich vorwarnen, aber du bist einfach nicht ans Handy gegangen.«

»Dasselbe könnte ich von dir behaupten.« Er hatte versucht, sie nach seinem Gespräch mit den Valangins anzurufen, weil er die Hilfe ihres Freundes hätte gebrauchen können. »Kannst du mir erklären, was ihr auf einmal hier zu suchen habt?«

»Die alte Schachtel, die untendrunter wohnt, hat tatsächlich ihren Sohn geholt, einen Bullen. Da ist uns die ganze Sache etwas zu nervig geworden. Außerdem dachte ich mir, dass du ein wenig Gesellschaft gut vertragen könntest.«

Er lehnte sich an einen Laternenpfahl. »Verdammt, was habt ihr der armen Frau angetan?«

»Nichts, die hat völlig überreagiert!« Miri legte eine kurze Pause ein. »Na ja, David hört beim Arbeiten immer Nightcore-Musik, er meint, erst dadurch kommt er in den Flow, in die *Zone*. Kann sein, dass er die Bluetooth-Boxen vielleicht einen Tick zu weit aufgedreht hat.«

»Na super. Ich habe die Wohnung angemietet und kriege jetzt wahrscheinlich den ganzen Ärger ab.«

»Tut mir leid, Jan.«

»Wo seid ihr jetzt gerade überhaupt?«

»Wir sind gerade aus dem McDrive raus, hatten mega

Hunger. Ey, die Schweiz ist so übertrieben teuer. Ein Wunder, dass du noch nicht völlig bankrott bist. Blöde eidgenössische Turbokapitalisten!«

»Wenn du fertig damit bist, dich künstlich aufzuregen, könnt ihr wieder hier am Hotel vorbeifahren. Ich brauche nämlich die Hilfe deines Göttergatten.«

»Hey, er ist nicht mein Göttergatte und wird es auch niemals sein. Das patriarchalische Konzept Ehe ist längst nicht mehr zeitgemäß.«

Jan verdrehte die Augen. »Also, bis gleich.«

»Boah, manchmal bist du so ein Grinch!«

Sie legte auf.

Jetzt hatte er auch noch die beiden am Hals. Es war nicht so, dass er keine Lust auf Miris riesiges Mittelungsbedürfnis hatte. Aber solange er nicht wusste, was der alte Mann mit dem Berner Sennenhund von ihm wollte, war es hier in Burgdorf gefährlich für sie alle. Nicht zuletzt Valangins Hinterhalt in der Hospizruine hatte ihm deutlich vor Augen geführt, dass er mit seinen Ermittlungen ordentlich Staub aufgewirbelt hatte. Staub, der auf dunklen, längst vergessen geglaubten Geheimnissen gelegen hatte.

Wenig später hielt ein chromblauer Suzuki vor dem Hotel, aus dem Miri und David stiegen.

»Hiiiii, Jan!« Sie fiel ihm um den Hals und zupfte dann an seinem Bart herum. »Selbst wenn du ihn stutzt, sieht er noch richtig fies aus! Rasier dir das ab!«

Er zog ihre Hand weg. »Mein Gesicht gehört mir.«

»Zum Glück wächst bei dir erst gar nichts – was, David?«,

rief sie ihrem Freund zu, der gerade ihr Gepäck in die Lobby schleppte.

Die beiden quartierten sich in einem Doppelzimmer eine Etage über Jan ein, natürlich unter Miris heftigem Protest über die Schweizer Preise. Dann trafen sie sich in Jans Zimmer zur Lagebesprechung.

Nur Sekunden, nachdem Miri und David ihre McDonald's-Tüten auf der Tagesdecke aufgerissen hatten, roch bereits die gesamte Suite nach Fast Food. Jan, der schon seit Jahren keines dieser Restaurants mehr von innen gesehen hatte, öffnete sofort ein Fenster. Als er sich wieder auf den Schreibtischstuhl setzte, hielt er sich theatralisch die Nase zu.

»Jetzt stell dich nicht so an!«, rief Miri und mampfte ihren Chicken Burger.

Ihr Freund stopfte in Rekordzeit drei McRibs in sich hinein, spülte mit einem ordentlichen Schluck Cola nach und klappte seinen Laptop auf.

»Du hast mir all das hier eingebrockt«, meinte Jan, halb zu sich selbst.

David schaute auf, das hagere Gesicht in das bläuliche Bildschirmlicht getaucht. »Was meinen Sie?«

»Die Geschichte mit der Kryptos-Statue, die du mir auf dem Balkon erzählt hast. Du erinnerst dich.«

»Ach so, die. Ich hätte nicht gedacht, dass das jemals funktionieren würde.«

»Das hat es«, sagte Jan, »das hat es.«

Seit er hier angekommen war, seit er dem Rapunzelmörder hinterherjagte, spürte er wieder das Kribbeln in seinem

Nacken, hatte er wieder einen Antrieb. Die Monate seines Rückzugs hatten ihn in einer dumpfen Mattigkeit verharren lassen, in einem Waffenstillstand mit dem Leben. Enttäuschungen und Angst hatte er zwar von sich ferngehalten, aber damit auch gleichzeitig Adrenalin und Hochgefühle. Jetzt war sein Jagdtrieb wieder erwacht, er hatte wieder eine Aufgabe, etwas, in das er sich verbeißen konnte. Und erst jetzt, da er es wieder spürte, merkte er, wie sehr er das vermisst hatte.

Er dachte daran, was er am Lago Maggiore zu Rabea gesagt hatte: »Am Ende gewinnen immer die Monster.«

Das mochte stimmen. Aber manchmal genügte es schon, Teilsiege gegen sie zu erringen. Manchmal war das alles, was zählte.

David neigte den Kopf zur Seite. Miri nutzte die Pause und übernahm die Moderation ihres Treffens: »Also, was wolltest du jetzt genau von unserem kleinen Genie hier?« Sie zauste Davids Haar, woraufhin dieser die Schultern hochzog und zur Seite kippte.

»Es gibt eine Person, die überprüft werden muss: Alex Valangin, Dramaturg am Kölner Schauspielhaus. Meinst du, da findest du was? Ich brauche eine Zeitachse. Ich muss wissen, was er in den letzten Jahren getan hat, wie er denkt, wie er arbeitet ...«

»Ganz schön viel Holz«, bemerkte David und ratterte dann mit seiner Roboterstimme drauflos: »Ich muss Ihnen aber gleich sagen: Mein Handwerk hat nichts mit dem zu tun, was Sie vielleicht aus den Filmen kennen. Ich prügle nicht im Akkord auf die Tastatur ein, während Zahlenkolonnen über den Bildschirm rieseln. Nein, ich fange erst einmal ganz simpel an und wühle mich durch die Spuren, die er in den sozialen Netzwerken hinterlassen hat. Wenn dabei noch nicht genug rumkommt, greife ich vielleicht auf Catfishing oder Passwort-Knacken zurück. Aber lassen Sie mich einfach mal machen.«

»Du klingst wie jemand, der weiß, was er tut. Leg los!«

Während sich David durch das Netz arbeitete und Miri ihm dabei gespannt über die Schulter schaute, lehnte sich Jan aus dem Fenster und rief bei Rabea an. Als sie ihm davon erzählte, dass Kris den Namen Nimrod Valangin erwähnt hatte, glitt ihm fast das Handy aus den Fingern. Je mehr er allerdings über die Vorgehensweise dieses Nimrods hörte, desto mehr keimten Zweifel in ihm auf.

Warum sollte Alex Valangin so unvorsichtig sein und seinen echten Familiennamen benutzen? Er wollte einem Theaterdramaturgen keine tiefgehenden Kenntnisse der menschlichen Psyche absprechen, aber wäre er dazu in der Lage, einen Menschen so gezielt zu manipulieren?

»Hast du was getrunken?«, fragte er, als Rabea mit ihren Schilderungen zum Ende gekommen war.

»Ein, zwei Cognac, gegen den Schock.«

»Du hörst dich nicht gut an, vielleicht legst du dich lieber hin.«

»Das habe ich vor, keine Sorge. Ich kann mich kaum noch auf den Beinen halten.«

»Bis später. Und pass auf dich auf.«

»Dito.«

Er wandte sich wieder seinen zwei Überraschungsgästen zu. »Und? Wie sieht's aus?«

»Glauben Sie wirklich, dass der Kerl Dreck am Stecken hat?«, fragte David. »Er scheint sich mit den Privatsphäre-Einstellungen auf Facebook noch nicht so gut auszukennen. Unser Glück! Auf den Fotos in seiner Timeline sieht er auf jeden Fall ziemlich harmlos aus.«

Er drehte den Laptop herum, damit Jan etwas sehen konnte. Der junge Mann hatte recht. Die Bilder zeigten den älteren Valangin-Bruder mit seinen zwei kleinen Töchtern auf dem Spielplatz, beim Herumalbern in einem Sushi-Restaurant in der Kölner Innenstadt, mit seiner Frau bei der Premiere eines Theaterstücks.

Im Gegensatz zu seinem Bruder Reto, dessen Züge etwas Grobschlächtiges und Ernstes an sich hatten, besaß Alex ausgeprägte Lachgrübchen und strahlende Augen. In Verbindung mit dem Dreitagebart, der ungekämmten Haarmähne und der gebräunten Haut wirkte er wie ein Lebemann.

Er engagierte sich in einem Verein für die Deutsch-Schweizerische Theaterfreundschaft, ging am Wochenende golfen, trug extravagante Kleidung und immer ein Halstuch und schien gelegentlich schlecht vertuschte Seitensprünge zu unternehmen.

»Das sind nicht die Augen eines Killers«, urteilte Miri bei der Betrachtung von Valangins Profilbild.

Hätte er es nicht besser gewusst, Jan wäre zu demselben Schluss gekommen. Aber sie durften nicht vergessen, dass sie hier auf Facebook waren. Hier ging es wie nirgendwo sonst darum, eine Scheinwelt aufzubauen. Die gefährlichsten Killer, von denen er je gelesen hatte, verstanden sich alle perfekt auf soziale Mimikry, auf die perfekte Nachahmung ihrer Mitmenschen. Deshalb hörte man von den Nachbarn von Mördern und Terroristen immer wieder, sie seien doch so nette, unauffällige Zeitgenossen gewesen.

»Wir müssen mehr über ihn herauskriegen. Das hier ist nur die Fassade«, sagte Jan. »Kommst du in seine Mails?«

»Nichts leichter als das!« David schmierte etwas McFlurry über die Tastatur. »Passwörter knacken – zumindest die Art, wie ich es mache – hat mehr mit Menschenkenntnis als mit Algorithmen zu tun. Bei Herrn Valangin zum Beispiel überlege ich erst einmal, was denn die wichtigsten Themen in seinem Leben sind.«

Jan zuckte mit den Schultern. »Das Theater und seine Töchter.«

»Haargenau! Ich habe in einem Interview gelesen, welches sein Lieblingsstück ist – die Dreigroschenoper –, und werde sie jetzt mal mit den Geburtsdaten seiner Töchter kombinieren. Das Ganze dann in den verschiedensten Schreibweisen. Ein kleines Programm, das ich selbst geschrieben habe, hilft mir dabei.«

Seine Finger huschten so schnell über die Tasten, sie schienen an mehreren Stellen gleichzeitig zu sein. Nach ein paar *»Falsche Eingabe!«*-Fenstern wechselte die Seite schließlich zum Ladescreen des E-Mail-Providers.

»Bitte sehr!« David überreichte ihm triumphierend den Laptop.

Jan scrollte sich durch Valangins Mailverlauf. Eine grusеlige Vorstellung, dass der junge Mann mit so wenig Aufwand wahrscheinlich auch einfach so in sein Konto einbrechen konnte. Valangins elektronischer Schriftverkehr bestand hauptsächlich aus Online-Rechnungen, Werbe-Mails und einigen unregelmäßigen, harmlosen Nachrichten zwischen ihm und seinem Bruder. Das Einzige, was Jans Aufmerksamkeit weckte, waren die Buchungsbestätigungen einer Airline.

Wenn er den angegebenen Flug angetreten hatte, dann befand sich Alex Valangin seit drei Tagen aus geschäftlichen Gründen in Wien. Er war während der Verbrechen nicht hier vor Ort gewesen. Absicht, um seine Verbindung zu der Tat zu verwischen?

Jan schüttelte den Kopf und gab David den Laptop zurück. Er wollte zu sehr, dass Valangin der geheimnisvolle Nimrod war. Aber die Fakten sprachen gegen ihn – und sie zählten am Ende nun einmal mehr als jegliche Intuition. Es war zu einfach, zu naheliegend.

Wer kam außer ihm noch infrage?

Der Arzt, erinnerte sich Jan. Dr. Hunger.

Frau Valangin hatte gesagt, er sei nach dem Klinikbrand in die USA ausgewandert. Aber stimmte das? Und wenn ja, war das noch der letzte Stand?

»Probieren wir es mit jemand Neuem«, sagte Jan und nannte den Namen.

David klimperte auf der Tastatur herum. Jan holte sich noch eine Cola Zero aus der Minibar – er hatte schon wieder vergessen, sich eine 1,5-Liter-Flasche im nahe gelegenen Migros zu kaufen – und flüsterte Miri zu: »Am Anfang war ich mir nicht so sicher, aber allmählich fange ich an, ihn zu mögen.«

Sie knuffte ihn mit der Schulter. »Das sagst du doch nur, weil er dir bei deiner Mörderhatz hilft.«

»Hey, das stimmt nicht! Ich meine das auf rein menschlicher Ebene, wir haben eine Verbindung!«

»Ich kann dir auch sagen, warum: weil ihr beide Freaks seid.«

»Du ...« Jan leerte die Hälfte der Mini-Colaflasche in einem Zug. »Da kann ich dir nicht einmal widersprechen.«

Sie lächelten sich an. Plötzlich sagte David stockend: »Herr Grall? Ich ... ich habe hier etwas über diesen Dr. Vincent Hunger gefunden. Das sollten Sie sich dringend mal genauer anschauen.«

FÜNFUNDVIERZIG

Duisburg

Jetzt, mitten in der Nacht, war der Duisburger Innenhafen völlig verwaist. Die Industrieruinen ragten wie die Skyline einer Geisterstadt in den wolkenzerfurchten Nachthimmel. Kalter Wind jagte Wellen über das unergründlich schwarze Wasser des Hafenbeckens.

Qabbani lehnte tief vornübergebeugt an der Brüstung der Promenade. Nur wenige Hundert Meter entfernt stand rund um die Uhr ein Polizeiwagen, der die neue Synagoge hier am Hafen beschützen sollte. Es entbehrte also nicht einer gewissen Ironie, dass er diesen Ort als Treffpunkt für sich und Beil ausgewählt hatte.

»Sie sind hier«, zischte Abdellah. Sein Leibwächter stand einige Meter von ihm entfernt, die Hände wie üblich hinter dem Rücken verschränkt.

Es war so weit. Der beste Zug, im Schach wie im Leben, war stets der gemachte: Tartakower. Es gab kein Zurück mehr. Qabbani seufzte und wandte sich um.

Moritz Beils massiger Körper schälte sich aus der Dunkelheit. Im schummrigen Licht der wenigen Straßenlaternen verschwand seine Augenpartie komplett im Schatten seiner vorstehenden Stirn.

Einer seiner Männer, ein hagerer Typ mit Spinnennetz-Tattoo an Schläfe und Wange, erschien neben ihm. Er hatte eine Hand unter seiner Jacke verborgen. Qabbani wusste nur zu gut, dass sie eine Pistole hielt.

Die längst verheilte Einschusswunde in Qabbanis Wange prickelte, das Knochenimplantat fühlte sich wieder wie ein Fremdkörper an. Ein lang vergessen geglaubtes Gefühl regte sich in ihm, befeuert vom Öl der Erinnerung: Angst. Manchmal war es am klügsten, den König umzukippen und die Partie aufzugeben. Aber so weit war es noch nicht gekommen.

Es brauchte nur noch einen Spielzug.

Noch eine einzige Falle.

»Hallo, alter Freund!«, sagte Beil. Er wirkte abgekämpft, die Augen blutunterlaufen.

»Wie Sie sich denken können, treffe ich mich mit Ihnen nicht einfach nur zum gemeinsamen Nachtspaziergang.« Qabbani kam sofort zum Thema. »Ich habe ein Angebot für Sie.«

»Ach ja?«

»Ich kenne den Aufenthaltsort von Kristijan Ivasic. Ich überlasse ihn dem Satan's Squad. Sie können ihn haben. Meine Männer werden nicht eingreifen.«

»Hm.« Beil verschränkte die Arme vor der Brust. »Was wollt ihr im Gegenzug? Was ist der Deal?«

»Ihr Squad hält sich für zwei Jahre aus dem Drogengeschäft raus. Das Geld für den Jungen sollte das kompensieren.«

»Hast du zu viel Shisha geraucht?« Der Chef des Motorradclubs brach in höhnisches Gelächter aus. »Zwei Jahre? Höchstens ein Jahr! Alles andere ist nicht verhandelbar. Ich kann ja nichts dafür, wenn ihr das Zeug sonst so billig vertickt.«

Qabbani tat, als denke er nach. Schließlich streckte er die Hand aus. »Einverstanden.«

»Das Ganze kommt natürlich nur zustande, wenn der Junge auch wirklich da ist, wo ihr sagt.«

»Selbstverständlich. Er ist bei einem Mann namens Professor Xaver Asgari. Abdellah wird Ihnen die genaue Adresse geben.«

»Und das ist keine Falle? Keines deiner Spielchen? Ihr lasst euch da eine Menge Kohle durch die Lappen gehen.«

»Hören Sie das?« Für einige Momente ließ Qabbani die Stille des Innenhafens auf sich wirken. Nur das Rauschen des Windes und der vereinzelte Schrei einer Möwe. »Diese Stille ist das, was ich mir für diese Stadt wünsche. Wenn ich sie mir damit erkaufen kann, dann soll es so sein.«

»Verstehe.« Beil zog einen Mundwinkel in die Höhe.

Der Rocker hielt ihn für schwach. Er glaubte, dass Qabbani hier gerade ein großes Opfer brachte, um sich etwas Frieden zu erkaufen. In einer Schachpartie ging es ständig darum, Figuren zu opfern, um sich in eine bessere Position zu bringen oder den Gegner in einen Hinterhalt zu locken.

Es war die hohe Kunst, einen Zug für den Gegner wie ein Opfer aussehen zu lassen.

Sie schlugen ein. Beils Händedruck war so enorm, dass es sich anfühlte, als hätte Qabbani seine Finger in einen Schraubstock gezwängt. Trotzdem verzog er keine Miene. Er ließ seinem Gegenüber das Dominanzgehabe. Schon bald würde es das Einzige sein, was ihm noch blieb.

Beils Begleiter und er wandten sich ab. Ihre Schritte knirschten auf dem Kiesweg, dann verschluckte sie die Dunkelheit.

Qabbani lehnte sich wieder an die Brüstung.

Er hätte Frau Wyler und Kristijan auch festhalten und direkt an Beil übergeben können, ohne sie nach Düsseldorf ziehen zu lassen. Aber das hätte seinen Plan zunichtegemacht. Hoffentlich würde die junge Schweizerin längst in Sicherheit sein, wenn der Satan's Squad den Rapunzelmörder holen würde. Er mochte sie. Das hatte es ihm leichter gemacht, ihr Vertrauen zu gewinnen.

Bei ihrer Schachpartie war Rabea Wyler bereitwillig in jede seiner Fallen getappt.

Genau wie in der Realität.

SECHSUNDVIERZIG

Düsseldorf

Bevor sie wieder ins Bett ging, schaute Rabea noch einmal bei Kris vorbei.

Inzwischen war es nach zwei Uhr, eine dieser verlorenen Stunden zwischen Nacht und Tag.

Müdigkeit lag wie ein bleierner Mantel über ihrem Denken und ihren Glieder; dabei hatte sie doch schon fast den ganzen Tag durchgeschlafen. Es fühlte sich an, als rutschte ihr Hirn als gallertartige Masse durch ihren Schädel. Das zweite Glas Cognac hätte sie vielleicht besser stehen lassen sollen. Normalerweise vertrug sie Alkohol ohne Probleme, aber ihr Körper schien noch immer zu geschwächt zu sein.

Sie drückte die Tür zu Kris' Zimmer auf und musste sich dabei am Rahmen abstützen, so schwindelig war ihr. Sie rieb sich die Augen, fuhr sich durchs Haar. Langsam, ganz langsam.

Sobald sie den Raum betrat, merkte sie, dass etwas nicht stimmte. Ein dumpfes Gefühl der Bedrohung wuchs in ihr, das Adrenalin durch ihre Venen jagte und sie aus ihrem Dämmerzustand riss.

Kris war von dem Diwan gerutscht. Seine gefesselte

Hand sorgte dafür, dass er immer noch aufrecht gegen das Sitzmöbel lehnte. Mit der anderen hielt er ein Büschel blonder Haare umklammert. Seine Augenlider flackerten. Blutiges Erbrochenes klebte an seinem Kinn und rann hinunter bis zum Kragen seines völlig durchgeschwitzten T-Shirts. Zwischen den Pieptönen des EKGs herrschte viel zu lange niederschmetternde Stille.

Rabea wankte auf ihn zu, ging vor ihm in die Hocke.

»Kris? Kris!? Kannst du mich hören?«

Er übergab sich nur noch mehr. Hustete. Seine Pupillen waren auf Stecknadelgröße geschrumpft. Seine Brust hob sich langsam, zwischen seinen Atemzügen vergingen Sekunden. Er stand kurz vorm Atemstillstand.

»Weiteratmen! Komm schon!«

Sie wischte das Erbrochene weg, versuchte seine Luftröhre freizubekommen. Massierte seine Brust.

»Hilfe, wir brauchen hier Hilfe!«, rief sie.

Selbst für sie mit ihren rudimentären medizinischen Kenntnissen stand fest: Der Rapunzelmörder war dem Tode nahe.

SIEBENUNDVIERZIG

Burgdorf, Schweiz

»Vincent Hunger ist erst vor ein paar Jahren in die USA ausgewandert und hat dort am Sankt Andrew's Hospice in Las Vegas praktiziert.« David steigerte seine Sprechgeschwindigkeit, sodass Jan kaum noch mit ihm mithalten konnte. »Zuvor hat er in mehreren Hospizen in ganz Deutschland gearbeitet: Berlin, Wiesbaden, Nürnberg ... Aber an den meisten Orten ist er nur drei bis vier Jahre geblieben und dann weitergezogen.«

»Sehr sprunghafter Lebenslauf.« Jan nuckelte an dem Hals seiner längst leeren Colaflasche. »Wie sieht es mit Familie aus?«

»Negativ. Im Netz hat er kaum Spuren hinterlassen, aber so wie es aussieht, hat es nie eine Frau Hunger gegeben. Und Kinder sind auch Fehlanzeige.«

»Ist er noch immer am Sankt Andrew's?«

»Auf deren Website steht, dass er vor drei Jahren in den Ruhestand gegangen ist. Der Typ ist jetzt auch schon uralt.«

»Und was wissen wir über seinen derzeitigen Aufenthaltsort?«

»Sorry, Herr Grall. Keinen blassen Schimmer.«

Hunger konnte also auch wieder nach Europa zurückgekehrt sein. Jan dachte an den alten Mann mit dem Berner Sennenhund. War er es? Fügte sich das Bild auf diese Weise zusammen?

Miri zappte sich durch die TV-Kanäle. Die stummen Fernsehbilder flackerten im abgedunkelten Hotelzimmer wie der Schein eines blauen Kaminfeuers. Sie blieb bei der Wiederholung einer Kochshow hängen und sagte: »Und was ist, wenn dieser Hunger einfach nur häufig gewechselt ist, weil ihm irgendwas nicht gepasst hat? Ich meine, in einem Hospiz zu arbeiten, ist ein echt heftiger Job, da braucht man nicht nur ein gutes Nervenkostüm, sondern auch eine möglichst gute Umgebung.«

»Damit hast du sicher recht.« Jan zupfte an einer seiner Bartsträhnen. »Aber trotzdem, mir gefällt das nicht. Hunger ist nie sesshaft geworden, ist immer sehr schnell weitergezogen. Fast so, als wäre er jedes Mal geflüchtet.«

Er dachte an sein Telefonat mit Rabea. Sie hatte ihm davon erzählt, dass Kris einen ganz bestimmten Satz gesagt hatte: *»Ein letzter Wunsch, der noch erfüllt werden musste.«*

Einen zumindest kannten sie – den letzten Wunsch von Beatrice Valangin, wenn man es so sehen wollte: den Foltermord an einem Rapunzelmädchen.

Aber wer hatte noch Wünsche? Gab es ähnliche Fälle wie den von Beatrice Valangin?

Er zog so heftig an einem Barthaar, dass er es sich ausriss und ein schmerzhaftes Prickeln in seinem Kinn spürte. Die letzten Wünsche der Sterbenden – dieser Gedanke schoss ihm durch den Kopf.

»David, kannst du mir noch einen Gefallen tun?«

»Klar.«

»Ich muss dich aber warnen, das wird viel Sucharbeit. Wir müssen die Aufenthaltsdauer von Hunger an diesen Orten mit allen ungewöhnlichen Morden abgleichen, die dort in dieser Zeitspanne begangen worden sind.«

Am Aufleuchten von Davids Augen erkannte Jan, dass dem jungen Mann bereits dämmerte, worauf er hier hinauswollte. »Ich gebe mein Bestes!«

»Kommst du mal kurz frische Luft schnappen, Jan?« Miri schwang sich vom Bett hoch. »Hier drinnen ist es ja wie im Pumakäfig.«

»Klar, lassen wir David in Ruhe arbeiten.«

Sie verließen das ausgestorbene Hotel und setzten sich auf eine Bank an der Bahnhofstraße. Die Nacht war deutlich abgekühlt, und Jan bereute es, seinen Mantel nicht mitgenommen zu haben. Er fröstelte.

»Ich habe noch eine kleine Überraschung für dich.« Sie kramte einen nachlässig gedrehten Joint aus der Innentasche ihrer Bomberjacke.

»Miri!«, entfuhr es ihm. »Seit wann kiffst du?«

Sie verdrehte die Augen. »Ernsthaft? Muss ich mir von unserem Oberkiffer jetzt eine Moralpredigt anhören? Ich habe da drin doch sofort gemerkt, wie aufgekratzt du bist. Komm schon, ein paar Züge werden dir guttun.«

Er ließ sich nicht beirren. »Wie lange geht das schon?«

»Meine Fresse, Jan! Okay, du willst es wissen? Seit der Alphabetmörder-Sache im Westerwald. Ich … ich konnte nachts nicht mehr schlafen, weißt du? Ich musste immer wieder daran denken, was geschehen ist. Und wenn ich davon geträumt habe … kennst du das, wenn sich ein Traum echter als die Realität anfühlt?«

Jan nickte, die Zähne fest aufeinandergepresst. Er kannte es nur zu gut. Seinetwegen war Miri vor mehr als eineinhalb Jahren in die blutigen Geschehnisse hineingezogen worden. Jeder verarbeitete diese Eindrücke anders. Es tat ihm leid, dass er sie so angefahren hatte.

»Sorry«, murmelte er.

»Schon gut. Willst du jetzt oder nicht?«

»Nein, danke. Ich will versuchen aufzuhören.«

Er konnte nicht genau sagen, ob er diesen Entschluss just in diesem Moment traf oder ob er ihn schon seit seiner Ankunft hier mit sich herumtrug. Er wusste nur, dass er ohne das Kiffen zwar mehr mit sich und der Hypersensibilität zu kämpfen hatte, gleichzeitig aber auch wacher und konzentrierter war.

Keine Ahnung, wie lange ich es schaffe, aber einen Versuch ist es wert.

»Dann nicht.« Miri zuckte mit den Schultern und steckte den Joint wieder weg. »Ich lasse es dann auch bleiben.«

»Tu dir keinen Zwang an.«

»Schon gut.«

Eine Weile lang saßen sie nur schweigend da und ließen die Burgdorfer Nacht auf sich wirken. Das entfernte Warnsignal eines beschrankten Bahnübergangs, das Brummen vereinzelter Autos, das Krächzen eines Raben.

Über ihnen drängte sich ein neuer Laut in den Vordergrund. Ein Fenster öffnete sich.

»Herr Grall! Miri!«

Jan legte den Kopf in den Nacken. David schaute aus dem Fenster der Suite.

»Kommen Sie hoch! Das werden Sie sehen wollen.«

Sie eilten zurück auf das Zimmer und schreckten dabei im Foyer den Mann am Empfang auf, der voll und ganz in sein Handy vertieft gewesen war.

»Was hast du denn rausgekriegt?« Jan lehnte sich über Davids Schulter, um auf den Laptopbildschirm schauen zu können.

»Erst habe ich nichts Spannendes gefunden. Ich wollte schon aufgeben, da bin ich auf diesen Zeitungsartikel gestoßen.«

Er rief das Archiv einer regionalen Berliner Boulevardzeitung auf und lud den Bericht. Er stammte vom 23. März 2004 und trug den Titel *»Brutaler Mord! Mann stirbt kurz nach dem Tod seiner Frau«*.

Jan überflog den Artikel und blieb an einer Passage hängen:

»Ulrich K. (52) ist am Morgen des 21. März in der Nähe des Güterbahnhofs Berlin-Moabit tot aufgefunden worden. Polizeiberichten zufolge wurde ihm sein Penis abgetrennt und in die Mundhöhle gesteckt. Der Tod soll durch Verbluten eingetreten sein.

Seine Frau Annika K. (55) ist erst vor wenigen Wochen nach schwerer Krankheit in einem Grunewalder Hospiz verstorben.

Jetzt berichten Angehörige, dass Ulrich K. noch während der Krankheit seiner Frau fremdgegangen sein soll. Annika K. soll ihn noch auf dem Sterbebett beschuldigt haben. Die Polizei ermittelt nun, ob ein etwaiger Zusammenhang besteht.«

David seufzte. »Und wie Sie sich vorstellen können, sind die Ermittlungen der Polizei im Sande verlaufen und irgendwann eingestellt worden. Man hat für kurze Zeit eine enge Freundin von Frau K. verdächtigt, aber daraus hat sich nichts ergeben ...«

»... denn der wahre Täter war der Palliativarzt«, beendete Jan den Satz.

Wahrscheinlich hatte die Patientin irgendwann einmal eine Bemerkung gemacht. Etwas wie »Ich wünsche mir nur noch, dass der Lustmolch an seinem eigenen Schwanz erstickt«, so etwas in der Art.

»Das hat mir dann neue Hoffnung gemacht, und ich habe weitergeforscht«, sagte David. »Als ich einmal das Muster erkannt hatte, war es ein Kinderspiel. Egal ob Berlin, Nürnberg, Wiesbaden, Düsseldorf oder sogar Las Vegas. Ich habe überall seine Spuren gefunden. Aber es sind nicht nur Morde ... es sind auch gute Dinge, wenn man es so nennen will.«

»Was meinst du damit?«, fragte Jan.

»Ich habe Berichte gefunden, in denen die Angehörigen seiner Patienten auf einmal von einem unbekannten Wohltäter mit Geldgeschenken bedacht wurden. Ein Tierheim, dem große Spendensummen zugekommen sind. Wahrscheinlich gibt es noch viel mehr Dinge, die er getan hat und die nur nicht so offensichtlich sind.«

David blühte richtig auf, wenn er ein Problem zu lösen hatte.

»Warte mal, warte mal!« Jan hob die Hand. »Unter den

Städten, die du gerade aufgezählt hast, war auch Düsseldorf, richtig?«

»Ja, Herr Grall, und da ist noch etwas.«

Er rief eine Informationsbroschüre der Uni Bochum aus dem Jahr 2012 auf. Die Frontseite zierte ein Bild von Asgari mit einem Fremden vor dem Audimax der Universität. Das Bild musste vor seiner Krankheit aufgenommen worden sein, denn der Sauerstofftank fehlte. Er trug das jahrzehntealte Tweed-Jackett mit den Ellenbogen-Patches, für das er bekannt war, darunter den weinroten Rollkragenpullover.

Mit seiner Hagerkeit und dem ernsten Blick strahlte der Unbekannte neben ihm etwas Asketisches aus. Seine schiefergrauen Augen schienen nur Millimeter am Kameraobjektiv vorbeizusehen, was seinen Blick entrückt wirken ließ. Eine lange verblasste Narbe spaltete seine linke Wange. Jan fragte sich sofort, wodurch er sie sich wohl zugezogen hatte.

»Prof. Dr. Xaver Asgari und Dr. Vincent Hunger: Die Psychologie des Sterbens – eine interdisziplinäre Vorlesungsreihe«

Dann sah er die Bildunterschrift:

»Die langjährigen Freunde Dr. Asgari, Professor für forensische Psychologie, und Dr. Hunger, Palliativmediziner, halten zum ersten Mal eine gemeinsame Vorlesung.«

Jans Kehle schnürte sich zu. Ihm schwindelte, und er musste sich aufs Bett setzen.

»Jan, was ist los? Du bist auf einmal kreidebleich!« Miri streichelte ihm über den Rücken.

»Ich … ich …«

Er vergrub das Gesicht in den Händen. Wollte es nicht wahrhaben. Xaver Asgari, sein Freund und Mentor. Sein

Schöpfer. Derjenige, der ihn das erste Mal in die Verwerfungen der menschlichen Psyche hinabgeführt hatte.

Konnte es wirklich sein?

ACHTUNDVIERZIG

Düsseldorf

Kris' Finger erschlafften. Ihr Griff um die Strähne löste sich, und sie schwebte tänzelnd zu Boden.

Das Piepen des EKG war zu einem Dauerton geworden, der sich in Rabeas Ohr mit dem Klingeln zu einem infernalischen Schrillen vereinte. Mit zitternden Händen schloss sie die Lider über Kris' ins Weiße verdrehten Augen.

Er war tot, er war tatsächlich tot. Alles drehte sich, die Wirkung des Alkohols schien sich noch einmal zu verstärken. Ein pelziger Geschmack lag auf ihrer Zunge, ihr Herz pochte so schnell wie das eines Kolibris.

Was war geschehen? War seine Schusswunde doch gefährlicher als gedacht gewesen? War es eine Sepsis gewesen? Aber all das hätte nicht zu so einem plötzlichen Tod geführt. Außerdem waren da noch die extrem geschrumpften Pupillen. In einer Fortbildung über Drogenmissbrauch hatte sie einmal gehört, dass das ein Zeichen für eine Morphinüberdosis sein konnte.

Hatte Asgari die Infusion falsch eingestellt? Wie konnte das sein? Wie konnte ihm so ein Versehen ...

Ihr Blick glitt auf die überall verstreuten Bücher, die Kris in ihrem Gespräch bei einem seiner Anfälle umgeworfen hatte. Sie erinnerte sich daran, dass er sie vor seiner plötzlichen Attacke ebenfalls gesehen hatte. Sie hatten irgendetwas in ihm ausgelöst. Explodierende Panik, Fluchtinstinkt.

Zwischen den Buchdeckeln lächelte ihr jemand entgegen. Er trug noch keine Nasensonde, sein Gesicht war noch voll und rosig. Trotzdem war Professor Dr. Xaver Asgari gut auf dem Porträtfoto erkennbar. Es war eines seiner Fachbücher. Und diesmal lag es nicht an den Nachwirkungen des Cognacs, dass ihr einen Moment lang schwarz vor Augen wurde.

Sie hatte mehrmals nach Asgari gerufen. Warum war er nicht gekommen? Sie wankte aus dem Krankenzimmer. Ihre Stimme zitterte: »Professor Asgari …? Wo sind Sie?«

Keine Antwort.

Nur ein metallisches *Klonk!* aus Richtung des Salons.

Rabea taumelte durch die verwinkelten Flure und stützte sich dabei an den Wänden ab. Sie stolperte, klammerte sich dabei an den Rahmen eines Gemäldes und riss es mit sich zu Boden.

Sie rappelte sich auf. Ihre Knie pochten schmerzhaft. Als sie in den Salon trat, waren die Fenster weit aufgerissen. Eine gespenstische Kühle hing im Zimmer. Eine sanfte Brise rauschte hinein und nestelte an Rabeas Kleidern.

Aber das war noch nicht die einzige Anomalie hier. Bei Weitem noch nicht das, was die größte Bedrohung ausstrahlte.

Auf dem Dielenboden lag Asgaris Flüssigsauerstofftank. Und von ihm selbst fehlte jede Spur.

Ein Räuspern, gleich hinter ihr. »Ein wenig frische Luft tut gut, nicht wahr, Frau Wyler?«

Sie fuhr herum. Asgari lehnte im Flur, die Hände in die Hosentaschen gesteckt. Seine Nasensonde fehlte, wie im Foto auf dem Buchdeckel. Wie war er so lautlos hinter sie gekommen?

»Sie ... Ihr Atemgerät ...« Sie stützte sich zitternd an einer Kommode ab.

»Oh, das.«

Er zog einen Mundwinkel in die Höhe. Der joviale Ausdruck, der sonst seine Züge beherrschte, war gewichen. So vollständig, als hätte er nie existiert, nicht mehr als eine Maske.

»Der Tank ist natürlich nur eine Attrappe. Ein Gebrechen, welcher Art auch immer, hilft ungemein, wenn man die Aufmerksamkeit von gewissen anderen Dingen ablenken will.«

Sie musste hier weg. Jan anrufen. Scheiße, wie hatte sie es nicht merken können. Sie löste sich von der Kommode. Nur ein Schritt, schon gaben ihre Knie nach. Der Länge nach schlug sie auf dem Orientteppich auf. Sie wollte ihren Oberkörper aufrichten, aber ihre Arme wollten ihr nicht gehorchen.

»Oh, ist Ihnen der Cognac nicht bekommen?«

Asgaris weiße Tennisschuhe standen jetzt direkt vor ihrem Gesicht. Ihre Wange sank auf das einladend warme Fadengeflecht des Teppichs. Die Welt verlor erst ihre Farben, dann ihre Konturen. Ihr Denken glitt ab, stürzte in die Leere inmitten ihres Kopfes.

Asgaris Stimme, so gedämpft, als käme sie aus dem Nebenraum: »Vielleicht liegt es daran, dass es nicht einfach nur Cognac gewesen ist.«

NEUNUNDVIERZIG

Burgdorf, Schweiz

»David, du musst mich sofort nach Zürich fahren!«

Miris Freund starrte Jan aus geweiteten Augen an. »Was? Es ist mitten in der Nacht!«

»Der früheste Direktflug von Zürich nach Düsseldorf geht um sieben Uhr fünfundzwanzig. Wenn wir jetzt losfahren, schaffen wir das ohne Probleme.« Jan wählte auf seinem Handy die Nummer des Düsseldorfer Polizeipräsidiums. »Rabea geht nicht ran. Wir müssen davon ausgehen, dass ihr vielleicht schon etwas zugestoßen ist. Ich habe einen riesigen Fehler gemacht.«

Er erreichte eine schläfrige Telefonistin. In knappen Worten erklärte er ihr den Sachverhalt, nannte Asgaris Adresse und bat sie darum, umgehend eine Streife dorthin zu schicken.

Als sie nur einen lethargischen Seufzer von sich gab, schlug Jan vor Wut die Faust gegen die Wand. Scharf sog er die Luft ein, so sehr tat es weh. Er hielt sich den Hörer noch dichter an die Lippen und sagte betont ruhig: »Sie hören mir jetzt ganz genau zu: Meine Kollegin schwebt möglicherweise in Lebensgefahr. Glauben Sie mir, ich erzähle Ihnen hier keinen Bullshit. Also noch mal, schicken Sie sofort eine Streife los. Und. Tun. Sie. Ihren. Verdammten. Job.« Er legte auf und schmiss das Handy auf die Tagesdecke.

»Wow, Jan!« Miri stand der Mund offen. »So habe ich dich ja noch nie erlebt.«

»Ich habe auch selten genug so eine Situation erlebt«, erwiderte Jan und warf sich seinen Mantel über. »David, was ist jetzt?«

»Meinst du nicht, du reagierst etwas über? Na gut, dann kannte Asgari halt diesen Hunger. Aber das heißt ja noch lange nicht, dass die beiden irgendwie Komplizen wären oder so. Vielleicht liegt Rabea einfach friedlich schlummernd in ihrem Bett und hat das Handy auf Nicht-Stören gestellt.«

»Miri, hör auf!« Er hob die Hand. »Du weißt nichts von den ganzen Zusammenhängen. Es passt alles zusammen. Und du kennst Asgari nicht. Einen Charakter wie Hunger, den hätte er mir nicht verschwiegen.«

»Außerdem weiß ich nicht, ob es so eine gute Idee ist, wenn ich Sie fahre, Herr Grall!«, warf David ein. »Ich bin ziemlich müde, muss ich gestehen.«

»Dann fahre ich eben selbst, ist mir egal. Ich muss diesen Flug kriegen, alles andere ist zweitrangig.«

FÜNFZIG

Düsseldorf // 20. Mai

Als Erstes spürte Rabea die Kälte, so wie damals. Ein Prickeln auf ihrer ganzen Haut, tausend frostige Nadelstiche. Sie war wieder im Westerwald, in den Händen des Alphabetmörders.

Aber nein. Das hier war anders. Sie wollte ihre Arme bewegen, spürte Widerstand. Ledermanschetten fixierten sie auf die Lehnen eines Sitzes. Dasselbe galt für ihre Fußgelenke, festgezurrt an den Beinen des Stuhls. Eines Behandlungsstuhls?

Erst dann bemerkte sie, dass sie nackt bis auf die Unterwäsche war – nur noch ihr grauer Sport-BH und ihre schwarzen Boxershorts bedeckten ihre blasse Haut. Stattdessen waren da merkwürdige schwarze Saugnäpfe auf ihrem Körper verteilt. Was war das? Dann erkannte sie die Kabel, die von ihnen wegführten. Elektroden! Das waren Elektroden!

»Ah, Frau Wyler! Zeit, dass wir uns richtig kennenlernen!«

Asgaris Stimme, einige Meter entfernt. Erst jetzt entwickelte sie ein Gespür für die Umgebung, in der sie sich befand. Ein weiß gekachelter, fensterloser Raum – von den

Ausmaßen her so groß wie der Salon des Professors. Weißes, klinisches Neonlicht verlieh ihm eine körperlich spürbare Kälte.

Sie stutzte beim Anblick eines ausgestopften Labradors, der auf einem Aluminiumregal stand. Seine Glasaugen stierten leblos auf sie herab.

Asgari lehnte am gegenüberliegenden Ende des Zimmers auf einem Laborhocker. Auf dem Edelstahltisch vor ihm stand eine graue Box, in der die Kabel der Elektroden zusammenliefen.

»Mikah«, sagte er, als er Rabeas Blick bemerkte. »Sie war mein erstes Versuchsobjekt, wenn man so will. Ich habe sie mit Elektroschocks darauf konditioniert, Tiere zu erlegen. Als Welpe war sie so ein friedliebendes Geschöpf... Faszinierend, wozu Schmerz und Erziehung führen können.« Er wanderte um den Tisch herum, die Hände in den Hosentaschen vergraben. »Irgendwann haben mir Hunde nicht mehr ausgereicht. Und ich habe mir dieses kleine Forschungslabor eingerichtet. Auf Ihrem Sitz haben schon viele andere Platz nehmen dürfen. Kris natürlich ... und vor ihm noch einige weitere Versuchspersonen. Menschen, nach denen so schnell niemand suchen wird. Obdachlose, Prostituierte. Es galt schließlich, ein Gespür für die hohe Kunst der Elektroschockfolter zu entwickeln. Es hat einige Anläufe gebraucht, aber jetzt weiß ich mit absoluter Genauigkeit, wie man mit dieser Maschine Schmerzen zufügt ... und wie man tötet.«

»Wa... was haben Sie mir verabreicht?«

»Oh, keine Sorge, nichts Letales. Nur ein mittelschweres Betäubungsmittel, das Sie vorübergehend ganz meinen

Händen überlassen hat. Aber auch hier brauchen Sie sich keine Sorgen zu machen, ich bin nicht an Ihrem Körper interessiert, sonst hätte ich Sie ausgezogen, meinen Sie nicht? Aber ich möchte ja, dass Sie sich wohlfühlen. Nein, mich erregen ganz andere Dinge.« Er leckte sich über die Lippen. Sein Blick glitt auf die Box vor sich.

»Was ... wer sind Sie?«, ächzte Rabea.

Ihre Zunge fühlte sich wie ein glitschiger, kaum kontrollierbarer Lappen in ihrem Mund an. Das Sprechen bereitete ihr größte Mühen.

»Ich bin Nimrod. Und ich kann Ihnen und Jan nur meinen größten Dank aussprechen. Sie haben erreicht, wozu das Satan's Squad und der Qabbani-Clan nicht in der Lage waren: Sie haben Kris zu mir gebracht. Der arme Jan! Er hat geglaubt, er brächte Sie in Sicherheit, dabei hat er Sie geradewegs in die Höhle des Löwen geschickt. Was für eine bittere Ironie! Ich denke, jetzt wird er vollends an seinen Menschenkenntnissen zweifeln.«

»Die Morphindosis, das war Absicht.«

»Selbstverständlich. Ich tue nie etwas ohne Absicht.« Er zog die Mundwinkel in die Höhe, wodurch sie wie Wolfslefzen aussahen.

Allmählich wich Rabeas Mattigkeit. Ihr Verstand hörte auf, die Situation zu erfassen, und begann damit, einen Ausweg aus ihr zu suchen. Sie rüttelte an ihren Fesseln. Keine Chance, sie waren zu stabil und saßen viel zu fest.

Sicher, Jan würde irgendwann bemerken, dass sie nicht mehr auf seine Nachrichten und Anrufe reagierte. Aber würde er dann seinen alten Freund und Mentor Asgari verdächtigen? Und selbst wenn ja, wäre es dann nicht längst zu spät?

Ich muss ihn hinhalten, das ist meine einzige Chance. Asgari hörte sich selbst gerne reden. Und jetzt, da er nicht mehr seine Lungenkrankheit vorspielen musste, konnte er die ganze Kunstfertigkeit seiner Rhetorik voll ausschöpfen.

»Kris ... hat er dieses Haus nicht gekannt?«

»Oh, das Einzige, was der Junge von meinem Anwesen kannte, war genau dieser Kellerraum. Ich habe ihn auf dieselbe Weise hierhergeschafft wie Sie. Ich musste nur vorsichtig sein, mich ihm nicht zu zeigen. Dass er durch die Schusswunde weggetreten war, war mein Glück.«

»Deshalb sind Sie nie im Krankenzimmer gewesen ...«

»Die ganze Zeit über habe ich den Raum überwacht, mit einer versteckten Überwachungskamera und einer Wanze. Jedes Mal, wenn ich die Gefahr sah, Kris könne zu viel preisgeben, habe ich eingegriffen.«

»Warum haben Sie mich nicht direkt getötet?«

»Oh, das wäre viel zu einfach gewesen.« Er strich über die graue Box wie über die Haut einer Liebhaberin.

Die Elektroden prickelten kalt. Rabeas Herzschlag beschleunigte sich.

»Ich muss herausfinden, was Sie wissen. Außerdem macht das hier wahnsinnig viel Spaß. Also zumindest mir.«

Er drehte einen Knopf auf der Rückseite des Kastens. Schmerz schoss durch Rabeas Körper, verästelte sich bis tief in ihr Inneres. Sie bäumte sich auf, krallte die Fingernägel in die Lederpolster der Armlehnen, die schon längst von ihren Vorgängern aufgekratzt worden waren.

Ihr Schrei ging in ein Heulen über.

»Das ist die niedrigste Stufe«, sagte Asgari. »Nur ein Vorgeschmack, Frau Wyler, nur ein Vorgeschmack!«

EINUNDFÜNFZIG

Schweiz // 20. Mai

»Wissen Sie eigentlich, wie krass die hier Temposünder bestrafen?« David wand sich im Beifahrersitz. »Wenn die uns erwischen, sind Sie nicht nur eine Stange Geld, sondern auch den Führerschein los.«

Jan hatte die Augen zu Schlitzen verengt und konzentrierte sich auf die Autobahn vor ihm. Den Suzuki hielt er konstant vierzig Stundenkilometer über dem Geschwindigkeitslimit. Er musste grinsen. Seine Entschlossenheit machte ihn selbstsicher. »Du hackst das halbe Internet, aber das hier macht dir Angst, hm?«

Der Abiturient verschränkte stumm die Arme vor der Brust.

Nach längeren Diskussionen hatten sie sich darauf geeinigt, dass Jan den Wagen zum Flughafen fahren und David ihn dann wieder zurück nach Burgdorf bringen würde.

Berghänge ragten zu beiden Seiten der Strecke in die Höhe. Die Autos, die ihnen seit ihrem Start entgegengekommen waren, konnte Jan an einer Hand abzählen.

Er war sogar froh darüber, dass er den Suzuki lenken musste. So hatten die nagende Sorge um Rabea, seine

Schuldgefühle und Zweifel noch keine Chance, über ihn hereinzubrechen.

»Die Polizei fährt ja bei dem Professor vorbei. Vielleicht klärt sich dann schon alles auf. Es kann ja einfach eine Verkettung unglücklicher Zufälle gewesen sein.«

»Wenn ich eines in meiner Zeit als Fallanalytiker gelernt habe, dann, dass es keine Zufälle gibt.«

»Woah, wie bedeutungsschwanger.« David fingerte an der Soundanlage herum. »Stört es Sie, wenn ich etwas Musik anmache?«

»Ja.«

»Und wenn ich ...«

»Wie wäre es, wenn du einfach für den Rest der Fahrt den Mund hältst, hm? Ich dachte, du bist sonst so ein stiller Typ.«

David gab ein Brummen von sich, das weiten Raum zur Interpretation ließ.

Rasanter als nötig nahm Jan die Abfahrt Richtung Zürich. Halt durch, Bea, halt durch. Er hoffte nur, dass die Polizei in Düsseldorf etwas ausrichten konnte.

ZWEIUNDFÜNFZIG

Düsseldorf

»Gleich ist endlich Feierabend.« Polizeihauptmeister Jürgen Anhold gähnte mit weit aufgerissenem Mund, was den Speichelfaden zwischen seinen Lippen munter vibrieren ließ. »Die Bolkerstraße nachts um vier brauche ich wirklich nicht jede Nacht.«

Wanda Haller, seit zwei Monaten Polizeimeisteranwärterin, lehnte sich gegen die Fensterscheibe. »Und wohin schicken sie uns jetzt noch?«

»Da war irgendein Hinweisgeber, angeblich Gefahr im Verzug.« Anhold hielt den Wagen vor einer opulenten Gründerzeitvilla und schaltete das Blaulicht aus. »Der Anrufer soll dieser Jan Grall gewesen sein.«

»*Der* Jan Grall? Von der Alphabetmörder-Geschichte?«

»Haargenau der. Wenn du mich fragst: Ist ihm ganz recht geschehen, dass er hochkant rausgeflogen ist. Die haben sich da einiges geleistet.«

»Und was soll hier vor sich gehen?«

Anhold zuckte mit den Schultern und zog sich die Mütze über die Halbglatze. »Keine Ahnung. Klingeln wir einfach mal, halten die Ohren offen … und dann nichts wie nach Hause.«

Wanda war nicht derselben Meinung wie ihr Streifenführer, sie hatte das Vorgehen von Grall und seinen Kollegen im Westerwald mutig und selbstlos gefunden. Aber der zwanzig Jahre ältere Anhold war niemand, der sich auf Diskussionen einließ, also behielt sie das lieber für sich. Ein Beamter vom alten Schlag, der sich aus der überschaubaren Autorität seines Dienstgrades mehr machte, als für seinen Ruf unter den Kollegen gut gewesen wäre.

Sie stapften Richtung Villa. Hinter ihren hohen Giebelfenstern war es dunkel. Die Nacht war kühl und feucht und tiefschwarz, die ersten Vögel zwitscherten. Bald würde es hell werden.

»Alles ruhig.«

Anhold klingelte und verschränkte die Hände hinter dem Rücken. Wanda positionierte sich schräg hinter ihm, eine Hand auf ihrem Pistolenholster.

Als er das bemerkte, schüttelte er nur missbilligend den Kopf. »Hand weg! Machen Sie sich nicht lächerlich.«

Eine Minute verstrich. Wanda merkte, wie die Kälte vom Boden in ihre Beine zog. Sie fröstelte.

Anhold klingelte noch einmal und hämmerte danach gegen die massive Tür. »Hallo!? Polizei! Jemand zu Hause?«

Endlich flammte hinter dem Butzenglasfenster der Haustür orangefarbenes Licht auf. Jemand öffnete sie einen Spaltbreit, was ihr ein erbarmungswürdiges Quietschen entlockte.

»J… Ja?«

Ein alter, tief gebeugter Mann. Er hatte sich einen Satin-Bademantel übergeworfen, den ein Flüssigsauerstofftank wölbte. Seine Nasensonde war etwas verrutscht und hing halb heraus.

»Oh, ähm ... Verzeihung«, stammelte Anhold verlegen. »Wir haben nur einen Hinweis bekommen, dass bei Ihnen im Haus möglicherweise, nun ja, Gefahr im Verzug ist.«

»Gefahr?« Der alte Mann neigte den Kopf zur Seite und blinzelte. »Was für eine Gefahr? Sie haben mich aus dem Schlaf geholt.«

»Wirklich nicht? Ihnen ist nichts aufgefallen?«, hakte Anhold nach.

Der Mann trat zur Seite und zog die Tür vollständig auf. »Treten Sie ein, Sie können sich gerne selbst überzeugen.«

Der Polizeihauptmeister winkte ab. »Das wird nicht nötig sein, ich vertraue Ihrem Wort.«

Wandas Blick folgte den Schläuchen der Nasensonde und blieb an seinem Sauerstofftank hängen. Sie stutzte. Tippte Anhold an den Oberarm.

Dieser funkelte sie von der Seite an, sein Blick warnte: *»Jetzt nicht!«*

»Sollte ich mir denn Sorgen machen?«, fragte der alte Mann, seine Stimme war brüchig.

»Nein, nein, falscher Alarm. Ich wünsche Ihnen noch eine gute Nachtruhe und entschuldige mich für die Störung.«

Sie traten den Rückzug an. Als der Mann die Tür wieder geschlossen hatte, fragte Anhold: »Was ist denn los?«

»Haben Sie es nicht bemerkt? Die Schläuche seiner

Sonde, sie haben nicht in dem Sauerstofftank gesteckt. Sie hingen einfach in seinem Hosenbund.«

»Ja und? Wir haben den armen Mann aus dem Schlaf geschreckt, wahrscheinlich sind sie dabei rausgerutscht.«

»Meine Großtante hatte auch so ein Ding. Diese Schläuche lassen sich nicht einfach so rausziehen.«

Anhold blieb kurz vor dem Streifenwagen stehen und zeigte auf die Villa. »Dann los, Frau Haller, gehen Sie zurück, klingeln Sie noch mal, bringen Sie uns beide um den Feierabend und diesen kranken Mann um noch mehr Schlaf!«

Wandas Blick wanderte zwischen Anhold und dem Haus hin und her. Die Nacht war anstrengend gewesen, die Düsseldorfer Altstadt mit ihren Kneipenschlägereien, kleinen Drogendeals und Diebstählen hatte ihnen alles abverlangt. Sie wollten beide nur noch nach Hause in ihre Betten.

Sie seufzte und wandte sich Richtung Wagen.

»Sie haben recht. Wahrscheinlich ist es nichts.«

DREIUNDFÜNFZIG

Düsseldorf

Asgari schleuderte Sauerstofftank und Nasensonde auf ein durchgesessenes Ledersofa in der Ecke des Zimmers. »Das war knapp, meine Liebe. Ich schätze mal, Jan macht sich Sorgen um Sie.«

Die Türklingel hatte sie aus der Umklammerung des Schmerzes gerissen. Ihr ganzer Körper prickelte, als krabbelten Millionen winziger Insekten durch ihn hindurch, die ihre Beißwerkzeuge in ihre Nervenbahnen trieben. Ihr linker Mundwinkel hing herunter, Speichel troff unkontrolliert aus ihm heraus.

Die Nachricht war wie eine Injektion mit Hoffnung gegen das sich schnell ausbreitende Fieber der Angst. Jan wusste, was hier vor sich ging. War vielleicht sogar schon auf dem Weg hierher.

Durchhalten, irgendwie durchhalten.

Asgari setzte sich wieder hinter die graue Box.

»Ein Serientäter versteht so viel von der Fallanalyse wie ein Vogel von der Ornithologie.« Seine Finger strichen über die Box. Jedes Mal, wenn sie über einen der Regler glitten, zuckte Rabea unwillkürlich zusammen. »Das hat mich jedes

Mal in die Verzweiflung getrieben. Wir können diese Menschen analysieren, verhören, ihre Gehirne röntgen und dicke Fachbücher über sie schreiben, aber wir werden niemals in ihren Köpfen stecken. Irgendwann hat es mir nicht mehr genügt, diesen Bestien nahe zu sein. Und mein Freund hat mir dabei geholfen, dieses Verlangen in mir zu bergen, zu fördern. Ich wollte einer von ihnen sein, wollte nicht einfach nur ein Beobachter sein. Meine Faszination für sie hat von der Theorie …«

Er drehte an einem der Regler. Die mikroskopischen Insekten malträtierten ihre Synapsen. Sie wand sich, schrie.

»… in die Praxis gewechselt.«

VIERUNDFÜNFZIG

»Jan, ich meine es völlig ernst, wenn ich sage: Du bist der beste Schüler gewesen, den ich je gehabt habe, ein außergewöhnlicher Student. Darauf trinken wir!«

Asgari hielt sein Cognacglas in die Höhe, Jan stieß mit seiner Flasche Malzbier dagegen. Sein Professor für forensische Psychologie hatte ihn am Abend zu sich nach Düsseldorf eingeladen.

»Jetzt übertreibst du aber«, sagte Jan und genehmigte sich einen Schluck.

Sie saßen an einem rostzerfressenen Tisch auf der Terrasse und blickten auf das völlig überwucherte Dickicht vor ihnen, mehr Urwald als Garten.

Asgaris Labradordame Mikah streunte zwischen den Azaleen umher und schnüffelte im Gras herum.

»Ich übertreibe keineswegs!« Asgari schlug die Beine übereinander und zündete sich die nächste Gauloises an. »Ich habe dich natürlich nicht ohne Hintergedanken hierhergebracht. Nein, ich möchte dir ein Angebot machen.«

»Du hast meine volle Aufmerksamkeit.«

»Ich weiß, du interessierst dich dafür, deine Laufbahn bei der Polizei weiterzuverfolgen, vielleicht sogar in die operative Fallanalyse einzusteigen. Ein ehrenwertes Anliegen, keine Frage. Dennoch glaube ich, dass dein Talent dort verschwendet ist. Ein Freigeist wie du, mit solchen analytischen Fähigkeiten und einer derart ausgeprägten Empathie, sollte lieber in die Forschung gehen. Ich habe bereits mit der Fakultätsleitung gesprochen. Wir können dir ab nächstem Semester eine Doktorandenstelle anbieten, und danach würde ich dich gerne langfristig an die Uni binden.«

»Wow.« Jan pulte an dem Etikett der Bierflasche. Immer, wenn er nachdachte oder angespannt war, brauchten seine Finger eine Beschäftigung. »Das ist wirklich ein großzügiges Angebot. Ich hoffe, du verstehst, dass ich darüber trotzdem erst einmal nachdenken muss.«

»Sicher, sicher.« Asgari schwenkte seinen Hennessy. »Darf ich dich noch ein wenig manipulieren, wenn du erlaubst?«

»Du darfst es gerne versuchen.«

Mikah hatte irgendein Rascheln im Gebüsch gehört und kläffte drauflos, die Ohren angelegt.

»Kschh!«, machte Asgari, aber die Hündin ließ nicht locker, steigerte sich sogar immer weiter in ihr Gebell hinein.

Jan lachte in sich hinein. Asgari, der normalerweise ganze Hörsäle voller Studenten beherrschte, schien machtlos gegen seinen Hund.

»Wasser marsch!«, rief der Professor plötzlich.

Sofort hielt Mikah inne.

Sie zog den Schwanz ein und verschwand winselnd im Inneren des Hauses.

»Darf ich raten?«, fragte Jan. »Klassische Konditionierung. Wahrscheinlich hast du sie früher immer mit dem Gartenschlauch nass gespritzt und genau diese Worte verwendet. Bedingter und unbedingter Reiz. Jetzt reagiert sie schon, wenn sie nur die Worte hört.«

»Exakt.« Asgaris Lachen entblößte zigarettengelbe Zähne. »Mikah *ist nicht ohne Grund nach einem der pawlowschen Hunde benannt. Es erscheint wie eine Banalität, aber hast du schon einmal über die Zielscheiben auf Schießständen nachgedacht?«*

Jan schüttelte verwirrt den Kopf.

»Dass sie den Umrissen von Menschen nachempfunden sind, ist auch nichts anderes als Konditionierung. Die Schützen lernen nicht nur den Umgang mit der Waffe, ihr Unterbewusstsein lernt auch, das Ziehen des Abzugs mit dem Schuss auf einen Menschen zu assoziieren. Sie lernen das Töten.«

»Das Töten lernen«, wiederholte Jan. »Deine These. Kann man einen Menschen zum Mörder erziehen?«

»Und du könntest Teil dieser Forschungen sein. Ich komme zurück zu meinen Manipulationsversuchen. Ich möchte dir nur eine Frage stellen: Bist du wirklich ein Jäger? Kannst du es aushalten, den Tätern so nahe zu sein und durch ihren Fluss aus Blut zu waten? Ich habe genug Profiler gesehen, die daran zugrunde gegangen sind. Deine Hypersensibilität wird dich anfällig machen, du wirst mit dem Zusammenbruch flirten – körperlich und mental.«

»Genau genommen waren das jetzt zwei Fragen«, kommentierte Jan. »Ich will einfach in die Praxis. Am Ende ist alles, was wir in der Forschung tun, nur Theorie. Und währenddessen sind die echten Monster da draußen.«

»Es muss ja nicht bei der Theorie bleiben.«

Jan neigte den Kopf zur Seite. »Was meinst du damit?«

»Ach, nichts …«

»Entschuldigung? Können Sie bitte Ihren Sitz aufrecht stellen?«

Jan schrak auf.

Die Flugbegleiterin schenkte ihm ein einstudiertes Lächeln. »Wir landen gleich, es wird etwas holprig.«

Er nahm die Beine von den beiden leeren Sitzen neben ihm, betätigte den Hebel seines eigenen und rückte den Anschnallgurt zurecht. Außer ihm waren höchstes zwei Dutzend weitere Passagiere an Bord, allesamt Geschäftsleute in teuren Anzügen, die die typische Trolley-Laptoptaschen-Kombination dabeihatten.

In orange glühenden Lanzen drangen die Lichtstrahlen des Morgengrauens durch die Kabine. Jan war nach dem Start in einen unruhigen Dämmerschlaf gefallen. Normalerweise hasste er das Fliegen, und es hielt ihn mit all seinen Sinneseindrücken wach, aber bei seinem derzeitigen Schlafmangel hatte ihn das Ruckeln der Maschine leicht wegnicken lassen.

Er wunderte sich darüber, warum sein Unterbewusstsein ihm ausgerechnet diese Szene aus seiner Vergangenheit mit Asgari vorgeführt hatte.

Hätte ich es damals ahnen können?, überlegte er. Hätte ich sehen müssen, dass Asgari nicht derjenige ist, für den er sich ausgibt?

Ich war jung. Ich habe mich blenden lassen. Wie hätte irgendjemand etwas ahnen sollen?

Asgari hatte recht mit dem gehabt, was er damals gesagt hatte: Er war ein Meister der Manipulation.

Der A319 ging in die Schräglage, als er Anflug auf den Flughafen nahm. Ein heftiges Ruckeln riss die Köpfe aller Insassen synchron hin und her.

Unruhig holte Jan sein Handy aus der Hosentasche. Er

konnte es kaum erwarten, den Flugmodus zu deaktivieren. Vielleicht hatte Rabea ihm längst geschrieben, ein Signal gegeben, dass alles in Ordnung war. Entwarnung, nur falscher Alarm, eine typische Grall'sche Überreaktion.

Aber ein sich windendes, brodelndes Gefühl in der Magengegend sagte ihm, dass sein Handybildschirm leer sein würde.

«Cabin crew, prepare for landing.«

Ich komme, Rabea.

FÜNFUNDFÜNFZIG

Duisburg

Der flammenumrahmte Teufelskopf mit den roten Augen und gewundenen Hörnern schimmerte im Licht der aufgehenden Sonne. Das Clubemblem des Satan's Squad prangte auf der Flanke von Moritz Beils Harley-Davidson Shovelhead. Er strich gedankenverloren über den Lack, dann wandte er sich an Carlo und den anderen Satan's Son, die mit ihm auf dem Hof des Clubhauses standen.

»Diesmal läuft alles nach Plan, verstanden!? Keine bösen Überraschungen!«

Die beiden nickten ernst. Ihre Schulterholster verbargen sie unter Jeansjacken mit abgetrennten Ärmeln.

Beil kontrollierte die abgesägte Schrotflinte, die er an einem Spanngurt trug.

Gestern Abend hatte ihn der Satan's President aus Berlin angerufen und ihn für die Ereignisse in Essen zur Sau gemacht. Das hier war jetzt seine letzte Chance, um seinen Fehltritt wiedergutzumachen.

Hatte Qabbani ihnen wirklich den Aufenthaltsort dieses Mörders geliefert? Noch immer war er sich nicht im Klaren darüber, was das Clanoberhaupt wollte. Für ihn war der Libanese immer ein unergründliches Rätsel gewesen. Wollte er wirklich nur ein Jahr Frieden in der Stadt? Oder tappten sie in eine Falle?

Für solche Zweifel blieb jetzt keine Zeit mehr. Der President saß ihm im Nacken. Er musste handeln. Alles oder nichts.

Er erinnerte sich daran, wie er vor beinahe drei Jahrzehnten in das *Squad* eingetreten war, damals nicht mehr als ein unbedeutender Associate. Ein Laufbursche, der Typ für die Drecksarbeit.

Er war sechzehn gewesen, ein aknenarbiger Schulabbrecher aus der Eisenbahnsiedlung, der Vater ein Säufer, die Mutter manisch-depressiv, die Zukunft düster. Er war früh an die falschen, oder besser, die richtigen Leute geraten.

Jahrelang hatte er alles getan, um in der Gunst des Duisburger Squad-Chefs zu steigen. Kurierfahrten aus Holland, Schutzgeld eintreiben, Mädels besorgen, manchmal sogar einfach nur Burger oder Pizza holen.

Sein Vorgänger war schließlich seiner eigenen Habgier zum Opfer gefallen und hatte Geld veruntreut, das eigentlich dem President zugestanden hätte.

Beil selbst hatte aus Berlin den Auftrag erhalten, ihm eine Kugel in den Kopf zu jagen. Das war der Augenblick des Machtwechsels gewesen.

Er dachte an Xenia. Was würden sie seiner Tochter antun, sollte er jemals bei der deutschen Clubleitung in Ungnade fallen? Er schüttelte den Kopf. So weit würde er es erst gar nicht kommen lassen.

Entschlossen schwang er sich auf seine Maschine und reckte die Faust in die Höhe. »Driven by Satan!«

»Driven by Satan!«, wiederholten seine beiden Begleiter auf ihren Motorrädern.

Das Röhren und Kreischen der Motoren erfüllte den Hof. Beil schaltete in den ersten Gang und fuhr los. Auf der Straße bildeten sie eine Dreiecks-Formation und fuhren in Richtung Düsseldorf.

Diesmal würde alles nach Plan laufen.

SECHSUNDFÜNFZIG

Düsseldorf

»Machen Sie Platz, weg da!«

Jan stieß den nächsten Anzugträger zur Seite, um in der Schlange vor dem Taxistand weiter voranzukommen.

»Hey, sind Sie bekloppt? Was ist los mit Ihnen?«

»Notfall! Keine Zeit für Erklärungen!«

Jan schlängelte sich weiter zwischen den Wartenden hindurch, wobei er seine Ellenbogen benutzte. Das Letzte, wofür er jetzt Nerven hatte, waren wichtigtuerische Geschäftsleute.

Wenn er doch nur noch seinen LKA-Ausweis hätte. Es half immer, wenn man Leuten irgendetwas unter die Nase halten konnte.

Ein Japaner im zerknitterten Nadelstreifenanzug wollte gerade in das bereitstehende Taxi steigen, als Jan ihn am Arm packte.

»Sorry, ich brauche diesen Wagen dringender als Sie!«

Der Mann starrte ihn verwirrt an.

»I need this cab! Understand?«

»Excuse me?«

Jan seufzte. »Ich habe keine Zeit für so was.«

Jetzt mischte sich auch noch der Taxifahrer selbst ein, ein untersetzter Mittfünfziger mit mindestens einer Handvoll Pomade im Haar und breitem rheinischem Akzent: »Sare Se mol, wat soll dat denn werden? Is jo nit so, als würden hier hütt keene Taxis mehr komme!«

In einem letzten Anfall der Verzweiflung kramte Jan sein Portemonnaie hervor und drückte dem Japaner ein paar zusammengewürfelte Euros und Schweizer Franken in die Hand. Geld – die Einheitssprache dieses Planeten.

Auf dem Gesicht des Asiaten leuchtete Verständnis auf. Jetzt war ihm klar, wie groß Jans Not sein musste. Er trat zur Seite, gab ihm die Scheine zurück und deutete auf die Tür des Taxis.

»Please ...«

»Da... Danke!« Voller ernsthafter Dankbarkeit klopfte Jan seinem Helfer auf die Schulter und schwang sich dann gleich ins Taxi.

»Richtung Oberkassel! Sofort!«, sagte er außer Atem. »Und wenn Sie ordentlich auf die Tube drücken, können diese Scheine hier Ihnen gehören.«

»Na, Sie sind ja vielleicht drauf. Schnallen Sie sich erst mal an!« Der Fahrer fuhr über die verschlungenen Flughafenabfahrten Richtung Autobahn. »Was ist denn überhaupt los? Liegt Ihre Frau gerade in den Wehen?«

»Ich wünschte, es wäre so ...«, murmelte Jan, den Kopf gegen die Scheibe gelehnt. »Fahren Sie einfach, und lassen Sie den Rest meine Sorge sein, in Ordnung?«

»Meinetwegen.«

Jan genoss die aufkommende Stille, nur unterlegt vom

Rauschen des Motors und dem leisen Dudeln des Autoradios. Sein Blick verlor sich in der Betrachtung des Grünstreifens, der als verschwommenes Band an ihnen vorbeirauschte. Wie sollte er Asgari in die Augen sehen? Wie sollte er verstehen? War er nur ein Komplize und Gehilfe von Hunger gewesen, der ihm bei der Organisation seiner Morde geholfen hatte? Oder hatte er rein gar nichts mit alldem zu tun?

Es gibt keine Zufälle, sagte er sich. Er hätte dir von Hunger erzählt, er hätte so einen schillernden Charakter nicht einfach vor dir verborgen.

Jan musste an das Gefühl denken, das man hatte, wenn man nahe an einem Abgrund stand. Der plötzliche Wunsch, in die Tiefe zu springen. Den entscheidenden Schritt zu tun und alles hinter sich zu lassen. Dieser Drang befiel selbst Menschen, die sonst nie Selbstmordgedanken hegten. Im Französischen bezeichnete man dieses Phänomen als *L'appel du vide*, den Ruf der Leere.

Jeder Fallanalytiker stand innerlich vor einer Klippe und lauschte dem Ruf der Leere, den Verlockungen des Abgrunds.

War Asgari ihnen gefolgt? Und wenn ja, warum?

Jan konzentrierte sich jetzt auf das Radio: »... und wie jeden Morgen heißt es wieder: Wunschkonzert im Westen! Chris aus Neuss wünscht sich *The Stand* von der britischen Alternative-Rockband *The Alarm*. Wir hoffen, der Song hilft euch beim Wachwerden.«

Die Gitarrenklänge pumpten aus den Boxen, und der Leadsänger setzte ein:

Come on down and meet your maker
Come on down and make the stand

Jan presste die Zähne aufeinander. Er war bereit dafür, seinem Schöpfer gegenüberzutreten.

SIEBENUNDFÜNFZIG

Düsseldorf

»Rabea, du hättest das nicht tun dürfen.«

Die Stimme von Marie, die sich noch immer wie ein Kind anhörte. Ein tiefes Bedauern lag in ihr.

»Du hättest mich niemals suchen dürfen.«

Dunkelheit und dumpfer Schmerz umhüllten Rabea, die Worte sickerten nur nach und nach in ihr Bewusstsein.

»Jetzt haben Mami und Papi gar keinen mehr von uns.«

»Marie ...«, hauchte Rabea. Ihr Mund war trocken.

Ihre Haut prickelte, als malträtierten sie tausend feine Nadeln gleichzeitig.

»Ah, der Name Ihrer Schwester.« Asgari betätigte die Regler seiner Apparatur. Der Schmerz ebbte abrupt ab. »Tragischerweise kann ich Ihnen kein bisschen über ihren Verbleib sagen, denn ich weiß nichts über sie. Den Namen Marie Wyler habe ich zuvor noch nie gehört. Aber glauben Sie mir eines: Sollte sie in der Schweiz tatsächlich in die Hände meines Freundes Vincent Hunger geraten sein, ist sie mit Sicherheit längst tot.«

»Hunger? Wer ist das?«

Asgari strich sich über die Wangen. »Sie wissen also noch nicht einmal, wer mein Freund Dr. Hunger ist? Dann verstehen Sie noch gar nichts, nicht einmal ansatzweise. Ich muss zugeben, ich bin etwas enttäuscht von Ihren und Jans ermittlerischen Fähigkeiten. Obwohl ... vielleicht hat Jan die Polizei hierhergeschickt, weil er endlich auf Hunger gestoßen ist.«

Wer war dieser Dr. Hunger?, fragte sie sich. Hing er mit den Valangins zusammen? Hatte all dies überhaupt noch etwas mit der schweizerischen Familie zu tun?

»Jan wird Sie finden ... es ist zu spät, Asgari«, brachte sie hervor.

»Glauben Sie das wirklich?«

Asgari stand auf und trat auf sie zu, seine Schritte hallten von den Fliesenwänden wider. Vor Rabea ging er in die Hocke, packte sie am Kinn und führte ihr Gesicht so nah an seines, dass sie seinen heißen, fauligen Atem spürte.

»Am Ende werde ich es sein, der diese Geschichte erzählt. Und Geschichten sind alles, was bleibt«, sagte er. »Der brutale Mörder Kristijan Ivasic tötet meinen Gast Rabea Wyler ... ich kann ihn gerade so in Notwehr ausschalten.«

»Das wird er Ihnen niemals glauben.«

»Vergessen Sie nicht, ich bin sein Mentor, seine Vertrauensperson. Ich habe ihn immer schon manipuliert. Ich werde es auch jetzt wieder schaffen.«

Asgari stieß ihren Kopf weg und ging durch das Zimmer. Er goss sich Cognac nach, setzte sich an sein Pult und legte die Füße hoch.

»All die wissenschaftlichen Arbeiten, die ich über die Jahre hinweg veröffentlicht habe, sind völlig unbedeutend im Vergleich zu dem, was ich in diesem Raum für Erkenntnisse erlangt habe. Über die Lust zu töten, über Sadismus, über Schmerz. Ein jahrzehntelanger Selbstversuch, wenn man so will. Eine introspektive Darstellung sadistischer Tendenzen in einem Serientäter. Aber mein wirkliches Meisterwerk war Kris. Ein Mensch, den ich auf einen bestimmten Fetisch konditioniert, den ich zum Serienmörder erzogen habe. Ein nie da gewesener Durchbruch.«

Pawlows Albtraum, dachte sie. So wie der Hund in den legendären Experimenten beim Glockenklingeln gesabbert hatte, hatte Kris beim Anblick von blondem Haar Mordlust entwickelt.

Asgari tippte mit dem Zeigefinger auf das Kristallglas des Cognacschwenkers.

»Oh, Frau Wyler, wir könnten so viel Freude miteinander haben. Es würde mich interessieren, ob man auch eine bereits gefestigte Persönlichkeit wie die Ihre durch Konditionierung verändern könnte. Vielleicht braucht es nur das nötige Maß an Schmerz.«

Die Tränen konnte sie gerade so zurückhalten, aber der Schluchzer schüttelte sie heftig. Psychoterror, dachte sie, das ist nur Gerede. Er wollte sie brechen. Aber das würde er nicht schaffen, dafür hatte sie schon zu viel erlebt, zu viel durchgemacht. Sie war stärker als das hier. Widerstand, bis zuletzt.

Asgari lehnte sich vor zu seinem Regler. »Leider ist unsere Zeit aber begrenzt, Frau Wyler. Wollen wir es einmal mit fünfundsechzig Volt ausprobieren? Ich habe gehört, ab sechzig Volt kann ein Stromschlag je nach körperlicher Verfassung tödlich sein.«

Er drehte an einem der Knöpfe, ein gelbstichiges Grinsen ins Gesicht geritzt. Ein quälender Schmerz peitschte durch ihr Inneres, zerfetzte ihre Muskeln und explodierte in ihrem Hirn, wo er nichts als Schwärze zurückließ.

ACHTUNDFÜNFZIG

Düsseldorf

»Hier, behalten Sie den Rest!«

Jan überreichte dem Fahrer das zerknitterte Bündel Geldscheine, das er auf der Fahrt die ganze Zeit in seiner Hand geknetet hatte.

Ehe er aus dem Taxi stieg, hörte er schon das Heulen der Motoren. Drei Harley-Fahrer hielten ebenfalls vor Asgaris Anwesen. Sie waren allesamt in schwarze Lederkluft und Jeansjacken gekleidet. Halbschalenhelme und Sonnenbrillen verdeckten ihre Gesichter. Auf ihren Maschinen grinste ein Teufelsschädel mit lodernden Augenhöhlen.

Der Satan's Squad, durchfuhr es Jan, die Hand noch auf dem Türgriff.

»Freunde von Ihnen?«, grunzte der Taxifahrer.

»Ich fürchte nicht. Schauen Sie lieber, dass Sie von hier verschwinden.«

Er stieg auf den Bürgersteig und knallte die Beifahrertür zu. Das Taxi brauste prompt davon und ließ ihn inmitten von Abgasen und seiner wachsenden Angst zurück.

Dichter grauer Morgendunst zog von den Rheinauen her über die schmale Straße. Niemand war auf den Gehwegen oder in den Gärten zu sehen, es herrschte eine fast schon postapokalyptische Stille.

Der Bulligste der Harley-Fahrer schaltete den Motor ab und zog die Sonnenbrille von der Nase. Kleine, schwarze Augen blitzten auf.

»Was wollen Sie hier?«, fragte er.

»Oh, ich bin nur unterwegs, um einen alten Bekannten zu besuchen.«

Der Wortführer des Satan's Squad schwang sich von der Maschine und hängte seinen Helm an den Lenker. Er strich sich die schweißfeucht glänzenden, wolfsgrauen Haare zurück. »Könnte es sein, dass es sich dabei zufällig um einen gemeinsamen Bekannten handelt?«

»Sie sind also der Satan's Squad«, sagte Jan mit verschränkten Armen. Er hatte keine Zeit für Unterhaltungen mit irgendwelchen Rockerclubs, Rabeas Leben stand auf dem Spiel. Aber wie kamen sie hierher? Wie wussten sie von Asgari?

Eines stand auf jeden Fall fest: Wenn es stimmte, was Rabea ihm am Telefon erzählt hatte, dann hatten er und der Satan's Squad im Moment ein gemeinsames Ziel.

Darauf musste er setzen.

»Mein Bekannter hört auf den Namen Nimrod, wenn Sie es ganz genau wissen wollen«, erklärte Jan.

Im Clubhaus des Satan's Squad sollten sie öfter mal wieder Poker spielen, denn ihr Chef gab mit seinen hochgezogenen Augenbrauen sofort preis, dass der Name ihm etwas sagte.

Auch die beiden anderen Rocker stiegen von ihren Harleys und umkreisten Jan. Unter ihren ausgebeulten Jacken zeichneten sich deutlich Waffen ab.

»Wer sind Sie überhaupt?«

Ihr Boss zog die doppelläufige Schrotflinte von seinem Rücken. Eine Klarstellung, wer hier gerade die Machtposition innehatte.

Auf offener Straße, dachte Jan. Diese Typen sind ja wahnsinnig.

Trotz der morgendlichen Kühle klebte der Schweiß in Jans Nacken, sein Gesicht glühte. Seine Lippen bebten, als er sagte: »Mein Name ist Jan Grall, ich bin ein Freund von Rabea Wyler. Sie sind ihr schon begegnet. Hören Sie, ich habe Grund zu der Annahme, dass sie von Nimrod da drin festgehalten wird. Auch Kris wird da drin sein. Alles, was Sie haben wollen. Das Ende dieser ganzen Angelegenheit. Holen Sie sich Ihr Geld oder was auch immer man Ihnen versprochen hat, aber lassen Sie mich meine Kollegin retten.«

Jan konnte sehen, dass es hinter der Stirn seines Gegenübers heftig arbeitete. Ihm missfiel der Gedanke, dass er sich mit Mördern einlassen musste, aber in der Not schmiedete man ab und an seltsame Bündnisse.

Der Feind meines Feindes ist mein Freund.

»Sind Sie ein Bulle?«

»Ich war mal Fallanalytiker, Profiler. Aber das ist schon länger her«, antwortete Jan. Er trat von einem Bein auf das andere, immer wieder mit Seitenblicken auf die Villa. »Mit jeder Minute, die wir hier rumstehen und diskutieren, verliert Rabea wertvolle Zeit. Bitte ...«

»Also schön«, seufzte der Chef des Satan's Squad. »Ich

warne Sie: Wenn das irgendein mieser Trick ist, werde ich Sie eigenhändig kastrieren.«

»Glauben Sie mir, für miese Tricks bin ich im Moment viel zu verzweifelt.«

Die manngewordene Schrankwand trat auf Jan zu und streckte ihm eine ihrer Pranken entgegen. Als er sie schüttelte, spürte er, dass sie genauso schweißnass wie seine eigene war. »Moritz Beil. Hoffen wir, dass Sie sich diesen Namen nicht allzu lange merken müssen.« Er schwenkte den Arm in Richtung seiner Begleiter. »Carlo, Schlaks … kommt, Jungs!«

Die seltsam zusammengewürfelte Prozession ging durch den Vorgarten. Jan steuerte auf die Vordertür zu, die Männer des Satan's Squad bogen vom Weg ab und umrundeten das Haus.

»Was haben Sie vor? Wollen Sie nicht erst mal klingeln?«, rief er ihnen hinterher.

»Bei Ihnen kommt ja doch der Bulle durch, Herr Grall.«

Beil blieb vor dem Küchenfenster an der Seite von Asgaris Anwesen stehen und nickte seinen Handlangern zu.

Der Rocker, der auf den Namen Schlaks hörte und tatsächlich karikaturesk lange Gliedmaßen besaß, bückte sich und hob einen faustdicken Stein aus dem Blumenbeet unter dem Fenster.

Mit einem wuchtigen Hieb ließ er die Scheibe zerbersten und schlug noch die übrig gebliebenen Splitter im Fensterrahmen weg. Schließlich schwang er sich behände ins Innere, die beiden anderen taten es ihm gleich. Jan stieg als

Letzter in Asgaris Haus ein, deutlich ungelenker und vorsichtiger als seine Vorgänger.

Jetzt zückten auch Schlaks und Carlo ihre Waffen. Moritz Beil lief auf den knarzenden Dielenbrettern voran, die abgesägte Schrotflinte im Anschlag. Mit Handzeichen wies er die beiden anderen dazu an, sich aufzuteilen.

»Scheint niemand zu Hause zu sein«, rief Carlo seinem Boss zu.

»Sei dir da nicht zu sicher«, entgegnete dieser mit unbewegter Miene. »Hier brennt noch überall Licht.«

Jan atmete den Geruch von Asgaris Wohnräumen ein, die altbekannte Mischung aus altem Papier, muffigen Teppichen und dem teuflisch starken Kaffee aus seiner Mokkakanne. In seiner Studienzeit hatte dieser Geruch ihn immer beruhigt. Heute jagte er ihm einen Schauer über den Rücken.

»Hier ist der Bastard! Mausetot!«, meldete der Mann namens Schlaks.

Mit polternden Schritten folgten sie dem Klang seiner Stimme bis ins Studierzimmer. Die Leiche des jungen Mannes, die dort auf einem Diwan aufgebahrt war, passte auf Rabeas Beschreibung von Kristijan Ivasic. Seine Haltung war seltsam gekrümmt, trotz seiner geschlossenen Augen lagen noch Panik und Schmerz auf seinem aschfahlen Gesicht.

»Außer der verarzteten Schusswunde sehe ich keine Verletzungen«, sagte Carlo.

Beil lehnte den Lauf der Schrotflinte gegen seine Schulter. »Sieht mir trotzdem nicht nach einem natürlichen Tod aus.«

»Rabea muss etwas zugestoßen sein«, schloss Jan. »Sie hätte mich sonst schon längst über so ein Ereignis informiert.«

»Wenn das stimmt, wo wird sie dann festgehalten?«, fragte Beil.

In diesem Moment flackerten alle Lampen im Haus. Etwas stimmte nicht mit der Stromzufuhr. Jans Blick glitt auf die alten Brandwunden auf Kristijans Torso – und sein Herz setzte für einen Moment aus.

Oh Scheiße.

»Der Keller, wir müssen sofort in den Keller!«

NEUNUNDFÜNFZIG

Düsseldorf

Aus tränenverschwommenen Augen nahm Rabea den Raum nur noch als schummriges Weiß wahr, in das Asgari als konturlose graue Form hineinfloss.

Der Tod flirtete mit ihr. Diesmal schien es, als würde ihr Körper seinen Verlockungen nachgeben.

Es dröhnte heftig, alles erzitterte.

Erst glaubte sie, es stammte aus ihrem schmerzumfangenen Kopf. Bis sie aufsah. Die Stahltür des Kellerraums kippte in einer Wolke aus Staub und Qualm aus den Scharnieren und fiel donnernd auf die Fliesen.

Drei schwarz gekleidete Gestalten, die Waffen im Anschlag, stürmten den Raum. Asgari wich erschrocken von seinem Pult zurück, die Hände in die Höhe gereckt.

Einer der Männer knallte ihm den Kolben seiner Pistole gegen die Stirn. Der Professor taumelte unter einem Aufschrei zurück. Heftig stieß er gegen das Aluminiumregal hinter sich. Die ausgestopfte Hündin wackelte hin und her, stürzte schließlich gleich neben ihm zu Boden. Benommen rutschte er an der Fliesenwand herab.

Dann trat einer der schwarzen Schemen an die Box und

schaltete den Stromfluss ab. Der Schmerz erlosch. Rabea sackte in sich zusammen. Ihr Herz raste, ihre ganze Haut brannte. Aber es hatte aufgehört. Es hatte wirklich aufgehört.

Ein vierter Mann stürzte in den Kellerraum. Sein Gesicht war von einem dichten Bart bedeckt, das Haar hing ihm bis übers Kinn.

»Oh mein Gott!« Er eilte mit schnellen Schritten auf sie zu.

Erst als er direkt vor ihr stand, erkannte sie ihn. Jan. Er war tatsächlich gekommen.

»Ja... Jan ...«

»Ruhig, ganz ruhig!«

Er riss die Elektroden ab, löste mit ungeschickten Fingern die Manschetten und zog seinen Mantel aus, um mit ihm ihre nackte Haut zu bedecken.

»Bist du in Ordnung?«, fragte er. »Was macht dein Puls? Wir rufen sofort einen Krankenwagen, wir müssen checken, ob es bei dir zu Herzkammerflimmern kommt. Fuck, wir müssen die Ein- und Austrittswunden behandeln.«

»Ich bin okay, Jan. Wer ... wer sind die Männer da?«

»Unsere Freunde vom Satan's Squad.«

Sie zuckte zusammen, als hätte sie ein neuerlicher Stromschlag erwischt. Sie wollte etwas sagen, aber ihre Kehle war wie zugeschnürt.

»Keine Sorge, ich habe mit ihnen eine Art Übereinkunft geschlossen«, sagte Jan. »Sie werden uns in Ruhe lassen.«

Tränen quollen heiß aus ihren Augenwinkeln. Wenn sie

noch die Kraft dazu gehabt hätte, wäre sie ihm in die Arme gefallen.

Sie versuchte sich aus dem Stuhl hochzustemmen. Sogleich wurde ihr schwarz vor Augen, und ihre Beine gaben nach.

Jan fing sie auf, zog sie an den Achseln hoch und drückte seinen Mantel noch fester um ihren nach wie vor zitternden Körper.

»Du musst hier raus.«

»Nein, Jan, wir müssen ihn befragen. Ich ... ich will ihn befragen.«

»Das kriegen wir auch ohne dich hin.«

Er wollte sie tragen, aber sie stieß ihn von sich weg. Jan kannte nicht alle Details, Asgari hatte sich nur ihr offenbart. Wenn sie Informationen aus ihm herausbekommen wollten, mussten sie es gemeinsam tun. Und sie mussten sich beeilen. Bei ihrer letzten Begegnung mit dem Satan's Squad war ihr Moritz Beil nicht gerade wegen seiner Geduld im Gedächtnis geblieben.

»Okay«, seufzte Jan, »wie du meinst.«

Er half ihr in Asgaris Ledersessel gegenüber dem Pult, auf dem der Transformator stand.

Inzwischen hatten die Männer des Rockerclubs Asgari umstellt. Beil versetzte ihm einen Tritt in die Seite.

Asgari schrie auf.

»Du sollst also Nimrod sein, hm? Vielleicht erklärst du uns erst mal, warum du diesen Kris tot sehen wolltest. Warum dieses ganze Trara?«

Hilfe suchend wandte sich Asgari an Jan, seine Stimme

ein einziges Flehen. »Nach allem, was ich für dich getan habe, was wir einander bedeuten ... willst du mich wirklich diesen Tieren überlassen?«

SECHZIG

Düsseldorf

Jan verschränkte die Arme vor der Brust, das Kinn gesenkt. Es gelang ihm nicht, Asgari in die Augen zu schauen. Er würde es nicht aushalten, sein Kopf würde explodieren. Zu viele Eindrücke, zu viele Erinnerungen.

So viel, das es zu fühlen gab.

Sein Mentor. Der Mann, von dem er sich die Art zu denken, seine Philosophie und Haltung abgeschaut hatte. Kaum einem anderen Menschen in seinem Leben hatte er je so große Achtung entgegengebracht.

Aber das zitternde Häufchen Elend, das da vor ihm an der Fliesenwand kauerte, besaß keinerlei Ähnlichkeit mit dem Asgari, den er einmal gekannt hatte. Das Einzige, was er noch für ihn empfand, war Verachtung.

Den Blick weiterhin starr auf seine eigenen Schuhspitzen gerichtet, sagte er zu Beil: »Um Ihre Frage zu beantworten: Kristijan Ivasic wurde von Asgari jahrelang durch Elektrofolter dazu manipuliert, ein junges Mädchen einzusperren und zu töten. Der Rapunzel-Fall, vielleicht haben Sie davon in der Zeitung gelesen.«

»Das warst du!?«, brach es aus Beil heraus.

Er presste Asgari den Lauf der abgesägten Schrotflinte unters Kinn. Dieser gab ein jämmerliches Schluchzen von sich, das Gesicht zu einer Grimasse aus Todesangst verzerrt.

»Ich habe eine Tochter, Nimrod, weißt du das? Als ich von der Sache gehört habe, habe ich mir kurz vorgestellt, sie wäre das Opfer gewesen.« Er verstärkte den Druck. Asgari wimmerte. »Ich würde dir gerade nur zu gern den Schädel wegblasen, alter Mann!«

»Tun Sie's nicht!« Jan hob beschwichtigend die Hände. »Lassen Sie ihn uns befragen! Lassen Sie ihn hier für die Polizei zurück. Er wird all seine Reputation und sein Ansehen verlieren. Glauben Sie mir, das wird ihn weit mehr und länger leiden lassen als das. Er bekommt seine Gerechtigkeit.«

Beils Abzugsfinger zuckte einen Moment, dann senkte er mit einem abfälligen Grunzen die Waffe.

»Stellen Sie Ihre Fragen«, sagte er, »aber beeilen Sie sich, bevor ich es mir anders überlege.«

»Danke, Jan, vielen, vielen Dank! Ich wusste, dass ich auf dich zählen kann!«, winselte Asgari und kroch in seine Richtung.

Beil trat ihm die Arme weg, bevor er weiterkam.

»Vorher hätte ich aber selbst noch eine Frage: Wo ist das Geld? Wo sind die Millionen, die du uns versprochen hast, hm?«

»Die hat es nie gegeben«, erwiderte Asgari. »Die Anzahlung war alles. Nachdem Sie oder die Qabbanis die Aufgabe erfüllt hätten, wäre Nimrod so schnell von der Bildfläche verschwunden, wie er auf ihr erschienen war.«

»Noch eine Lüge«, knurrte Beil.

Rabea setzte sich mühsam auf. »Und es wird noch lange nicht die letzte sein. Ist es wahr, was Sie über meine Schwester gesagt haben?«

»Das war die Wahrheit«, hauchte Asgari. »Ich weiß nichts von irgendeiner Marie Wyler, irgendeinem Mädchen aus der Schweiz. Davon hat er nie gesprochen.«

»Wer ist er?«, fragte Rabea.

»Vincent Hunger«, sprang Jan ein und erklärte in kurzen Sätzen, was er über den Schweizer Arzt und seine Verbindung zu Asgari herausgefunden hatte.

Eine brüchige Hoffnung keimte in Rabea. »Dann könnte es sein, dass Hunger in Burgdorf meine Schwester entführt hat. Vielleicht ... vielleicht hat er es mit ihr versucht, eine Art Testlauf. Und vielleicht ist sie ...«

»Machen Sie sich keine Hoffnungen, Frau Wyler«, sagte Asgari.

»Warum solltest du es für ihn tun, Xaver?«, fragte Jan, vertieft in die Betrachtung des Fugenmusters. »Warum wollte Hunger den Wunsch von Beatrice Valangin noch erfüllen? So viele Jahre nach ihrem Tod, so weit entfernt von der Schweiz.«

»Herr Dr. Hunger ist ein sehr gewissenhafter, methodischer Geist. Er hinterlässt Dinge nicht gerne unvollendet. Beatrice Valangins Wunsch war der letzte gewesen, der noch vollendet werden musste. Als ich Vincent von meiner Idee für die Konditionierung eines Fetischs erzählte, übergab er Valangins Wunsch in meine Hände. Ich habe Kris gefunden, ich habe ihn hier geformt, habe ihn dazu gebracht, Rapunzel gefangen zu halten und zu töten. Jan, du solltest meine Aufzeichnungen lesen, es ist faszinierend!«

Jan konzentrierte sich auf die Wand, die Finger in seine Ellenbogen gekrallt. Nicht hinsehen, einfach nicht den Blick erwidern.

»All das hat Vincent die Zeit gegeben, sich um eine noch viel wichtigere Angelegenheit zu kümmern«, fuhr Asgari fort. Die gewohnte Selbstsicherheit kehrte in seine Stimme zurück. Allein über seinen Freund Hunger zu sprechen, löste in ihm eine hörbare Faszination aus, durch die er offenbar sogar seine Angst zurückdrängen konnte.

»Wovon redest du da?«, fragte Jan.

»Hunger hat die letzten Wünsche seiner todkranken Patienten erfüllt. Jetzt liegt er selbst im Sterben. Und da alle anderen Wünsche in Erfüllung gegangen sind, ist es für ihn an der Zeit, seinen eigenen letzten Wunsch Wirklichkeit werden zu lassen.«

Rabea lehnte sich vor. »Und was soll das für ein Wunsch sein?«

»Ich ... ich weiß es wirklich nicht. Er hat es mir nie gesagt.«

Beil packte Asgari am Kragen. »Wir können dich auch auf deinen elektrischen Stuhl binden. Vielleicht bringt dich das ja zum Reden.«

»Nein, oh Gott, nein! Ich habe es doch schon gesagt! Ich weiß es nicht, bitte, glaubt mir!«

»Wo ist er? Wo steckt Hunger jetzt?«, hakte Jan nach.

»Er ist immer noch in Las Vegas. Aber wie ich schon gesagt habe: Ich weiß nicht, was er dort plant.«

»Hast du eine Adresse? Irgendwas?«

»In meinen Unterlagen.«

Hunger wird wieder jemanden töten, ging es Jan durch den Kopf. *Wir müssen ihn aufhalten, bevor es zu spät ist.*

Er brachte seinen flatternden Atem unter Kontrolle, wischte sich über die schweißbedeckte Stirn. Es kostete ihn all seine Überwindung, den Blick auf Asgari zu zwingen. Sein Professor kauerte auf dem Boden, das Gesicht gerötet. Ein großer dunkler Fleck breitete sich in seinem Schritt aus, der Gestank nach Pisse brannte scharf in Jans Nase. Nichts von Asgaris einstiger Grandezza und Eloquenz war geblieben. Er war nur noch ein verängstigter alter Mann.

»Warum, Xaver? Warum hast du das getan?«

Jan versuchte, das Bedauern in seiner Stimme zu unterdrücken. Es gelang ihm nicht vollends.

Ein flüchtiges Funkeln blitzte in Asgaris Augen auf.

»Die Frage ist doch: Hättest du es nicht auch getan, wenn du auf Hunger getroffen wärst? Als er Vertrauen zu mir aufbaute und sich mir schließlich offenbarte, hätte ich ihn eigentlich verachten müssen, hätte ihn der Polizei ausliefern müssen. Aber im Gegenteil, in mir überwog nicht die Verachtung, sondern die Verehrung.« Er stemmte sich ein wenig hoch und stützte die Ellenbogen auf die Knie. »Zunächst machte ich Vincent zu meinem Studienobjekt, befragte ihn offen über seine Art zu töten. Und wie es in solchen Prozessen manchmal ist, entstand eine Wechselwirkung. Die Gespräche mit Vincent ließen mich erkennen, wer ich wirklich bin. Nach dem Tod von Jeannette ist mein Leben wie leer gefegt gewesen, ich hatte keinen Sinn mehr, keine Bestimmung, keinen Antrieb. Erst diese neue Art der Forschung hat mir wieder eine Bestimmung gegeben.«

»Sparen wir uns das Ganze. Ich habe heute schon genug von diesem Mist gehört«, sagte Rabea angeekelt. In den letzten Minuten hatte ihr Gesicht wieder etwas Farbe angenommen, sie zitterte nicht mehr und drückte ihren Rücken durch. »Sagen Sie uns lieber, was der Turm des Schweigens ...«

In diesem Moment schrillte Beils Handy. Umständlich zog er es aus der Hosentasche, die Waffe gesenkt. Als er auf das Display schaute, weiteten sich seine Augen.

Er nahm ab. Kurze Grußworte, dann immer wieder ein tonloses »Ja«. Was auch immer der Anrufer sagte, es musste Beil in seinem tiefsten Inneren absolut erschüttern. Eine Ader trat pochend auf seiner Stirn hervor. Es war das erste Mal, dass dieser brutale Koloss so etwas wie Empfindsamkeit sehen ließ.

»Der Turm, natürlich ... der Turm«, sagte Asgari unterdessen. »Der Turm des Schweigens ist alles, der Anfang und das Ende. Ihr werdet ihn finden, aber ...«

Heftiges Donnern echote durch den Kellerraum. Asgaris Gesicht explodierte in einer roten Wolke. Ein Heiligenschein aus Blut und Gehirnmasse bespritzte die Kachelwand rund um seinen Kopf. Das Fell der ausgestopften Hündin zu seinen Füßen wurde durchtränkt von seinen Körperflüssigkeiten.

Es qualmte aus der Mündung von Beils abgesägter Schrotflinte. Er senkte die Waffe so unvermittelt, wie er sie zum Schuss hochgerissen hatte. Noch immer hielt er das Handy am Ohr.

Jan stand mit offenem Mund da, spürte die Blutspritzer wie glühende Aschepartikel auf seinen Wangen. Völlig regungslos starrte er auf das Chaos aus Knochensplittern, Fleisch und Muskeln, wo gerade noch Asgaris Gesicht gewesen war. Sein zertrümmerter Unterkiefer, nur noch von einem dünnen Sehnenstrang gehalten, fiel auf den Brustkorb. Der linke Augapfel rutschte aus der gespaltenen Höhle, der rechte war beim Schuss zerplatzt.

Schließlich kippte Asgaris lebloser Rumpf zur Seite.

Rabea war die Erste, die ihre Sprache wiederfand:

»Sie ... Sie haben gesagt, Sie würden ihn nicht erschießen.«

Beil beachtete sie gar nicht. Er drückte den Anruf weg. Seine Augen waren glasig, der Blick gebrochen. Mit bebenden Lippen sagte er zu seinen Untergebenen: »Qabbani ... es war eine Falle ... er hat das Clubhaus angegriffen. Es ist völlig ausgebrannt. Xenia, meine Tochter. Er hat Xenia entführt ...«

Beil musste Xaver aus purer Wut heraus erschossen haben. Ein Reflex, ein Urinstinkt. Er schien Rabea und Jan überhaupt nicht mehr wahrzunehmen. Sie waren nur noch Randerscheinungen. Für ihn gab es nur noch ein Ziel: die Rettung seiner Tochter.

»Sucht den Gashahn, und dreht ihn auf«, murmelte Beil den beiden anderen Rockern zu. Seine Stimme zitterte vor Hass. »Wenn ihr auch noch irgendwo Benzin findet, dann verteilt es im Haus. Wir fackeln die Bude ab – diesmal kontrolliert.«

»Und was haben Sie jetzt mit uns vor?«, brüllte Jan. »Wollen Sie uns auch erschießen?«

»Verschwinden Sie einfach«, sagte Beil. »Schnell, bevor ich es mir anders überlege.«

EINUNDSECHZIG

Am Ende wusste Jan nicht, was sie zu den Rheinauen getrieben hatte. Er stützte Rabea, als sie aus dem Haus traten. Sie wollten beide einfach nur fort von diesem Ort.

Sie liefen. Immer weiter.

Über die leere Straße. Zwischen den Trompetenbäumen hindurch. Auf Kies und Weidegras Richtung Fluss.

Der Purpur des Morgengrauens zerfloss in den Tag, spiegelte sich im bewegten Rheinwasser. Ein Dampfer mit viel Tiefgang kreuzte gleich vor ihnen und ließ dröhnend sein Schiffshorn erklingen.

Die Binnenschiffer an Bord wussten nichts von alldem, was sich hier am Ufer ihres Flusses abgespielt hatte. Was für ein Grauen tief in dieser hübsch anzusehenden Gründerzeitvilla lauerte. Jan wünschte sich die Unwissenheit, die Unschuld der Schiffsleute. Er wusste, dass er die Bilder aus Asgaris Keller bis zu seinem Lebensende mit sich tragen würde. Sie waren der neueste Beitrag zu seiner Sammlung der bösen Erinnerungen.

»Wir müssen nach Las Vegas ...«, sagte Rabea, erst unsicher und halb zu sich selbst. Dann gewann ihre Stimme an

Festigkeit: »Wir müssen Hunger aufhalten, bevor er noch jemanden töten kann.«

Der Albtraum ist noch nicht zu Ende, dachte Jan. Du schreckst schweißgebadet hoch und glaubst, du liegst wieder sicher in deinem gemütlichen Bett in deinem wohlvertrauten Schlafzimmer – bis dich das vage Gefühl beschleicht, dass irgendetwas immer noch nicht stimmt. Ein winziges Detail, das nicht so ist, wie es sein sollte. Das ist der Moment, in dem du bemerkst, dass du immer noch in deiner Traumwelt gefangen bist.

Dieser ganz besondere Albtraum würde erst enden, wenn sie Hunger gefunden hatten. Hinter ihnen röhrten die Harleys des Satan's Squads auf. Aus Richtung der Rheinkniebrücke heulten Sirenen. Jan warf einen Blick über die Schulter. Rauch quoll bereits aus den Erdgeschossfenstern von Asgaris Heim. Der Ermittler in ihm bedauerte es, dass damit so viele Beweise in Flammen aufgehen würden. Aber ein tiefer liegender, roherer Teil von ihm konnte es gar nicht abwarten, dass das Feuer diesen dunklen Ort zu Asche werden ließ.

Rabea hatte sich wieder notdürftig ihre Kleider übergezogen, trotzdem trug sie noch immer Jans Mantel.

»Es ist komisch …«, sagte sie zögernd. »Ich habe geglaubt, ich müsste sterben, und das Einzige, woran ich denken konnte, war Maries Puppe. Sie heißt Prinzessin Anastasia. Ich habe sie im Hotelzimmer in Essen gelassen, und die ganze Zeit habe ich gedacht: Wenn ich jetzt hier sterbe, wer gibt Marie dann ihre Anastasia zurück? Wer denkt daran, dass sie noch im Hotel ist? Ich … ich gehe einfach immer noch davon aus, dass sie lebt. Ganz egal, was Asgari gesagt hat. Oder glaubst du, es war die Wahrheit? Ist Marie tot?«

»Xaver war völlig verlogen. Er wollte uns die Hoffnung nehmen. Alles kann möglich sein.«

An ihrer zweifelnden Miene las er ab, dass seine Antwort nichts bewirkt hatte. Also tat er etwas, das er von sich aus nur sehr selten machte, etwas, was seinem Naturell widersprach: Er nahm sie in den Arm. Drückte sie an sich, bis ihre Wange fest an seiner Brust lehnte und er das Pulsieren ihres Herzens in der Magengegend spürte.

Sie murmelte etwas, das er kaum verstand.

Es klang wie ein »Danke!«.

TEIL VIER
TOTENTURM

Der Begriff Dachma heißt auf Persisch Grabmal, bezeichnet aber vor allem Bauwerke, die auch »Türme des Schweigens« genannt werden und den Zoroastriern als Stätten für Himmelsbestattungen dienen. Es ist üblich, Leichname in runde Türme zu legen, wo ihr Fleisch und ihre Weichteile von Geiern und Raben gefressen werden.

ZWEIUNDSECHZIG

Las Vegas, Nevada // 22. Mai

Müsste man Jan Gralls persönliche Hölle entwerfen, sie würde so aussehen wie Las Vegas. Die Wüstenstadt an der Interstate 15 vereinte all das in geballter Form, worum er sonst einen größtmöglichen Bogen machte: betrunkene Teenager, Oberflächlichkeit, ein grelles Lichtinferno aus Neonreklamen und Hotelschildern.

»Ich will hier jetzt schon wieder weg«, stöhnte er, als sie am McCarran Airport auf ihr Gepäck warteten.

Rabea nuckelte an ihrer Wasserflasche. »Langsam stellst du dich echt an.«

»Meine Hypersensibilität, Rabea! Das hier ist so, als würdest du einen Pinguin in der Wüste Gobi aussetzen!«

Schon der Zwölfstundenflug von Frankfurt hierher hatte ihm alles abverlangt. Zwei Reihen hinter ihnen hatte eine Gruppe russischer Touristen gesessen, die sich so lange durch den Alkohol an Bord getrunken und herumgelärmt hatte, bis ein Flugbegleiter ihnen schließlich den Hahn hatte zudrehen müssen.

Rabea, immer noch angeschlagen, hatte trotzdem schlafen können. Jan hingegen, den schon das Ruckeln und die

Geräuschkulisse des Flugzeugs überforderten, hatte kein Auge zugemacht. Selbst die Beruhigungstabletten, die er sich vorher am Gate eingeworfen hatte, waren wirkungslos geblieben.

Dementsprechend übernächtigt und mit schwerem Jetlag hing er auf der Wartebank. »Wir müssen Anita dafür danken, dass du überhaupt ausreisen konntest«, sagte er.

Anita Ichigawa, die SOKO-Leiterin im Alphabetmörder-Fall, war inzwischen ins BKA aufgestiegen und hatte dafür sorgen können, dass die Fahndung nach Rabea unverzüglich eingestellt wurde.

Dennoch hatten sie mehrere Stunden lang der Essener und Düsseldorfer Polizei zu Protokoll geben müssen, auf welche Weise sie in die Ereignisse rund um den Rapunzelmord involviert gewesen waren. Kraftzehrende Gespräche, aus denen sie nur durch das große Wohlwollen der Beamten unbeschadet herausgegangen waren.

Rabea hatte sich im Universitätsklinikum Düsseldorf mehreren Tests unterziehen lassen, insbesondere auf Herzkammerflimmern. Die Ergebnisse waren glücklicherweise allesamt negativ. Abgesehen von den Brandwunden an den Ein- und Austrittsstellen des Stroms war Asgaris Elektrofolter für sie körperlich ohne Folgen geblieben.

Aus der Zeitung hatten sie schließlich erfahren, dass es in Duisburg zu einer schweren Schießerei gekommen war. Moritz Beil war in dem Gefecht getötet worden. Was mit seiner Tochter geschehen war, ging aus den Meldungen nicht hervor. Ilias Qabbani sollte sich angeblich in den Libanon abgesetzt haben.

So kurz vor dem Abflugtermin waren die Tickets nach Vegas natürlich unwahrscheinlich teuer gewesen. Rabea hatte dafür ihr Sparkonto plündern müssen.

»Ich beteilige mich dran, wenn es bei mir finanziell wieder etwas rosiger aussieht«, hatte Jan gesagt, während sie in dem japanisch angehauchten Café nahe der Düsseldorfer Immermannstraße gesessen hatten, Rabea mit Laptop auf dem Schoß und bewaffnet mit ihrer Kreditkarte.

»Schon in Ordnung. Das hier ist auf meinem Mist gewachsen, ich übernehme das.«

»Bist du sicher, dass wir dorthin fliegen sollen? Wir können die Polizei in Las Vegas informieren. Mein Gott, sogar das FBI. Sie können Hunger überprüfen.«

»Aber wir wissen ja noch nicht einmal, was er plant. Wenn er nur halb so gefährlich ist, wie Asgari ihn beschrieben hat, dann wird es für ihn ein Leichtes sein, die Beamten vor Ort zu manipulieren. Du hast ja gemerkt, wie wenig es gebracht hat, als du die Polizei in Düsseldorf informiert hattest.«

»Da hast du auch wieder recht.«

»Nein, wir müssen dorthin. Wir müssen nach Vegas.«

Und jetzt waren sie hier. Sechsunddreißig Stunden und achttausendsiebenhundert Kilometer später.

Jans Körper mochte schon in Vegas sein, aber seine Seele, sein Innenleben hing noch immer im Transit fest, irgendwo über dem Atlantik. Ein surrealer Zustand.

Bevor sie den Zug Richtung Frankfurt genommen hatten, waren sie noch nach Essen gefahren – für eine zerschlissene Porzellanpuppe namens Prinzessin Anastasia, die an der Rezeption des Hotels Handelshof auf Rabea gewartet hatte.

Das Gepäckband setzte sich endlich mit einem Ruck in Bewegung. Sie drängelten sich zwischen dem Touristenpulk vor ihnen durch, erspähten ihre Trolleys und packten zu.

Schon im Flughafen selbst gab es ein kleines Casino mit einarmigen Banditen. Ein verspieltes Neonschild über dem Ausgang verkündete *»Welcome to fabulous Las Vegas!«*. Als sie ins Freie traten, blendete sie die helle Mittagssonne. Eilig setzte sich Jan seine Sonnenbrille auf.

Der Flughafen lag mitten in der Stadt, gleich am südlichen Teil des Strip. Schon beim Landeanflug hatten sie einen Blick auf die kobaltschwarze Glaspyramide des Luxor unmittelbar gegenüber des McCarran werfen können. Bei einer der unzähligen Autovermietungen organisierten sie sich einen Ford Focus für drei Tage und luden ihre Sachen ein.

Jan tippte die Adresse ihres Hotels ins Navigationsgerät, und sie reihten sich in das Stop-and-go auf dem Strip ein.

Jetzt, mitten im gnadenlosen Tageslicht, versprühte die Vergnügungsmeile einen melancholischen Charme. Keine Nacht und kein Glitzerlicht, die sich gnädig über Risse, herabblätternde Farbe und die abgestumpften Gesichter legten.

»Hunger wäre nie freiwillig an diesen Ort gekommen. Irgendetwas hat ihn hierhergetrieben. Hierhergelockt«, bemerkte Rabea, den Kopf halb aus dem Fenster gelehnt. Die blonden Haarsträhnen, die unter ihrer Baseballcap hervorschauten, flatterten im Fahrtwind.

»Und wir müssen herausfinden, was es ist«, erwiderte Jan.

Sie passierten die Miniatur-Skyline des New York-New York, die bunten Turmdächer des Excalibur-Hotels, die Kanäle des Venetian – eine Weltreise im Schnelldurchlauf, geschaffen aus Pappmaschee, Spielsucht und Legendenbildung.

Rabea und er jagten einen Mann, der genauso wenig hierhergehörte wie sie selbst. Einen Fremdkörper. Einen Mann, der sein Leben lang die Schatten gesucht und sich jetzt mitten ins Licht gewagt hatte.

Was suchst du hier, Hunger? Welchen Wunsch willst du dir in Vegas erfüllen?

DREIUNDSECHZIG

Das SLS Las Vegas Hotel war Jans Wahl gewesen. Rabea hätte sich auch in einer Herberge wie dem Circus Circus einquartiert, aber ihr Ex-Chef bestand auf die Unterkunft im Norden des Strip.

Das einstmalige Sahara Hotel lag nicht inmitten des größten Trubels und verfügte über kein Motto – vermutlich die ausschlaggebenden Kriterien für Jans Entscheidung. Er versprach sich davon wohl ein Mindestmaß an Ruhe und Rückzugsmöglichkeiten. Das obligatorische Casino besaß das SLS natürlich trotzdem, aber es war längst nicht so groß wie in den übrigen Hotels.

Als sie die dunkle Lobby betraten, hatte selbst die Luft etwas Künstliches an sich, als hätte man ihr Parfüm beigemischt. Rabea setzte sich mit dem Gepäck auf eine Sitzbank, während sich Jan in die Schlange vor der Rezeption stellte.

»Hast du ein Problem damit, in einem Twin Room zu schlafen?«, fragte er, als er mit einer Zimmerkarte zurückkehrte. »Ansonsten sind sie nämlich komplett ausgebucht, irgendeine Messe. Wir könnten es natürlich auch noch woanders probieren.«

»Schon gut.« Rabea winkte ab. »Ehrlich gesagt wäre ich sogar froh darüber, wenn ich nicht allein einschlafen muss.«

Als sie im Hotel in Düsseldorf die Nächte in Einzelzimmern verbracht hatten, hatte sie keine Ruhe finden können. Zu präsent waren der Schmerz und die Angst, die Erinnerungen an Kris' schmerzerfüllte Fratze und die kalten Augen Asgaris. Selbst wenn sie einmal vor Erschöpfung einnickte, zuckte sie sofort wieder hoch. Es war ein Gefühl, als verpasste man im Dunkeln eine Treppenstufe.

Ihr Zimmer lag im zwölften Stock, mit Sicht auf die riesige Beton-Nadelspitze des Stratosphere. Sie einigten sich schnell darauf, wer in welchem Bett schlief, und packten ihre wenigen Habseligkeiten aus.

Jan hockte zwischen Boxershorts und nachlässig gefalteten Hemden auf seiner Matratze, den Blick aus dem Fenster gerichtet.

»Was ist los?«, fragte Rabea.

»Aus Xavers Unterlagen wissen wir, wo wir Vincent Hunger finden können. Aber immer noch nicht, was er vorhat«, sagte Jan und ließ sich rücklings auf das Laken fallen. »Ich muss wissen, seit wann er wieder in den USA ist. Ob er in letzter Zeit eine Reise unternommen hat.«

»Wenn Hunger wirklich todkrank ist, wird er doch nicht noch größere Reisen auf sich genommen haben, oder?«

Jan verschränkte die Hände hinter dem Kopf. Im Licht der Deckenstrahler sah er bleich und erschöpft aus.

»Die ganze Zeit muss ich schon an den alten Mann denken, der mir in der Schweiz die Warnung hinterlassen hat. Das Alter passt. Auch die Beschreibung der Rezeptionistin trifft auf ihn zu. Ich frage mich, ob er es gewesen ist. Wenn es so wäre, würde das bedeuten …«

Rabea beendete für ihn den Satz:

»… dass er uns schon die ganze Zeit beobachtet.«

VIERUNDSECHZIG

Rabea und Jan aßen in einem IHOP gleich in der Nähe des Hotels zu Abend. Während Rabea ein gigantisches Schinken-Omelett zusammen mit einem Turm Pancakes vertilgte, blieb Jan nur bei seinem Kaffee, den er sich endlos nachfüllen lassen konnte.

Rabea spülte gerade mit einem Schluck Orangensaft nach, als ihr Chef vom LKA Rheinland-Pfalz anrief. Um ungestört von Jans neugierigem Blick telefonieren zu können, trat sie nach draußen vor das Schnellrestaurant.

Das Licht der untergehenden Sonne ergoss sich in einer Farbpalette aus Purpur und Scharlachrot über die Bergketten in der Ferne. Vegas mochte noch so viele Attraktionen, Magier-Shows und Sensationen aufbieten, das größte Spektakel hier war für sie der immer changierende, endlos wirkende Himmel.

Sie hielt sich das Handy ans Ohr und ließ sich von ihrem Chef in kurzen, sachlichen Sätzen erklären, dass es um ihre berufliche Situation nicht gut stand. Man hatte interne Ermittlungen gegen sie eingeleitet, und sie war für unbestimmte Zeit beurlaubt.

Meine Karriere ist am Ende, dachte sie, als sie das Handy wegsteckte. Sie verdrängte den Gedanken daran, was sie bei ihrer Rückkehr in Deutschland erwarten würde. Spielte das alles überhaupt noch eine Rolle, wenn es hieß, dass sie endlich mit der Suche nach ihrer Schwester abschließen konnte? Endlich Gewissheit hatte? Am Ende zählte ihr Seelenfrieden mehr als Geld und Titel.

Und das alles kam ihr so unfassbar weit weg vor. Las Vegas lag außerhalb der Zeit; es war ein unentrinnbares Kontinuum, in dem Doktor Vincent Hunger, Jan und sie gefangen waren.

Bei der Rückkehr ins IHOP überhörte sie Jans Fragen und schlang den letzten, mit Ahornsirup und Butter vollgesogenen Pancake herunter. Sie zahlten und machten sich auf den Weg.

Die Nacht stürzte sich auf die Stadt und ließ sie glitzern. Jan lenkte den Ford stoisch durch die Blechlawinen, die Zähne fest zusammengebissen. Nur die amorphe Geräuschmasse aus Gitarrengeschrammel und Gejaule des voreingestellten Country-Rock-Senders erfüllte das Wageninnere.

Als sie gegenüber der Adresse in Spring Valley parkten, lief gerade ein Radiospot für eine regionale Burger-Braterei, gefolgt von einem für künstliche Hüftgelenke – Ursache und Wirkung, gewissermaßen.

»Klassische Observierungsarbeit«, bemerkte Rabea und stellte ihre Rückenlehne zurück. »Die Romantik des Polizeiberufs.«

»Eigentlich unter der Würde eines Fallanalytikers«, versetzte Jan mit Blick auf das gelb getünchte Haus, das Asgaris Adressbuch zufolge Vincent Hunger gehörte.

»Gut, dass du keiner mehr bist.«

»Vielleicht werde ich ja wieder einer sein«, sagte er.

»Wie meinst du das?«

»Warte es ab.«

Sie nippte an einem Coffee to go und verbrannte sich die Zunge. »Danke, dass du doch noch in die Schweiz gekommen bist. Ohne dich ...«

»... wärst du nie bei Asgari gelandet und vielleicht auch nie in Todesgefahr geraten.«

»Aber anders hätten wir ihn vielleicht nie gefunden.«

»Ich glaube nicht an so etwas wie Fügung«, meinte Jan und biss in sein Avocado-Sandwich, zu dem er sich endlich hatte entschließen können. »Es war ein glücklicher Zufall. Und ich will unser Kontingent an glücklichen Zufällen nicht überstrapazieren.«

Sie schwiegen angespannt.

Die Leute in Spring Valley kehrten in ihren dicken SUVs von der Arbeit zurück, eine Schar Jogger in knallbunten Trainingsanzügen trabte an ihnen vorbei, und der Mischling einer jungen Latina hob an ihrem rechten Vorderrad das Bein.

»Warum hat sich Hunger nur so auf die letzten Wünsche von Sterbenden fixiert?«, fragte Rabea schließlich. »Hast du eine Erklärung dafür?«

»Die Erfüllung eines letzten Wunsches ist eher Brauchtum, kein heiliger Akt oder etwas rechtlich Bindendes. Soweit wir wissen, hatte Hunger keine tiefer gehende persönliche Bindung zu den Todkranken. Sie waren seine Patienten, mehr nicht. Deshalb glaube ich, dass die Wunscherfüllung ein persönliches Motiv ist. Eine Agenda, die sich aus einem Antrieb ergibt, der mir noch nicht ganz klar ist …«

»Warte mal, da tut sich etwas am Haus.« Rabea setzte sich auf und lehnte den Kopf an die Scheibe.

Jan beugte sich vor, um an ihm vorbeischauen zu können.

Das Licht hinter der Fliegengittertür von Hungers Haus wurde angeschaltet und zeigte die Silhouette eines Mannes mit streichholzdünnen Beinen. Eine klobige Winterjacke verbarg die Dimensionen seines Oberkörpers. Sein kahler Schädel glänzte im Schein der Glühbirne. Mit seinem ausgemergelten Gesicht und dem schleppenden Gang wirkte er wie der Tod selbst.

Er zog zwei prall gefüllte schwarze Müllsäcke hinter sich her in den Vorgarten und schüttete sie auf dem Rasen aus. In der Dunkelheit konnte Rabea nicht erkennen, worum es sich dabei handelte.

»Was ist das?«, fragte sie Jan.

»Ich habe keine Ahnung.«

Sie warteten, bis Hunger die beiden Säcke vollständig entleert hatte und wieder im Haus verschwunden war, dann wagten sie sich aus dem Auto.

»Wir sind nur zwei Passanten, die mal kurz einen Blick in seinen Garten werfen«, flüsterte Jan ihr zu.

Sie schlenderten wie beiläufig an dem Grundstück vorbei und spähten über die kniehohe Mauer.

Rabea brauchte einen Moment, um den weißen, rapide

schrumpfenden Haufen zu identifizieren – zu fremd, zu unerwartet war sein Anblick hier inmitten der Wüste.

»Schnee«, murmelte Jan. »Wo zur Hölle kommt der Schnee her?«

FÜNFUNDSECHZIG

»Hast du Lust, etwas Musik zu hören?«, fragte Rabea mit ihrem Smartphone in der Hand.

Jan, der in der Suite umhertigerte und sich die Zähne putzte, gab ein »Warum nicht?« von sich und kleckerte dabei Zahnpastaschaum über Kinn und Brust. Er wunderte sich, woher auf einmal dieser Vorschlag kam. Sie hatten sich nie viel über Musik unterhalten, und er glaubte auch nicht, dass sie denselben Geschmack hatten.

»Das hier ist Revival von den Soulsavers«, sagte Rabea und drückte auf ihr Handy. Ein melancholischer Rocksong schwoll aus den kleinen Lautsprechern. »Ich habe mir immer vorgestellt, dass es ein großes Fest geben wird, wenn Marie wiederauftauchen sollte. Im Garten meines Elternhauses, so wie früher. Und aus den Boxen kommt dann dieser Song. Revival. Eine Reprise. Ein Wieder-aufleben-Lassen. Ein Weitermachen. Irgendwie würden wir unser Leben fortsetzen.«

Jan hielt in seinen Putzbewegungen inne, biss auf die Zahnbürste und lauschte. Rabeas Schwester würde eine vollkommen Fremde für sie sein, sollten sie sich jemals wiedersehen. Sie hätte den Großteil ihres bisherigen Lebens mit ihren Entführern in unvorstellbaren Verhältnissen verbracht. Einen Moment wie diesen würde es niemals geben. Aber er wollte Rabea nicht die Hoffnung nehmen. Er wartete, bis die letzten Töne des Songs verklungen waren, dann ging er ins Bad, spuckte über dem Waschbecken aus und spülte mit dem nach Chlor riechenden Leitungswasser nach.

»Schöner Song«, sagte er, setzte sich auf sein eigenes Bett und schaltete das Nachtlicht aus. Nur noch der bläuliche Schein von Rabeas Handy erhellte das Zimmer.

»Ich habe noch ein berndeutsches Lied von Patent Ochsner. Es heißt ›Los‹, was so viel bedeutet wie ›Hör doch mal‹. Uralt, von 1997. Ich weiß noch, dass meine Eltern es in den Monaten rauf und runter gespielt haben, bevor Marie verschwunden ist. Deshalb habe ich es immer mit ihr verbunden.« Sie lachte, das erste Mal, seit sie sich bei Asgari wiedergesehen hatten. »Ich bin gespannt, ob du es überhaupt verstehst.«

Sie spielte den Song ab. Es hätte genauso gut ein Stück auf Swahili sein können. Jan verstand kein einziges Wort. Ihm gefielen die Melodie und die Stimme des Sängers, aber beim Text war er hoffnungslos überfordert. Er meinte, Bruchstücke einordnen zu können, aber einen Zusammenhang fand er nicht.

Es ist genau wie mit Vincent Hunger, dachte er.

Auf der Autofahrt zurück zum Hotel hatten sie noch wild debattiert, was für eine Bedeutung der Schnee haben könnte. Sie waren nicht einmal in die Nähe eines Ergebnisses gekommen.

»Also, brauchst du eine Übersetzung?«, fragte Rabea am Ende des Songs.

»In meinem Gesicht siehst du völlige Ratlosigkeit. Ich kann höchstens fühlen, worum es geht, aber nicht verstehen. So wie als Kind früher, wenn man Lieder auf Englisch hörte.«

»Lustig«, meinte Rabea. »Meine Mutter hat immer gesagt, Worte seien gar nicht dafür gemacht, um Gefühle auszudrücken. Dafür sei die Musik da.«

Jan erinnerte sich an seine Begegnung mit Yvonne Wyler. »Das hat sie mir auch gesagt, als wir miteinander gesprochen haben.«

»Im Lied geht es darum, dass man den Geliebten, den anderen, erst in der Stille hören kann. Weil die Welt zu laut und zu schrill ist. So habe ich es immer für mich interpretiert. Und als Marie verschwunden war, habe ich mir immer vorgestellt, dass ich vielleicht einen Hilferuf hören kann, wenn es nur still genug ist. Eine kindliche Vorstellung, ich weiß.«

»Manchmal ist so etwas das Einzige, was uns retten kann«, sagte Jan und schüttelte sein Kissen zurecht. Seine Müdigkeit ließ ihn tief in die Matratze sinken. »Ich habe das Word-Dokument mit meinem Buchanfang gelöscht. Ich habe mir etwas vorgemacht, Rabea. Man kann nicht einfach ein Buch schreiben und denken, man hätte mit seinem alten Leben abgeschlossen. Das war kein geordneter Rückzug, sondern eine panische Flucht. Nicht vor dem Profiling, sondern vor dem, was es aus mir gemacht hat.«

»Und es liegt immer in unserer eigenen Hand, was es mit uns macht«, sagte Rabea bedächtig, ihre Stimme in der Dunkelheit gleichzeitig entfernt und unglaublich nah.

»Asgari hat es zu einem Monster gemacht. Aber das heißt nicht, dass das auch uns passieren muss.«

»Bevor er sich als derjenige entpuppte, der er wirklich war, hatte er mich wirklich zum Nachdenken gebracht. Er hat mich gefragt, ob ich all das hier tatsächlich für meine Schwester tue – oder am Ende doch nur für mich.«

»Und?«

»Ich glaube, ich habe immer vorgegeben, meine Lebensentscheidungen nur für mich zu treffen. Aber das stimmt nicht. Ich bin Fallanalytikerin geworden, weil ich immer das Schicksal meiner Schwester im Hinterkopf hatte. Und jetzt, da es nur um sie zu gehen scheint, tue ich zum ersten Mal etwas nur für mich selbst.«

Jan streckte seine Hand aus, bis er mit dem Unterarm über den Rand der Matratze hing. Ihre Bettdecke raschelte, dann spürte er die Wärme ihres Zeigefingers an seinem Daumen. Keiner von ihnen rührte sich. Er hielt den Atem an.

»Gute Nacht«, hauchte Rabea.

»Gute Nacht.«

SECHSUNDSECHZIG

Las Vegas, Nevada // 23. Mai

Die Worte »Eine Lawine!«, gepaart mit dem Duft nach frisch aufgebrühtem Kaffee, rissen Rabea aus dem Schlaf.

»Hm?«, machte sie und blinzelte heftig.

Jan stellte gerade einen Papierbecher mit Kaffee und eine fettdurchtränkte Tüte auf ihren Nachttisch. »Eine Lawine ... und ich hoffe, du magst Donuts.«

Sie richtete sich auf und schlang die Bettdecke um ihren Körper. »Wovon redest du?«

»Na, Donuts. Kleine Krapfen mit einem Loch in der Mitte. Ich habe welche mit Schokoglasur, Streuseln und ...«

»Nein, das doch nicht!« Sie verdrehte die Augen und griff nach dem Kaffee. »Was meinst du mit der Lawine?«

Jan hockte sich im Schneidersitz auf sein Bett. »Ich konnte nicht schlafen und habe mich noch einmal unten in die Bar gesetzt. Habe zugesehen, wie irgendein Typ zweitausend Dollar gewonnen und wieder verzockt hat. Als die Chips aus dem Spielautomaten gerauscht sind, hat mich das an eine Lawine denken lassen. Und was ist die häufigste Todesursache im Schnee? Klar, Lawinen!«

»Jan, Jan, Jan!«, stoppte sie ihn. »Ich komme nicht mit!«

Ihr Verstand musste erst einmal verarbeiten, dass sie in Las Vegas aufgewacht war. Damit er Jans vertrackten Gedankengängen folgen konnte, brauchte er erst einmal eine halbe Stunde Aufwachphase und mehrere Schlucke Kaffee.

Aber ihr Zimmergenosse ließ sich nicht abbringen: »Ich habe noch einmal überlegt, was der Schnee für eine Bedeutung haben könnte. Was auch immer Hunger hier plant, es muss tief in seiner Vergangenheit verwurzelt sein. Es ist sein letzter Wunsch. Sein letzter Akt. Weißt du, ich habe so eine Theorie für mich selbst aufgestellt: Ein Tod bedingt immer noch mehr Tode. Wir müssen den Tod finden, der am Anfang von alldem hier gestanden hat.«

»Du sprichst in Rätseln«, sagte Rabea.

»Kannst du mir einen Gefallen tun und auf deinem Laptop nach schweren Lawinenunglücken in der Schweiz suchen? Zeitraum zwischen 1950 und 1970.«

»Dafür brauche ich noch nicht einmal meinen Laptop.« Rabea nahm ihr Handy vom Nachttisch. »Und was soll das bitte bringen?«

»Das wirst du sehen.«

Sie tippte die Stichworte in ihre Suchmaske ein. »Ich muss sagen, das sind echt ziemlich viele assoziative Sprünge, die du da gerade hingelegt hast.«

»Oh, danke.«

»So war das nicht gemeint.« Sie schüttelte leicht den Kopf, während sie die Suchergebnisse scannte. »Okay, ich habe was. 1962, Lawinenunglück in den Emmentaler Alpen. Hier ist ein alter Zeitungsartikel dazu abfotografiert worden. Ein junger Skifahrer war verbotenerweise abseits der gesicherten und markierten Pisten unterwegs und hat dabei ein Schneebrett abgelöst. Die Lawine hat zwei junge Verlobte erwischt, die am Hang wanderten. Der Verlobte, Vincent H., konnte von der Bergwacht gerettet werden. Aber für Ina B. kam jede Hilfe zu spät.«

»Hunger …«, hauchte Jan.

Ein Schauer rann zwischen Rabeas Schulterblättern herab. Ihr war, als hätte sie eine Hand in die Dunkelheit ausgestreckt und etwas ertastet, was sich dort tief in ihr versteckt hatte.

»Der Mann, der die Lawine ausgelöst hat. Wie heißt er?«, fragte Jan.

»R. Meyer, steht hier nur.«

»Was ist aus ihm geworden?«

Rabea wühlte sich durch die Online-Archive einiger Boulevardzeitungen. Das Drama war ein gefundenes Fressen gewesen und hatte über Jahre zu einer Reihe von Artikeln über das Leben des Lawinenverursachers geführt:

Anklage wegen fahrlässiger Tötung. Das Gerichtsurteil. Drei Jahre Haft ohne Bewährung. Dann ein letzter Bericht über seine Entlassung und darin ein Absatz über seine Zukunftspläne.

»Jan, hör dir das an!«, sagte Rabea. »Meyer wolle jetzt die Schweiz mitsamt den Erinnerungen an das Unglück hinter sich lassen und einen Neuanfang in den USA wagen, steht hier.«

»Das ist es!« Jan schritt aufgeregt auf und ab.

»Meinst du, er will diesen Meyer töten? Aus Rache für das Lawinenunglück?«

»Nein. Er will ihm denselben Schmerz zufügen, der ihm damals widerfahren ist. Er will ihm das nehmen, was er am meisten liebt.«

SIEBENUNDSECHZIG

Tiffany Meyer und die kleine Megan kehrten vom Einkaufen zurück.

Familienhund Benny empfing sie unter Kläffen, als die Mutter die prall gefüllten Target-Taschen ins Innere des zweigeschossigen Fertighauses trug.

Der Vorort Spring Valley mit seinen Basketballkörben an den Garagentoren, den Nachbarschafts-Barbecues und Swimmingpools ließ nicht vermuten, dass der Las Vegas Strip mit seinem immerwährenden Rummel nur wenige Autominuten entfernt lag. Spring Valley wirkte vollkommen austauschbar, konnte genauso gut in der Peripherie von Albuquerque oder San Diego liegen.

Daniel Meyer arbeitete in der Spielhallenaufsicht, Tiffany Meyer verdingte sich als Krankenschwester – beide waren auf ihre eigene Art in die Verwertungskette der Touristenscharen involviert. Mit ihren Jobs finanzierten sie College-Sparkontos für ihre beiden siebenjährigen Zwillinge, stotterten ihr Haus ab, zahlten in ihren 401k-Rentenvertrag ein und gönnten sich Sommerurlaub in Cancún.

Sie verkörperten die bruchstückhaften Teile dessen, was vom American Dream noch übrig geblieben war.

Doktor Vincent Hunger beobachtete die Meyers schon seit einer Weile. Jedes Mal parkte er den silbernen Toyota Tacoma in der gegenüberliegenden Querstraße, trank kalt gepressten grünen Tee und machte sich Notizen in seinem karierten Ringblock.

Inzwischen kannte er den Alltag der einzelnen Familienmitglieder vermutlich besser, als sie es selbst taten. Er wusste, dass Tiffany seit einem halben Jahr eine Affäre mit dem Chefarzt der Neurologie hatte. Er wusste, dass Megan in der Schule wegen ihrer Sommersprossen gehänselt wurde. Er wusste, dass Daniel Schulden in den Etablissements hatte, die er eigentlich überwachen sollte.

Und er wusste etwas, was noch kein Einziger von ihnen wusste:

Heute würden sie alle sterben.

Der Turm des Schweigens wartete.

Stille und Erlösung waren nur noch einen Wunsch entfernt.

Er wartete noch, bis Mutter und Tochter im Inneren ihres Hauses verschwunden waren, dann stieg er aus. Mit großen Schritten überquerte er die Straße, blickte sich zu beiden Seiten um und klingelte.

Nach einigen Augenblicken zog die kleine Megan Meyer die Haustür auf.

Der Golden Retriever Benny erschien neben ihr und bellte. Dem harmlosen Köter warf Hunger ein paar mit Rattengift präparierte Brocken Trockenfleisch zu. Genug, um ihn ruhigzustellen.

»Wer sind Sie denn?« Megan neigte den Kopf zur Seite. Ihre pechschwarzen Zöpfe baumelten dabei hin und her.

Vincent Hunger ging vor ihr in die Knie.

»Die Vergangenheit«, flüsterte er.

Das Mädchen wich ein paar Schritte zurück. Eine instinktive Reaktion. Er machte ihr Angst.

Hunger hielt mit einer Hand die Fliegengittertür fest, bevor sie wieder zufiel. Mit der anderen zog er den 45er Colt aus der Jackentasche.

Megans Mutter trat in den Flur, ein Spültuch über die Schulter geworfen. »Wer ist denn an der …?«

Als sie die Waffe sah, die auf ihre Tochter gerichtet war, glitt ihr der Teller aus den Fingern. Klirrend zerbarst er auf den Steinfliesen.

Aus einer anderen Tasche holte Hunger ein Paar Handschellen und warf sie Tiffany Meyer zu. »Fesseln Sie sich damit die Hände auf den Rücken«, sagte er bestimmt. »Dann wird Megan nichts passieren.«

Das Mädchen hyperventilierte, die Augen starr auf die Mündung des Colts gerichtet.

»Nimm ruhig deinen Inhalator raus«, sagte Hunger, der selbstverständlich von ihrem Asthma wusste. »Ich weiß doch, dass du ihn dabeihast.«

Zitternd holte sie ihn hervor, hielt ihn an den Mund und versetzte sich zwei Sprühstöße. Es klickte zwei Mal. Ihre Mutter hatte sich die Handschellen angelegt.

»Bitte … bitte tun Sie uns nichts«, stotterte sie. »Was wollen Sie? Geld? Nehmen Sie alles …«

Hunger packte Megan am Arm und stieß Mrs Meyer ins Wohnzimmer. »Erst einmal will ich, dass Sie still sind.«

Der letzte aller letzten Wünsche.

Die Erfüllung war ganz nah.

Allein die Vorstellung, dass Megans Großvater Rudolf Meyer bald denselben Schmerz, denselben Verlust wie er spüren würde, erfüllte ihn bereits mit Genugtuung.

»Versprich mir, dass wir noch einmal die Sonne sehen.«

Der letzte erstickte Wunsch, den sie vor Jahrzehnten unter Schneemassen geäußert hatte. Er hatte ihn nicht erfüllen können. Aber dafür so viele andere. Er hatte diese Wünsche zu etwas Heiligem erkoren, ihre Erfüllung zu einem rituellen Akt.

Ina, dachte er. Ich konnte dich nicht noch einmal die Sonne sehen lassen. Aber ich habe dich immer geliebt. Ich habe nie damit aufgehört. Und ich habe so viel Gutes getan. Alles in deinem Namen.

Er drängte Tiffany und ihre Tochter auf das breite Sofa. Das Mädchen schmiegte sich fest an die Brust seiner Mutter.

»Daniel und Tim sollten bald vom Hockeytraining zurückkommen, richtig?«, sagte Hunger. »Warum warten wir nicht einfach auf die beiden?«

ACHTUNDSECHZIG

»Wir werden Hunger stellen, jetzt sofort!«

Jan heizte den Ford durch die Straßen von Spring Valley. Dabei hätte er beinahe eine Gruppe Joggerinnen niedergemäht, die gerade noch im letzten Moment zur Seite springen konnten.

»Willst du es nicht lieber erst mal bei Familie Meyer versuchen?«, schlug Rabea vor.

Sie hatten wieder bei David angerufen und ihn für sie recherchieren lassen. Ohne größere Schwierigkeiten hatte er nicht nur den US-Auswanderer Rudolf Meyer ausfindig gemacht, inzwischen weit über achtzig Jahre alt, sondern auch den Wohnort seiner Tochter Tiffany und deren Familie:

Palm Springs, Las Vegas.

Dasselbe Viertel, in dem auch Hunger lebte. Das konnte kein Zufall sein. Er musste die Meyers die ganze Zeit beobachtet, seine Tat über lange Zeit geplant haben.

Mit quietschenden Reifen hielt er gleich vor Hungers Einfahrt. Der Wagen des ehemaligen Arztes war nicht da. War er nur kurz fort? Oder holte er schon seine Opfer?

Die Mittagssonne loderte an einem wolkenlosen, azurblauen Himmel. In ihrem Licht wirkten die gleichförmigen Häuserfassaden ausgeblichen und fahl, wie die Gebeine verendeter Tiere, die seit Jahrzehnten im Wüstensand verwitterten.

»Wir haben keine Waffen, Jan! Das ist Selbstmord«, warnte Rabea, als sie ausgestiegen waren.

»Er ist ja nicht da. Lass uns nur schauen, wie weit er wirklich ist.«

Jetzt war es an Jan, unvernünftig und ungeduldig zu sein. Seit er verstanden hatte, was Hunger vorhatte, war er wie elektrisiert. Er wollte es zu Ende bringen.

»Und wie willst du ins Haus kommen? Am helllichten Tag? Bist du neuerdings unter die Schlossknacker gegangen?« Rabea redete sich hinter ihm in Rage.

»Ich habe mir in letzter Zeit einiges abgeguckt«, entgegnete er und dachte an den Satan's Squad. Er lief um das Haus herum, hob einen faustdicken Stein aus einem der verdorrten Blumenbeete und schleuderte ihn in das Verandafenster. Sofort begann eine Alarmanlage im Inneren zu schrillen.

»Na großartig!«, rief Rabea sarkastisch.

»Schnell, wir müssen sie abschalten!« Über klirrende Glasscherben hastete Jan hinein und entdeckte das wild blinkende Alarmgerät.

»Wir brauchen eine vierstellige Tastenkombination!« sagte Rabea.

»Was war noch mal das Jahr des Lawinenunglücks?«

»1962.«

»Ich probiere es damit.« Er tippte die vier Ziffern ein.

Die Kontrollleuchte flackerte rot.

»Verdammt, das war falsch, was könnte es noch ...«

Weiter kam Jan nicht.

Die Frequenz des Piepens erhöhte sich, dann brach es abrupt ab. Stattdessen strömte zischend etwas aus den Lüftungsschlitzen der Klimaanlage gleich über dem Alarmsystem.

Jan stolperte zurück.

Das ist keine Luft, schoss es durch seinen Kopf.

»Wir müssen sofort hier raus!«

Er zog sich den Kragen seines Shirts bis über die Nase und zerrte Rabea Richtung Veranda.

Synchron ratterten die Rollläden vor den Panoramafenstern herunter und fluteten den Raum mit Finsternis.

Es war zu spät.

»Wir ... wir hätten niemals ...«, keuchte Rabea.

Jan wurde schwindlig. Er sackte auf die Knie, seine Hand rutschte an Rabeas Arm herab. Schlieren tänzelten vor seinen Augen. Die Welt entglitt ihm.

Es tut mir leid, wollte er sagen, aber über seine Lippen drang nur noch ein Röcheln.

NEUNUNDSECHZIG

Der tiefste Kreis der Hölle bestand aus purem Eis.

So hieß es in Dantes *Göttlicher Komödie.*

Der gestürzte Engel Luzifer steckte im Eissee Cocytus tief im Erdkern fest. In seinen drei Mäulern zermalmte er die Erzverräter Judas, Brutus und Cassius.

Daran musste Rabea denken, als sie in Hungers Schneekeller erwachte.

Der tiefste Kreis der Hölle bestand aus Eis.

Ihr Vater hatte ihr von dieser Interpretation der Unterwelt erzählt, wenige Wochen, nachdem sie beinahe erfroren wäre. Ein Gespür für angemessene Gesprächsthemen hatte er noch nie besessen.

Trotzdem hatte sie dieser Gedanke nie losgelassen.

Was für eine Ironie, dachte sie. Der heißeste Ort, den man sich vorstellen kann, erfüllt von Schwefel und nie erlöschenden Feuern – und in seiner Mitte, im Herzen der Finsternis, ein Epizentrum aus Eis.

Genau wie hier.

Rings um sie herum unmenschliche Wüstenhitze und

das pulsierende, grelle Las Vegas – hier klirrende Kälte, Dunkelheit und Tod.

»Xenongas«, sagte Hunger mit brüchiger Stimme.

Er stand inmitten der circa ein Meter dicken Schneedecke, auf eine Schaufel gestützt und eingepackt in einen dicken Wintermantel. Um ihn herum vier Gräber, gerade tief genug, dass ein Mensch in ihnen unter der Oberfläche liegen konnte. In den zwei kleineren wanden sich ein Junge und ein Mädchen, beide geknebelt und mit stramm aneinandergefesselten Gliedmaßen. In den zwei größeren Gräbern die Eltern, auf dieselbe Weise fixiert. Ihre unartikulierten Laute gingen unter im Brummen der Kühlaggregate.

Familie Meyer. Im Tode vereint.

Sie waren zu spät gekommen. Hunger hatte sie sich geholt.

»Xenon ist ein sehr effektives, wenn auch teures Narkosegas«, referierte der Doktor weiter. »Sehr präzise steuerbar. Die Wirkung setzt genauso schnell ein, wie sie wieder nachlässt.«

Rabea versuchte sich zu orientieren. Sie stand aufrecht, mit Spanngurten an eine Art Sackkarre gebunden. Sie konnte sich nicht rühren, aber das lag nicht an den Gurten. Ihr Körper war wie gelähmt. Es erinnerte sie an das Gefühl, wenn sie im Schlaf so lange auf ihrem Arm gelegen hatte, dass er taub geworden war – nur dass sich jetzt ihr ganzer Körper taub anfühlte.

Jan hing auf einer Karre gleich neben ihr, noch immer bewusstlos. Seine Lippen waren bereits bläulich angelaufen, Eispartikel klebten in seinem Haar.

»Seien Sie nicht überrascht«, sagte Hunger. »Ich habe Ihnen beiden außerdem Suxamethonium verabreicht, ein Muskelrelaxans. Die Wirkungsdauer ist mit maximal zehn Minuten leider recht kurz. Aber danach gibt es ja noch die Spanngurte.«

Rabea wollte etwas erwidern, doch selbst ihre Mund- und Kiefermuskulatur versagte ihr den Dienst. Sie hätten niemals hierherkommen dürfen. Hätten vorsichtiger sein müssen. Der Jagdinstinkt hatte Jan so sehr gepackt, dass er jegliche Umsicht in den Wind geschlagen hatte.

»Sie beide tragen deutsche Pässe bei sich. Und Sie, Frau Wyler, sogar einen LKA-Ausweis. Ich nehme also an, dass Sie in die Geschehnisse rund um Xavers Rapunzelmädchen verwickelt sind. Von seinem Tod habe ich in den Nachrichten gelesen. Bedauerlich.« Er hustete, ging kurz in die Knie und klopfte sich auf die Brust. »Er ist ein nützlicher Idiot gewesen, besessen vom Forschungsdrang. Ich konnte ihn genauso instrumentalisieren, wie er seinen pawlowschen Schoßhund instrumentalisiert hat. Er war ein Marionettenspieler, der selbst nur eine Marionette gewesen ist. Alles für den Turm des Schweigens.«

Hunger nahm die Schaufel zur Hand, trieb sie in einen Haufen Schnee und schleuderte die weiße Masse auf das Grab von Mrs Meyer. Sie gab ein schrilles, hochfrequentes Heulen von sich. Das Geräusch absoluter Panik.

»Wyler ... Der Name kam mir gleich irgendwie bekannt vor, aber es brauchte eine Weile, bis ich mich erinnert habe. Die kleine Marie.« Er hielt in seiner grauenvollen Bestatterarbeit inne. Nur noch der bläulich angelaufene Kopf von Tiffany Meyer lugte aus dem Schnee hervor. »Sie müssen ihre Schwester sein, nehme ich an. Sie sehen ihr sehr ähnlich, natürlich abgesehen von dem Feuermal. Ist das der Grund, warum Sie hierhergekommen sind? Sie haben nie erfahren, was aus ihr geworden ist, richtig?«

Rabeas Herzschlag beschleunigte sich. Sie spürte, wie sie ihre Finger wieder etwas bewegen konnte. Sollte sie es jetzt wirklich erfahren? Was würden Hungers Worte in ihr auslösen? Bittere Ernüchterung? Hoffnung?

Er rammte die Schaufel in den Schnee und stapfte auf sie zu. Erst als er näher kam, erkannte sie die handlange Narbe auf seiner linken Wange. Im Licht der nackten Neonröhren wirkte sein Gesicht ausgehöhlt und erinnerte sie einmal mehr an einen Totenschädel.

»Ihr letzter Wunsch, richtig?«, fragte er langsam. »Herausfinden, was mit Ihrer Schwester geschehen ist.«

Er blickte tief in ihre Augen, schien in ihnen nach einer Antwort zu suchen.

»Diese Narbe«, er strich über seine Wange, »war das Werk Ihrer Schwester. Ein Holzbalken, in dem ein rostiger Nagel steckte. Ein gezielter Hieb. Meine Unvorsichtigkeit.«

Auch Jan neben ihr öffnete wieder seine Augen, schaute reglos zu ihnen herüber.

»Ich hielt sie in einer Hütte in den Emmentaler Alpen fest. Sie war widerspenstig, hat sich immer wieder das Haar ausgerissen. Ich wollte ihr die Hände amputieren, damit sie es nicht mehr konnte. Aber als ich gerade bei der zweiten ansetzen wollte, schlug sie mich nieder und floh.«

Rabea riss die Augen auf. Eine Woge aus warmer Hoffnung überzog ihren gelähmten, frierenden Körper.

Marie war entkommen.

»Ob sie noch lebt?«, meinte Hunger. »Ich weiß es nicht. Es war mitten im tiefsten Winter, in den Bergen. Ihre Schwester war nur ein kleines, noch dazu schwer verletztes Mädchen. Der nächste Ort lag kilometerweit entfernt. Sie können davon ausgehen, dass sie tot ist.«

Aber davon ließ sich die wärmende Hoffnung in Rabeas Brust nicht auslöschen. Die Möglichkeit bestand, so gering sie auch sein mochte, dass Marie noch lebte. Allein das zählte.

»Ihren Wunsch habe ich damit erfüllt«, fuhr Hunger fort, wandte sich ab und ergriff wieder die Schaufel. »Jetzt gilt es, meinen eigenen letzten Wunsch wahr werden zu lassen.«

Mit diesen Worten begrub er das Gesicht von Mrs Meyer vollends unter dem Schnee. Sie würde ersticken, wenn nicht bald Hilfe kam. Aber was sollten sie tun? Sie waren Hunger genauso hilflos ausgeliefert wie die Familie.

»Und wenn ich fertig bin«, er machte sich jetzt daran, die Tochter zu begraben, »bringe ich Sie zum Turm des Schweigens.«

SIEBZIG

Mojave-Wüste

Die Ladefläche des Pick-up-Trucks ruckelte heftig, Staub und Benzingestank hingen in der Luft. Fahles Sonnenlicht glomm durch die Stoffdecke, die Hunger über Rabea und Jan gespannt hatte.

Er bringt uns zum Turm des Schweigens, dachte Jan. Wo soll das sein?

Hunger hatte sie, an die Sackkarren geschnürt, unter größter Anstrengung in seiner Garage auf den Toyota geladen. Dann hatte er sie abgedeckt und war losgefahren. Die Geräuschkulisse gab den einzigen ungefähren Hinweis darauf, wo sie sich befanden.

Erst umgab sie noch der Lärm und das Hupen der Automassen in Las Vegas, dann wurde es ruhiger um sie herum, nur noch der Motor des Toyotas war zu hören. Das Brummen hielt eine Ewigkeit lang an. Jan verlor schnell jegliches Zeitgefühl.

»Er fährt hinaus in die Wüste«, flüsterte er. Die Wirkung des Muskelrelaxans hatte nachgelassen, aber noch immer hörte er sich verwaschen an.

Rabea wandte den Kopf zu ihm. »Wir müssen etwas tun.«

»Uns sind gerade die Hände gebunden.«

Sie verdrehte die Augen. »Ich kann's nicht glauben, dass du jetzt echt noch Wortspiele machst!«

»Passiert mir immer in solchen Situationen. Wir ...«

Der Toyota stoppte abrupt. Die Griffe der Sackkarren stießen gegen die Heckklappe. Jans Hinterkopf schlug unsanft auf den Boden.

Das Brummen des Motors erstarb.

Sie waren da.

Das Knallen der Fahrertür. Stiefelschritte im Sand. Hunger zog die Decke weg, und gleißendes Sonnenlicht tauchte für Sekundenbruchteile alles in Weiß. Jan kniff die Augen zusammen und wand sich in den Gurten.

Hunger öffnete die Heckklappe und wuchtete ihre Sackkarren nacheinander herunter. Sein rasselnder Atem ging stoßweise. Mehrmals hielt er inne.

Als er aufrecht in der Sackkarre stand, konnte sich Jan einen Überblick über die Umgebung verschaffen. Hunger hatte sie wirklich hinaus in die Wüste gefahren.

Um sie herum gab es nur blankes Gestein, verdorrtes Strauchwerk und aufgerissenen, schartigen Boden; es war eine unwirtliche Marslandschaft. War das hier schon das Death Valley? Wie lange waren sie gefahren? Er hatte jegliches Zeitgefühl verloren.

Sein Blick folgte den Reifenspuren. Sie verloren sich am Horizont, ohne dass eine Straße oder auch nur ein unbefestigter Weg zu erkennen war. Sie mussten mitten im Nirgendwo sein, fernab jeder Zivilisation. Und jeder Hilfe.

»Wo sind wir hier?«, fragte er.

»Beim Turm.« Hunger packte die Griffe von Jans Karre und drehte sie herum, dann sah er ihn vor sich.

Den Turm des Schweigens.

Er war nicht mehr als ein improvisierter Aufbau aus Holzpaletten, Planken und Wellblech, vielleicht fünf Meter hoch. Eine Teleskopleiter lehnte an seiner Seite. Hunger musste die Materialien in mehreren Fahrten hierhertransportiert und ihn dann selbst zusammengezimmert haben.

»Hatte ich mir irgendwie beeindruckender vorgestellt«, meinte Jan.

»Was wissen Sie schon!«, versetzte Hunger. »Die Dachma, oder Türme des Schweigens, dienen den Zoroastriern für ihre Himmelsbestattungen. Die Leichname werden auf ihre Spitze gelegt, um von Raben und Geiern gefressen zu werden.«

»Warum?«, fragte Rabea. »Was hat das mit den Wünschen zu tun?«

»Nichts«, entgegnete Hunger, »aber es hat alles mit Ina zu tun. Meinem Söckli. Sie studierte Philosophie. Seit sie Nietzsches *Zarathustra* gelesen hatte, war sie besessen vom Zoroastrismus. Sie wollte für ihn sogar aus der Kirche austreten … dabei war ihr Vater im Presbyterium.« Für einen Moment wirkte Hungers Blick entrückt. »Mit meinem Tod werde ich ihr wieder nah sein. Werde sie wiedersehen.«

»Das werden Sie auch so«, sagte Jan. »Dafür müssen Sie das hier nicht tun.«

»Sparen Sie sich Ihre Bemühungen, Herr Grall. Xaver hat mir genug von Ihnen erzählt. Sie mögen vielleicht ein brillanter Fallanalytiker sein, aber Sie werden nicht einen Entschluss ändern, den ich vor fünf Jahrzehnten getroffen habe.«

Mit diesen Worten schob er die Sackkarren vor den Turm des Schweigens. Dann ging er zum Toyota und kehrte mit einem Colt in der Hand zurück.

Jans Herz setzte einen Schlag aus. Er glaubte, die Waffe wäre für sie bestimmt. Aber Hunger beachtete sie gar nicht, sondern lief zwischen ihnen hindurch auf die Leiter zu.

Er wollte sich erschießen.

»Was ist eigentlich mit meinem letzten Wunsch?«, fragte Jan, als der Arzt schon die ersten Sprossen erklommen hatte. »Theoretisch hätte ich doch auch noch einen frei. Und ich wünsche mir, dass Sie noch bei der Polizei, bei den Park Rangern oder wem auch immer anrufen und ihnen unsere Position durchgeben.«

Hunger schüttelte den Kopf. »Dann wäre es nicht mehr Ihr letzter Wunsch.«

»Was ist mit den letzten Wünschen all Ihrer Opfer gewesen?«, meinte Rabea. »Ihr Verhalten ergibt keinen Sinn. Sie haben letzte Wünsche erfüllt und gleichzeitig so viele andere missachtet.«

»Nur, weil es für Sie keinen Sinn ergibt, heißt es nicht, dass es für mich auch so ist.« Hunger entsicherte den Colt. »Und jetzt lassen Sie mich in Frieden sterben.«

Jan warf Rabea einen Seitenblick zu und flüsterte: »Lass

es ihn tun. Wir können uns immer noch befreien, und dann haben wir den Pick-up. Wir haben eine Chance.«

Im Gegensatz zu Familie Meyer, dachte er. Egal wie viel Zeit auch vergangen war, für die vier war es längst zu spät.

Hunger bestieg indes die Spitze des Turms. Er kniete sich hin und richtete die Pistole unter sein Kinn.

»Söckli …« Ein Hauchen, kaum hörbar.

Kein weiteres Zögern. Ein Entschluss, vor fünfzig Jahren gefasst. Er drückte ab. Eine Wolke aus Blut überzog den Turm des Schweigens. Sein Körper sackte zusammen. In der Ferne flogen einige Vögel erschrocken auf.

Dann herrschte Stille.

EINUNDSIEBZIG

Irgendwann kamen die Geier.

Erst umrundeten sie den Turm nur in gebührender Höhe und weitem Abstand. Aber mit jeder Minute, die verging, zogen sie ihre Kreise enger und enger. Schwarze Omen am Himmel.

»Sie werden uns nichts tun«, sagte Jan. »Die fressen nur Aas, lebende Menschen würden sie niemals attackieren.«

»Aber was, wenn ihnen das Aas ausgeht?« Rabea schluckte trocken. Ihre Kehle fühlte sich längst wie ausgedorrt an. Ihre Lippen waren so rissig und ausgetrocknet, dass sie bluteten. »Was, wenn es nicht bei Geiern bleibt? Was ist mit Kojoten?«

»Es wird alles gut«, sagte Jan. »Ich habe das Gefühl, der Gurt an meinen Schultern hat sich schon etwas gelockert. Vielleicht kann ich gleich sogar ...« Er wand sich weiter wie ein Entfesselungskünstler, aber seine Bewegungen wurden immer hektischer und unkoordinierter.

Einer der Geier wagte schließlich einen Vorstoß und ließ sich flatternd auf dem Turm nieder. Sie hörte das Klackern seines Schnabels, das schmatzende Reißen des Fleisches.

Etwas Heißes, Gallertartiges schoss ihre Speiseröhre hoch. Sie würgte. Gerade noch so konnte sie an sich halten.

Kaum war der erste Geier gelandet, folgten ihm schon seine Artgenossen. Die Spitze des Turms verschwand vollständig unter schwarzen Federn. Die Vögel kreischten, kämpften um Fleischfetzen, breiteten ihre gigantischen Schwingen aus.

Unterdessen brannte die Sonne erbarmungslos vom Himmel. Alles um sie herum flirrte. Rabeas Kopf fühlte sich unglaublich schwer an, sackte immer wieder herab. Anfangs war ihr der Schweiß in Strömen aus jeder Pore geflossen, aber inzwischen war sie selbst dafür schon zu ausgetrocknet. Wie lange würden sie das noch aushalten?

Sie verrenkte ihre Hand, um irgendwie an die Schnalle des Gürtels zu kommen, der über ihren Hüften lag. Das versuchte sie schon die ganze Zeit. Einmal hatte sie kurz mit dem Fingernagel das Metall gestreift, mehr hatte sie nicht geschafft.

»Es ist aussichtslos«, wimmerte sie.

Vielleicht lebte Marie noch. Aber Rabea würde es niemals herausfinden. Es würde hier sein Ende finden.

Plötzlich löste sich einer der Geier vom Turm und stürzte vom Himmel herab wie ein gefiederter Komet.

Direkt auf Jan hinab.

Er stieß ihn mitsamt der Sackkarre um. Rücklings landete er im Staub.

»Jan!«, schrie Rabea und zerrte an ihren Fesseln.

Wild kreischend und Flügel schlagend hackte der Greifvogel auf ihn ein, traf seinen Körper und die Spanngurte. Jan gab ein kaum noch menschliches Heulen von sich. Schüttelte sich unkontrolliert.

»Mein Gesicht!«, brüllte er, »verschwinde, du Mistvieh!«

Als der Geier von ihm abließ, verfing sich einer der Gurte in seinen Krallen. Der Vogel zog seine Klaue an und riss sich los. Der Gurt lockerte sich ein Stück weit.

Jan konnte seinen Unterarm nur einen Zentimeter weiter bewegen. Aber es reichte aus, um an die Schnalle eines der Gurte zu gelangen. Sofort löste er sie und befreite sich von der Sackkarre. Sein Gesicht war nur noch eine Maske aus Blut, ein einziger verzerrter Ausdruck des Schmerzes.

»Verdammt, Jan! Es tut mir so leid!«

»Scho... Schon gut«, stotterte er, wischte sich notdürftig über die Nasenpartie und rappelte sich auf. »Erst einmal müssen wir hier weg.«

Er stolperte auf sie zu. Nun konnte sie sehen, dass sein Nasenrücken völlig zerfetzt war.

»Jan!« Ihre Kehle schnürte sich zu. »Er hat dich ziemlich heftig erwischt.«

»Das geht schon«, sagte er mit zusammengebissenen Zähnen. Er musste völlig unter Adrenalin stehen.

Er löste ihre Fesseln, und sie fielen sich in die Arme.

»Jetzt lass uns von hier verschwinden«, sagte Jan.

Die Geier flogen wieder davon. Sie schleppten sich zum Pick-up.

»Kein Wasser! Kein Erste-Hilfe-Kasten! Nichts!«, sagte Jan mit brüchiger Stimme, als er die Ladefläche und die Fahrerkabine durchsuchte. »Ich brauche Wasser. Medizin. Schnell!«

»Ich fahre!«

Rabea schwang sich hinter das Lenkrad. Der Schlüssel steckte noch. Aber als sie den Motor starten wollte, gab er nur ein jämmerliches Schnaufen von sich. Die Tankanzeige stand auf null.

»Das darf nicht sein!«, hauchte Rabea. Hunger musste das Benzin abgelassen haben, bevor er auf den Turm gestiegen war. Er war auf alles vorbereitet gewesen.

»Ein Handy, irgendetwas!« Panisch durchwühlte Jan das Handschuhfach. Seine Suche blieb erfolglos.

Sie waren verloren.

Jan sank auf seinem Sitz zusammen, eine Hand auf seine verletzte Nase gepresst. Das Blut hatte längst seinen Hemdskragen durchtränkt, glänzte in seinem Bart und klebte die Haarsträhnen an seine Stirn.

Sie hielt ihn fest, richtete ihn wieder auf. Dabei strich sie über seine Brusttasche.

Und ertastete das Feuerzeug.

Natürlich, dachte sie. Ungelenk holte sie es hervor. Probierte es aus. Sie brauchte drei Versuche, um seine kleine Flamme zum Brennen zu bringen. Eine winzige, glimmende Hoffnung.

»Ich bin sofort wieder da!« Sie strich Jan durch die schweißverklebten Haare. »Halt durch, okay!? Bleib wach!«

Als sie ausstieg, nahm sie eine vergilbte Nevada-Straßenkarte aus dem Ablagefach der Fahrertür und rollte sie zusammen. Mit großen Schritten hielt sie auf den Turm des Schweigens zu.

Sie würde ihn zu Hungers Scheiterhaufen machen.

Und damit gleichzeitig zum Leuchtfeuer.

Sie hielt die Feuerzeugflamme an das spröde, dünne Papier der Karte. Es loderte sofort auf. Wie eine Fackel hielt sie es an diese Konstruktion aus Holz und Wellblech, die sich Turm des Schweigens nannte.

Das Feuer verbiss sich unversehens in das alte, trockene Holz. Schlängelte sich innerhalb weniger Sekunden an dem Turm empor, gierig und ausgehungert.

Rabea warf die Kartenreste zwischen die Balken, lief vorsichtig rückwärts, wandte sich dann um und rannte zurück zum Wagen.

Als sie aus der Windschutzscheibe schaute, brannte der Turm bereits lichterloh. Eine tiefschwarze Rauchsäule schraubte sich über ihm in die Höhe. Zu dem Geruch verkohlten Holzes mischte sich jetzt auch der beißende Gestank von verbrennendem Menschenfleisch.

Würde es ausreichen? Würden das Feuer und die Rauchsäule groß genug sein, damit es jemand sah? Damit sie jemand fand?

Ihnen blieb nichts anderes übrig, als abzuwarten.

»Sie lebt. Marie lebt«, flüsterte Rabea, den Kopf gegen das Seitenfenster gelehnt. »Ich weiß es, ich spüre es. Mehr als je zuvor. Aber war es das hier wert? War es all das wert? Jan? ... Jan?«

Sie schaute zu ihm hinüber. Das Kinn hing ihm auf der Brust, die Lider waren geschlossen.

Ihr Herz zog sich zusammen. Mit zitternden Fingern befühlte sie seine Halsschlagader, spürte seinen schwachen, unregelmäßigen Puls.

Oh Gott, das würde er nicht lange durchstehen.

Sie zog ihn zu sich heran, legte seinen Kopf auf ihren Schoß, strich ihm durchs Haar. Wagte es nicht, in sein entstelltes Gesicht zu sehen.

Sie hätte ihn nie in all das hineinziehen dürfen. Vor ihrem inneren Auge blitzte das Bild der toten Delilah auf. Der kollabierende Kris. Der weggeschossene Kopf von Asgari. So viel Tod, so viel Leid.

Ihre Lippen bebten. Sie wischte sich über die Nase, spürte heiße Tränen auf ihren Wangen. Sie ließ den Kopf hängen, drückte ihre Stirn an die von Jan.

Das Feuer baute sich noch einmal zu seiner vollen Größe auf, dann brach der Turm des Schweigens in sich zusammen. Nicht mehr als ein Haufen verkohlten Holzes, von dem noch vereinzelt dünne Rauchfähnchen aufstiegen.

Ein fernes Jaulen, schnell lauter werdend.

Sie horchte auf. Was war das? Kojoten? Vielleicht sogar Wölfe?

Aber nein, es klang mechanischer. Schriller. Fast wie – aber das konnte nicht sein ...

Sie riss die Wagentür auf, stürzte fast kopfüber aus dem Toyota.

Die Abenddämmerung wischte verschwenderisch Purpurtöne an den Himmel. Und am Horizont, genau in der Schneise zwischen Nachtdunkelheit und Sonnenuntergang, flackerte das Rot-Blau der Polizeilichter.

Rabea winkte ihnen mit beiden Armen zu.

Sie waren gerettet, sie waren wirklich gerettet.

ZWEIUNDSIEBZIG

Las Vegas, Nevada

»Entschuldigen Sie die Wartezeit! Wenn ich mich vorstellen darf: Detective Garcia.«

Der dickbäuchige Latino betrat den Vernehmungsraum des Las Vegas Metropolitan Police Department und setzte sich Rabea gegenüber. Dreitagebart, Aknenarben auf den Wangen, ein blau-weiß gestreiftes Hemd mit riesigen Schweißflecken unter den Achseln.

»Familie Meyer … konnten Sie sie finden? Sie …«, brach es aus ihr heraus.

»Ganz ruhig! Ganz ruhig!« Er stellte seinen Plastikbecher mit dampfendem Kaffee auf dem Tisch ab und legte seine Dienstmarke daneben. »Ich weiß, Sie haben viele Fragen. Aber glauben Sie mir, meine Kollegen und ich haben mindestens genauso viele an Sie.«

»Trotzdem, die Familie …«

Garcia strich sich über den Nacken. »Daniel Meyer und sein Sohn sind in Sicherheit und werden gerade im Krankenhaus behandelt. So viel kann ich Ihnen sagen. Sie haben schwere Unterkühlungen erlitten, sind aber inzwischen außer Lebensgefahr. Die Mutter liegt im Koma. Die Ärzte können noch nicht sagen, ob sie jemals wieder aufwachen wird. Und die Tochter …« Er sog scharf die Luft ein. »Für die Tochter kamen wir leider zu spät.«

Rabea hielt inne, rief sich für einen Sekundenbruchteil das Bild des kleinen Mädchens vor Augen, nur um es sogleich wieder zu vertreiben. Nicht jetzt. Nicht hier. *Was hätten wir denn tun sollen?*

»Aber wie ist das möglich?«, fragte sie schließlich. »Wie wussten Sie überhaupt davon?«

»Wir haben einen Anruf erhalten. Ein anonymer Anrufer, der uns die Adresse von diesem Dr. Hunger durchgegeben hat.«

Rabea runzelte die Stirn. Ein Anrufer? Wer sollte das sein? Ihr fielen nur Miri und ihr Freund David ein. Sie waren die Einzigen, die von ihren Nachforschungen wussten und sogar, wo Hunger lebte. Aber woher hätten sie wissen sollen, dass Jan und sie in Gefahr schwebten?

»Nur wenig später hat uns ein Touristenbus, der auf dem Weg ins Death Valley war, das Feuer gemeldet. Dadurch konnten wir Sie so schnell finden.« Garcia lehnte sich vor. »So, ich habe Ihnen ein Bröckchen Wissen zugeworfen. Jetzt sind Sie an der Reihe. Was treibt eine operative Fall-Fall-Fa…« Er versuchte ihre Berufsbezeichnung von ihrem Dienstausweis abzulesen, verhaspelte sich aber bei dem langen deutschen Wort.

»Fallanalytikerin«, half sie ihm. »Sie können auch einfach Profilerin sagen.«

»Danke«, sagte er. »Und das, obwohl ich mal in Ramstein stationiert war. Wie auch immer, was treiben eine Profilerin und ein Ex-Profiler aus Deutschland hier in Las Vegas?«

»Das ist eine lange Geschichte«, begann sie und schilderte ihm in groben Zügen die Ereignisse der letzten Tage. Es kam ihr vor, als schaute sie sich aus der Perspektive einer Überwachungskamera selbst beim Reden zu. Ihr überstürzter Aufbruch aus Koblenz, die Ereignisse in Essen, ihr Martyrium in Düsseldorf. Alles schien so unendlich weit weg, wie ein Fiebertraum. Wie etwas, was einer völligen Fremden zugestoßen war.

»Wow.« Garcia wischte sich über die Stirn. »Klingt wie aus einem Actionfilm.«

»Es ist wahr, es ist alles wahr.«

»Ich glaube Ihnen, keine Sorge. Sie hätten uns früher involvieren können, das ist alles, was ich Ihnen vorzuwerfen habe.«

Rabea seufzte erleichtert. »Wissen Sie etwas von meinem Kollegen?«

»Keine neuen Informationen, seit er ins Krankenhaus eingeliefert wurde. Aber der Rettungssanitäter meinte, dass ihm höchstwahrscheinlich nur eine Narbe bleiben wird.«

Sie senkte den Blick, betrachtete ihre zitternden Hände. Das war alles ihre Schuld. Nur ihretwegen war Jan hierhergekommen und hatte sich in so große Gefahr begeben.

Sie klärte mit Garcia noch einige Details, füllte unzählige Formulare aus und durfte dann endlich die Polizeistation verlassen.

Im Vorraum des Reviers sammelten sich die Ausläufer der Nacht wie Wasser im Rinnstein. Eine Verlängerung des

Wahnsinns, der auf dem Strip Nacht für Nacht Normalität war.

Zwei Beamte rangen mit einem Teenager, der die Hände auf den Rücken gefesselt hatte und ununterbrochen brüllte: »Ich hab nichts geklaut! Ich hab nichts geklaut!«

Eine Schwarze im engen Paillettenkleid kauerte auf einer der Bänke und wimmerte in ihr Handy. Ein Rothaariger, der offenbar irgendein Zeug eingeworfen hatte, brabbelte Unzusammenhängendes und schaukelte dabei auf seinem Sitz vor und zurück.

Rabea ging durch den Raum und hielt den Blick auf den Linoleumboden gesenkt. Sie hoffte sehr, unbehelligt hier rauszukommen. Sie musste dringend zu Jan ins Krankenhaus.

»Frau Wyler!«

Eine Stimme, ganz ruhig, der völlige Gegensatz zu dem Chaos um sie herum. Sie war unterlegt von einem wohlvertrauten Singsang: Berndeutsch.

Sie brauchte sich nicht lange umzusehen, um den Besitzer der Stimme auszumachen. Er war ein Fremdkörper in diesem Raum, so fremd und geheimnisvoll wie eine Geistererscheinung.

Ein alter Mann, ungefähr Mitte siebzig, in traditioneller Sennenkleidung, wie sie die Männer bei der Solätte trugen, dem großen Burgdorfer Schulfest. Eine Weste aus Schurwolle, eine lederne Arbeitshose, ein kariertes Hemd.

Mit offenem Mund trat Rabea auf ihn zu. »Wer … wer sind Sie?«

Sein ledriges Gesicht formte sich zu einem Lächeln. Er

war glatt rasiert, hatte säuberlich zurückgekämmtes Haar und Augen, deren funkelndes Blau sie an Bergseen denken ließ.

»Mein Name ist Constantin Egger. Ich bin hier auf Geheiß Ihrer Schwester.«

Rabeas Beine gaben nach. Sie taumelte.

Ein Polizist bemerkte es und wollte auf sie zugehen. Aber Egger sprang für sein Alter erstaunlich schnell von seinem Sitz auf und griff ihr unter die Arme.

»Kommen Sie, wir gehen etwas an die frische Luft. Ich werde Ihnen alles erklären.«

An einem Getränkeautomaten kaufte er zwei Flaschen Wasser und führte sie dann zu einer hüfthohen Mauer gleich vor dem Metropolitan Police Department. Fernes Gelächter und Verkehrsrauschen drangen vom Strip bis hierher, eine Welt, die Rabea noch nie so fern gewesen war wie jetzt.

Sie lebt. Marie lebt.

Und dieser Mann kannte sie. Er wusste, wo sie war.

Sie nippte an ihrem Wasser, verschluckte sich, hustete.

»Immer viel zu hastig, genau wie Marie«, schmunzelte Egger.

Rabea musste daran denken, was Jan in Burgdorf widerfahren war. »Sie waren der alte Mann ... Sie haben die Botschaft für Jan im Hotel hinterlassen.«

»Vielleicht war meine Wortwahl etwas zu drastisch«, sagte Egger.

»Wo ist sie?«, fragte Rabea. »Wo ist meine Schwester? Was haben Sie mit ihr gemacht?«

»Ich habe mich schuldig gemacht«, sagte Egger, und mit

einem Mal schwand das Funkeln aus seinen Bergseeaugen. »Nicht so wie der Mann, der Marie damals entführt hat, nein. Auf andere Art und Weise.«

Rabea hielt den Atem an. »Was haben Sie getan?«

»Um das zu erklären, muss ich Ihnen zunächst einmal von meiner Tochter erzählen. Sarah. Sie ist gestorben, vor bald dreiundzwanzig Jahren. Leukämie. Sie war gerade einmal elf. Ich bin daran zerbrochen. Meine Frau und ich haben uns kurz darauf getrennt. Daraufhin bin ich in die Berge gegangen, habe eine Almhütte in den Berner Alpen bezogen. Die Welt erschien mir so leer, so düster ohne sie. Das änderte sich drei Jahre später, als plötzlich Ihre Schwester vor meiner Tür stand ...«

Rabea zerdrückte ihre Wasserflasche, und die kalte Flüssigkeit ergoss sich über ihre Handrücken. Sie merkte es nicht einmal.

Egger fuhr fort: »Es war mitten im tiefsten Winter. Sie war völlig unterkühlt, hatte eine Hand verloren, war blutüberströmt. Und der Blick in ihren Augen ... kein Kind sollte einen solchen Blick haben. Sie konnte sich an nichts erinnern, rein gar nichts, nur dass ihr Name Marie war, das war alles. Auch nachdem ich ihre Wunden versorgt und sie gepflegt hatte, auch nach Tagen – nichts. Sie hatte völlig ihr Gedächtnis verloren. Später einmal habe ich unter einem Vorwand einem Psychologen zu dem Thema geschrieben. Er antwortete, es könne sich um eine schwere dissoziative Amnesie systematischer Form handeln. Ein extrem traumatisches Erlebnis, so wie es Ihre Schwester hatte, kann zu einer Überforderung der Gedächtnisfunktionen führen.«

»Warum sind Sie nicht mit ihr zur Polizei gegangen?«, fragte Rabea. Sie spürte, wie sie wütend wurde.

Egger senkte den Blick und rieb seine knorrigen, altersfleckigen Hände aneinander. »Weil ich sie nicht gehen lassen wollte. Weil sie wie eine Tochter für mich war. Sie hatte nur mich. Ich hatte nur sie. Glauben Sie mir, Frau Wyler, ich habe mich um sie gesorgt, glauben Sie mir das!« Jetzt rannen Tränen über seine Wangen. »Ich habe ihr eine Prothese für ihre Hand machen lassen, habe sie selbst unterrichtet, so gut ich konnte. Ich habe ihr sogar die alten Spielsachen von Sarah gebracht. Ihr hat es nie an irgendetwas gefehlt.«

»Hat sie nie gefragt? Sich nie einsam gefühlt da oben in den Bergen? Oder sich gewundert, wo der Rest ihrer Familie ist?«

»Doch, doch ... aber ich habe mich in Ausflüchte gerettet, in Lügen. Und da war immer diese Angst, dass derjenige, der sie entführt hat, noch dort draußen ist. Noch immer nach ihr sucht. Sie nennt mich Ätti, Großvater, wissen Sie?«

Rabea ballte die Fäuste. Die ganze Zeit war Marie so nah gewesen. Andererseits: Ohne Egger wäre ihre Schwester vielleicht elendig in den Bergen erfroren.

»Wie kommt es, dass Sie jetzt doch hier sind? Was hat sich geändert?«

»Marie liest Zeitung, sie schaut fern. Ich habe sie nicht von der Außenwelt abgeschottet. Als von dem Fall in Essen berichtet wurde, als ein Bild von Ihnen nach den Ereignissen von Düsseldorf in den Nachrichten war ... da hat das etwas in ihr ausgelöst. Sie hat sich wieder erinnert. Erst nur bruchstückhaft, aber von Tag zu Tag, von Stunde zu Stunde wurde es mehr. Sie erinnerte sich an Sie, Frau Wyler, sie hat nur noch von Ihnen gesprochen.«

Rabea legte den Kopf in den Nacken, ihr Blick verlor sich in der Schwärze über ihnen. Ihre Schwester hatte nachts in denselben Himmel geschaut wie sie. Sie wollte nichts dringender, als sich sofort in den nächsten Flieger zu setzen und sie zu sehen. Vorher brauchte sie jedoch noch Antworten.

»Wie haben Sie uns gefunden? Wie wussten Sie, dass Hunger hier ist?«

»Ich wusste, dass dieser Herr Grall im Hotel in Burgdorf war. Als ich von dem Rapunzel-Fall hörte, hatte ich Angst, jemand könnte uns finden. Deshalb habe ich Ihr Elternhaus überwacht und bin so auf Grall gestoßen. Habe ihm diese dumme, eigennützige Warnung zukommen lassen. Maries Erinnerungen wurden immer deutlicher, und als ich ihr alles beichtete, bat sie mich, Kontakt mit Grall aufzunehmen … aber da war er schon weg, das Hotel hat mich nur an eine junge Frau aus Mainz verwiesen, die beim Auschecken ihre Nummer hinterlassen hatte.«

»Miri«, hauchte Rabea.

»Genau. Sie hat mir alles erzählt. Ich habe versucht, Sie zu erreichen, aber da waren Sie schon in die USA aufgebrochen. Marie, sie hatte dieses seltsame Gefühl, dass Ihnen etwas zustoßen würde. Deshalb hatte ich ihr versprochen, Ihnen hierher zu folgen. Und jetzt, jetzt bin ich hier.«

»Und das in Ihrem Alter«, meinte Rabea, die nun erst wahrnahm, dass sie auf ihren Nägeln kaute.

»Oh, vor dem Tod meiner Tochter bin ich viel gereist. Ich

habe in einer großen Bank gearbeitet. Sorgen Sie sich also nicht …«

»Ich will sie sehen«, unterbrach sie ihn und stand auf. »Ich will endlich meine Schwester wiedersehen.«

»Das werden Sie, Frau Wyler, das werden Sie.«

DREIUNDSIEBZIG

Emmentaler Alpen // eine Woche später

Felix hörte Ättis Jeep lange, bevor Marie es tat. Der Berner Sennenhund sprang laut bellend über die Wiese.

Marie packte ihn mit ihrer Silikon-Handprothese am Halsband und kraulte ihn mit ihrer unversehrten Rechten.

»Ruhig, ganz ruhig!«, sagte sie, mehr an sich selbst als an das Tier gerichtet.

Die ganze Nacht lang hatte sie kein Auge zugetan, und jetzt pochte ihr das Herz hart gegen die Rippen.

Sie blinzelte in den Sonnenaufgang dieses schon jetzt drückend heißen Tages. Der Umriss des Geländewagens erschien auf der schmalen Schotterpiste, die hoch bis vor die Almhütte führte.

Marie wischte sich die schweißnassen Hände an ihrem Sommerkleid ab. Das hier war der Moment, auf den sie zwanzig Jahre gewartet hatte – und die meiste Zeit davon hatte sie noch nicht einmal gewusst, dass sie das tat.

Als sie auf dem kleinen Röhrenfernseher in ihrem Zimmer die Nachrichten gesehen und vom Rapunzel-Fall gehört hatte, waren die Erinnerungen über sie hereingestürzt.

Die guten.

Und die bösen.

An den glatzköpfigen Fremden, der sie beim Kindergarten in sein Auto gezerrt hatte. An sein dunkles Versteck. An die Sorgfalt, mit der er ihr Haar beäugt hatte. Und an den Schmerz, als sie es sich ausgerissen hatte.

Mit Rabea, ihrer Schwester – sie hatte wirklich eine Schwester! –, hatte sie zunächst nur telefoniert. Die Stimme einer Fremden, in der sie nach einem Funken der Vertrautheit gehorcht hatte.

Sie hatten sich darauf geeinigt, dass Rabea sie zuerst allein besuchen würde, ohne ihre Eltern oder gar weitere Verwandtschaft. Sie wollten Marie nicht überrumpeln. Die Situation war schon herausfordernd genug.

Wer bin ich? Wie viel Wyler trage ich in mir?

Sie erinnerte sich an die vielen Streitereien zwischen ihr und Ätti, die seit ihrer Pubertät immer wieder ausgebrochen waren.

»Ich will auf die Schule! Ich will andere Leute treffen. Irgendwann will ich studieren. Das hier kann doch nicht alles sein!«

»Du kennst die Welt da draußen nicht. Du weißt nicht, wie gefährlich sie ist!«

Sie hatte sich auf das Zeichnen konzentriert, ihr ganzes Zimmer hing voll mit Skizzen, Landschaftsgemälden und Comicstrips. Jedes Mal, wenn sie einen Bleistift in die Hand nahm, verflogen Einsamkeit und düstere Gedanken.

Ihr Ätti hatte sie angelogen, ja, aber dennoch konnte die Wahrheit der Liebe nichts anhaben, die sie für ihn empfand. Er hatte sie beschützt, auf die Art, die er für richtig gehalten hatte. Wie sollte sie ihm das zum Vorwurf machen?

Der Geländewagen hielt vor ihr.

Ihr Ätti stieg aus, warf ihr einen undeutbaren Blick zu und zog die Beifahrertür auf.

Maries Spiegelbild trat aus ihr heraus. Abgesehen von dem Feuermal auf ihrer Wange glich Rabea ihr bis ins kleinste Detail. Sie wirkte nur abgekämpfter, blasser. Sie trug eine graue Jeans, eine weiße Bluse mit Stehkragen und hatte ihr Haar zu einem strengen Zopf zurückgebunden. Sie hatte etwas in der Hand. Erst als sie aufeinander zutraten, erkannte Marie, was es war.

»Prinzessin Anastasia«, flüsterte sie, als könnte ihre Stimme den Moment vernichten, wenn sie zu laut sprach.

»Ja.« Ihre Schwester hielt die Porzellanpuppe hoch. »Ich habe für dich auf sie aufgepasst.«

Für die Dauer von drei Atemzügen blieben sie so stehen, still, sahen sich ungläubig an. Der Bergwind spielte mit ihren Strähnen, Felix tanzte schwanzwedelnd um sie herum.

Schließlich nahm Marie die Puppe entgegen, drückte sie an ihre Brust.

Ihre Schwester machte einen unsicheren Schritt auf sie zu, dann streckte sie ihre Arme aus und zog sie an sich wie ein Ertrinkender einen Rettungsring. Umarmte sie so fest, dass ihr die Luft wegblieb.

»Ich werde dich nie mehr allein lassen«, sagte Rabea tränenerstickt. »Nie mehr, hörst du das?«

VIERUNDSIEBZIG

Burgdorf, Schweiz // zwei Monate später

Der laue Sommerabend schien wie geschaffen für eine Zusammenkunft wie diese. Eine samtblaue Nacht lag über dem Garten der Wylers. Während Adam Wyler und seine Ex-Frau das Essen vorbereiteten, saß ein Teil der Gäste in nachdenklichem Schweigen vereint auf der Terrasse. Lichterketten hingen wie Glühwürmchenreihen in den Baumkronen. Die Grillen zirpten mit der Musik aus den Lautsprecherboxen auf dem Gartentisch um die Wette.

Miri und David waren hier, der alte Egger mit seinem riesigen Berner Sennenhund Felix und natürlich auch Jan.

Er nippte an einem Sektglas mit Orangensaft und Mineralwasser. Den Mund zu bewegen bereitete ihm nach wie vor Schmerzen. Die breite Narbe, die sich quer über seinen Nasenrücken und einen Teil seiner Wange zog, verheilte nur langsam. Noch immer erschrak er, wenn er in den Spiegel sah. Jedes Mal ein erneuter Schock, eine erneute Erinnerung an das, was geschehen war. Die Narbe würde noch verblassen, ihn vielleicht kaum entstellen, jedoch nie gänzlich verschwinden. Aber man gewöhnte sich an alles, passte sich an alles an. Eine der herausragenden menschlichen Fähigkeiten.

»Damit siehst du echt verwegen aus!«, meinet Miri. »Die Frauenwelt wird dir zu Füßen liegen.«

»Merci. Ich kann gerade jedes Kompliment gebrauchen«, erwiderte er sarkastisch.

Sie hielt ihm ihr Sektglas entgegen, und sie stießen an. »Ich hoffe, es geht wieder halbwegs.«

»Ein Vogelfreund werde ich in diesem Leben vermutlich nicht mehr«, sagte er. Er nickte David zu, der schon den ganzen Abend wie ein Schatten an Miri klebte. »Und danke noch einmal für alles, David. Ohne dich hätten wir es nicht geschafft.«

Rabea und Marie saßen nicht zusammen mit ihnen am Tisch, sondern etwas abseits auf einer durchgerosteten Gartenbank. Sie schwiegen wie zwei entfernte Bekannte, die nach den üblichen Grußfloskeln nicht mehr wissen, worüber sie miteinander reden sollten.

Jan stand auf und schlenderte zu ihnen herüber.

»Ah, die Geschwister Wyler«, grüßte er. »Schön, euch so zusammen zu sehen.«

»Jan!«, sagte Rabea, offenbar dankbar, dass er sie aus dem Gefängnis ihres Schweigens riss.

Der Medienrummel, der sich um die Wiedervereinigung der beiden Schwestern entwickelt hatte, war inzwischen abgeebbt. Marie und ihre Familie mussten sich langsam aneinander herantasten. Jan hatte das nur aus der Entfernung beobachtet; er hatte mit seinen eigenen Problemen zu kämpfen gehabt.

»Sie wurde so vieler Möglichkeiten beraubt«, hatte Rabea ihm am Telefon gesagt. *»Marie hätte so viel tun können.«*

»Aber sie lebt. Sie war glücklich. Sicher. Am Ende werden die Möglichkeiten, die wir verpasst haben, immer zahlreicher sein als die, die wir nutzen. Das ist ganz normal.«

Zu einem gewissen Teil würden Marie und Rabea füreinander immer Fremde bleiben. Dafür hatte ihnen das Leben einfach zu viele entscheidende gemeinsame Jahre entrissen.

Er ging vor der Bank in die Hocke.

»Kann ich kurz mit dir alleine reden, Rabea?«

»Oh, geheimnisvoll!«, bemerkte sie.

»Schon gut«, sagte Marie, stand auf und strich ihr Sommerkleid glatt. »Ich wollte sowieso nach meinem Ätti sehen.«

Sie drückte kurz Jans Schulter und lief zur Terrasse.

Jan nahm ihren Platz auf der Bank ein. »Es scheint ihr gut zu gehen.«

»Ja, es gibt die Möglichkeit, dass sie studieren kann.«

»Wirklich?«

»Sie hat natürlich keinen Abschluss, aber eine private Designhochschule hat sich bereit erklärt, sie über einen Eignungstest anzunehmen. Wahrscheinlich geht es der Schule um die Publicity, aber uns soll es recht sein. Und du?« Besorgt besah sie sich seine Narbe. »Wie geht es dir? Es tut mir so leid, was passiert ist.«

»Rabea, wir sind erwachsene Menschen. Ich bin mir des Risikos bewusst gewesen, als wir Hunger stellen wollten, und ich bin es eingegangen. Wir sollten lieber froh sein, dass wir beide noch am Leben sind.«

»Das hilft meinen Schuldgefühlen jetzt aber nicht wirklich«, meinte Rabea und nippte an ihrem Sekt.

»Was geschehen ist, ist geschehen. Mein wunderschönes, makelloses Model-Gesicht bekomme ich nicht wieder.« Er schlug die Beine übereinander und lehnte sich zurück. »Wie steht es um deine Position beim LKA?«

»Von offizieller Seite ist noch nichts gekommen, aber ich werde wohl meinen Hut nehmen müssen. Wir sind wohl beide nicht dafür geschaffen, was? Vielleicht sollte ich mir jetzt auch eine Ferienwohnung am Lago Maggiore mieten und ein Buch schreiben.«

Er schmunzelte. »Das hat bei mir ja schon so toll funktioniert.«

Sie zuckte mit den Schultern. »Und wie sieht es bei dir aus?«

»Haha!« Er griff in die Innentasche seines Jacketts und förderte eine Visitenkarte zutage. »Ich darf präsentieren ...« Er überreichte ihr feierlich die Karte. »... GRALL – Private Fallanalyse.«

Rabea besah mit aufgerissenen Augen die Karte. »Du willst dich selbstständig machen? Was ist das für eine Adresse? In Düsseldorf?«

»Du wirst lachen, aber Asgari hat mir in seinem Testament seine Büroräume in der Düsseldorfer Altstadt hinterlassen. Ich dachte, das wäre ein würdiger Nutzen für sie.« Er holte eine weitere Visitenkarte hervor. »Noch viel lieber wäre es mir aber, wenn das hier auf dem Türschild stehen würde.«

Auf der zweiten Karte stand ein einziges weiteres Wort:

»Wir beide?«, fragte Rabea fassungslos. Ihre Augen begannen zu funkeln.

»Ja, wir beide. Als private, unabhängige Profiler. Was sagst du? Ich ... ich denke, wir sind ein gutes Team. Wenn du noch Bedenkzeit brauchst, dann ...«

»Ich mach's«, sagte sie unumwunden. »Wir machen das.«

»Dann kann ich die hier wohl vernichten.« Er zerriss die Karte, auf der nur sein Name gestanden hatte.

Aus den Lautsprecherboxen lief ein neuer Song. *Revival* von den Soulsavers.

Sie lächelte, dann schüttelte sie seine Hand. Eine feierliche Geste, so als wären sie langjährige Geschäftspartner.

»Monster gibt es wirklich«, sagte sie. »Und sie wissen, wo die kleinen Mädchen schlafen. Allein das ist schon Grund genug, dass wir niemals aufhören dürfen.«

RICHTFEST

»When asked, ›How do you write?‹ I invariably answer, ›One word at a time‹, and the answer is invariably dismissed. But that is all it is. It sounds too simple to be true, but consider the Great Wall of China, if you will: one stone at a time, man. That's all. One stone at a time. But I've read you can see that motherfucker from space without a telescope.« – *Stephen King*

Ein großes Bauprojekt, sei es nun ein Rapunzelturm oder ein Turm des Schweigens, ist stets geplagt von unzähligen Unwägbarkeiten, Bauverzögerungen und immer neuen architektonischen Herausforderungen. Deshalb bin ich unglaublich dankbar, dass ich vom ersten Spatenstich an auf tatkräftige Unterstützung zählen konnte:

Danke an die Fundamentleger, an Familie und Freunde. Danke für die beste erste Lesung, die man sich wünschen kann. Besonders erwähnt sei hier auch einmal meine Oma Renate Mölls, die in mir damals als Kind überhaupt erst die Lust am Lesen und an Krimis geweckt hat.

Danke an Carissa, die auch mich manchmal wieder aufbauen musste.

Danke an Chris, der mir mehr als einmal den Rücken frei gehalten hat, um möglichst viel Zeit auf der Baustelle verbringen zu können.

Danke an Moritz und den zweiten Chris in dieser Aufzählung, die sich beide als aufmerksame Gutachter in den Rohbau gewagt haben.

Danke an Dirk, der mir auf, unter und hoch über der Bühne des Grillo-Theaters Rede und Antwort gestanden hat.

Danke an Lukas, der mir in medizinischen Fragen immer weiterhelfen konnte.

Danke an Arne für die kleine Waffenkunde.

Danke an die Bauleitung bei Ullstein: Lara Gross, Katrin Fieber und die externe Statikerin Katharina Naumann.

Last, but definitely not least: Danke an meine Agentin Ilona Jaeger, die dafür gesorgt hat, dass ich nicht länger nur Luftschlösser bauen muss.

Wie immer gilt: Dieses Buch ist Fiktion. Wenn ich es für nötig hielt, habe ich mir künstlerische Freiheiten genommen.

Fernab davon bin ich allein verantwortlich für alle sachlichen Fehler, die sich auf diese Seiten verloren haben sollten.

Er quält. Er mordet.
Buchstabe für Buchstabe.

Jan Grall und Rabea Wyler, zwei junge Profiler beim LKA, übernehmen einen spektakulären Fall: In einem Wildpark wurde ein Mann mit zertrümmertem Schädel gefunden, ein A ist mit dunkler Tinte auf seine Brust tätowiert. Opfer B und C folgen, auch sie grausam ermordet. Und das ist erst der Anfang …
Grall ahnt, dass der Mörder für ihn kein Unbekannter ist. Nur er kann ihn stoppen. Doch dafür muss er sich den Dämonen seiner Vergangenheit stellen.

Lars Schütz
Der Alphabetmörder

Thriller
Taschenbuch
Auch als E-Book erhältlich
www.ullstein-buchverlage.de

ullstein

Der grausamste Killer, den das FBI je gejagt hat.

Lebenslang in Sicherheitsverwahrung. Doch er ist entkommen. Sein Name: Lucien Folter. Robert Hunter wird nicht ruhen, bis er ihn wieder gefasst hat.
Robert Hunter weiß, wie Mörder denken. Der Profiler des LAPD jagt die grausamsten Killer. Der schlimmste von allen war Lucien Folter – hochintelligent und gewaltverliebt. Als Lucien aus der Sicherheitsverwahrung ausbricht, folgt Hunter seiner blutigen Spur. Und der Killer lockt den Widersacher mit einem perfiden Spiel in seine Nähe: Wer ist der Klügere? Wer wird gewinnen?

Chris Carter
Jagd auf die Bestie

Thriller
Aus dem Englischen von Sybille Uplegger
Taschenbuch
Auch als E-Book erhältlich
www.ullstein-buchverlage.de

ullstein

Mord vor laufender Kamera

Auf der Eröffnungsveranstaltung der Berlinale wird zum Entsetzen aller ein Snuff-Film gezeigt. Das Opfer: die Tochter des Bürgermeisters Otto Keller.
Tom Babylon vom LKA und die Psychologin Sita Johanns ermitteln unter Hochdruck. Doch eine Gruppe von Prominenten um Keller mauert. Was hat der Bürgermeister zu verbergen? Und wer ist die Zeugin, die aussieht wie Tom Babylons vor Jahren verschwundene Schwester? Die Ereignisse überschlagen sich, als ein weiterer Mord passiert. Plötzlich stellt Sita Johanns fest, es gibt eine Verbindung zwischen ihr und den Opfern: Ein furchtbares Ereignis in ihrer Jugend – und die Zahl Neunzehn.

Marc Raabe
Zimmer 19

Thriller
Klappenbroschur
Auch als E-Book erhältlich
www.ullstein-buchverlage.de

ullstein